N&K

»All dies könnte anders sein« ist ein ebenso aufwühlender wie zärtlicher Roman darüber, was es bedeutet, sich im 21. Jahrhundert ein Leben aufzubauen – über die Probleme einer Untermiete und abwesende oder übereifrige Eltern, über das Dating und die Freundschaften, die letztlich zur Familie werden.
Sarah Thankam Mathews spricht einer ganzen Generation aus der Seele, die lernt, Gemeinschaften zu schmieden, um in einer rücksichtslosen Welt ein Zuhause zu finden.

Sarah Thankam Mathews ist in Oman und Indien aufgewachsen und mit siebzehn in die USA migriert. Sie wurde mit dem Preis Best American Short Stories 2020 ausgezeichnet und erhielt mehrere Stipendien. In Reaktion auf die Coronakrise hat Mathews 2020 das Netzwerk für Nachbarschaftshilfe *Bed-Stuy Strong* gegründet. Ihr Debütroman »All dies könnte anders sein« wurde von der Presse begeistert aufgenommen und war auf der Shortlist der National Book Awards 2022.

Yasemin Dinçer studierte Literaturübersetzen in Düsseldorf und lebt und arbeitet seit 2009 in Berlin. Sie übertrug u.a. Paula McLain, Oyinkan Braithwaite und Chanel Miller aus dem Englischen.

Sarah Thankam Mathews

All dies könnte anders sein

Roman

Aus dem Englischen von
Yasemin Dinçer

NAGEL UND KIMCHE

Die Originalausgabe erschien 2022 unter dem Titel
All This Could be Different bei Viking, New York.

1. Auflage 2024
© 2022 by Sarah Thankam Mathews
Ungekürzte Taschenbuchausgabe bei NAGEL UND KIMCHE
© 2023 für die deutschsprachige Ausgabe
HarperCollins in der Verlagsgruppe
HarperCollins Deutschland GmbH, Hamburg
Translation rights arranged by The Clegg Agency Inc., USA
Umschlaggestaltung von wilhelm typo grafisch, Zürich
Umschlagabbildung von Roman Samborskyi/Shutterstock
Gesetzt aus der Centennial
von GGP Media GmbH, Pößneck
Druck und Bindung von CPI books GmbH, Leck
Printed in Germany
ISBN 978-3-312-01357-9
www.nagel-kimche.ch

Für Shireen und für Phil

Gott, ich gestehe, dass ich mir die Klarheit
einer Katastrophe wünsche,
aber ohne die Katastrophe.
Wie alle Menschen wünsche ich mir einen Sturm,
in dem ich tanzen kann.
Ich möchte einen Grund haben,
mein Leben zu ändern.

Franny Choi, *Catastrophe Is Next to Godliness*

Wir wollten, dass jeder Mensch die Möglichkeit hat,
stark zu sein und ein glückliches Leben zu führen.

Emil Seidel

Ich

A1

Ich möchte gern eine Geschichte aus einer anderen Zeit erzählen. Ich war zweiundzwanzig. Ein Teakholzstöckchen von einem Mädchen. Ich hatte gerade das College abgeschlossen. Es gab nicht viele Jobs. Die Wirtschaft war löchrig geworden wie ein Reifen. Obama hatte eine zweite Amtszeit gewonnen. Er sagte: Jobs, Gesundheitsversorgung, nationale Heilung. Er sagte: Trayvon Martin hätte mein Sohn sein können. Ich war davon berührt, hielt diese Form von imaginativer Übung für mutig. Ich lauschte seinen Reden auf NPR, während ich mich für die Arbeit anzog.

Ich hatte eine Stelle gefunden. Das unterschied mich von meinen Freund*innen vom College. Ich war Beraterin oder würde es werden. Trotz meines geisteswissenschaftlichen Abschlusses. Eine Beraterin in Ausbildung. Drei Kleinkinder, versteckt in einem Anzug.

Ich empfand mich nicht als Verräterin. Ich hatte eher das Gefühl, vor dem Ertrinken gerettet worden zu sein. Meine Kommiliton*innen ohne Jobs waren wieder bei ihren Eltern eingezogen und machten unbezahlte Praktika bei noblen Non-Profit-Organisationen. Ich wünschte ihnen alles Gute. Meine Eltern waren nicht bei mir, hatten mich zurückgelassen, und nun musste ich in dem neuen Land allein meinen Weg finden. Ich war froh, dass ich ihnen für den Moment kein Geld zu schicken brauchte. Das war auch schon anders gewesen.

Mein Kunde war ein Baobab von einem Unternehmen. Fortune 500. Dort wurden Autositze, Heizgeräte, Schrittzähler und Batterien produziert. Mein Chef verlangte, dass ich eine Strumpfhose trug. Du bist eine Vertragsarbeiterin, erklärte er mir, ohne Sozialleistungen. Frauen, die für mich arbeiten, tragen Make-up, das ist nun einmal so. Meine Männer tragen Anzüge. Man muss immer besser gekleidet sein als die Kunden. Nur dann wissen sie, dass wir für sie arbeiten. Wir verhelfen den Kunden zu ihrer eigenen Vorstellung von Erfolg. Die Leute wollen nur jemanden anheuern, der sie auch selbst ein bisschen sein wollen. Vergiss das nicht. Versuch es mal mit Make-up. Nur ein bisschen. Nichts Nuttiges.

Ich hörte ihm pflichtbewusst zu. Die Bezahlung war lediglich okay. Ein abrechenbarer Werklohn, trotz der Fünfzig-Stunden-Wochen. Ich musste Steuern für Selbstständige zahlen. Aber mein Chef mochte mich. Zu Beginn nannte er mich seinen Rockstar. Ich fand das lustig, denn in Wirklichkeit gehen Rockstars auf die Bühne, performen, vögeln viele Frauen und zerstören ihr Hotelzimmer. Ich dagegen schwitzte Kompetenz, eine hungrige Effizienz. Wachste mir die Arme, strahlte Dienstbeflissenheit aus und war noch nie einem Gantt-Diagramm begegnet, das mir nicht gefallen hätte.

Mein Chef hatte mir zunächst neunzehn Dollar pro Stunde angeboten. Seine Firma war winzig, bestand aus nur neun Personen. Ich erwiderte: Vielen Dank, ich werde darüber nachdenken. Ich ging zu Fuß zu einem guten Restaurant in meiner Collegestadt und trank mitten am Nachmittag ein volles Glas Weißwein. Ich rief ihn zurück. Ich sagte: Hallo, Peter. Ich habe noch ein anderes Angebot, aber ich möchte gern für dich arbeiten. Würdest du auch dreißig in Betracht ziehen? In dem leeren Raum zwischen den Ginflaschen zeigte mir die gespiegelte Bar eine junge Frau mit weichen Gesichtszügen, Haut in der Farbe von Hennessy und vor Angst weit aufgerissenen Augen.

Mein Chef antwortete wie ein Gott, der einen Segen gewährte: Dreiundzwanzig pro Stunde. Du wirst nach Milwaukee ziehen, wo dein Kunde sitzt. Ich bezahle die Wohnung.

Das klingt großartig, sagte ich und fügte womöglich noch hinzu: Es ist mir eine Ehre, für dich arbeiten zu dürfen. Völliger Unsinn. Sobald ich aufgelegt hatte, boxte ich in die Luft und schrie. In meiner Erinnerung war das Restaurant leer, aber vielleicht stimmt das gar nicht. In dieser Geschichte geht es nicht um Arbeit oder Prekarität. Ich versuche, spät am Abend, etwas über die Liebe zu sagen, die für viele von uns von dem ganzen anderen Mist nicht zu trennen ist. Als der Sommer begann, zog ich nach Milwaukee, eine verrostete Stadt, in der ich niemanden hatte, meine Eltern waren zwei Ozeane entfernt. Ich legte mich auf den sonnengewärmten Holzfußboden meiner bereits bezahlten Wohnung und beschloss, eine Schlampe zu werden.

B1

Thomas Zwick war ein stämmiger Bär von einem Typen und ein paar Monate älter als ich. Am College hatte uns eine instinktive Kameradschaft verbunden. Halb Italiener, halb waschechter germanischer Sconnie, hatte Thom mich zuerst nicht gemocht. Dann entschied er aus mysteriösen Gründen plötzlich, ich sei in Ordnung. Könnte einer von seinen Jungs sein.

Damals war ich sehr schüchtern in Gegenwart seiner Freundin, die dunkle Locken und ein wunderschönes Gesicht hatte, so weich und formbar wie das eines Babys. Dazu kam noch ihre erschreckende Freundlichkeit, die dazu führte, dass ich kaum noch ein Wort hervorbrachte. Bei Thom fühlte ich mich wohl. Auf einer grundlegenden emotionalen Ebene ähnelten wir einander, auch wenn Thom die leicht zu kränkende Version von dem war, was wir einen Bro nannten, ein Mann, der niemals von einer lässigen und zugleich fest verwurzelten Männlichkeit abweichen würde. Er lebte in Jogginghosen. Hörte Death Metal, wenn bei ihm nicht gerade Yacht Rock lief. Stemmte jeden Tag Gewichte und lauschte dabei einem Podcast über Engels. Ertrug mit Humor sein aufflammendes Reizdarmsyndrom. Er war gut im Umarmen. Er nannte mich seinen Dude. Das liebte ich.

Im Juli erklärte Peter, wir bräuchten einen zusätzlichen Junior-Berater für das Projekt. Noch jemanden wie mich.

Ich leitete seine E-Mail weiter. Thom war damals arbeitslos. Lebte noch immer neunzig Minuten entfernt in unserer Collegestadt. Ging zu den kostenlosen Konzerten auf dem Dach von Monona Terrace und unternahm mäandernde Fahrradtouren rund um die Seen von Madison. Seine Unfähigkeit, einen Job zu finden, erschreckte mich. Er war der schlauste Mensch, den ich kannte. Theoretisch verstand ich, was eine Rezession war, aber nicht, was sie bedeutete – was sie wirklich bedeutete für die Menschen, die ihr in den Rachen purzelten. Ungefähr die Hälfte meiner Generation hat sich nie davon erholt.

thx, mein dude. werde drüber nachdenken, antwortete Thom, und ich spürte in meiner spärlich möblierten Wohnung meinen Ärger aufflammen.

Ich hatte mich bei ihm gemeldet mit einem Angebot, unsere Freundschaft zu festigen, über den Collegeabschluss, die Ein-Dollar-Drinks in Bars und die Burger im Plaza hinaus. In erinnerter Zuneigung und dem Wissen, dass er einen Job brauchte und aus dieser Gegend stammte. Genau wie ich und anders als unsere ehrgeizigsten und cleversten Freund*innen schien auch er noch nicht bereit zu sein, aus Wisco fort und an eine der Küsten zu ziehen.

cool, schrieb ich zurück. mach das.

Bislang hatte das Schlampendasein gemischte Ergebnisse geliefert, und ich vermutete, dass ich, wie Schwimmerinnen mit kleinen Füßen oder kurvige Ballerinen, nicht für die Oberliga taugte. Ein Teil von mir war dafür zu sensibel, und ich war mir noch nicht sicher, ob ich diesen Teil absterben lassen wollte. Zugleich regte sich in mir aber auch ein widersprüchlicher Instinkt, dieses Gegengewicht eines gierigen Hungers. Wie eine Uhr, die ständig tickt.

Ich bereitete mir ein Abendessen aus Saaru und Idli aus der Packung zu. Ich masturbierte mehrere Stunden lang.

Danach lief ich in einem ziellosen Zickzack durch die Wohnung und ging der ungeklärten Frage nach einer Dusche aus dem Weg. Ich hatte mir einen Stapel Bücher über die Geschichte Milwaukees gekauft, von denen ich glaubte, sie würden mir dabei helfen, diese gedrungene Stadt mit ihren leeren Straßen zu entschlüsseln. Sie waren noch ungeöffnet. Ich überflog die Einleitung eines dicken Wälzers, blätterte ein paar Seiten um und ließ ihn dann ungeduldig neben mir auf den Fußboden fallen.

Auf meinem Telefon las ich einen Artikel darüber, dass es in manchen Kulturen keine unterschiedlichen Begriffe für die Farbe Grün und die Farbe Blau gebe, und wenn man einer Person ein grasgrünes Farbmuster neben einem in der Farbe eines Sommerhimmels zeigte, würde diese Person behaupten, die beiden wären gleich. Verschiedene Töne derselben Farbe.

Mein Telefon summte. Eine grüne (?) Blase hing von seinem oberen Rand. Darin stand: Amy von unten.

Amy war die Hausverwalterin der Wohnung, in der Peter mich untergebracht hatte. Sie wohnte, wie erwähnt, unter mir. Bei meinem Einzug hatte sie draußen gestanden und dabei zugesehen, wie ich mich allein abmühte. Sie trug einen asymmetrischen Haarschnitt, eine Hälfte bis fast auf die Kopfhaut abrasiert. Die andere eine dunkelrote geschwungene Linie. Ein kastanienbraunes Komma, das an ihrem vorstehenden Kinn endete. Ein finsteres Gesicht. Durchzogen von feinen Furchen.

Der Haarschnitt weckte in mir eine seltsame Hoffnung. Ich trat auf sie zu und sagte: Hallo, ich bin –

Ja, hatte Amy ausdruckslos geantwortet und mir dabei das Wort abgeschnitten. Ich sage es dir am besten gleich. Wir mögen keinen Lärm. Ich arbeite zu Hause und brauche Ruhe. Wir tolerieren keine Partys. Ich bin die Hausverwalterin. Ich kümmere mich um die Instandhaltung und sammle deine Hälfte der Nebenkosten pünktlich ein. Die Gegend ist fantastisch. Ruhig, sauber, voller – sie atmete durch, ehe sie das Wort aussprach – Erwachsener.

Es war so unnötig feindselig, dass ich beinahe lachen musste. Dennoch erwiderte ich irgendetwas Freundliches und Beschwichtigendes, auf der Suche nach Empathie. Vielleicht hatte sie bereits schlechte Erfahrungen mit jüngeren Mieter*innen gemacht. Vielleicht hatten zuvor College-Kids über ihr gewohnt, die im Handstand aus Bierfässern tranken und Obszönitäten brüllten. Sich über Amy lustig machten, wenn diese um Rücksicht bat. So alt konnte sie selbst noch gar nicht sein. Höchstens Ende dreißig.

Amy sagte, sie werde mir die Waschmaschine im Keller zeigen. Sie nickte in Richtung einer schemenhaften Figur mit einem großen Hund an der Leine, die auf der abgeschirmten Veranda über uns stand.

Das ist mein Verlobter. Tim. Er wird die Klimaanlage bei dir installieren. Falls du das möchtest.

Sie hatte das Wort *Verlobter* betont, es auf eine Weise ausgesprochen, die bedeutete: Halt dich fern. Ich hatte den Haarschnitt also falsch interpretiert.

Bevor ich näher auf die fragliche Textnachricht eingehe, sollte ich an dieser Stelle kurz innehalten, um zu betonen, dass ich bislang lediglich eine Angelschnur in den Fluss der Erinnerung ausgeworfen habe, um einzufangen, was auch immer anbeißen mag. Aber die Wahrheit ist, dass ich mich noch an jedes einzelne Wort erinnere, das diese Frau an mich geschrieben hat. Wenn ich die Augen schließe, kann ich es noch immer vor mir sehen: mehr oder weniger ein Oval in Grau, Lindgrün.

(Manche Menschen hätten es womöglich Blau genannt, es hängt alles vom eigenen Bezugsrahmen ab.)

In der Nachricht stand:

hast du sie noch alle? sei LEISE

Ich hielt das Telefon in beiden Händen, als könnte es explodieren.

Entschuldige?, schrieb ich zurück. Ich habe keinen Laut von mir gegeben. Du musst wohl jemand/etwas anderes meinen?

Es kam keine Antwort. Mehrere Minuten verstrichen. Ich erlaubte mir, mich aus der Mitte der Küche wegzubewegen, wo meine Füße festgefroren waren.

Ich putzte mir die Zähne, ließ das Wasser so leise wie möglich tröpfeln.

Schweiß auf den Handflächen, der nun trocknete. Die Nachricht konnte unmöglich für mich gemeint gewesen sein. Ich hatte weder laut Musik gehört noch Möbel herumgeschoben. Ich war barfuß durch die leere Wohnung getappt.

Amy musste vor Scham sterben. Musste mir versehentlich diese komplett paagal Sache geschrieben haben, die sie eigentlich an ein Familienmitglied hatte schicken wollen oder an ihren riesigen Muskelprotz von einem Verlobten. Dieser Gedanke löste Mitgefühl in mir aus. Ich aß eine Schüssel Sahnejoghurt und überlegte, wie ich den Abend, der sich noch viel zu lang vor mir ausdehnte, verbringen konnte.

Als ich das Haus verließ, fühlte sich die Nacht an wie etwas aus dem Ofen, das gerade abkühlte. Mein Haar war feucht und sauber. Ich hatte kein Auto und konnte auch nicht fahren. Ich rechnete die Blocks aus, die noch vor mir lagen, da ich mein Telefon in der Wohnung gelassen hatte, und lief allein bis zur Brady Street.

Wissen Sie, ob hier irgendwo der Baumarkt ist?, fragte ich einen jungen Mann mit einem langen Pferdegesicht.

Zwei Straßen weiter, dann noch einen Block entfernt, sagte er. Direkt hinter der pinkfarbenen Markise, Sie werden sie sehen, steht Sneha Dry Goods drauf, von da aus gehen Sie einen Block in Richtung Westen.

Das spricht man SNAY-hah aus, sagte ich. Er hatte das *e* durch ein *i* ausgetauscht. Aber da hatte er sich schon wieder die Kopfhörer auf die kleinen pinkfarbenen Ohren gesetzt.

Eine Uhr, danach suchte ich. Ich würde sie an die gelbe Küchenwand hängen. Ihr Gesicht würde mich beobachten, während ich mich durch die Zeit vorwärtsbewegte.

Sie fiel mir auf, als ich in der Warteschlange stand.

Eine Frau in Eile. Beinahe vibrierend. Durch die Gänge flitzend. In einer Hand ein Bohrer, noch in seiner roten Verpackung. In der anderen Hand eine Steckdosenleiste. Sie wickelte sich deren blasses Kabel um das Handgelenk und starrte hinauf zu irgendetwas auf einem hohen Regalbrett.

Sie war nicht mein Typ. Blondes, fast weißes Haar. Eine Virginia-Woolf-Nase. Ihre Hautfarbe lag irgendwo zwischen Henna und Ringelblume und stammte direkt von einer Sonnenbank. Dennoch ließ etwas an ihr meinen Atem stocken. Ich wollte sie nicht anstarren, konnte aber auch nichts anderes tun. Ich bezahlte, zählte mein Bargeld. Der Laden war voll, grell erleuchtet. Ich lief durch die warme, weiche Nacht zurück nach Hause.

In der Ferne erklang ein Feuerwerk zur Feier der Unabhängigkeit des Landes, während ich mich daranmachte, die Uhr aufzuhängen. Auf dem Klappstuhl gefährlich hin und her wackelnd, heulte ich auf und klammerte mich an der Wand fest, in die ich soeben erst einen Nagel gehämmert hatte. Ich ließ die Uhr fallen. Die Hälfte ihrer Scheibe splitterte heraus. Sekunden später drang durch die Bodendielen ein lauter Zornesschrei zu mir hoch.

Ci

Im College hatte ich nicht gewusst, wie ich an Frauen herankommen sollte. Zumindest nicht im echten Leben. In den schlaflosen Tiefen der Nacht war ich insgeheim auf Craigslist unterwegs gewesen, hatte auf ein, zwei Kontaktanzeigen geantwortet. Diese Verabredungen hatten mir ein gewisses Maß an Selbstvertrauen gegeben. Waren ein Bollwerk gegen den Terror der totalen Unerfahrenheit. Nun war ich in eine neue Stadt gezogen und sehnte mich nach etwas Echtem.

An einem feuchten Juliabend lief ich etwa eine Stunde bis zu einer Bar, von der ich gehört hatte, sie sei passend. Ich trug noch das Make-up von der Arbeit und eine durchscheinende Bluse, die die klaren Linien meines Körpers offenbarte. Mein Haar fiel mir über das Schlüsselbein.

Es vermittelte alles einen ganz falschen Eindruck. Lesben in Wanderstiefeln und Windjacken warfen einen Blick auf mich, und die paar von ihnen, die nicht auf jene wortlose, unhinterfragte Weise weiße Frauen bevorzugten, steuerten direkt auf mich zu.

Nein, nein, nein, wollte ich sagen, nicht ihr. Wir könnten befreundet sein. Uns zusammen in einem Rudel bewegen. Ich befreite mich von der großen Butch in ihrer braunen Weste, die mir zu Leibe rückte und mit dem Daumen die Kurve meiner Taille nachfuhr. Genauso schlimm wie jeder x-beliebige Mann.

Ich ging hinüber zu der jungen Frau, die gerade hereingekommen war. Ein kleines weißes Gesicht, umrahmt von dunklem Haar, einem *Pulp Fiction*-Bob. Eine Unsicherheit im Blick, die sie weich erscheinen ließ. Sie saß an der Bar und trank aus einem großen Glas Wein. Ich blickte hinab auf ihre roten, wunden Lippen und spürte, wie meine Klit einen Satz machte.

Mit den Augen lächelte ich ein Wolfslächeln. In der Vergangenheit hatte ich versucht, mich wortgewandt und ausgefeilt auszudrücken, war damit aber nur mittelmäßig erfolgreich gewesen. Diesmal sagte ich einfach nur Hallo. Als sie lachte und sich in meine Richtung neigte, schaute ich nach der alternden Frau in der braunen Weste. Unsere Blicke trafen sich, und sie wirkte angepisst. In ihrer Vorstellung hätten Pulp Fiction und ich beide ihr gehören sollen. Meine Lippen zuckten. Abgewrackte alte Lesbe. Ich wusste, wie wunderschön ich in diesem Augenblick war, spürte, wie es in mich eingebrannt war, wie ein Brandzeichen. So fühlte ich mich: allein und mächtig. So fühlte ich mich: erschüttert darüber, wie die Sehnsucht eines Lebens manchmal reibungslos Wirklichkeit werden kann, ohne große Anstrengung oder Kosten, so einfach wie der Kauf einer Uhr.

Im Studium hatte ich mich mit einem nahezu unlesbaren deutschen Roman beschäftigen müssen, in dem es um einen jungen Mann geht, der von zu Hause wegläuft, um dem Druck dessen zu entkommen, was seine Familie sich für ihn ersehnt. Jahrelang reist er herum, schließt sich einer Theatertruppe an, knüpft Freundschaften, die zu seiner erweiterten Familie werden, aber am Ende wählt er sein Schicksal, entscheidet sich für das biedere, vernünftige Leben, das seine Eltern sich für ihn gewünscht haben, findet eine Ehefrau, alles aus freiem Willen. Das war für mich die Bedeutung von wahrem Erwachsensein geworden: eine Verneigung vor dem Unausweichlichen. Für die Glücklichen konnte davor noch eine Phase der Freiheit stehen, der Spielraum der Jugend.

Darin befinde ich mich gerade, dachte ich, während ich den Rand meiner Debitkarte entlangfuhr, die Ellbogen auf dem kalten dunklen Azetat der Theke.

Als wir an den Fenstern der Bar vorbeiliefen und ich sicher war, dass Braune Weste hinsehen würde, zog ich Pulp Fiction an mich und küsste sie. Daran erinnere ich mich bis heute. Pulp Fiction. Die mir nichts bedeutete. In diesem Nichts lag eine Sicherheit, die mich abschirmte. Schwarzes glänzendes Haar. Ein leeres Lächeln. Ihre Lippen, die sich sanft für meine öffneten, ihr zarter kleiner Hals entblößt. Die Straßenlaternen tauchten die Nacht in das Dunkelorange eines Bienenbrustkorbs. Eine langsame, köstliche Gewaltsamkeit stieg in mir auf. Ich umfasste ihren dunklen Haarschopf fest mit meiner Faust.

DI

Der August wurde so reif wie eine Frucht. Sonnenbraut und Rainfarn strahlten am Wegesrand, und meine Mutter rief an, um mir mitzuteilen, dass mein Onkel gestorben war.

Akute Pankreatitis und Leberzirrhose. In den letzten Jahren hatten seine Augen die Farbe von altem Urin angenommen, und seine Waden waren zu Ballons angeschwollen. Sie hielten den Leichnam tiefgekühlt, bis alle denkbaren Ammais und Achayans von Dubai bis Brampton, von Kolkata bis Schottland, zurückfliegen konnten, um ihn auf den Friedhof zu bringen. Der Zeitpunkt, zu dem mein Onkel den Löffel abgab, war bemerkenswert. Genau während unseres Erntedankfests. Seine Beerdigung fiel auf dessen Höhepunkt. Wäre ich noch dort gewesen, hätte ich mit großem und boshaftem Vergnügen das Sadya verspeist, als gäbe es an diesem Tag ausschließlich etwas zu feiern. Hätte mir roten Matta-Reis und Kokos-Parippu und Bohnen-Thoren in den Mund geschaufelt wie ein gieriger kleiner Junge. Hätte über die Klagelaute der Trauernden hinweg um einen Nachschlag von dem süßen, cremigen Payasam gebeten.

Zu meiner Mutter sagte ich steif: Verstehe. Tut mir leid, das zu hören. Ich bot nicht an, nach Hause zu kommen, um meine Eltern zu unterstützen. Um meine Mutter zu unterstützen.

Sie weinte. Du bist ein sehr kalter Mensch, sagte sie in unserer Sprache zu mir.

Sein ganzes Leben lang hatte mein Onkel sie tyrannisiert. Einmal hatte er sie in einem betrunkenen Wutanfall vor meinem Vater geschlagen, der ihn daraufhin kurzerhand in die Rhododendronbüsche warf. Danach entschied mein Onkel, dass ich ein strategischeres Ziel war. Er mochte mich, auf seine Weise. Eine Zuneigung, die mit etwas Düsterem und Ranzigem verbunden war.

Die Erinnerungen purzelten zurück, ineinandergerollt wie Socken. Mein Onkel, der vor dem Eisentor der Grundschule auf mich wartete. Wie ich auf ihn zurannte und mein Schulranzen dabei gegen meinen schmalen Rücken schlug. Jenem Menschen entgegen, der mir am meisten Aufmerksamkeit schenkte, der über jeden meiner Witze lachte, der sagte, dass er mich liebe. Ein flinkes Geschöpf mit riesigen Augen war Monchayan. Ein strähniger Hurrikan aus Haar, der das nackte Auge seiner Kopfhaut umkreiste. Er spielte Lego mit mir und trampelte dann auf dem Haus herum, das ich gebaut hatte. Wenn er wieder einmal arbeitslos war, nahm er mich mit auf seine langen, ziellosen Spaziergänge und kniff mich fest in meine Brustwarzen, wenn ich trödelte. Es gab noch andere Dinge, über die ich nicht einmal für eine einzige Sekunde nachdenken wollte.

Und hier war nun meine Mutter und weinte um diesen nutzlosen Mann.

Im Hintergrund hörte ich die Anfangsmusik der Kannada-Serie, die mein Großvater gern vom Bett aus schaute. Gott sei Dank war ich gerade weit entfernt von all den Menschen, die mir wehgetan oder mich übersehen hatten, den Nachbarinnen und Cousins, die meine Eltern gefeiert hatten, als sie kleinere Erfolge vorweisen konnten, und sie sichtbar verachteten, nachdem ihnen diese wieder genommen worden waren. Wenn ich es irgendwie verhindern konnte, würde ich nie wieder dort leben.

Ja, antwortete ich meiner Mutter bissig, du hast recht, sehr scharfsinnig beobachtet.

Nachdem sie aufgelegt hatte, durchfuhr mich ein plötzlicher, stechender Schmerz. Ich dachte an meine Eltern, die zwei Ozeane entfernt lebten, mit ihren nachlassenden Körpern und ihrer eigenen Last.

Schweigend wischte ich die Küchenoberflächen ab und wrang den Lappen in der Spüle aus.

Die Zeiger der Uhr waren dort stehen geblieben, wo sie sich zum Zeitpunkt ihres Falls befunden hatten. Dies wirkte wie eine Metapher dafür, wie Menschen waren. Aus einem Impuls heraus hatte ich sie sichtbar auf ein Küchenregal gestellt. Der Nagel, an dem sie hätte hängen sollen, steckte nach oben verbogen in der Trockenbauwand, nackt und allein.

Ich sehnte mich nach Freundschaft. Thom hatte Peters Angebot angenommen und würde im September anfangen. Er hatte sich nicht einmal bei mir bedankt. Er war mittlerweile aus Madison fortgezogen und wohnte gerade in Wauwatosa im Haus seiner Mutter, wofür er sich schämte, eine Scham, die ich als nicht ganz gerechtfertigt empfand, da dort, wo ich herkam, Kinder bis weit ins Erwachsenenalter hinein bei ihren Eltern lebten.

Aber wie schloss man in Milwaukee Freundschaften? Oder überhaupt irgendwo? Ich war genervt von dem einen Menschen, den ich in der Umgebung kannte. Die Arbeit schien kein fruchtbarer Boden zum Kontakteknüpfen zu sein, sofern ich nicht mit behäbigen mittelalten Republikanerinnen namens Susan zu Weinabenden gehen wollte.

Und selbst wenn ein gewisser perverser Teil von mir das wollte, behandelten mich die Susans, als würde ich nicht existieren. Meine eigene konkrete Susan, eine Projektmanagerin in dem Batterien herstellenden Mischkonzern, bezeichnete mich – wenn ich mich recht erinnere – als eine Ressource. In meinem Beisein.

Ich wünschte mir eine Freundin. Und ich wünschte mir eine Frau. Ich wusste nicht, ob diese beiden Sehnsüchte voneinander getrennt waren. Jemanden, mit dem ich umherstreunen konnte. Eine lachende, lebhafte Frau mit einem Auto.

Pulp Fiction hatte nach nur wenigen Wochen ihr Glück woanders gesucht, und ich merkte, dass es ihr Vergnügen bereitete, mich in sporadischen nächtlichen Textnachrichten mit diesen Eroberungen zu quälen. Ich ging erneut in die Bar, lief eine Stunde bis dorthin und wieder zurück, konnte meinen Erfolg aber nicht wiederholen. Ich schaute mich auf Craigslist um. Alle Inserierenden schienen psychisch labil oder eine sehr teure Taxifahrt entfernt zu sein.

Ich war es bereits leid, die zwei Busse zum Hauptsitz der Fortune-500-Firma zu nehmen. Fünfundsechzig Minuten des Pendelns, des Wartens, während SUVs – amerikanische Autos, die aussahen, als wären sie mit Lastwagen gekreuzt worden – an mir vorbeirasten.

Schweiß auf meiner Haut. Ich starrte auf die Klimaanlage, die in der Ecke der von meinem Chef bezahlten Wohnung Staub ansammelte. Ohne einen genauen Zeitrahmen zu bestimmen, fragte ich mich, was wohl mit mir geschehen würde.

Ei

Die Arbeit ließ mich zurück wie ein ausgewrungener Mopp. Die Tage waren lang und brutal. Es fiel mir schwer, mich mit den Leuten in meinen Teams zu unterhalten, die alle viel älter waren als ich. Nur wenige von ihnen sprachen normales Englisch. Ich war dankbar für Thoms Dazustoßen, für die Scherze, die er mir textete, und für sein Angebot, mich abzuholen und nach Hause zu bringen.

Der IT-Techniker am benachbarten Arbeitsplatz redete unablässig, erzählte weitschweifig von seinen offenen Tickets und seiner Bowlingliga, von Workflowoptimierung und der klebrigen Taste auf seiner Tastatur. Jede Woche brachte ein Senior-Berater wie ein Weihnachtsmannlehrling Donut-Bällchen für die gesamte Etage mit. Das war Keith LaMarchese, rotwangig und jovial. Er lebte auf einer Privatinsel vor der Küste Floridas und führte sein eigenes Ein-Mann-Unternehmen. Er flog montags ein und dienstags wieder aus und wurde in besseren Hotels untergebracht als Peter. Im Pausenraum erwischte er mich dabei, wie ich die Armbanduhr an seinem pummeligen Handgelenk betrachtete, und sagte, mit nichts als Sonnenschein und Liebenswürdigkeit in seiner Spaßvogelstimme: Rolex gleich mehr Sex, damit die Ladys Bescheid wissen.

Ich war mir meines eigenen Melanins stets bewusst. Das sage ich ohne Selbstmitleid. Manche Leute betrachteten meine Haut, als würden sie darüber nachdenken, wie man sie am besten sauber schrubben könnte, ohne unhöflich zu sein. Thom, der Keith LaMarchese widerlich fand, legte nahe, dass ich mir das nur einbildete. Ich legte nahe, er solle sich verpissen.

Das englische Wort *complexion* stammt von dem altfranzösischen *complession* ab. Eine Kombination aus Körpersäften. Temperament, Charakter. Es macht Anleihen bei dem lateinischen *complexus* (umfassend, umschließend), als Partizip Perfekt *complecti*: umklammert, umarmt. Die spezifische heutige Bedeutung (Farbe oder Farbton der Gesichtshaut) entwickelte sich im 15. Jahrhundert. Darauf war ich gestoßen, als ich am College eine Hausarbeit schrieb und mich in einem düsteren Winkel der Bibliothek durch Links im Oxford English Dictionary klickte. Als ich das Badezimmer betrat, war ich schockiert von der vergessenen Bräune meiner eigenen Gesichtszüge. Der Anblick ließ meinen Herzschlag in die Höhe schnellen.

Ich hatte keine Ahnung, was in vier oder fünf Jahren noch von den Dingen übrig bleiben würde, die ich über Geschichte und Wissenschaft und Literatur gelernt hatte. Wozu sollte ich irgendetwas wissen, »denken lernen«, wie meine amerikanischen Lehrer*innen es so gern formulierten, wenn es lediglich meine Geringschätzung für die geistig belanglosen Projektmanager*innen und stellvertretenden Abteilungsleiter*innen um mich herum steigerte? Ich hätte im Hauptfach lieber Microsoft Excel studieren sollen.

An den Tagen, an denen er mit mir zufrieden war, nannte Peter mich noch immer seinen Rockstar. Das hatte weniger mit Talent zu tun, als mit meiner Bereitschaft, als Erste zu kommen und als Letzte zu gehen, jede E-Mail innerhalb von fünf Minuten nach ihrem Empfang zu beantworten und wie ein beharrlicher Herzschlag immer wieder zu sagen: *ja, ja, ja*.

Zwei Arbeitsplätze weiter schickte Thom mir ein Foto, das er heimlich von mir gemacht hatte. Wie ich mit grimmigem Gesichtsausdruck, beinahe schielend, auf das leuchtende Rechteck vor mir starrte.

der süße cortisol-glanz des erwachsenenlebens, stand in der grünen (?) Blase unter dem Bild.

wenn du das ins internet stellst, bringe ich dich um, schrieb ich zurück.

komm her bruh, schrieb er, ich hab übermäßig viel rum in meinem schreibtisch.

Wir gossen die blasse, gewürzte Flüssigkeit in unsere Trinkflaschen und stießen mit ihnen an, ehe wir uns zurück an unsere Tabellen setzten. Er brachte mich nach Hause, und der Wagen fuhr leichte Schlangenlinien.

Ich unternahm Abendspaziergänge, meldete mich für einen Portugiesischkurs an, zu dem ich viermal ging, ehe ich es wieder aufgab. Ich begann in einem Notizbuch mit gelbem Lederumschlag Tagebuch zu führen, schrieb auf, was ich gegessen hatte, und beschrieb die kleinen Ereignisse jeden Tages. Die Arbeit schien es nicht wert zu sein, detailliert festgehalten zu werden. Mithilfe von YouTube lernte ich, wie ich mir die Bikinizone wachsen konnte. Ich topfte eine Vier-Dollar-Basilikumpflanze aus dem Baumarkt in eine Cento-Dose um, in der sich zuvor gehackte Tomaten befunden hatten, wo sie sogleich durch Überwässerung starb.

Ich meldete mich bei einer Online-Dating-Website an.

Diese waren damals noch recht neu, diese Benutzeroberflächen in hellen Farben und mit klarer Schrift, die signali-

sieren sollten, dass ihnen jegliches Verbotene fehlte. Dennoch war das Niederschreiben, das Auspacken meiner
Wünsche, meiner mehr oder weniger profanen Vorlieben,
für mich unvermeidlich mit Scham verbunden.

In Wahrheit war ich so einsam. Thom verbrachte seine
Abende damit, mit seiner Freundin zu skypen, die in unserer
Collegestadt zurückgeblieben war, oder große Mengen Bier
im Y-Not II zu trinken. Wenn ich mit ihm mithalten wollte,
würde ich bald nicht mehr in meine Bleistiftröcke und
meine vorgeschriebene Strumpfhose passen, und wo kämen
wir dann hin? Ich erstellte ein Profil und spürte eine matte
Aufregung. Einen vagen Schmerz.

Weltreisende, schrieb ich und dachte an den regennassen
orangefarbenen Fußweg zum Haus meiner Eltern in Übersee. An die zwei Nächte, die ich bei einem Zwischenstopp in
Frankfurt verbracht hatte.

Stundenlang scrollte ich durch die verfügbare Auswahl,
verschickte Nachrichten, bewertete Gesichter und Körper,
versuchte aus einzelnen Textzeilen Persönlichkeiten abzu-
leiten, und dann.

Ich sah die Frau aus dem Baumarkt. Den zu ihr gehören-
den Namen.

Marina, 27.

Ich berührte den Bildschirm meines Laptops. Das Display
kräuselte sich unter dem Druck.

Ein langes, zartes Gesicht. Grabsteinweiße Zähne. Irgendetwas Faszinierendes in ihrem Blick aus den blassgrün wir-
kenden Augen: Meerwasser, in dem Sand aufgewirbelt wird.

Sie war Tanzlehrerin und Choreografin. Sie las gern.
Ihre Lieblingsbücher waren *Weißer Oleander*, das ich als
Teenagerin gelesen hatte und liebte, und die gesammelten

Gedichte von Rumi. Sie hatte nicht angegeben, auf welches College sie gegangen war. Unter »Suche nach« stand auf ihrem Profil: Casual Fun, Dating, eine Beziehung.

Der Bildschirm vor mir leuchtete in Blau-, Pink- und blassesten Grautönen. Ich war ungeduldig, wie leicht elektrisch aufgeladen, und ein wenig beschämt. Konzentriert biss ich mir auf die Lippe und klickte auf das Nachrichten-Symbol. Begann zu schreiben.

FI

Im Sommer besteht Milwaukee aus Sixpacks im Park, kostenlosen Jazzkonzerten, Festivals für alles, Gastropubs, die von jungen, hippen Menschen überquellen, Reparaturen am Haus und Grillen im Freien. Voller Nachbarschaftlichkeit, so süß wie ein Lachen.

Wenn es kälter wird, ist die Stadt wie eine geballte Faust, die Menschen spröde und abblätternd. Zusammengekauert. Schultern gebeugt vor dem Frost, der aus dem Norden heranrollt und vom Michigansee kaum abgemildert wird.

Es war an einem dieser ersten kalten Tage, als ich Marina zum ersten Mal schrieb und sie nicht antwortete.

Mein Stolz war verletzt, und das von einer Person, der ich noch nie begegnet war. Macht nichts, dachte ich, und fand andere Betten, in die ich mich legen konnte. Flüchtete mich in das Bestellen von Möbeln aus dem Internet. Ich war es leid, mit nichts als einem Bett, einem Tisch und zwei Klappstühlen zu leben, und so schoss ich über das Ziel hinaus. Dieses Verhalten ist fest ins Erwachsenwerden eingebaut, wie eines dieser an der Wand befestigten Bügelbretter in alten Häusern. Irgendwann in ihren Zwanzigern werden Leute wie ich viel zu besessen von Inneneinrichtung.

Meine Wohnung lag in Brewers Hill. Einst war diese Gegend der amerikanische Traum gewesen. Auf einem Steilhang mit Blick über das Tal des Milwaukee River gelegen, beherbergte die Nachbarschaft Hunderte von Menschen, die es zu den am Flussufer aufgereihten Gießereien, Mühlen und Gerbereien zog. Vorarbeiter und Besitzer lebten Haustür an Haustür neben eingewanderten Arbeiterinnen und Arbeitern mit schwieligen Handflächen, deren eng aneinandergedrängte Häuschen die großen neoklassischen und italianisierenden Bauten auf ihren riesigen Grundstücken säumten. In der Nachbarschaft kannte man einander. Die Kinder spielten frei auf der Straße.

Der Abschwung nach dem Krieg weidete die Gegend aus. Räucherte sie, trocknete sie und lagerte sie für später ein. Die Betriebe verließen das Tal. Die Stadtverwaltung riss resigniert ein leer stehendes Haus nach dem anderen ab. In den Siebzigern und Achtzigern tröpfelten die Menschen dann langsam, aber sicher wieder zurück nach Brewers Hill, das von der Segregation durch Redlining in den nördlich angrenzenden Vierteln verschont geblieben war. Auf den Grundstücken abgerissener Gebäude tauchten bescheidene Eigentumswohnungen auf. Fabriken wurden in Loftwohnungen umgewandelt.

In den hübschen Häuserreihen im Kolonialstil wohnen nun Nachbarschaftswachen-Mütter und -Verlobte, die durch ihre Jalousien spähen und an die Hill-Mailingliste schreiben, wenn sie junge Schwarze Männer, die fünf Straßenzüge weiter nördlich leben, in Sichtweite ihrer Veranda vorbeikommen sehen. *Verdächtige Figur*, tippen die Amys dann, ihr Puls angenehm erhöht, der Blick zwischen Fenster und Bildschirm hin- und herspringend. Ältere Menschen in ihren Vorgärten nicken einem zu, bieten einem Schnittblumen aus ihrem Garten an und raten einem, die Fenster mit Plastikfolie abzudichten, wenn der Winter einsetzt.

Ich verwende die Gegenwartsform, aber eigentlich gebe ich nur wieder, wie ich mich daran erinnere und was ich später darüber erfahren habe, und beides zusammen hat meine Wahrheit von diesem Ort geformt. Wir alle haben unsere eigene Wahrheit eines Ortes. Von keiner Stadt gibt es ein universelles Narrativ, das zusätzlich auch noch wahr wäre. Das ist bloß Werbung.

Ende Oktober blies ein Sturm durch die Stadt, ließ eisigen Regen auf sie niederprasseln. Er erwischte mich draußen in einem grauen Wollkleid. Ich ließ mich bis zur Unschicklichkeit davon durchtränken. In der Wohnung rubbelte ich mich mit einem Handtuch ab. Zog mich nackt aus. Ich ging auf die Dating-Website, um Nachrichten an die Frauen zu verschicken, deren Bilder eine zähneknirschende Lust in mir hervorriefen.

Brianne
hey

Emily
hey hübsche

Wanda
hey (:

Ashley
mein arzt hat mir vitamin du verschrieben

Kayleigh
was geht

Carlene
omg frank ocean! der hat mich durchs college gebracht

Tanvi
hey! immer schön, noch eine andere queere
POC lady hier zu sehen. wie geht's?

Meine Versuche reichten von schrecklich bis faul.

Einige der Frauen antworteten, aber sie schienen nicht in der Lage zu sein, ein Gespräch in Gang zu halten, wirkten sterbenslangweilig. Das Ausbleiben von Erfolgen verunsicherte mich. Ich dachte an die Witze, die die Leute am College über Männer gemacht hatten, die aus derselben Gegend kamen wie ich, Männer, die Frauen anschrieben und sie baten, ihnen ihre Brüste und Vagina zu zeigen, die sie *bobs* und *vagene* schrieben.

Ich verfolgte die Pakete mit den Möbeln, die ich bestellt hatte, mithilfe ihrer Sendungsnummern. Die Stücke – Kommoden und gesteppte Schlafsofas und Anlehnspiegel – waren in der Mitte des Landes deponiert gewesen und bewegten sich nun von dort aus langsam und unermüdlich auf mich zu.

Gı

Du hast deinen alten Akzent total verloren, sagte Thom irgendwie anklagend zu mir.

Kümmere dich um deinen eigenen Kram, antwortete ich, während meine Kehle sich aus Gründen zusammenschnürte, die ich nicht richtig zu fassen bekam. Wir waren zu einem Martini-Lunch ausgegangen. Sechs Kleinkinder, die sich in zwei Anzügen versteckten. Wir saßen in der Bar Louie in der Nähe des Kunden. Auf unserem Tisch standen Zierkürbisse, auf einem Zettel wurden die Herbstspezialitäten angepriesen: ein Pumpkin-Spice-Tiramisu, Hot Toddys mit Apfelsaft.

Mein Martini hatte die Geschmacksrichtung Ananas-Holunderblüte. Thoms war klar und brennend, mit nichts als einer rot gefüllten Olive als Anker.

Er sagte, ich solle mir nie wieder so ein Mädchengetränk bestellen, wenn ich in Gesellschaft war.

Typen mögen Frauen, die trinken wie Männer, erklärte er.

Wie kommst du darauf, es würde mich interessieren, was *Typen* mögen?

Mein Homie. Ganz offensichtlich willst du, dass die Männer dich bewundern. Oder fürchten. Eins von beidem.

Ganz offensichtlich. Alles klar. Kapiert.

Halt dich von ausgefallenen Drinks fern. Oder auch nicht. Mir doch egal.

Dir doch egal. Alles klar.

Im Grunde stehen wir in Konkurrenz zueinander. Zu dumm, dass ich dich mag. Wird unsere Loyalität den Kapitalismus überleben? Da-da-dum.

Zieh keine falschen Schlüsse über meine Loyalität, erwiderte ich. Weniger, weil ich es so meinte, sondern eher, um die Macht kühlen Verhaltens zu unterstreichen.

Als unsere Kellnerin die Rechnungen brachte, fehlte auf meiner ein Ananas-Martini für zehn Dollar neunundneunzig. Ich bemerkte es laut. Super, meinte Thom, du hast einen winzigen Treffer gegen das System erzielt. Los geht's, Broseph.

Ich schüttelte den Kopf. Ich fühlte mich gern heiliger als andere Menschen. Es kam nur so selten vor. Ich winkte die Kellnerin herbei, die irgendeine unangenehm aussehende Wucherung auf ihrem linken Nasenflügel hatte.

Wurde schon bezahlt, sagte sie.

Wie bitte?

Sie hat es übernommen.

Was?

Sie wies auf den hinteren Bereich der Bar Louie. Dort spielte eine Frau mit schwungvollem blondem Haar und flachen Brüsten Poolbillard. Ihre winzige Gestalt war umgeben von einem Grüppchen aus lachenden androgynen Menschen. Abrasiertes Haar. Hosenträger. Manche von ihnen trugen T-Shirts, auf denen STRIVE DANCE stand.

Das Gesicht der Frau war herzförmig, und unter seiner Spitze saß eine Fliege. Sie beugte sich über den roten Filztisch und nahm ihren Stoß vor.

Dann blickte sie direkt zu mir auf.

Ich senkte ruckartig den Kopf und machte mich an meinem Geldbeutel zu schaffen. Mein Gesicht glühte.

Ayyy. Du hast eine *Verehrerin*, sagte Thom und leckte sich in einer Parodie männlicher Rüpelhaftigkeit die Lippen.

Sie hat mich auf einer Dating-App geghostet. Das ist keine Anmache. Das ist eine Entschuldigung. Reine Höflichkeit. Komm, sonst stempeln wir zu spät ein.

Warte, warte, warte. Bist du – datest du? Datest du *Frauen*?

Lass uns gehen, Thomas.

Seit wie vielen Jahren sind wir jetzt befreundet, Bruh?

Tatsächlich seit noch gar nicht so vielen.

Ich erzähle dir von meinen Sexabenteuern bis hin zum Muschifurz. Ich habe dir erzählt, wie Isabel einmal auf meinen Schwanz gekotzt hat, dabei musste ich ihr buchstäblich Geheimhaltung schwören. Und ich dachte, du wärst so ein indisches Mädchen, das eifrig seine Jungfräulichkeit beschützt. Währenddessen gertrudesteinst du dich anscheinend durch ganz Ill Mil. Ich bin verletzt, mein Dude.

Fick dich. Hier ist Bargeld, du kannst es mir zurückzahlen. Lass uns *gehen*.

Willst du dich nicht bei deiner *höflichen* Freundin bedanken?

Ich lasse mich nicht von Peter und Susan fertigmachen, weil wir zu spät und nach Gin stinkend auftauchen.

Tagesordnungspunkt vertagt, erwiderte Thom ominös lächelnd. Fürs Erste.

Wir traten aus der Bar Louie, knöpften unsere Mäntel vor der Kälte zu und warfen keinen Blick zurück. Es entspricht der Wahrheit, dieses Klischee: Mein Herz pochte.

Hı

Es hätte eigentlich ganz einfach sein sollen, Marina in den darauffolgenden Tagen eine Nachricht zu schreiben.

Aber als ich den Mut aufbrachte, die Inbox der App zu öffnen, an einem späten Vormittag nach vielen Krügen Coors im Y-Not II, war mein Gesprächsverlauf mit ihr seltsam nackt geworden. Meine Nachricht – lang und galant, durchdachter als die anderen, die ich normalerweise verschickte – schien nun hinübergeschleudert worden zu sein zu dem grauen Umriss eines Kopfes. Das Fahndungsfoto einer Schaufensterpuppe.

Sie hatte mich blockiert. Oder ihr Profil deaktiviert. Hatte sie mich tatsächlich *blockiert*? Das würde überhaupt keinen Sinn ergeben. Was für ein Mensch würde eine großartige Nachricht von einer gut aussehenden Person ignorieren, dann einen Ananas-Martini durch ein Restaurant verschicken und die Empfängerin online auf dem einzigen Portal blockieren, auf dem es zu einer weiteren Kontaktaufnahme kommen könnte? Ein unsinniger Mensch. Ein falthoo Mensch.

Ein Mensch, der meine Zeit nicht wert war.

Wütend öffnete ich Channa-Dosen.

Als ich mir in den Handballen schnitt, erstaunte mich die Farbe meines eigenen Blutes. Orange wie der regennasse Fußweg, der zum Haus meiner Eltern führte. Blut machte mich hilflos. Ich erinnere mich noch, dass ich als Kind einmal bei seinem Anblick in Ohnmacht fiel. Als Erwachsene hatte ich es ausschließlich in meiner Menstruation zu tolerieren gelernt.

Für meine Kichererbsen hatte ich den Ofen auf zweihundert Grad gestellt, und mein uralter Herd konnte die Hitze nicht darin festhalten. Das Blut aus meiner Hand war auf die Herdplatte getropft, wo es anscheinend langsam gekocht wurde. Das erschien mir sowohl lustig als auch widerwärtig. Ich hatte nicht die richtigen Utensilien, um die Wunde zu versorgen. Stattdessen schnappte ich mir ein langes Stück Küchenrolle und eine Flasche Whiskey. Kippte die Flasche über die geballte Faust voller zusammengeknülltem Brawny. Presste mir diesen alkoholgetränkten Stöpsel fest in die Hand.

Das Brennen des Alkohols an meiner kleinen Schnittwunde war wie eine Zeitmaschine. Arnika auf meinen Schnitten, meine Mutter, die mich an einem einzigen dünnen braunen Arm hochhob, während ich heulte. Das Licht, das durch die staubigen Vorhänge über dem Bett hereinfiel, in das sich meine Großeltern Jahre später legten, um fortan nicht mehr daraus aufzustehen. Dettol in dem kleinen Krankenhaus in Kerala. Ich war während meines Studiums hingeflogen, um mir die Weisheitszähne herausoperieren zu lassen, da es laut meiner Mutter keinen Sinn ergab, dafür amerikanische Straßenräuberpreise zu bezahlen. Ich dachte daran, wie ich mich in meiner Kindheit nach Wutanfällen und Bestrafungen in den Körper meiner Mutter faltete, wie sie mich umhüllte. Steife, leuchtende Stoffe, weiche, klebrige Arme.

Der Geruch meiner Mutter. Fenchelsamen. Sandelholzseife.

Als ich aufhörte, in meine Hände zu weinen, konnte ich Amys erhobene Stimme hören, die durch die Dielenbretter gedämpft wurde. Eine weitere Stimme antwortete auf das wütende Fauchen – die eines Mannes. Der Verlobte.

Ich wischte mir die laufende Nase mit der Whiskey-Kompresse ab. Dann, getrieben von Neugier, ließ ich den Kopf auf den Fußboden sinken.

Die meisten Worte blieben undeutlich, aber ich hörte, wieder und wieder: Ich bin ein netter Mensch! Ich bin ein netter Mensch!

Na ja, wenn man es extra *sagen* muss.

Schweigen. Der Verlobte schien hinausgestürmt zu sein. Ihre Haustür schwang auf, ließ ihr metallisches Ächzen erklingen.

Mein Eingang war eine Seitentür in Richtung Westen, durch die man sowohl in den Keller als auch auf die absurd schmale Treppe kam, die zu meiner Wohnung führte. Die beiden bewohnten die Vorderseite des Hauses. Auf dem höchsten Teil von Brewers Hill. Von dort aus konnte man die Skyline von Milwaukee sehen, kompakt und gläsern.

Ehe ich vom Fußboden aufstand, hörte ich die Stimme des Verlobten so laut auf meiner Treppe, als würde er unsichtbar neben mir stehen und sprechen.

Amy, sie stand die ganze verdammte Nacht lang offen, sagte die Stimme.

Er meinte die Seitentür. An meiner Wohnungstür waren sichtbar Riegel und Kette vorgeschoben. Am Herd kauernd konnte ich beide deutlich erkennen. Ich war froh, dass sie da waren, als Schutz vor dem fürchterlichen männlichen Dröhnen vor der Tür. In der Nacht zuvor war ich mit Thom und seinen Mitbewohnern ausgegangen. War um drei Uhr morgens zurückgekehrt. Wahrscheinlich hatte ich den Schlüssel nicht ganz umgedreht.

Das Stampfen des Verlobten entfernte sich. In meinem Magen spürte ich den Sturm heranrollen.

Ich nahm meine Kichererbsen, bestäubte sie mit Kurkuma und Kreuzkümmel. Salzte sie ordentlich und bedeckte sie mit Ketchup.

Ich legte mich nackt ins Bett und stellte die Schüssel zwischen meinen Brüsten ab. Verrührte und aß mit meiner rechten Hand, sorgfältig darauf bedacht, den Schnitt nicht zu berühren. Mein Atem ging schnell und flach. Curryketchup sammelte sich unter meinen Nägeln. Mit meiner linken Hand tippte ich auf meiner Tastatur. Begann Dinge auf meinem Profil zu verschieben und zu verändern.

Ich wünschte mir Freundinnen. Ich wollte Abenteuer erleben. Ich wollte keine Beziehung. Das schrieb ich so hin.

Ich antwortete Carlene, die hübsch und süß und dumm wirkte und anscheinend nicht zwischen *you're* und *your* unterscheiden konnte, und wir machten Pläne, uns zu verabreden. Ich wählte die meiner Wohnung am nächsten gelegene Bar. Kann es nicht erwarten, schrieb sie und fügte ein Kussgesicht hinzu.

Ein Teil von mir fühlte sich noch immer unbefriedigt.

Ich starrte auf die Konversation, die ich einst mit Marina geführt hatte, nicht dem anonymen grauen Umriss eines Frauenkopfes, und Wut brach in mir aus, so schnell und widerwärtig wie ein heruntergefallenes Ei. Wie unerträglich es ist, sich nach etwas zu sehnen, was ein anderer Mensch einem vorenthalten kann.

Ich klappte den Laptop zu. Wischte mir willkürlich die

Hände ab. Zog mir die Decke über den Kopf und nahm die Ecke eines Kissens in den Mund. Schloss die Augen.

Ich begann mich selbst zu kneten und quirlen, den Schaum der Lust aufzuschlagen. Als ich kam, schrie ich laut auf.

Mein Telefon plingte. Ich wusste, dass es nichts Gutes sein würde. Für den Augenblick fühlte es sich an, als hätte ich in einem Flecken Sonne gelegen und etwas Köstliches gegessen. Ich lächelte. Rollte mich zur Seite. Ich wusste, dass ich diesen Zustand festhalten musste.

II

Bei der Arbeit begaben wir uns in Phase zwei unseres organisatorischen Changemanagement-Prozesses (OCMP). Es war zwingend erforderlich, dass wir dem Kunden gegenüber weiterhin ein gutes Auftreten präsentierten. Das betonte Peter in einem hell erleuchteten Besprechungszimmer voller modularer grauer Sitzgelegenheiten. Er starrte bewusst auf Thoms Bauch, an dem die Hemdknöpfe langsam Mühe hatten, gegen die Auswirkungen seiner Trankopfer im Y-Not II anzukämpfen.

Ich schlug meine Beine in die andere Richtung übereinander und wurde mir erneut der Stoppeln bewusst, die unter meiner Strumpfhose wuchsen. Stellte mir vor, dass ich eine Spinne wäre, die in einer Ecke des Konferenzraums Fliegen fing. Im Neonlicht blinzelnd.

Es war beinahe halb acht Uhr abends. Um acht musste ich im LuLu in Bay View sein. Wir befanden uns weit im Norden der Stadt, wo sich das ausgedehnte Unternehmensgelände meines Kunden ausbreitete. Ich müsste also drei Busse nehmen, insgesamt zwanzig Minuten warten, und bis ich ankäme, wäre es fast neun. Mein Gesicht musste Verzweiflung signalisiert haben. Peter fragte mich, ob ich eine Bahn zu erreichen hätte.

Oh, ich habe eine Verabredung um acht, aber die kann ich *auf jeden Fall* absagen, erklärte ich im unterwürfigsten Tonfall. Ich fügte hinzu: Das hier ist mir wichtig.

Peter wirkte beschwichtigt und ließ seine Leute gehen.

Thom und ich rannten in Richtung Parkhaus und ließen einen gemeinsamen Jubelschrei erklingen, sobald wir die Empfangshalle des Kunden verlassen hatten. Zuvor waren wir in unseren schicken Schuhen sittsam an deren Pop-Art-Wandgemälde einer für Wisconsin typischen Landschaft entlanggelaufen: Wälder und Seen und Ackerland, aus denen Batterien, Autositze und Heizgeräte aus grasigen Hügelkuppen und bewaldeten Enklaven hervorbrachen wie Eiterbeulen. Nun fühlten wir uns wie freigelassene Kinder. Das Parkhaus war novemberkalt und leer. Thom quetschte sich in den Wagen, hob eine Gesäßhälfte an und ließ einen mehrere Minuten andauernden, reifen Trompetenstoß von einem Furz ertönen. Stöhnend und lachend wedelte ich mit der Hand in seine Richtung.

Thomas, Grundgütiger, ich werde ersticken –

Tut mir leid, Bruh, musste es mir den ganzen Tag verkneifen, hat sich mächtig was angestaut.

Wieso gehst du nicht bei der Arbeit zur Toilette? Ich meine, ernsthaft, das kann nicht gesund sein –

Damit ich in Hörweite von Peter und den Geschäftsbereichsleiterinnen und stellvertretenden Ressortleitern, denen ich noch bereinigte Tabellen schuldig bin, furzen kann? Ich nehm dich mit, da musst du eben ab und zu einen Furz riechen. Nenn es die Arschsteuer. Die Gassteuer.

Hey, kannst du mich bitte nicht zu Hause absetzen?

Na klar, Homie. Wohin willst du?

LuLu, das ist auf der, äh, lass mich nachschauen –

Bay View oder Brady?

Äh, Bay View. Vielen Dank. Ehrlich.

Schon gut. Danke, dass du mir genau eine Minute vor der Ausfahrt Bescheid gibst.

Tut mir leid. Tut mir leid.

Irgendwann mal fährst du selbst, dann wirst du es verstehen.

Du klingst wie meine Mutter. Seit ich auf der Welt bin, sagt sie zu mir: Wenn ich einmal sterbe, dann wirst du es verstehen.

Moms haben sie nicht alle. Allgemeingültige Wahrheit. Also, wer ist im LuLu?

Es ist kein richtiges Date –

Ach, die alte Leier.

Halt die Klappe. Ich treffe mich mit dieser Frau namens Tig.

Und woher kennst du Ms. Tig? Alte Freundin?

Fick dich. Wir haben uns im Internet kennengelernt, aber ich habe mein Profil geändert. Da steht jetzt, dass ich auf der Suche nach Freundschaften und Abenteuern bin. Sie hat mir geschrieben und meinte, sie suche dasselbe. Hat genug vom Daten. Sie wirkt cool, auch wenn sie nicht mein Typ ist, aber ja. Freundschaftsdate.

Freundschaften und Abenteuer! Wieso ist sie nicht dein Typ?

Da müssen wir jetzt echt nicht drüber reden.

Das ist die Steuer, mein Dude. Der Preis für die Fahrt. Die Gebühr für die Telefonauskunft. Komm schon, gib mir irgendwas Gutes. Was zur … Dieser Wichser hat mir einfach komplett die Vorfahrt genommen. Hast du einen Todeswunsch, Arschloch?

Ich weiß nicht. Sie wirkt ein bisschen zu dick. Aber ich habe sie noch nicht getroffen. Was ist denn *dein* Typ?

Ich mag ganz weiche Frauen. Also, mir gefällt die Vorstellung, dass alle Teile einer Frau wie eine Brust sind. Einfach eine herumlaufende Ansammlung von zusammenhängenden Brüsten. Einfach weich. Gefügig. Außerdem mag ich große Augen, breite Münder. Und was im Kopf, *natürlich*.

Ich kann nicht mehr. Okay, bieg hier rechts ab. Du bist unmöglich.

Du hast mich gefragt, Dog.

Breite Münder erklärt Isabel.

Red keinen Scheiß über mein Mädchen. Das ist tabu.

Hab ich gar nicht. Ich halte viel von der jungen Isabel. Sie hat bloß unbestreitbar einen breiten – alles klar, wir sind da. Danke, danke, danke.

Bring dein Nicht-Date dazu, dich nach Hause zu fahren. Es ist zu weit und zu kalt zum Laufen, und ich hab nicht vor, deinen Arsch wieder hier abzuholen.

LuLu war auf jene Art schön, wie es meine liebsten amerikanischen Restaurants sind. Zinndecke. Echte Holztische, vor Lärm summend. Buttriges Licht. Die Gastgeberin war vollbusig, mit breiten, weichen Lippen. Beim Sprechen mit ihr senkte ich den Blick und versuchte, weder zu grinsen noch rot anzulaufen.

Tig hatte mir geschrieben: es ist voll. draußen gibt es heizstrahler, sag bescheid, wenn das nicht okay ist.

Ich schlängelte mich zum Hinterhof durch.

Ein neugieriges Gesicht, beweglich und energiegeladen, blickte unbefangen zu mir auf. Eine dralle Frau. Haut in der Farbe von dunklem Honig, beinahe im gleichen Ton wie meine eigene. Die Haare in winzigen Braids. Ihr Lächeln zeigte, dass sie keine Zahnseide benutzte. Dennoch hatte sie etwas Gebieterisches an sich. Sie stand auf und ergriff meine Hand. In der Kühle des mit Glühlampen beleuchteten Hinterhofs trug sie keinen Mantel, lediglich einen Pullover.

Schön, dich kennenzulernen. Ich bin Antigone. Antigone Clay.

Grundgütiger, dachte ich.

Sie fügte hinzu: Die meisten nennen mich Tig.

Ich werde dich nennen, wie auch immer du willst, erwiderte ich und beugte mich mit einem leichten Lächeln über eine Speisekarte.

Möchtest du drinnen sitzen?

Ach, geht schon.

Die Kellnerin trat an unseren Tisch. Antigone schenkte ihr ein breites Lächeln. Warf nicht einen Blick auf die Speisekarte. Sagte: Bringen Sie uns zwei Gläser von Ihrem Lieblings-Rotwein. Sie wird das Essen aussuchen.

Ich war erschrocken, traf aber eine Auswahl. Gebratene Shishito-Paprika, von denen ich noch nie etwas gehört hatte, aber fand, dass sie kultiviert klangen. Gnocchi mit brauner Butter und knusprigen Salbeiblättern. Mais- und Zucchini-puffer mit Labneh.

Tig war siebenundzwanzig. Fünf Jahre älter als ich. Sie liebte es zu reden, und sie liebte es zuzuhören, lockte einen aus der Reserve mit Fragen und Kommentaren, was eine Unterhaltung mit ihr zu einem raren Vergnügen machte. Ihre Stimme war sanfter, als ich vermutet hatte. Ihr Lachen dagegen war wie eine große Vase, in die mein eigenes hineinzupassen schien. Ich ließ es öfter erklingen, wenn ich mit ihr sprach. Sie erzählte mir, dass sie datingmüde sei und im letzten Jahr eine Reihe unergiebiger Liebschaften gehabt habe. Ihre letzte Freundin sei so kontrollierend gewesen, dass sie Tig genötigt habe, jederzeit ihren Standort auf Find My Friends zu teilen. Ich war beeindruckt von der Leichtigkeit, mit der sie dieses Detail enthüllte.

Tig war in Milwaukee aufgewachsen, in North Division. Als sie in meinem Alter war, hatte sie die Stadt verlassen. War hinunter nach Disney World gefahren und hatte dort einen Job gefunden. War jahrelang geblieben. Sie war Begrüßerin, Verkäuferin, Mitglied des Casts und zum Zeitpunkt ihrer Kündigung inoffizielle Auszubildende eines Fahrgeschäftemechanikers gewesen.

Weshalb bist du zurückgekommen?, fragte ich.

Antigone fuhr mit den Zinken ihrer Gabel durch das Labneh und spießte Gnocchi auf. Schloss die Augen, um den Geschmack aufzunehmen.

Seltsam, verkündete sie, und dann tat sie es erneut. Ich wartete auf eine Antwort. Ihre Aufmerksamkeit hatte eine neugierige, umherschweifende Qualität.

In ihrer Familie gab es Drama. Eine Schwester machte Schwierigkeiten. Außerdem hatte sie studieren wollen, sagte sie, und mittlerweile sei sie dabei. Sie studierte Philosophie am Alverno. Einem Frauen-College. Ihre Dozentinnen seien radikale wundervolle Weiber, sagte sie. Aber die Studiengebühren waren hoch. Tig hatte mehrere Kredite aufgenommen. Sie lebte in Bay View, mit einer türkischen Mitbewohnerin, die sie seltsamerweise Turk nannte.

Ich fragte Tig, wer ihr*e Lieblingsphilosoph*in sei.

Diese Woche ist es Kant, antwortete sie. Aber das ändert sich von Woche zu Woche. Und wir haben gerade erst angefangen, Kant zu lesen.

Ich aß die letzte Shishito. Sie war schärfer als die anderen. Sauer, pfeffergrell.

Also, was war der Höhepunkt deiner Woche?, fragte Tig, die spürte, dass ich mich innerlich zurückzog. Was war der Tiefpunkt?

Ich dachte über die Frage nach.

Höhepunkt, Woche vom 11. November
Das riesige Gantt-Diagramm fertigzustellen, das die einzelnen Projektphasen für den organisatorischen Changemanagement-Prozess (OCMP) über die nächsten Wochen und Monate zeigt, es erfolgreich auf dem riesigen Drucker des Kunden auszudrucken, es mit dunkelblauem/-grünem Klebeband an die Glaswände des Konferenzzimmers zu kleben, während du dich in einem Wettlauf gegen die Uhr befandst und aufgrund verschiedener schroffer E-Mails von Susan und Peter Schweiß ausdünstetest. Auf das Gantt-Diagramm zu blicken, die bereits getane und die noch zu erledigende Arbeit zu sehen, die Sprache darauf kaum noch Englisch, eine Sprache, die du vor diesem Job kaum beherrscht hast, voller Ausdrücke wie *Stakeholder-Engagement*, *Ressource-Onboarding*, *Bottom-Lining*, *Sprints*, *86ing*, *Train the Trainer*, *Green Belt*, *Go/No-Go*.

Darauf zu blicken und zu denken: Du verdienst Geld, du arbeitest in einem Büro mit Menschen in Anzügen, wenn er weiterhin mit dir zufrieden ist, wird Peter dein Sponsor für eine Green Card werden, du kannst Geld nach Hause schicken und in einem guten Restaurant essen, wenn du es willst, und dir ein Steppsofa kaufen, wenn du es willst, du bist in Sicherheit, du bist in Sicherheit.

Tiefpunkt, Woche vom 11. November

Auf das Telefondisplay zu starren und lange, aufgeblähte Textblasen, viele davon ausschließlich in Großbuchstaben, von Amy zu verarbeiten. Die Kernfrage des Inhalts war das Nichtabschließen der Seitentür, allerdings wurden mehrere alarmierende Andeutungen gemacht, dass Amy und der Verlobte dein Kommen und Gehen jeden Tag beobachtet haben und dich an die Vermieterin melden könnten, weil du die Tür hast offen stehen lassen und sie für »bis zu vierundzwanzig Stunden in Gefahr gebracht hast«.

Tig griff über den Tisch und berührte sanft meine Hand.

Du bist gerade vollkommen verschwunden, sagte sie. Lachte vorsichtig.

Ich hatte eine ziemlich aufreibende Woche bei der Arbeit, erklärte ich. Der Höhepunkt ist also ganz einfach, dass ich sie hinter mir habe. Der Tiefpunkt? Wahrscheinlich, mit meiner Hausverwalterin aneinanderzugeraten, die direkt unter mir wohnt und mich hasst.

Wer könnte dich schon hassen?

Du kennst mich nicht, sagte ich freundlich genug. Mittlerweile zitterte ich. Tig nahm ihren Mantel und legte ihn über meinen, über mich.

Magst du auf einen Wein mit zu mir kommen?, fragte sie. Ich wohne fünf Minuten von hier.

Ich hatte diese Möglichkeit in Betracht gezogen und war mir ihrer Gefahren bewusst. Mochte diese Frau, wollte jedoch nicht mit ihr ins Bett gehen. Ich muss morgen früh raus, sagte ich. Sie nickte und grinste. Unbeeindruckt.

Was hat deine Hausverwalterin gesagt?

Ich reichte ihr mein Telefon. Tig blickte mit zusammengekniffenen Augen darauf, wollte anscheinend nicht zu viel lesen.

Ganz schön lang, bemerkte sie lediglich. Womöglich spürte sie meine Enttäuschung, denn sie fügte hinzu: Leute, die vermieten, sind das Schlimmste.

Ich bereute diese Offenheit von meiner Seite. Wir sprachen über meine ersten Eindrücke von Milwaukee. Antigone fragte mich, ob ich Angst gehabt hätte. In eine neue Stadt zu ziehen, wo ich niemanden kannte, meine Eltern weit entfernt. An einen Ort zu ziehen, an dem ich noch nie zuvor gewesen war.

Tatsächlich war ich schon einmal hier gewesen. Amit, mit dem ich im College befreundet und für kurze Zeit auch zusammen gewesen war, war zuerst im schicken Brookfield aufgewachsen und hatte dann in Bay View gewohnt. Mittlerweile lebte seine Familie in Shorewood. Im dritten Studienjahr war ich zu Thanksgiving zu seinen Eltern eingeladen worden, um nicht allein im Wohnheim bleiben zu müssen. Wir hatten Tandoori-Truthahn gegessen. Wir hatten getrennte Schlafzimmer zugewiesen bekommen. Als Amit sich in meins schlich, um mich zu lecken, dachte ich dabei, auch wenn ich jedes verfügbare Neuron in meinem Kopf so anordnete, dass dieser Vergleich blockiert wurde, an den halb blinden Familienhund, der mir während des Abendessens wiederholt das Schienbein geleckt hatte. Es war eine Weile her, seit ich das letzte Mal mit Amit gesprochen hatte, einer der wenigen Menschen, von denen ich mich verstanden fühlte, auch wenn wir in romantischer Hinsicht furchtbar schlecht zueinander gepasst hatten. Mittlerweile druckte er in San Francisco Geld.

Ich sollte dem Jungen mal wieder schreiben, dachte ich. Hören, wie es ihm geht.

Es war *in Ordnung*, sagte ich zu Tig. Ernsthaft, im Kontext der anderen Umzüge, viel größere, die ich hatte hinter mich bringen müssen, war es in Ordnung gewesen. Eigentlich war das hier gar nichts – rein theoretisch.

Antigone nickte bloß, aber ich fühlte mich mit einem Mal ein bisschen besser gesehen.

Die Rechnung kam. Ich legte meine Debitkarte darauf. Antigone wollte protestieren. Ich hielt die Hand hoch.

Du bist Studentin, sagte ich. Du kannst nächstes Mal bezahlen.

Großzügig zu sein, fühlte sich an wie das Beste, was man sein konnte.

Tig zeigte ihre gelben Zähne. Als meine Karte zurückkam, griff sie danach. Schaute sie sich genau an.

Meine Bank hat einen Betrugsschutz, sagte ich, nur halb im Scherz.

Vielen Dank fürs Abendessen, erwiderte sie. Ich habe die ganze Zeit über versucht, deinen Namen herauszufinden.

Ein Lachen sprudelte in mir auf. Die Absurdität dieser gesamten Interaktion. Ich hatte es vergessen. Mein Displayname in den Apps lautete einfach nur *S*.

Er ist hübsch, sagte sie.

Ich hasse meinen Namen, erwiderte ich. Habe ihn schon mein ganzes Leben gehasst.

Erzähl mir mehr.

Nichts zu erzählen.

In Ordnung. Lass mich dich nach Hause bringen, Ma'am, sagte sie. Du kannst mir mehr über deine Hausverwalterin berichten.

Als Tig vor meinem Haus anhielt, drehte ich mich zu ihr um. Ein großer Klumpen Wärme in meiner Brust. Ich war froh, dass es mir erspart geblieben war, um die Fahrt zu bitten oder von Kälte überzogen zwei Meilen zu laufen.

Ich mag dich sehr. Ich möchte mit dir befreundet sein, sagte ich.

Ich fühlte mich beschämt und ernsthaft und sehnsüchtig und sehr, sehr jung. Es war die Wahrheit.

Tig berührte mich an der Wange.

Freundschaft ist Arbeit, sagte sie. Freundschaft ist Arbeit und eine Verpflichtung und eine Praxis. Ich weiß nicht, ob du das auch so siehst.

Ich glaube schon. Zumindest, soweit ich darüber nachgedacht habe.

Verdammt, schau dir das an, es schneit. Der erste Schnee des Jahres.

Ich wollte die Windschutzscheibe des winzigen Wagens berühren, auf der die kleinen blassen Flocken starben. Der Anblick von Schnee versetzte mich auch nach Jahren in diesem Land noch in Staunen.

Ich mag dich auch, sagte Tig. Ich möchte gern meinem Gefühl folgen. Lass uns das nächste Mal ein richtiges Abenteuer erleben.

In Ordnung.

Schlaf gut, Babe.

Und damit verschwand sie. Als ich auf das Haus zulief, bemerkte ich, wie Amys Jalousien herunterschnellten.

J1

Ich sagte meinen Eltern, dass ich über Weihnachten nicht nach Hause fliegen würde. Wir feierten ohnehin nur locker. Ein wackeliger Baum aus grünem Plastik, ein von innen erleuchteter Papierstern auf der Veranda. Peter hatte uns mitgeteilt, wir könnten während eines laufenden Projekts nicht alle gleichzeitig Urlaub nehmen, da das vor dem Kunden gar nicht gut aussehen würde. Er schlug vor, ich solle stattdessen während der Abteilungsklausur verreisen. Ich verschickte die WhatsApp-Nachrichten, während ich auf den zweiten Bus wartete. Es schneite. Meine Finger pochten vor Hitze und Schmerz. Ich schrieb ihnen: Tut mir leid, Mummy und Papa. Ich muss arbeiten. Ich schicke euch sofort Geld. Ich komme im Februar.

Auf meinem Bankkonto befanden sich nun dank der von Peter bezahlten Wohnung über vierzehntausend Dollar. Eine obszöne Summe, die mich an Badewannen voller Scheine denken ließ, an Videos, in denen Geld an Frauenkörpern herunterregnete.

Ich legte viertausend beiseite, um meine Selbstständigkeitssteuern zu zahlen, und überwies meinen Eltern zweitausend. Um mit dem Haus zu helfen, Lebensmittel zu kaufen, Medikamente für meine Großeltern. Das Dach ihres Hauses musste repariert werden, und es fehlte eine neue Tür für das Gästeschlafzimmer.

Der ursprüngliche Bau hatte nur zwei Schlafzimmer gehabt. Bis zum Alter von vierzehn Jahren hatte ich auf dem Ausziehbett neben meiner Großmutter geschlafen, und dies schien zu genügen, um unsere große Migration zu rechtfertigen: nach der Überquerung zweier Ozeane in einem Land anzukommen, das anscheinend jedem Menschen verfassungsmäßig ein eigenes Zimmer garantierte. Als das neue Unternehmen meines Vaters in den Staaten Geld abzuwerfen begann, hatten sie zu Hause einen Anbau errichtet. Ein drittes Schlafzimmer mit echten Fliesen auf dem Fußboden und gestrichenen statt getünchten Wänden.

Meinen Eltern die Überweisung zu schicken, um das Dach und die verrottete Tür zu ersetzen, war einfacher, als ihnen zu sagen: Ich denke ständig an euch. Als sie zu fragen: Wieso habt ihr mich verlassen?

In meinem Leben hatte sich inzwischen eine Routine etabliert. An den Werktagen holte Thom mich um sieben Uhr morgens ab, und wir fuhren die dreißig Minuten bis zum Firmengelände des Kunden, hörten Podcasts und sprachen nur wenig. Thom beschloss, nach der Paleo-Diät zu leben. In der riesigen Cafeteria des Kunden keine tumorähnlichen Cranberry-Muffins mehr mit mir zu essen. Er schmorte jeden Abend fettes Schweinefleisch, bereitete sich Pancakes allein aus gedrückter Banane und Ei zu, ging zum Metzger, um Knochen für eine Pho zu kaufen. An jenen kalten frühen Morgen roch das Innere seines Wagens nach Fleischbrühe und Kiefernharz, und im Verlauf der Tage wurde dieser Geruch zu einem Trost. Manchmal fuhren wir morgens am Y-Not II vorbei und staunten über die Menschen, die bereits in seinem Inneren saßen und langsam ihr Bier tranken, während die Sonne aufging. Wisconsin hat eine dunkle Seite, meinte Thom. Ich dachte an die schweigsamen, Frauen schlagenden Trinker, die ich als Kind gekannt hatte, und sagte: Junge, so ist es überall. Dann blickte ich auf den aus einer vergangenen Zeit geretteten elektrischen Stuhl, der im neonpinkfarbenen Schaufenster des Y-Not II ausgestellt wurde, und etwas in mir fror zu wie eine Tür. Ich wusste nichts von überall. Ich kannte lediglich den Ort, der mich hervorgebracht hatte und der vergangenen Besuchen nach zu schließen bereits dabei war, sich bis zur Unkenntlichkeit zu verwandeln. Ich kannte unsere Collegestadt so gut, wie jemand, der eigentlich noch ein Kind war, einen Ort eben kennenlernen konnte. Eines Tages würde ich vielleicht auch Milwaukee kennen.

An den Wochenenden rief ich meine Eltern an, gab Antigone Abendessen aus, ging hin und wieder auf ein Date, schrieb manchmal bis tief in die Nacht Textnachrichten an Pulp Fiction. Sie war besessen von einem Mann. Irgendein Doktor in einer offenen Ehe, der in ihrer Collegestadt lebte. Wenn ich zu viel darüber nachdachte, machte es mich wahnsinnig. Um mich abzulenken, ging ich auf weitere Dates, die meisten zweckmäßig und unbedeutend. An manchen Donnerstagen besuchte ich Live-Auftritte mit Thom, der wie schon im College ein riesiger Konzert-Fan war. Isabel war mittlerweile nach Milwaukee gezogen, kam jedoch nur selten mit. Wir gingen in den Cactus Club, ins Mad Planet und ins Fire on Water und wippten wie der Rest der Menge von einer Seite zur anderen wie plumpe Bojen. Wie sahen Foxygen und Poliça, Peter Wolf Crier und Atmosphere. Manchmal sahen wir auch lokale Bands. Painted Caves, Tay Gutta, Volcano Choir. Thom schleifte mich mit zu Born of Osiris auf dem Wisconsin Metal Fest. Unsere Ohren dröhnten noch Tage später.

Bei der Poliça-Show sah ich Amy. Thom und Isabel hatten angefangen, einander zu betatschen. Ich ließ mich von ihnen forttreiben und wurde gegen die linke Seite der Bühne gespült. Der Sound stöhnte in Schleifen durch meinen Körper. Rotes Licht umhüllte mein Gesicht und alles, was ich sah. Auf der anderen Seite der Bühne weinte eine Frau mit der Hand auf der Brust und schaute zu der Sängerin hinauf. Ihre Gesichtszüge waren verzogen, verzückt. Ein Löffel aus Haar umfasste ihr Gesicht. Der Verlobte war nirgends zu sehen.

Ich starrte sie mehrere Minuten lang an und spürte das heiße, dunkle Erröten einer Voyeurin. Für mich war diese Frau eine Pest. Bestenfalls hatte sie Probleme mit ihrer Aggressionsbewältigung. Aber als ich sie weinen sah, musste ich in Betracht ziehen, dass sie auch noch ein Privatleben hatte, von dem ich nichts wusste. Nicht dass man mich falsch versteht: Ich wollte es auch gar nicht wissen. Ich sah, wie sie sich die Nase putzte, und warf einen letzten Blick auf ihr weich gewordenes Gesicht. Mit den erforderlichen gemurmelten Entschuldigungen drückte ich mich durch die Menge zurück in den hinteren Teil der dunklen Konzerthalle. Als ich die Toilette betrat, berührte der Rand meines Stiefels auf dem nassen Fußboden eine Spritze – zu gleichen Teilen klar und orange, in einem Haufen aus zerknülltem Toilettenpapier. Angewidert trat ich sie in die Nachbarkabine.

Da Tig wiederholt nach einem Abenteuer verlangte, nahmen wir uns einen Samstag vor. Fuhren zu einem Ort namens Devil's Lake. Ein Naturschutzgebiet. In billigen Wollhandschuhen und -mänteln kletterten wir über Felsbrocken, bis wir keuchten und schwitzten. Tig schrie bei der Aussicht. Ich fand sie ganz schön. Für mich bestand das wahre Abenteuer darin, in Restaurants zu gehen und Gerichte zu bestellen, die reiche Amerikaner*innen aßen. Tig erklärte mir die Namen von Pflanzen, die ihr Dad ihr beigebracht hatte. Arznei-Engelwurz, Giftefeu, Nesseln. Eichen, der meisten ihrer Blätter beraubt. Sie zog sich bis auf ihr T-Shirt aus und jubelte durch einen mit den Händen geformten Trichter. Versuchte ein Echo zu erzeugen. Ich beobachtete ihr Gesicht, wollte entscheiden, ob ich eine Schönheit darin finden konnte. Ihre Arme waren dunkler als der Rest ihres Körpers. Ihre Hände hatten Grübchen, waren niedlich pummelig. Wir fuhren zurück in die Stadt, trällerten zu »Stay« von Rihanna auf einer von Tigs zahllosen unmarkierten CDs. Sie sprang vor zu Robyn. »Dancehall Queen«.

Tigs Kühnheit wirkte ansteckend. Ich streckte den Kopf aus dem Schiebedach ihres Honda Fit und sang den Refrain in die kalte Abendluft.

An diesem Abend fuhr sie mich nach unserem Essen im Balzac nach Hause, die Mitte ihrer Lippen lila gefärbt vom Wein. Kannst du noch fahren?, wollte ich wissen, und sie antwortete lachend: Wir sind hier in Wisconsin, Baby.

Dennoch erstarrte sie, als wir auf der Water Street an einem Polizeiauto vorbeikamen. Fragte mich zweimal, ob sie Schlangenlinien fuhr. War sie zu weit rechts von der Fahrbahn?

Heißt das, wenn du über der weißen Linie bist?, hakte ich nach, und sie heulte verächtlich auf.

Ich wusste nicht, dass jemand dermaßen schlau sein und zugleich so gut wie nichts wissen kann, sagte sie.

Oh, ich freue mich, deinen Horizont zu erweitern.

Wir lachten, als sie vor meinem Haus anhielt. In einer fließenden Bewegung schaltete Tig den Motor aus, beugte sich zu mir herüber und küsste mich.

Ich erstarrte wie etwas Lebloses. Stellte mir vor, wie Amys Blicke von der Veranda aus ein Loch in meinen Nacken bohrten. Tigs Zunge in meinem Mund, feucht und hungrig. Meine Lippen hatten sich geöffnet. Der Rest von mir war so reglos und kühl wie ein Kieselstein am Grund eines Sees. Es war nicht nett von mir, aber ich wollte keine Frau wie sie. Eine Frau, die dicker und genauso braun war wie ich.

Ich wollte ein weißes Mädchen. Mit dünnen Gliedern und kecken vollen Brüsten und Lippen. Pink an all den richtigen Stellen. Wollte jemanden wie die Tänzerin, die mich zurück- gewiesen hatte. Ich wusste, dass meine Gedanken undiplo- matisch und hässlich waren. Aber Verlangen bricht durch das Wort *sollte* hindurch wie Wasser durch einen zu schwa- chen Damm.

Ich berührte Tigs Gesicht mit ehrlicher Zärtlichkeit und schüttelte den Kopf.

Bei meinem Kunden herrschte eine neue Hektik mit zu- sätzlichen Firmen, die an dem Projekt beteiligt wurden, wütenden E-Mails voller fehlerhafter Grammatik und chao- tischer Großschreibung und angespannten Sitzungen zwi- schen Manager*innen und Senior-Berater*innen zweimal täglich. Der Zeitplan verzögerte sich. Thom und ich saßen gehorsam hinter unseren Doppelmonitoren und fragten uns, ob wir uns in die wachsende Liste gefeuerter Berater*innen einreihen würden. Peter verpflichtete mich dazu, in einem Meeting zur Phasenneuausrichtung mit Susan und den Se- nior-Berater*innen der drei anderen an diesem Projekt be- teiligten Firmen Protokoll zu führen. Susan legte sich mit

Keith LaMarchese an, der anscheinend nachgelassen und seinen anderen Kunden mehr Aufmerksamkeit gewidmet hatte. LaMarchese schrie zurück. Blut schoss ihm in die Wangen. Halt den Blick gesenkt, wies ich mich selbst an. Ich tippte höfliche und euphemistische Transkriptionen ihrer eigentlichen Worte in das Word-Dokument vor mir.

Dann schlug etwas gegen meinen Arm.

Ein gepolsterter Lederstuhl. Seine weichen Stellen prallten von mir ab, seine glänzenden Räder schrammten über die Wand des Sitzungssaals. LaMarchese hatte den Stuhl geworfen, als er im Zorn aus dem Raum gestürmt war. Er hatte dabei auf niemanden gezielt, aber er hatte mich getroffen.

Der Schmerz tanzte hinunter zu meinem Ellbogen. Ich biss mir, so fest ich konnte, auf meine Wangen. Tippte weiter.

Nach dem geworfenen Stuhl wirkte Susan ruhiger. Sie lächelte und strich sich die dunklen Locken glatt. An ihrem Gesicht konnte man es ablesen: Sie hatte gewonnen.

Niemand sagte ein Wort zu mir. Ein Beispiel dafür, wie man sich nicht vor Kunden benimmt, war alles, was Peter murmelte, als wir den Konferenzraum verließen.

Mir war schwindelig vor Stress. Ich sagte nichts. Ich streckte eine Hand nach der avocadogrün gestrichenen Wand aus, um mich abzustützen.

In zwei Wochen würden nach und nach Stöße von E-Mails an einen Teil der zweihunderttausend Angestellten des Kunden hinausgehen, um ihnen mitzuteilen, dass ihre Software ausgetauscht würde und wie sie ihre E-Mails, Ordner und Daten verpacken sollten, damit alles effizient umziehen konnte. Dafür war all die Arbeit, dieses Projekt mit den Berater*innen von vier unterschiedlichen Firmen. Ein jahrelanges Projekt, das etwas mehr als eine Million Dollar kostete.

Nicht dein Ernst, sagte Tig, als ich es ihr erklärte. Sie lachte aus vollem Hals. Nicht dein Ernst. Um ein Software-Programm zu wechseln? Wie von Microsoft Outlook zu Gmail oder so ein Mist?

Wir waren im BelAir. Aßen Zwei-Dollar-Tacos, nachdem wir zwei Stunden gewartet hatten, um einen Platz zu bekommen. Tig hatte auf meine Ablehnung seltsam gleichgültig reagiert, schrieb mir weiter viele gut gelaunte Nachrichten, machte Scherze, erzählte mir von neuen Verabredungen. Mein Mund schloss sich um das BelAir-Special, das extravagante fünf Dollar kostete. Die weichste Weizentortilla umhüllte einen Brocken Hummerfleisch. Mit Tomatillo-Sauce begossen, mit Cotija und verkohltem Mais gesprenkelt. Tig hatte traditionell gewählt: Hühnchen, Carnitas, Veggie.

Noch besser, entgegnete ich. Sie wechseln zu Microsoft Outlook. Von Lotus Notes.

Was ist das überhaupt? Irgendein Achtziger-Jahre-Scheiß? Wieso wechseln sie heutzutage noch zu *Microsoft*? Warum dauert es ein ganzes Jahr und kostet zehn Millionen Zillionen Dollar für dieses ganze Changemanagement-Ding?

Weil ein System, je größer und komplexer es ist, umso schwerer von oben nach unten zu verändern ist.

Tig sog Luft durch die Zähne. Ist das nicht genau das Problem?, fragte sie. Dass die Veränderung von oben nach unten stattfindet. Überall.

Wie würde denn das Gegenteil aussehen, ein Aufstand von Batterie-Verkäufern, die verlangen, Google-Produkte zu nutzen? Hör zu, ich versuche es dir zu erklären. Das ist der Kern von Changemanagement, okay? Wenn mein Kunde fünfzig Angestellte hätte, wäre die Sache in einem Monat erledigt. Aber das Unternehmen beschäftigt ungefähr hundertneunzigtausend Menschen in ungefähr zehn Ländern, und die Leute werden richtig sauer, wenn der Prozess nicht gut organisiert wird. Die kommen dann zur Arbeit und fragen: Moment mal, wie bitte, ihr ändert in einer Woche meine E-Mail-Adresse? Meine E-Mail-Adresse, von der aus ich all meine Arbeit erledigen muss? Und aller Wahrscheinlichkeit nach wird es nicht gut organisiert sein, und dafür gibt es Beraterinnen.

Hmm.

Jupp. Macht das Feuern leicht, wenn es nicht gut organisiert ist. Mein Titel hört sich schick an, aber er bedeutet lediglich, dass ich ohne sichere Festanstellung für sie arbeite. Susan dagegen bekommt Krankenversicherung, Altersvorsorge und alle anderen Benefits.

Tig aß langsam den letzten Bissen ihrer Carnitas, kaute darauf herum, wie auf einer Idee. Ich mag, wie du denkst, erklärte sie dann. Du durchschaust die Dinge, auch wenn du sie nicht immer infrage stellst.

Nur weil ich nicht jede Frage laut ausspreche, heißt das nicht, dass ich keine Fragen habe!

Ich bin Philosophin, mehr sag ich nicht. Ist mein Job, alles infrage zu stellen.

Wir haben wohl beide unsere *Jobs*.

Bitch –

Wir lachten gemeinsam, das Geräusch schallte durch das stille Restaurant. Tig bestellte einen Krug Sangria, ohne einen Blick auf die Speisekarte zu werfen. Es war Tigs Selbstvertrauen, dachte ich, das sie im Angesicht von Zurückweisung gelassen bleiben ließ und ihr erlaubte, Möglichkeiten gegenüber offen zu sein. Ich spürte, dass dieses Selbstvertrauen in dieser Welt hart erkämpft war, und ich bewunderte es.

Meine Begegnung mit Tig hatte mein Leben verlangsamt und verdichtet, es zum ersten Mal bemerkenswert gemacht. Zum ersten Mal hatte ich das Gefühl, Geschichten zu erzählen zu haben, da ich nun Tig hatte, der ich sie erzählen konnte. Das war eine deutliche Veränderung, nachdem ich wie eine dauerhaft getarnte Motte zwischen dem Neonlicht der Arbeit und der chaotischen Dunkelheit der Spelunken hin und her geflattert war.

Sie zeigte mir Bilder einer rothaarigen Frau, mit der sie sich zweimal verabredet hatte, jemand in einer offenen Ehe. Auch der Ehemann der Rothaarigen hatte Interesse an Tig bekundet. Die Ehefrau bestand ganz aus üppiger Weichheit. Der Mann war dünn und tätowiert, mit dunkelblonden Locs und Katzenzähnen. Eine Stricknadel zu ihrem Wollknäuel.

Du siehst so entsetzt aus, Babe, sagte Tig. Ich werde nicht mit ihm schlafen. Nicht mein Typ.

Bin wohl überrascht, dass er überhaupt irgendjemandes Typ ist.

Magst du Männer denn gar nicht?

Ich überlegte, meine Ansicht kundzutun, eine offene Ehe wirke billig und widerlich. Aber diese entstammte irgendeinem Instinkt in meinem Bauch und nicht meinem Kopf, und so wie ich Tig kannte, würde sie darüber diskutieren wollen. Stattdessen sagte ich: Größtenteils nein, und erwähnte Amit. Tig wirkte nur minimal neugierig und fragte lediglich, ob er in Milwaukee auf die Highschool gegangen sei.

Ja, ich glaube, es war die Rufus King.

Meine Schwester – sie ist meine Halbschwester, wir sind wirklich unterschiedlich – und ich sind beide dort zur Schule gegangen. Aber wir wären ihm nicht begegnet. Ihr seid alle viel zu jung. Außerdem fällt es mir ohnehin manchmal schwer, indische Personen auseinanderzuhalten.

Das ist rassistisch.

Das bin ich, kicherte sie. Nein, nein, keine Sangria mehr. Ich muss uns noch fahren.

Tig fragte mich, ob ich gerade mit jemandem zusammen sei.

Ich nahm einen großen Schluck von meinem Drink.

Ich war am nächsten Abend lose mit Pulp Fiction verabredet. Und irgendwann einmal hatte ich nachts mein LinkedIn-Profil auf Privat gestellt und Marina ausfindig gemacht.

Sie arbeitete in einem Tanzstudio in einem reichen Vorort von Milwaukee. Strive, was die T-Shirts erklärte. Außerdem war sie die »stellvertretende CEO«, der schwachsinnigste Titel, den ich jemals gehört hatte, für Shamar, eine Dance Intensive Company. Was auch immer das sein sollte. Sie hatte einst als Lakai für eine halbwegs bekannte Fernsehschauspielerin in L. A. gearbeitet.

Auf LinkedIn sah Marina weniger schön aus, ihr Lächeln war gezwungen, ihr blasses Haar saß in einem albernen Knoten auf ihrem Kopf.

Nee, antwortete ich. Zu beschäftigt.

Zu beschäftigt mit dem Managen von Veränderung.

Immer.

Ist dieser Laden nicht irre?, fragte sie, als sie die Rechnung unterschrieb. Unsere Sangria war aufs Haus gegangen. Tigs Charme.

Ich blickte mich um. Ich war betrunken und glücklich. Grinste meine Freundin breit an.

Ja, bestätigte ich. Er ist irre.

Milwaukee war auf hundert verschiedene Weisen meine Schule. Mit zweiundzwanzig Jahren war das BelAir für mich eine absolute Neuentdeckung. Ich hatte den Hummer-Taco mit dem ganzen Gesicht gekaut. Ich hatte noch nie so ein Fleisch geschmeckt, süß und cremig, aber noch immer aus dem Meer stammend, die Essenz seiner Herkunft beibehaltend. Das wirkte auf mich wunderschön und tief bewegend.

Tig beförderte mich an Schneewehen vorbei in Richtung Brewers Hill.

Sieh dir das an, sagte sie und wies auf eine Villa in einem Wolkenpink, die einen neuen Anstrich benötigte, umgeben von Trauerweiden. Wir waren durch die Stadt gefahren – vorbei am McKinley Park, wo Tig mir den Bánh-mì-Stand zeigte, der von einer hübschen Polyamoristin geführt wurde, und an den rucksacktragenden Studierenden von der UWM auf der Upper East Side. Hinauf nach Shorewood, wo ich die riesigen Häuser bewunderte.

Sie steht seit Ewigkeiten leer, erklärte Tig. Die Lage ist perfekt – nah am Strand, nah an der Stadt, genug Land drum herum. Wenn ich jemals groß rauskomme, werde ich hier leben.

Das rosarote Haus war gigantisch. Eine Torte mit Zuckerguss. In mir regte sich Bewunderung. Ich wäre nie auf die Idee gekommen, mir einen solchen Ort als Zuhause auszumalen.

Celebrity-Philosophin Antigone Clay kauft Millionen-Dollar-Villa in Babypink, sagte ich. Ich kann die Schlagzeile vor mir sehen.

Jaaaa, Bitch. Wobei das rosarote Haus auf jeden Fall mehr als zwei Millionen kostet. Es hat ungefähr zwanzig Zimmer. Hab ich nachgeschlagen.

Fang an, Bücher zu verkaufen.

Bei einem Stopp-Zeichen warf Tig einen Blick auf ihr Telefon. Irgendeine Nachricht von irgendeiner jungen Frau. Schwarzes Haar, tätowierte Arme, ein sehr junges Gesicht.

Ich überlegte, wie ich ihr die Frage am besten stellen sollte.

Hast du manchmal Angst, von den Apps mit deinen Studentinnen gematcht zu werden?

Meinen was?

Oh. Du unterrichtest gar nicht?

Tig sah mich seltsam an, eine Mischung aus Verwirrung und noch etwas anderem. Wir fuhren gerade den Hügel hinauf. Niemand war auf den Gehwegen unterwegs. Eine mumifizierte Stadt.

Nein, antwortete Tig stirnrunzelnd, ich unterrichte nicht. Ich glaube auch nicht, dass andere in meinem Studiengang das tun.

Bist du denn nicht im Masterstudium?, erkundigte ich mich und fragte mich, ob ich irgendwie verrückt geworden war.

Ohh. *Nein*. Ich mache in zwei Jahren meinen Bachelor-Abschluss.

Das war ein Schock für mich, den ich zu verbergen versuchte.

Ich musste mich dabei schlecht angestellt haben. Tig schaltete den Motor aus und räusperte sich.

Ich möchte dir etwas über mich erzählen, sagte sie, aber zuerst musst du mir irgendetwas Reales über dich erzählen.

Wie bitte?

Ich möchte bloß, dass es gerecht ist. Du erzählst mir nur so wenig Wichtiges über dein Leben.

Ich – mir war nicht bewusst, dass ich hier auf die Waage gestellt und gewogen werde.

Wirst du nicht, Babe. Aber Freundschaft ist Arbeit.

Ich starrte sie an. In meinem Inneren summten Gedanken umher wie Fliegen. Ich wollte erfahren, was auch immer Tig mir offenbaren wollte, was sie hinter ihrem Rücken versteckte wie ein Kind, das versucht, um ein Spielzeug zu handeln.

Aber sie durfte nicht diese Art von Macht über mich ausüben.

Ich muss auf die Toilette, sagte ich. Und fügte mit leiser, kalter Stimme hinzu: Du solltest dich nicht verpflichtet fühlen, irgendetwas *preiszugeben*, was du mir nicht freiwillig sagen möchtest. Vielen Dank fürs Heimbringen.

Sie riss erschrocken die Augen auf, und ihr Anblick durchfuhr mich, auch noch, als ich die Autotür mit zickiger Wucht zuschlug und auf meine Wohnung zulief. Das Geräusch des abfahrenden Wagens in meinen Zähnen. Die großzügige Tig würde dies vergeben, würde noch mehr vergeben können. Am nächsten Morgen würde ich mich entschuldigen, und sie würde es abtun. Dennoch war mir augenblicklich klar: Ich hatte einen Fehler begangen.

K1

Der Winter machte sich nun ernsthaft breit, hielt rüde Einzug. Jeder Morgen hatte etwas Abstumpfendes, wohin ich auch blickte, fehlten Farbe und Schönheit. Ich erfror, sobald ich aus dem Bett aufstand. In einem seltsamen Anfall von Nettigkeit hatte Amy angeboten, mir beim Abdichten meiner Fenster zu helfen. Mit ihrem Föhn, 3M-Plastikfolie und einer Tube Dichtungsmasse arbeiteten wir uns durch meine Wohnung. Sie plauderte mit mir, als hätte es zwischen uns noch nie im Leben Unstimmigkeiten gegeben. Sie lachte und lächelte. Gute Nacht!, rief sie mit ihrer durchdringenden Stimme. Mir schwirrte der Kopf. Ich würde diese Frau niemals verstehen.

Susan bat Thom, eine Reihe von genau konfigurierten Pivot-Tabellen zu erstellen, um die beweglichen Teile der Stakeholder-Engagement-Kalkulationstabelle nachzuvollziehen und sie für die täglichen Folien mit Status-Updates in verdaulichen Häppchen aufzubereiten, woraufhin er, der nur die grundlegendsten und googlebarsten Aspekte einer Pivot-Tabelle kannte, es verpfuschte und sich einiges anhören musste von Peter, der hinzugezogen wurde, um Thoms Arbeit zu korrigieren. Das Abfließen von Berater*innen und Firmen aus dem Projekt schien zumindest für den Augenblick gestoppt worden zu sein, auch wenn man an manchen Tagen an den Wänden des Konferenzzimmers noch das Blut vom vorangegangenen Abend riechen konnte.

Tig hatte einen neuen Job. Bei Lush Cosmetics in der Nähe der Uni. Manchmal brachte sie mir eine Badekugel oder eine kleine Duschgelprobe mit. Die Badekugeln verstaute ich in einer Schuhkiste. Sie waren nur wenig nützlich in meiner Dusche, einer schmalen, vertikalen Sargtruhe. Die Kugeln und Gele wirkten in ihrer Neuartigkeit süß und kindlich, extravagant duftend. Ich war noch nie in einer Lush-Filiale gewesen. Aus Tigs Erzählungen stellte ich es mir vor wie eine Wonka-Fabrik für Toilettenartikel, in der schäumende bunte Flüssigkeiten aus Wasserhähnen an der Decke sprudelten und Angestellte sich die Hände von Kundinnen schnappten und sie mit glitzernden Medaillons einseiften. Tig diskutierte mit ihrer Kollegin Jervai darüber, eine Gewerkschaft für die Angestellten des Ladens zu gründen. Sie war in alle verknallt. Alle waren in sie verknallt. Ihre Hände rochen den ganzen Tag lang nach Ylang-Ylang.

Ich erklärte meiner Mutter über WhatsApp, was eine Badekugel war, wie sie, wenn man sie ins Wasser warf, aufsprudelte, das Badewasser in leuchtenden Farben färbte und die Luft duften ließ, und sie sagte nur: Okay.

Sie und mein Vater wuschen sich mit großen Metalleimern, aus denen sie mit roten Plastikbechern das Wasser schöpften und über ihre Körper spritzten. In ihrem Haus gab es keine Dusche. Aus den limettengrünen Rohren tröpfelte das Wasser lediglich. Es war einfacher, zum Brunnen zu gehen. Die Eltern meines Vaters wurden mit dem Waschlappen gewaschen, während Handtücher einen Bereich ihres Körpers nach dem anderen abdeckten.

Meine Mutter kümmerte sich um sie, während dramatische Kannada-Serien liefen und Ablenkung boten.

Dies würde im Februar auf mich warten.

Li

Eines Samstags schrieb Isabel mir, sie hätte mich schon ewig nicht mehr gesehen und ob ich sie und Thom ins Allium begleiten wolle.

Isabel hatte Geschmack. Das unterschied sie von Thom. Das Allium war wie Europa in Milwaukee – innen klein und dunkel, jedes Detail sorgfältig ausgewählt, die Zutaten gut, ohne amerikanischen Exzess in den Portionen. Wir drei hockten auf gewärmten Sitzen, pfiffigen Bänken mit Kissen darauf über Lüftungsgittern. Wir bestellten teure Cocktails, die weiße Pizza, irgendetwas mit Pilzen und irgendetwas mit Würstchen und machten es uns bequem.

Was mich aufregte, war das Gespräch über Vermieter*innen.

Thom hatte über Engels gefaselt und war mit jedem weiteren belgischen Bier lauter geworden. Nun fing er davon an, dass er nicht viel von Obama hielt. Stellt euch Obamas Handeln mal bei einem weißen Typen vor, niemand wäre von ihm beeindruckt, spottete er, und Isabel nickte ernsthaft und folgsam.

Ich hatte den Eindruck, dass die meisten Menschen, einmal abgesehen von schicken Leuten mit Collegeabschluss, Obama weitaus mehr lieben würden, wenn er weiß wäre, und gerade, weil er es nicht war, erwartete man von ihm, Himmel und Hölle in Bewegung zu setzen. Aber im Grunde verfolgte ich die Politik kaum.

Irgendwie kamen wir von diesem Thema auf Amy. Ich war froh über die Gelegenheit, meinem Ärger Luft zu machen, aber Thom ließ es nicht zu. Vermieter sind der Abschaum der Erde, sagte er wieder und wieder. Wir müssten ihr Vermögen beschlagnahmen, sagte er, und an die Menschen verteilen. Für Wohnraum, sagte er, sollte man nur bezahlen, um ihn irgendwann zu besitzen, und er sollte nicht dafür da sein, dass reiche Menschen aus der Prekarität anderer Menschen eine Investition machten.

Ja, na gut, aber Amy ist *Hausverwalterin*, erklärte ich erneut durch zusammengebissene Zähne.

Hausverwalter sind Bullen. Die Polizei der herrschenden Klasse. Vermieter sind Teil der herrschenden Klasse.

Ich hatte den Eindruck, mein guter Freund Thomas verwandelte sich, während er im lähmenden Neonlicht der Konferenzzimmer unseres Kunden arbeitete, langsam in eine Form von zotteligem Radikalen. Was wahrscheinlich nicht weiter tragisch war, nur konnte ich ihm kaum noch folgen. Für mich waren Vermieter wie Ladenbesitzer. Sie verkauften etwas, was die Leute haben wollten. Und sosehr Amy auch ein Dämon aus der Hölle war, vermieteten selbst meine Eltern eine bescheidene Wohnung, die meine Mutter in einer nahe gelegenen Stadt geerbt hatte, und diese stellte aufgrund der Arbeitslosigkeit meines Vaters ihre Haupteinnahmequelle dar. Sie hatten es getan, weil das Geld hilfreich war, weil die Alternative gewesen wäre, die Immobilie leer stehen und verfallen oder – als er noch am Leben war – meinen feuchten Widerling von einem Onkel dort wohnen zu lassen, was am Ende auf dasselbe hinausgelaufen wäre.

Ich versuchte eine vorsichtige und vernünftige Version davon wiederzugeben.

Es war das erste Mal seit Jahren, dass ich meine Eltern vor ihm erwähnte. Einst hatte Thom mich in irgendeiner College-Bar mit einem Baum in der Mitte träge und fröhlich gefragt, wo sie seien und was sie täten. Ich sagte, sie seien nach Indien zurückgekehrt, um sich um meine Großeltern zu kümmern. Dass mein Vater in den Staaten Buchhaltungs- und Geschäftskram gemacht habe, aber keine neue Stelle habe finden können. Meine Mutter sei Krankenschwester und arbeite in dem kleinen Krankenhaus in unserer Heimatstadt. Mein Gesichtsausdruck musste düster und besorgt gewirkt haben, denn als ich aufblickte, sah ich, dass Thom ihn aufmerksam beobachtete. Wie ein völliger Verrat wurden meine Augen feucht von Tränen.

Das war mittlerweile Jahre her. Wir hatten damals auf unsere Getränke gewartet. Als sie kamen – große Pint-Gläser mit Säulen aus aneinandergewachsenen Eiswürfeln, die noch immer vom energischen Umrühren kreisten –, legte Thom Bargeld für uns beide auf den Tresen, klopfte mir auf die Schulter und kehrte dann zurück zu seinen Jungs. Ließ mich allein.

Wenn deine Eltern Vermieter sind, dann sind deine Eltern Teil der herrschenden Klasse, wiederholte Thom nun, mit dem Eifer eines Pfingstkirchlers oder eines Mannes in safrangelbem Umhang mit öligen Zöpfen, der »Har Har Mahadeva« ruft.

Genauso wie Peter, fuhr er fort. Scheiße, Peter ist wahrscheinlich gleichzeitig Vermieter *und* Chef. Ich kenne diese Typen. Sammeln Gehaltsschecks ein, geben Gehaltsschecks raus.

In Isabels Gesicht flackerte kurz Unbehagen auf. Ihre Mutter war Ressortleiterin bei irgendeiner Firma in Minnesota. Sie erhob leise Einwände. Thom beharrte auf seinem Standpunkt.

Wenn die Revolution kommt, sagte er am Ende seines Monologs, werden all die Bullen und Vermieterinnen, all die Chefs und Kapitalisten gerade ihren Geschäften nachgehen. Sie werden telefonieren, in der Badewanne sitzen, auf einem Weingut irgendeinen teuren Tropfen schlürfen, in ihrem verdammten Heimkino eine gute Serie schauen. Ihnen wird gar nicht bewusst sein, wie groß das Pulverfass geworden ist. Sie werden keine Ahnung haben, bis der erste Ziegelstein durch das erste Fenster geworfen wird.

Und in diesem Augenblick, fügte er hinzu, wobei er die Stimme von großer Lautstärke zu einem Flüstern senkte, wird sich *alles* verändern.

Thom war verblasst. Seine Augen waren rot. So sprach er sonst nicht, so effekthascherisch Reden schwingend. Tief in meinem Inneren spürte ich, dass er intellektuell an diese Dinge glaubte oder gerade anfing, an sie zu glauben, dass aber die Wut nicht dem entstammte, was er beschrieb; sie entstieg der Erwartung eines Lebens, das viel besser war als sein jetziges.

Das Gesicht meiner Mutter tauchte verschwommen vor meinem inneren Auge auf. Genau wie die Augen meines Vaters: Groß und intelligent, zeigten sie sowohl Lachen als auch Furcht. Wie verängstigt sie geblickt hatten, als es an die Tür klopfte. Wie geschlagen meine Eltern klangen, wenn sie mich einmal in der Woche fragten, wie es mir gehe, bei einem verrauschten Reliance-Anruf über Ozeane hinweg. Das Prozedere einer Geldüberweisung, die ständige geistige Umrechnung von Dollars in Rupien. In einem Geschichtsse-

minar, das ich besucht hatte, in einem von Neonlicht durchfluteten Raum, der uns auf das Licht in unseren Bürozellen vorbereitete, hatte uns eine ergrauende Frau in einem
Kimono-Mantel mit einer seltsamen Kleinmädchenstimme
einen Vortrag über die chinesische Landreformbewegung
gehalten. Während ich ihr lauschte, hatte ich an meinen
Vater denken müssen, an das Klopfen an der Tür und das
Blinklicht draußen. Mein Geist schwebte in eine Ecke des
Raumes wie ein Ballon, den ein Kind losgelassen hat. Dort
hatte er gewippt, mit einer Heliumleere, bis das Läuten der
Pausenglocke ihn durchstach und das Ende der Vorlesung
verkündete.

Ich war bereit zu glauben, dass Keith LaMarchese – Rolex
gleich mehr Sex, damit die Ladys Bescheid wissen – ein seinen Verpflichtungen nachkommendes Mitglied der soge-
nannten herrschenden Klasse war. Aber auf einer zellulären
Ebene war mir bewusst, dass mein Vater es nicht war. Und
genauso wenig, so furchtbar sie auch sein mochte, war es
Amy.

Ich glaube, ich habe dich noch nie gefragt, sagte ich, und
meine Stimme klang für mich selbst erstickt und gespens-
tisch, was deine Mutter und dein Vater eigentlich tun, also,
was sie arbeiten.

Thom wirkte zum ersten Mal unbehaglich. Er zuckte mit
den Achseln. Sie arbeiten im Gesundheitswesen, erwiderte er.

Meine Mom arbeitet auch im Gesundheitswesen. Es gibt
viele verschiedene Arten, im Gesundheitswesen zu arbeiten.
Was genau tun sie?

Thom kaute heftig auf seinem Würstchen herum. Isabel
sagte: Lasst uns das Thema wechseln, Leute, es ist Samstag-
abend –

Arbeiten sie bei einer Versicherung oder irgendetwas Ruchloses in der Art, was dir peinlich ist?, wollte ich wissen.

Scheiße, nein. Dann würde ich kein Wort mehr mit ihnen reden. Sie sind bloß einfach Ärzte.

Kardiologie und Allgemeinmedizin, fügte Isabel hilfsbereit hinzu.

Arzt und Ärztin, dachte ich. Mit einem amerikanischen Ärzt*innengehalt. Lebten in einem Vorort Milwaukees, während ihr Sohn wenige Meilen entfernt von einem maoistischen Aufstand träumte.

Meine weißen Freund*innen mit ihren weißen Gesichtern und ihren weißen Leben. Ihr Blick in meine Augen. Wie sie mir in ihrem politischen Raster einen Platz zuwiesen.

Ich konnte keine Sekunde länger im Allium bleiben und dieses Gespräch fortführen, sonst würde ich irgendjemandem einen Teller voller kleiner deutscher Würstchen auf dem Kopf zerschlagen.

Ich muss jemanden anrufen, dauert einen Moment. Hier ist Bargeld, falls sie schon mit der Rechnung kommen, sagte ich und zählte die Scheine ab. Meine Stimme war leer und nüchtern. Meine Finger zitterten vor Wut.

Mit ans Ohr gepresstem Telefon verließ ich das Restaurant. Isabel lachte bereits über irgendetwas und lehnte sich an die Schulter ihres Freundes. Thoms Blick folgte mir, bis ich um die Ecke war. Vielleicht stimmte es nach wie vor, dass wir uns tief in unserem Inneren ähnelten, dass wir die dunklen Umrisse voneinander verstanden.

Ich machte mich auf den Weg, und meine Stiefel rutschten auf dem schlecht gestreuten Gehweg. Ich schrieb ihm irgendetwas Oberflächliches.

Es war eine Art Test: Würde er bemerken, wie aufgebracht ich war? Und wenn ja, würde er mich anrufen oder kommen, um nach seiner guten Freundin zu schauen?

Wir würden es sehen, wir würden es sehen.

Wenn ich lange genug Richtung Westen lief, würde ich bis zu meiner Wohnung in der Vine Street gelangen. Eine gerade Linie, sagte ich zu mir selbst. Versuchte Ruhe in mir zu erzeugen. Ich konnte nach Hause gehen. Ich konnte allein sein.

Das, woran ich mich aus dieser Vorlesung über China unter Mao noch erinnerte, war, wie der größte Teil meiner Schulbildung, diffus geworden, ohne ganz zu verschwinden. Es hatte Versuche gegeben, durch Steuern und Umverteilung eine wachsende Gleichheit herzustellen, aber Mao glaubte daran, dass Kleinbäuer*innen, die sich direkt an der Machtübernahme beteiligten, der Revolution viel tiefer emotional verbunden wären. Lehrer*innen, Grundstücksbesitzer*innen, Intellektuelle: Sie wurden erschossen, zerstückelt, bei lebendigem Leib begraben. Die vormaligen Landbesitzer*innen zersetzten sich unter der Erde und düngten den Boden. Die Landreform erschuf tatsächlich mehr Gleichheit. Auf eine dramatische Weise. Und dann erzeugte sie im Laufe der nächsten Jahrzehnte eine massenhafte Hungersnot. An Ursache und Wirkung davon erinnerte ich mich nicht mehr.

Am deutlichsten hatte ich noch meine eigene Reaktion auf diese Vorlesung vor Augen, die Angst und das Unbehagen, die mir offenbarten, wo meine Loyalität lag und wie ich glaubte, dass Veränderungen vonstattengehen sollten: zivilisiert, inspirierend, mit Reden, ohne Blut. Womöglich mit einem Minimum an Fairness gegenüber jenen Menschen, die die grausame Maschinerie, die nun niedergeschlagen wurde, nicht erschaffen hatten, sondern bloß versuchten, für sich selbst zu sorgen und zu leben, die Waggons ihres Lebens auf den Gleisen zu fahren, die vor ihnen ausgelegt waren.

Die Nachtluft war so kalt. Ich blickte auf mein Telefon. Nichts von Thom.

Ich rief Amit an. Die Mailbox ging ran, aber er schrieb mir beinahe unmittelbar zurück: Alles in Ordnung?

S
mir geht's gut

Amit
Sicher?

S
bist also beschäftigt

Amit
Auf der Arbeit, noch so bis neun.
Wir schauen uns Leute an, die sich als Ent-
wickler*innen beworben haben, und spielen
mit ihnen Tischfußball

S
ich will dich auf keinen fall vom kickern abhalten

Amit
Was ist los? Ist was mit deinen Eltern passiert?

S
ich bin bloß so verdammt genervt von leuten
mit großen abstrakten politischen theorien

Amit

O mist, dann komm nie nach san francisco.
Was waren das denn für große theorien? Im-
migrationszeug? Die leute in wisco können
echt ignorant sein

S

eher so was wie … die politik des mietens.
ist aber echt egal, Amit, tut mir leid, dich zu
stören

Amit

Du störst mich nicht, S. Tust du nie. Vielleicht können wir uns persönlich ausführ-
licher darüber unterhalten. Ich komme am
21. Dez am MKE an. Würde dich gern sehen.

S

ok klingt gut

Amit

Ich wage mal einen Schuss ins Blaue. Wenn
du den Leuten nichts über deine Familie erzählst, kannst du es ihnen nicht total verübeln,
wenn sie es vermasseln und deine Gefühle
verletzen

Ich hatte das Gefühl, eine der Lush-Badekugeln wäre mir im
Hals stecken geblieben. Ich schob das Telefon zurück in
meine Jackentasche und setzte die Kapuze auf. Mein Atem
schwebte weiß in der dunklen Luft, umwehte mich beim
Laufen.

Die Kälte nagte an mir. Ich hielt meinen Körper ganz steif
und sagte zu mir: ein Schritt, dann noch einer, dann noch

einer. Immer noch nichts von Thom. Ich sah auf meinem Telefon nach, wie viel ein Taxi kosten würden. Auf dem Weg von der Arbeit hatte ich aus dem Bus die Hauptzentrale von Yellow Cab gesehen.

Aber dann müsste ich warten, und ich war mir sicher, dass ich mich in einen Eiszapfen verwandeln würde, sobald ich aufhörte, mich zu bewegen. Ein Schritt, dann noch einer.

Nachdem ich eine halbe Stunde durch verlassene Straßen gelaufen war, erhielt ich einen Anruf von Tig.

Hello 'ello! Was geht bei dir?

Ihre leise klare Stimme, ganz fröhlich und gut gelaunt.

Ich, äh, ich laufe gerade, sagte ich mit belegter Stimme.

Oh! Irgendwohin Bestimmtes? Komme gerade von einem albernen Date auf der East Side und wollte wissen, ob du Lust hast, dich mit mir zu treffen.

Ich war gerade auf der East Side. In diesem Laden namens Allium. Ich, äh, bin jetzt fast zu Hause.

Waaas, Allium? Ich war nur zwei Straßen weiter.

O mein Gott.

Ja. Ist das nicht verrückt … Hey was ist los? Hey. Hey. Babe. Geht es dir gut? Wieso weinst du?

Ich schnäuzte mich schließlich in meinen Schal und antwortete Tig etwas wie: Mir geht's gut. Wirklich, alles in Ordnung, Tig. Ich wünschte, ich hätte gewusst, dass du so nah bist. Ich hätte mich gern mit dir getroffen.

Warte mal, Süße, erwiderte Tig. Schick mir deinen Standort. Ich komme zu dir.

Benommen von dem Wein, den sie mitgebracht hatte, und von meinem eigenen Lachen, dem Lachen einer Person, die gerade erst aufgemuntert worden ist, erklärte ich Tig, sie könne bei mir übernachten. Ich machte ihr das Bett auf meinem Steppsofa, putzte mir die Zähne und legte mich schlafen.

Ich wurde davon geweckt, dass Tig hinter mir unter die Bettdecke kroch. Ihre Beine waren unrasiert, die Haare darauf bildeten einen gekräuselten Flaum.

Will nur schlafen, sagte sie. In deinem Wohnzimmer ist es eiskalt.

Oh, tut mir leid. Natürlich. Hast du genügend Platz?

Ja, alles klar.

Sie legte einen Arm um mich. Es fühlte sich sehr schön an. Ich meine, sein Gewicht. Tigs unglaublich weiche Haut.

In dem dunklen Zimmer, das Geräusch zweier atmender Menschen. Gelegentliches Knarren aus der Wohnung darunter. Im Mondschein klopften die Silhouetten der Bäume den Morsecode eines Gespensts an die Wand.

Tig, sagte ich, plötzlich mehr wach als schlafend. Tig.

Mmmm.

Bist du zu schläfrig zum Sprechen?

Mmm. Nja. Nein. Mm. Nein, ich kann reden, sagte sie. Ihr Atem so süß wie reife Früchte.

Ich weiß nicht, weshalb wir diese Worte flüsterten. Ich atmete tief durch und rückte dann damit heraus.

Ich wollte nur sagen, dass es mir leidtut, dir keine wichtige Sache über mich erzählt zu haben, als du danach gefragt hast. Ich möchte gern wissen, was du mir erzählen wolltest.

Okay?

Zwischen uns entstand ein Schweigen, das zu gleichen Teilen beruhigend wie angriffslustig war. Ich machte mich zum Reden bereit. Sah mich nicht dazu in der Lage. Über meinen Onkel zu sprechen und was er mir angetan hatte, darüber, wie meine Familie hierhergekommen war und wie sie wieder gehen musste, es erschien mir zu viel, als sollte ich auf einen Befehl hin meine eigenen Organe aushusten und sie blutig und schleimig auf einem Tisch ausbreiten.

Aber Tig wartete, und ich wusste, dass ein langes Schweigen ihr nichts ausmachte.

Ich konnte ihr zumindest einen Teil davon erzählen. Die Geschichte meiner Familie.

Ich kam mit meinen Eltern in die Vereinigten Staaten, als ich vierzehn Jahre alt war, sagte ich zu der Wand und in die Dunkelheit, meine Stimme so flach wie Papier. Wir zogen nach Aurora und blieben größtenteils unter uns. Außer ein paar Lehrerinnen schenkte mir in der Schule kaum jemand viel Aufmerksamkeit, aber ich dachte immer: Kein Problem, ihr amerikanischen Teenager*innen seid durchgeknallt, außerdem war meine Familie damals meine ganze Welt. Mein Vater hatte ein Visum, um für einen Elektronikkonzern zu arbeiten. Die Firma behandelte ihn beschissen, also, sie bezahlten ihn schlecht und wollten ihn schikanieren. Sie behandelten die wenigsten ihrer eingewanderten Angestellten gut. Das brauchen sie nicht, wenn sie deine Papiere kontrollieren. Mein Vater wollte sich das nicht gefallen lassen, sagte ich. Er ist nicht wie die meisten Menschen. Er ... lässt sich nicht so leicht einschüchtern.

Ich legte eine Atempause ein. Tig rieb mir ganz sanft den Rücken. Ich starrte in die tiefe Dunkelheit und dachte darüber nach, wie ich die große Turbulenz eines Lebens in eine Geschichte verwandeln sollte. Fragte mich, wie viel davon ich laut aussprechen wollte.

Mein Vater hatte bei seinem alten Arbeitgeber gekündigt. Hatte mit einem Freund sein eigenes Geschäft gegründet und erfolgreich die Erneuerung seines Visums beantragt. Das war mir wie ein absolutes Wunder vorgekommen. Papa, der Unternehmer, wie die Firmengründer im *Time Magazine*. Wir zogen aus einer kleinen Wohnung in ein Haus mit zwei Schlafzimmern und Teppichen in Taupe. Wir gingen in eine Outlet-Mall in Illinois, wo ich mir in einem dunklen, nach Vanille riechenden Laden ein Poloshirt kaufte, auf dem Abercrombie & Fitch stand.

Papas Freund brachte zwei weitere Teilhaber mit, kleinere Investoren, aus denen drei zusätzliche Partner wurden. Meinen Vater schien das Arrangement immer stärker zu beunruhigen. Zu viele Köche, sagte er häufig zu Mummy und ignorierte mich, wenn ich ihn fragte, was er damit meinte. Erst später verstand ich einen großen Teil dessen, was geschehen war.

Ursprünglich hatte die Firma elektronische Geräte an Schulen und Universitäten verkauft, aber die neuen Partner hatten größere Pläne. Nun wollten sie auf Humanressourcen umstellen, was für sie bedeutete, ins Geschäft mit Visa-Anträgen einzusteigen. Offiziell hieß es, sie vernetzten Immigranten, die herkommen wollten, mit Arbeitsplätzen. Mein Vater wurde aus diesem Teil des Geschäfts herausgehalten, erklärte meine Mutter mir wieder und wieder, ihm wurde gesagt, er solle sich auf die Vorlesungsklicker und Taschenrechner konzentrieren.

Ich konnte Tig nicht alles erzählen – die Festnahmen, die Anklagepunkte, die Briefkastenfirmen, die die Unterlagen für ein H-1B-Arbeitsvisum nach dem anderen einreichten und dafür das Geld von strebsamen Männern aus Haryana und UP und Punjab einsammelten. Die Partner meines Vaters behaupteten, er hätte von Anfang an gewusst, dass die Visa frisiert waren, er hätte sich um die Finanzen gekümmert, hätte die Firma gegründet, und all dies wäre sein Plan gewesen. Ich befand mich mitten in meinem ersten Semester an der Uni in Madison. Meine Eltern waren fest entschlossen, mich zu beschützen. Ihre größte Investition. Sie erzählten mir nur ganz wenig. Ich besuchte meinen Vater lediglich zweimal im Gefängnis. Eine Busfahrt, gefolgt von einer langen Autofahrt. Mehr erlaubte meine Mutter nicht. Konzentriere dich aufs Studium, Mol, sagte sie. Dafür haben wir dich hierhergebracht.

Die Begriffe aus dem Gerichtsverfahren, *Visabetrug*, *Pay to Play*, die Namen der Männer, denen sie die falschen Papiere gegeben hatten, all dies löste in mir eine allumfassende Scham aus, die kein Licht mehr durchdringen ließ. Ich weiß noch, wie ich am College einen Vorlesungsklicker in der Hand hielt und dabei das Gefühl hatte, in das geschmolzene Zentrum der Erde zu stürzen. Was ist los?, hatte Amit mich damals gefragt, worauf ich nur den Kopf schüttelte. Ich konnte es ihm erst nach vielen Monaten sagen.

Also berichtete ich Tig lediglich: Es gab Ärger mit den Partnern. Soll heißen, nicht alles, was sie taten, war legal. Mein Dad wurde wegen eines Teils davon beschuldigt. Und nach einer Weile beschloss er, dass er es leid war, dagegen anzukämpfen und die Anwaltskosten zu zahlen. Irgendwann hatten sie ihn gebrochen. Er bekannte sich schuldig, obwohl er es nicht war, tat, was er konnte, um eine kürzere Haftstrafe zu bekommen, saß eineinhalb Jahre ab und wurde dann abgeschoben. Oder schob sich selbst ab. Im Kern wäre er wahrscheinlich abgeschoben worden, aber vielleicht auch nicht, wenn er es angefochten, sich einen besseren Anwalt gesucht hätte. Aber er kämpfte nicht dagegen an.

Er hatte nicht, meine Eltern hatten nicht für mich gekämpft. Waren nicht für mich geblieben oder hatten versucht, mich mitzunehmen. Das sprach ich nicht laut aus.

Wie alt warst du da?, fragte Tig. Ihre Stimme war zum ersten Mal unsicher, schwankend.

Siebzehn, sagte ich.

Es fühlte sich an wie ein respektables Alter, um so etwas zu erleben. Ich war alt genug gewesen, um weiterzuleben, zu studieren und bestimmte Teile meiner selbst in eine Kiste zu packen und hoch oben auf einem Regal zu verstauen.

Tig schlang die Arme um mich und zog mich näher an ihren Körper heran.

Mein Baby. Das tut mir so leid. Das tut mir so leid.

Ach, ist schon in Ordnung, sagte ich dümmlich.

Es tut mir leid, dass ich unserer Freundschaft ein Ultimatum gesetzt habe, sagte Tig. Ich hätte dich nicht zwingen sollen, es mir zu erzählen, wie als Gegenleistung.

Ich wollte es dir erzählen, entgegnete ich. Ich wusste nicht, ob das stimmte, aber ich sagte es. Und auf einmal sehnte ich mich dringend danach zu schlafen.

Was ich dir an dem Abend erzählen wollte, als du mich fragtest, ob ich ein Aufbaustudium mache – was sich für mich angefühlt hat wie: Warum bist du immer noch im Bachelorstudium? –, das war …

Sie verstummte, und ich ergriff ihre Hand.

Ich weiß nicht, ob dir schon aufgefallen ist, dass ich nie über meinen Vater rede, setzte sie erneut an.

Ich fand es extrem schmerzhaft zu hören, was sie als Nächstes sagte, und ich muss voller Scham gestehen, dass meine Gedanken abschweiften und ich versuchte, lediglich aufmerksam genug zu sein, um das Gespräch hinter mich zu bekommen.

In jener Nacht fiel mir das Schlafen schwer. Ich fühlte mich zugleich entblößt und mit Informationen belastet. Kurz vor vier Uhr morgens stand ich auf. Ich kletterte vorsichtig um Tig herum, die mit über dem Kopf ausgestreckten Armen schlief wie ein großes süßes Baby. Ich hatte einen Kater von dem dunklen billigen Wein. Aus dem Nichts tauchte eine Erinnerung auf, an einen wiederkehrenden Albtraum, den ich als kleines Kind hatte. In dem Traum fiel die Erde auseinander. Der Planet zerbrach, spaltete sich in Asteroiden auf. Die ganze Welt ging unter. In dem Traum rannte ich mit in meiner Panik dumpf auf dem Boden aufschlagenden Sandalen und suchte überall nach meinen Eltern. In dem Augenblick, in dem ich sie gefunden hatte, wurde ich ins Weltall katapultiert, trieb allein davon, und die Menschen, die ich liebte, waren für mich verloren.

Ich kochte mir einen Tee, schaltete eine Lampe an und versuchte zu lesen. Meine hübsche kleine Wohnung legte sich um mich wie eine Umarmung. Der Spiegel mit Goldrand. Das Steppsofa. Ein Juteteppich mit langen Quasten. Auf meinem Beistelltisch das grüne Schimmern einer Flasche Tanqueray, eine Vase mit vertrockneten Blumen. Aus Segeltuchstoff aus dem Baumarkt hatte ich blasse Vorhänge genäht. Wenn ich all dies im gedämpften Lampenschein betrachtete, war es möglich, mir vorzustellen, dass die Vergangenheit unwichtig war, dass sie reglos hinter mir lag.

Ein Gegenargument dazu: Tigs Stimme in meinem Kopf, die die gedruckten Sätze vor mir übertönte.

Ich war also die Person, die meinen Dad fand, nachdem er sich umgebracht hatte, sagte diese Stimme.

Ein Satz wie eine Pistole. Er machte mich taub.

Er hatte Zeug im ganzen Gesicht, und ich habe es weggewischt. Weißt du, mir geht's gut, Babe, mach dir bitte keine Sorgen. Ich war ein Kind, und Kinder sind ungeheuer resilient. Als ich in Florida war, habe ich an einem Programm teilgenommen und war vier Monate lang in Therapie, bei einer Schwarzen Taíno-Frau, das hat alles verändert. Ich habe ein großartiges Leben, voller Abenteuer und Freundinnen wie dir. Mach dir keinen Kopf – mir geht's gut, alles in Ordnung, mein Leben ist wirklich wahnsinnig gut.

Mein Dad war der liebenswürdigste Mann, hatte sie gesagt. Er und meine Mom passten nicht zueinander, aber sie gingen stets respektvoll miteinander um, und er liebte mich. Rion wollte, dass ich aufs College gehe und Ärztin oder Wissenschaftlerin oder Forscherin werde. Als ich klein war, bin ich auf beschissene Schulen gegangen, und als er dann starb und ich auf die Rufus King kam, war es bereits zu spät. Damals redete man noch nicht so über Lernschwächen wie heute.

Was hatte sie damit gemeint? Das erste Bild war zu schmerzhaft gewesen, eine Elfjährige, die ein Zimmer betritt und ihren Vater findet. Ihm das tote Gesicht abwischt. Was für eine Substanz war darüber verteilt gewesen? War sie flüssig oder fest? Was geschah mit einem Körper, wenn er sein eigenes Leben auslöschte?

Alles, was nach diesem Geständnis kam, war für mich von dichtem Nebel umgeben, auch wenn ich wie auf Autopilot versucht hatte, die richtigen Dinge zu sagen. Die richtigen Dinge gesagt hatte.

Tig war fortgefahren: Ich hatte mich schon immer falsch gefühlt, nur auf unterschiedliche Weisen: Ich mochte Mädchen, ich konnte bestimmte Dinge in der Schule nicht. Damals verstand man Lernschwächen noch nicht so wie heute, hatte sie wiederholt, ehe sie mit leicht manisch klingender Stimme zu plappern begann, über ihre Arbeit bei Disney, den Besuch eines Community College, wie sie sich alle Bücher, wenn möglich, auf CDs oder MP3s besorgte, aber es war nicht genug.

Es war nicht genug, was bedeutete das?

Sie versuchte es weiter, versuchte aufs College zu gehen, versuchte den Vater zu ehren, der an ihre Intelligenz geglaubt hatte, der gesagt hatte: Als Schwarzes Mädchen musst du zweimal so schlau wirken, zweimal so hart arbeiten, der sich vorgestellt hatte, wie sie sogar noch mehr schaffte als einen gewöhnlichen Bachelor-Abschluss. Er hatte große Träume für sie gehabt. Auf eine Weise, wie es Tigs Mutter, eine blasse Frau mit leiser Stimme, die zwischen einer Reihe von Religionen wechselte und ihre Kinder mit einer ruhigen und stummen Passivität behandelte, nicht hatte.

Heute ist alles viel besser, hatte Tig geschlossen. Ich habe den Förderkram hinter mich gebracht, ehe ich vor zwei Jahren auf dem Alverno anfing. Trotzdem ist es manchmal immer noch schwierig, und ich ziehe Audio geschriebenen Texten auf jeden Fall vor, und ich brauche lang.

Wozu brauchte sie lang?

Und dann starrte mich aus dem, was ich in meinen eigenen Händen hielt, die Antwort an.

Alles ergab nun Sinn: dass Tig niemals Speisekarten las, dass auf dem Display von Tigs Telefon die größte Schriftgröße eingestellt war, die Art und Weise, wie Tig stumm die Wörter mit dem Mund formte, wenn sie Parkschilder las. Es machte mich fertig. Ich kannte Antigone nun, auf eine Weise, wie ich Thom oder Amit im Grunde niemals gekannt hatte.

Ich rieb mir die Augen, die sehr müde waren, auch wenn mein Geist es nicht war. Mein Tagebuch würde bis morgen warten müssen. Für den Augenblick würde ich mein Kapitel beenden. In dem Buch in meinen Händen ging es um Routinearbeiten und Bedeutung. Sehr zeitgemäß, hatte ich gedacht, als ich es im Antiquariat auf der Brady Street entdeckte. Die Autorin wartete vor Fabriken und Büros und führte Gespräche mit Arbeiter*innen.

An einer Stelle fragt sie eine Angestellte einer Fabrik für Fischkonserven, ob sie sich mit den anderen Frauen am Band angefreundet habe, ihnen nahestehe oder überhaupt mit ihnen spreche. Eigentlich nicht, antwortet die Frau. Der Freund der Frau wartet in der Nähe, um sie abzuholen.

Was machen Sie dann den ganzen Tag?

Ich tagträume.

Wovon tagträumen Sie?, hakt die Autorin nach.

Von Sex.

Das ist wahrscheinlich meine Schuld, entschuldigt sich der Freund stolz.

Nein, nicht deinetwegen, widerspricht die Frau. Es sind die Thunfische.

MI

Ich erzählte Tig von der Frau in der Fischfabrik, und wir lachten laut. Es war wenige Tage vor Weihnachten. Wir tranken sehr heißen Kaffee und probierten meine ersten Austern auf dem Milwaukee Public Market, der laut Tig dem anscheinend berühmten Pike Place Market in Seattle nachempfunden war. Auf dem MPM lief man durch ein Lagerhaus, in dem sich mehrere kleine Läden und Märkte aneinanderdrängten, holte sich Tacos oder ein Käsemesser oder ein Hummerbrötchen und ging damit dann nach oben, wo es Sitzplätze gab. Ein Stand verkaufte Stoffbeutel voller pinkfarbener Salzkristalle mit einem vollmundigen Text über den Himalaya für fünfundzwanzig Dollar. Nur in Amerika …, dachte ich.

Das St. Paul's, wo wir gerade Kundschaft waren, hatte eine kleine Bar, an der das Essen serviert wurde. Die Austern auf zerstoßenem Eis. Dazu eine Schale Zitronenscheiben, puppengroße Tabasco-Fläschchen.

Die sind widerlich, sagte ich.

Erinnern mich ehrlich gesagt ein bisschen an Muschis, sagte Tig und warf den Kopf in den Nacken.

Trinkt dazu keinen Kaffee, Grundgütiger, sagte der Austernmann. Bitte. Nehmt die hier – er schob uns zwei Weingläser entgegen. Aufs Haus, sagte er. Nur weil ich es nicht ertragen kann.

Tig lachte noch lauter, zog fünf Dollar aus meinem Geldbeutel und legte sie in das Trinkgeldglas.

Unverschämt, dachte ich, aber ich hatte gute Laune. Über die Schulter des Austernmanns hinweg beobachtete ich dunkel gesprenkelte Hummer, die Klauen mit Gummiband zusammengebunden, die in einem trüben Aquarium träge übereinanderkletterten.

Bei der Bäckerei des Public Market holten wir uns eine Art weiche Brötchen und nahmen sie und den Wein mit nach oben, nachdem wir versprochen hatten, die Gläser hinterher wieder heil zurückzubringen. Wir machten es uns in einer kleinen Nische mit Marmortischen und spitzblättrigen Pflanzen gemütlich. Ich las einen Roman, den Amit mir vor beinahe einem Jahr gegeben hatte. Tig hörte irgendetwas für ihr Studium und machte sich dazu Notizen. Ich fragte sie, worum es ging, und sie antwortete: Kollektivismus.

Wie Kommunismus?, fragte ich. Sie schüttelte den Kopf und begann in ein teuer aussehendes Notizbuch zu kritzeln.

Der Roman war einer dieser fürchterlich schlauen Preisträger, in dem es um einen Doctor-Shoctor-Protagonisten ging, der durch New York City lief. Das Buch schien keinen Plot zu haben und wirkte seltsam auf mich. Ich war noch nie in Manhattan gewesen und fand es schwer, mir ein dermaßen abgeschirmtes und unabhängiges Leben vorzustellen, in dem man nicht von einer Freundin herumgefahren werden musste und sich kaum davor fürchtete, was einem zustoßen mochte, wenn man allein draußen herumlief. Irgendetwas an der Art, wie der Protagonist sprach, erinnerte mich an meine Mutter, wenn sie laut denkt, allerdings sorgfältig und methodisch.

Ich spürte den Kaffee und ging eine Toilette suchen. Auf dem Klo schrieb ich Textnachrichten an Amit, mit dem ich später an diesem Nachmittag noch verabredet war. Es war unser typisches vertrautes Geplänkel. Streitlustig und behutsam vulgär. Grundlos nannte ich seine Jugendfreundinnen »die Hoes«. Als ich Jahre später in mein Tagebuch schaute, las ich dort einen Satz wie: *Habe Amit gesehen, ist aus San Fran hergekommen. Er war spät dran, musste sich erst um etwa sechs seiner Hoes nacheinander kümmern.*

Nachdem ich mich um mich selbst gekümmert hatte, saß Tig nicht mehr an unserem Tisch. Sie stand am oberen Treppenende und schien zwei Frauen etwas hinterherzurufen, eine von ihnen blond, die andere mit langem schwarzem Haar, das ihr über den Rücken fiel. Die beiden verließen den Markt hastig.

Was ist los?, fragte ich und rannte auf Tig zu, berührte sie am Ellbogen. Tigs Gesicht war fleckig, ihre Augen nass.

Die beiden Frauen hatten sich gestritten, zuerst leise und dann laut genug, um die Blicke der anderen Gäste auf sich zu ziehen, und dann hatte die mit dem langen Haar, die laut Tig asiatisch aussah, über den Tisch gelangt und die blonde Frau geschlagen.

Tig hatte ihre Kopfhörer abgenommen und war hinübermarschiert. Hatte die Blondine gefragt, ob alles in Ordnung sei. Es wurde hitzig. Die Asiatin hatte gesagt: Halt dich da raus, und sie eine fette Schwarze Schlampe genannt.

Ist das dein Ernst?, fragte ich und rannte zum Fenster. Beobachtete, wie die beiden die vereiste Straße überquerten und auf ein kastenförmiges Auto zuliefen – und dann erkannte ich in einem Augenblick puren Schreckens, dass die blonde Frau Marina war.

Sie hatte das Haar zu einem Pferdeschwanz hochgebunden und den Kragen bis zum Hals zugeknöpft. Sie schrie.

Irgendetwas, was ich nicht verstehen konnte. Ihre Freundin, Liebhaberin, was auch immer, war groß und muskulös und trug teuer aussehende Jogginghosen. Als sie verächtlich ihr Haar schüttelte, sah ich das Funkeln eines Lippenrings.

Tig sagte, in der Situation habe die Frau so etwas gezischt wie: Du bist so widerlich, Jenny. Das war einfach nur ekelhaft. Ekelhaft.

Sie hatte sich bei Tig für ihre Partnerin entschuldigt, ohne Tig dabei in die Augen zu blicken. Sie hatten sich verzogen.

Es war so seltsam, Babe, sagte Tig nun zum vierten Mal. Die blonde Tante meinte so, mit dieser gelangweilten, kühlen, leisen Stimme: Alles in Ordnung, mir geht's gut, sie ist auf dem Weg zum Flughafen, sie verlässt mich, alles in Ordnung, tut mir zutiefst leid, dass sie Sie so fies beleidigt hat.

Ich blinzelte. Mein Herz raste.

Du bleibst auf eine wirklich unpassende Weise stumm über all das, stellte Tig nun fest und schob den Kiefer vor.

Ich kann nicht glauben, dass sie das zu dir gesagt hat; es tut mir so leid, ich würde am liebsten auf sie losgehen. Was für ein Haufen Kuhscheiße. Es ist bloß … Ich kenne sie sozusagen. Ich muss das erst mal verarbeiten.

Was, zum …? Die Asiatin?

Nein. Die andere Frau. Sie heißt Marina. *Kennen* ist wahrscheinlich das falsche Wort. Wir sind uns erst einmal begegnet. Mehr oder weniger. Aber ich war ver— Ich mochte sie eine Zeit lang. Aber es ist nichts passiert. Ist nicht wichtig.

Als wir auf die eisige Straße hinaustraten, wo künstliche Stechpalmenkränze um die Parkuhren gelegt waren, erhielt ich eine Textnachricht von Thom.

yo yo yo die mitbewohnis und ich feiern morgen eine hausparty, kommt um 8, bringt wein und bier. quantität statt qualität bitte

Habt ihr euch im Internet kennengelernt?, fragte Tig, sobald wir wieder in ihrem Wagen saßen.

Ich nickte. Es ist nichts passiert, wiederholte ich dümmlich. Wir sind noch nicht einmal ausgegangen. Ich hoffe wohl einfach nur, dass es ihr gut geht, sagte ich.

Tig rümpfte die Nase. Hätte nicht gedacht, dass du so sehr auf so jemanden stehen würdest, bemerkte sie.

Was denn, wollte ich fragen, jemand Schönes?

Stattdessen lachte ich und sagte: Bitte führ das weiter aus. Auf mich wirkte sie ziemlich langweilig!

Ich fand dieses kleine dampfende Aufflammen von Eifersucht eher süß als irgendetwas anderes. Ich legte Tig sanft die Hand an den Kiefer, während sie die Water Street hinunterbrauste. Sie würde mich vor dem LuLu hinauslassen, wo Amit auf mich wartete.

Wir alle, sagte ich zärtlich, sind neben dir langweilig.

Amit ist herzlich, so freundlich wie ein Hund, besser im Sport, als er aussieht, und ein bisschen hässlich. Seine Haare kringeln sich in glänzenden Löckchen, die zum Anfassen anregen. Auch nur an Sex mit ihm zu denken, erschien mir mittlerweile unmöglich. Unsere vergangenen Zärtlichkeiten waren von tastender Zuneigung und stechendem Schmerz geprägt gewesen. Dennoch gab es aus meiner College-Zeit niemanden, in dessen Gegenwart ich mich wohler fühlte.

Wenn Amit gerade mit irgendeiner Frau zusammen war, gingen wir ganz steif und anständig miteinander um. War er

Single, hielten wir Händchen, liefen Arm in Arm und umkreisten einander wie zwei anhängliche sterilisierte Hunde. Wir gaben unsere Bestellung bei LuLu auf. Mit kühler Autorität sagte ich: Die Shishito-Paprika und die Gnocchi hier sind ausgezeichnet.

Amit lächelte breit und amüsiert und verflocht meine Finger mit seinen. So standen die Dinge also.

Wie läuft's bei der Arbeit?, fragte ich. Wischst du dir immer noch täglich den Hintern mit Hundertern ab?

Vulgär. Mit einem niedrigen sechsstelligen Einkommen gehört man in San Francisco zur unteren Mittelschicht, Mann. Ich kann mir nicht mal eine gescheite Einzimmerwohnung leisten.

Das kann nicht wahr sein.

O doch. Hör zu, ich bin nicht kanjoose oder so. Mein Appan sagt immer: Geld ist zum Ausgeben da, Moné, leg bloß etwas für schwierige Zeiten zurück. Und ich stimme ihm zu, Geld ist da zum Benutzen, Investieren, Sparen, Ausgeben, was auch immer. Es macht mir tatsächlich etwas aus, für ein einziges Zimmer in Haight zweitausend im Monat im Klo hinunterzuspülen. Es gibt noch andere Dinge – an dieser Stelle wurde Amits Blick auf einmal kurz argwöhnisch und verschwörerisch –, für die man Geld ausgeben könnte. Also, ja. Ich denke darüber nach umzuziehen. An irgendeinem unkonventionellen Ort zu wohnen.

Pappkarton?

Du machst Witze. Aber ich habe auf SF Craigslist schon Hundehütten als billige Zimmer angepriesen gesehen.

Ich bin vor ein paar Monaten einige Male mit jemandem ausgegangen, die in San Francisco auf dem College war. Sie hat auf einem Hausboot gelebt. Viel günstiger, als eine Wohnung zu mieten, und als sie die Stadt verließ, konnte sie das Boot verkaufen.

Diese Geschichte hatte Pulp Fiction mir erzählt, tatsächlich stammte sie von einer Ex von ihr, aber ich schrieb sie ihr selbst zu. In Wirklichkeit würde Pulp Fiction niemals etwas so Interessantes tun, wie ein Hausboot zu kaufen, um darauf zu leben.

Amits Augen waren weit aufgerissen und leuchteten. Er lächelte, sagte aber nichts. Ich hatte entschieden, ganz sachlich zu bleiben und das Pronomen so beiläufig einfließen zu lassen, wie einem die Rechnung in eine Einkaufstüte geschoben wird. Kein Grund, ein Theater zu machen. Schon im College hatte er irgendetwas darüber gewusst, wie ich war.

Unser Essen kam. Amit hatte beschlossen zu versuchen, alles zu essen, auch wenn ihm bei der Vorstellung von Rindfleisch noch immer übel wurde. Ich machte ein Foto von ihm mit aus dem Mund ragenden Paprikaschoten und postete es online. Er erzählte mir, dass er darüber nachdenke, einen begehbaren Kleiderschrank unter der Treppe eines Gruppenhauses im Mission District zu mieten. Vierhundert Dollar im Monat. Ich stöhnte laut.

Mein guter Dude, deine Eltern haben ihren Moothe Moné nicht aufs College geschickt, damit du der Harry Potter des Silicon Valley werden kannst. In einem verdammten Schrank wohnen.

Ha. Vielleicht lasse ich es am Ende auch sein. In dem Haus gibt es eine Frau, die ich ein bisschen mag, aber sie ist zu cool für mich. Sorry, nicht Frau, Emily benutzt das They-Pronomen.

They-Pronomen? Was, zur Hölle? Ist diese Person ein Hermaphrodit?

Du weißt schon, wie eine trans Person. Na ja, nichtbinäres Gender. Ich glaube, das ist eine untergeordnete Gruppe von Transgender. Vielleicht auch eine übergeordnete Gruppe. Ich bin mir nicht sicher.

Oh, komm schon.

Was?

Ich verstehe es ja, ich verstehe es wirklich, wenn man sein Geschlecht angleichen will, um die eigene Wahrheit als Frau oder Mann zu leben, wenn man als das Falsche geboren wurde. Das unterstütze ich vollkommen. Aber alles darüber hinaus ist elitärer linker amerikanischer Unsinn, ganz im Ernst. Ist sie hübsch?

Ich zeig's dir, sagte Amit und begann zu scrollen. Er fuhr fort: Ich meine, als they und ich darüber geredet haben, sagte they, they habe sich als Frau einfach nie wohl gefühlt, identifiziere sich aber auch nicht als Mann. So hat they festgestellt, dass they nicht cis ist. Und dann hat they beschlossen, sich gegen jegliche Gender-Zuschreibungen zu entscheiden.

Oh, ich bitte dich, sagte ich, plötzlich zischend wie eine Gans, von meinem eigenen Ärger überrascht. Kann mir vielleicht mal irgendjemand erklären, was es heißt, *cis* zu sein?

Ähm, ich bin mir nicht –

Dieser Mist ist doch für alle Menschen schwer! Glauben die etwa, sogenannte cis Menschen hätten nie Probleme mit diesem ganzen Scheiß gehabt? Sich im eigenen Körper verflucht seltsam gefühlt? Hat es sich für dich nie komisch angefühlt, *ein Mann* zu sein?

Doch, das könnte man schon sagen –

Ich habe mir meine gesamten Teenagerjahre hindurch gewünscht, ich könnte mir die Brüste abschneiden, um einen flachen und glatten Körper zu haben. Ich habe meine BHs mit der Nagelschere zerschnitten. Bin dafür verprügelt worden. Berechtigt mich das etwa zu einem *they*? Kann ich mich jetzt *gegen jegliche Gender-Zuschreibungen entscheiden*?

Amit wirkte unbehaglich, kaute einen Bissen Hühnchen-Sandwich und sagte mit einem achselzuckenden Lächeln: Zieh niemals nach San Francisco. Das ist they, fügte er hinzu und zeigte mir ein Bild.

Emily. Ethnisch unbestimmbare Hautfarbe, volle Lippen, vage ostasiatische Augen, die dick mit Kajal umrandet waren. Der Schädel halb abrasiert. Dunkle, gerade Schwerter von Augenbrauen.

Sie ist wirklich heiß, erklärte ich wahrheitsgemäß.

Dann stehen wir also auf denselben Typ?, scherzte Amit, der offensichtlich die Stimmung auflockern wollte. Wie läuft es mit deiner Hausbootfreundin?

Gar nicht. Sie steht auf irgendeinen verheirateten Mann. Sehr langweilig.

Es ist erschütternd, wie viele Menschen sich dafür entscheiden, langweilig zu sein, wenn sie die Option haben, es nicht zu sein. Irgendjemand anderes?

Nichts Ernsthaftes, Yaar. Allerdings ist die Auswahl an Frauen in Milwaukee auch nicht gerade … brillant. Ich bin mir ziemlich sicher, eine Vier in San Francisco ist in Milwaukee eine Acht.

Verdammt, hier ist wohl jemand neidisch.

Amit. Ist das für dich in Ordnung – du weißt schon, wie ich bin?

Schweigen machte sich zwischen uns breit. Mein Herz war ein bläulicher Hummer, der in Erwartung seiner Hinrichtung durch ein trübes Aquarium krabbelte.

Er drückte meine Hand, dieser süßeste aller Männer. Das soll jetzt nicht seltsam klingen, sagte er, aber ich bin stolz auf dich.

bro wtf ist amit in der stadt??, textete Thom mir sofort, nachdem er mein Bild des Shishito-Paprika mampfenden jungen Mannes gelikt hatte. bring ihn morgen mit. lad ein, wen du magst. außerdem brauchen wir keinen wein mehr, bring mischgetränke und irgendwas hartes. mein dude, die sache hat sich von einer vornehmen soiree in ein echtes gelage verwandelt.

Er schickte mir einen Link zu der Party-Einladung auf Facebook unter dem Titel THE KWANZAA KEGGER.

Lebt da auch nur eine einzige Schwarze Person?, fragte Amit mit einem ironischen Lächeln, während er einen Ständer mit Hemden durchblätterte.

Natürlich nicht, antwortete ich.

Wir waren in den Goodwill Store im Third Ward District gegangen. Ich hatte kein Outfit für die Party, wenn ich dort nicht in einem Blazer von Banana Republic auftauchen wollte.

Ich habe ja nicht viel Ahnung von Mode, sagte Amit, als ich in einem weinroten Oxford-Hemd, Strass-Manschettenknöpfen und einer schmalen Krawatte mit einer Brosche in der Mitte aus der Umkleidekabine kam. Aber das sieht aus wie der richtige Look für dich.

Das Hemd lag eng an meinem Körper an. Ich konnte es in Jeans mit hohem Bund stecken. Wenn ich mich stylisch kleidete, fühlte ich mich amerikanisch. Auf die beste Weise. Ich hielt Amit ein Hemd mit Flamingos darauf hin.

Komm mit zur Party, sagte ich.

Nein.

Komm mit zur Party. Ich würde mich so freuen, wenn du mitkommst.

Vielleicht. Ich muss mich mit KJ treffen.

KJ war die eine Freundin von Amit, die ich nie kennengelernt hatte. Deshalb war sie für mich geheimnisvoller als die anderen Hoes. Ihre Verbindung war ein Überbleibsel aus der Mittelschule, als er als müffelnder Trottel mit Zahnspange und Jeans, in denen man verloren gehen konnte, erschienen war und sie sich dazu herabgelassen hatte, sich mit ihm anzufreunden. Ich hatte sie im Verlauf der Jahre auf Bildern gesehen: ein Mädchen mit Haut in einem Terrakottaton, die das Haar in zwei dicken Zöpfen trug und immer eine Armbanduhr am Handgelenk hatte. Sie nannte ihn Mitty. KJ arbeitete in einer Kindertagesstätte und begann irgendwann eine Art Sozialarbeitsstudium. Sie war seit der achten Klasse mit ihrer Freundin zusammen.

Ich dachte darüber nach, Amit aufzufordern, sie zu Thoms Party mitzubringen, und erwog, Tig ebenfalls einzuladen – Tig, die sich einmal mit einer fragend hochgezogenen Augenbraue erkundigt hatte, ob ich außer ihr noch andere Schwarze Freund*innen hätte. Dann fiel mir wieder ein, dass die Party als verdammter Kwanzaa Kegger bezeichnet wurde.

Triff dich mit ihr zum Abendessen, Yaar, und dann komm mit zur Party.

Ich kann das Auto meines Dads morgen nicht haben. KJ wollte mich abholen.

Schön! Dann komm halt nicht! Verdammt!

Am nächsten Tag rief Amit mich an.

KJ kann mich auf dem Heimweg absetzen, sagte er. Treffen wir uns vor Ort?

Sollen wir uns schon vorher zu dritt treffen?, fragte ich, während ich mit einer Gabel Lachs zerdrückte, um daraus Kroketten zu machen. Ich kann uns etwas kochen. Wir müssen nur sehr, sehr, sehr leise sein. Meine Hausverwalterin wohnt unter mir, und sie ist ein tollwütiger Hund.

Ähm. Nein, nein, schon in Ordnung. Wir haben bereits Pläne.

Willst du eigentlich nicht, dass KJ und ich uns kennenlernen? Weiß sie irgendwelche schrecklichen Geheimnisse aus der Mittelschule über dich?

Natürlich will ich, dass ihr euch kennenlernt. Sie möchte es auch. Das hat sie gesagt. Aber heute werden wir sozusagen etwas Privates besprechen, stör dich nicht daran.

Wow, so geheimnisvoll.

Dachtest du, da hättest du ein Patent drauf? Mach's gut.

Also. Weiß Amit Bescheid?, fragte Thom mich kurz vor Mitternacht.

Wir teilten uns im Garten seine Zigarette. Aus dem Haus hinter uns, dessen Schindeln in der Dunkelheit weiß leuchteten, strömte seit Stunden der Bass hinaus in die kalte Nacht. Auf der Party hatten wir Shots getrunken. Sie flossen laut und brennend die Kehle hinunter. Wir spülten mit Bier nach. Schmückten uns mit Lametta. Wir tranken Isabels Glühwein, den sie in demselben Schmortopf zubereitet hatte, in dem Thom sonst gebratene Knochen mit Essig und Wasser, Zitronengras und Anis köcheln ließ. Zumindest bis zu ihrer neuesten Ernährungsumstellung, bei der Isabel beschlossen hatte, fortan glutenfrei zu essen, und Thom sagte, er wolle Pescetarier werden, was, soweit ich es verstand, bedeutete, dass er eine unmenschliche Menge an Tiefkühl-Lachs und nur gelegentlich eine Scheibe Speck verspeiste. Mein Lippenstift war bis zur Unsichtbarkeit abgerieben. Meine Zunge und die Falten meiner Lippen waren lila gefärbt. Wir hatten uns in einem Kreis um das Feuer unterhalten, das Thoms Mitbewohner Allan angezündet hatte, und die vielen Shots dunklen Rums waren in mir fermentiert, bis ich laut und kühn wurde, lachte und anzügliche Witze machte und Isabel plötzlich auf eine falthoo verschwörerische Weise fragte, ob Thoms Schwanz nicht eigentlich – ich hielt Zeigefinger und Daumen wenige Zentimeter voneinander entfernt. Isabel lächelte so gelassen wie eine Madonna und kuschelte sich eng an ihren Mann.

Ich bin sehr zufrieden, sagte sie. Keinerlei Schärfe in ihrer Stimme, lediglich die Art von sanfter Verehrung, die unverkennbar und unmöglich vorzutäuschen war. Ihre Antwort erfüllte mich mit einem tiefen Verlangen, meine Haut in einer breiten Pfütze zu Boden sinken zu lassen und dann davonzulaufen. Amit schüttelte den Kopf über mich und verschwand irgendwohin.

Thom schien diese Aggression, meine Clownerei nichts auszumachen. Ungefähr eine Stunde später belehrte uns Allan auf seine monotone Art über Milwaukees sozialistische Bürgermeister, während ich versuchte, mein Zittern zu unterdrücken, und Thom legte mir einen Arm um die Schulter. Es war die platonischste Geste auf der Welt. Das nonverbale Äquivalent dazu, dass er mich Bro nannte, so fühlte es sich an, aber zu meiner eigenen Verwunderung wurde ich glitschig und nass. Das machte mich nervös, also redete ich noch mehr Mist, ich kann mich nicht mehr daran erinnern, und Thom griff mit beiden Händen nach meinem Gesicht und fing an, es abzulecken. Als wäre ich ein Kätzchen aus seinem eigenen Wurf. Kühle, langsame Leckbewegungen, die mich unterwerfen sollten. Ich quietschte, wedelte mit den Armen und lachte vor Schreck. Ein Typ mit einem hoch aufgetürmten Büschel roten Haars stellte ein Video davon auf Vine, wo es noch jahrelang in einer dämonischen Dauerschleife abgespielt wurde.

Ich ging auf die Suche nach Amit, konnte ihn jedoch nicht finden. Tanzte neben ein paar weißen jungen Frauen. Wieder diese Feuchtigkeit, die ausgestreckten, sich vor Lust festkrallenden winzigen Hände in meiner Brust.

Bei einem weiteren Becher Bier, so warm wie die Nacht kalt war, unterhielt ich mich mit Isabel über ihre Stelle als ehrenamtliche Lehrerin. Sie war nun kühl und höflich, aber immer noch nett – Isabel war nicht in der Lage, irgendetwas anderes als nett zu sein. Dann tauchte Thom auf und bot uns eine Zigarette an. Nur eine von uns sagte Ja. Und da standen wir nun.

Ich sagte zu Thom, dass ich es mir nicht mit seiner Freundin verscherzen wolle. Vielleicht war es etwas undiplomatisch, vor etwa dreißig Leuten in der Öffentlichkeit das Gesicht einer anderen Frau abzulecken, hatte er das in Betracht gezogen?

Alles gut, Homie. Sie weiß, dass du eine fanatische Lesbe bist.

Fanatisch.

Weiß Amit Bescheid?

Worüber, Bro?

Dass du dein Portfolio erweitert hast.

Meine Tabelle verschoben habe.

Pescetarierin geworden bist.

Wir brachen in Gelächter aus. Ja, sagte ich, ein wenig überheblich. Ich habe nichts zu verbergen.

Dann vögeln du und diese Tig also?, wollte er wissen. Hab ich sie deshalb noch nicht richtig kennengelernt?

Tig ist wie Wasser. Lässt sich unmöglich festnageln. Außerdem hat sie gerade ungefähr drei Jobs, darunter ihr Studium. Und nein. Tun wir nicht.

Wie kommt's?

Was ist das für eine Frage?

Deine Augen leuchten auf, wann immer du von ihr erzählst. Und das machst du oft. Mindestens viermal am Tag, Tig, meine Freundin Tig, mein neuer Kumpel Tig.

Mein Gesicht wurde trotz der kalten Luft heiß.

Ich mag Tig wirklich gern, sagte ich, etwa auf die gleiche Weise, auf die ich dich mag. Verlangen spielt dabei kaum eine Rolle.

Daraufhin presste Thom die Lippen ganz leicht aufeinander. Er nickte und schnipste Asche auf ein vereistes Blumenbeet.

Ich war sehr betrunken. Mein Kopf fühlte sich in der kalten Nacht an wie mit Öl gefüllt. Während alles andere verschwamm, konnte ich umso klarer den Umriss jener Sache spüren, die in dem dunklen Abfluss meiner selbst kreiste.

Ich fürchte, sagte ich langsam, und die Worte kamen gestelzt und unbeholfen aus meinem Mund, dass ich nicht so richtig dafür geschaffen bin … mit jemandem zusammen zu sein. Für mich gab es nur Amit, und das war eine Katastrophe. Mit Freundschaften komme ich klar, auch wenn es immer noch Dinge gibt, die sich zu viel anfühlen. Ich kann auch jemanden aufreißen, du weißt schon, Leute abschleppen. Manchmal spüre ich, nachdem ich mit einer Person geschlafen habe, nichts als Verachtung, und manchmal spüre ich diese Verachtung schon, während es passiert, also, ich hasse die Person sozusagen und denke sexistisches Zeug, zum Beispiel blitzen die Worte *blöde Schlampe* vor meinem inneren Auge auf, während ich mit der Person Sachen mache. Ich habe das Gefühl, ein bisschen grausam zu sein, macht mich besser beim Sex mit Frauen, hat wohl irgendetwas damit zu tun, eine Person in die Knie zwingen zu wollen. Aber dann ist es vorbei, und ich ertrage ihren Anblick nicht mehr. Ich habe vielleicht Angst davor, mit jemandem zusammen zu sein, den ich auch wirklich mag, denn was ist, wenn ich zu dieser Person gemein bin, also – ich weiß nicht. Ich war noch nie verliebt. Ich glaube manchmal, dass ich es gar nicht kann. So fühlt es sich für mich an, wenn ich dich und Isabel sehe: Das hier werde ich niemals haben.

Während meines gesamten Monologs hatte ich stetig in den orangefarbenen Trichter der Straßenlaterne geblickt: eine Hundehalskrause für die Nacht.

Thoms Gesicht. Ich kann es noch immer vor mir sehen. Es war, als hätte ich meine Hosen heruntergelassen und ihm eine Binde voller Blut gezeigt. Scham durchflutete mich und lief über wie eine Badewanne. Ich blickte erneut auf, und meine Augen brannten.

Vergiss, dass ich was gesagt habe, bat ich. Ich sollte etwas essen.

Wieso bist du so heftig? Dann lachte er. Komm mit, sagte er. Er hatte sein Lächeln aufgesetzt. Ein umgelegter Schalter: Das Zimmer war nun lichterfüllt.

Wohin?

Auto.

Okay, aber wohin?

Y-Not. Du fährst.

Was? Ich kann nicht –

Es ist eine Fahrt von vier Minuten, du Pussy. Wir holen Pommes. Irgendwann musst du es lernen, hör auf mit dem »Ich bin Immigrantin«-Ausreden-Scheiß. Okay, das hier ist eine Handbremse. Löse sie.

Wir wollten gerade vom Y-Not II wegfahren, als die Sache geschah. Thom lachte beim Kauen über irgendetwas, und der Wagen roch nach heißen fettigen Kartoffeln.

Ich reckte den Hals, um in den Rückspiegel zu blicken, legte die Hand auf die Kopfstütze des Beifahrersitzes, wie ich es Tig beim Rückwärtsfahren hatte tun sehen, und trat mit dem Fuß durch. Krachte schnell und heftig in den Pfosten vor uns.

Ich schrie. Thom ebenfalls, ein lautes, hohes Quieken, und ich hatte den Eindruck, am meisten verärgerte ihn, dass ich Zeugin dieses mädchenhaften Kreischens geworden war. Wir stürzten aus dem Wagen. Die vordere Stoßstange war zerkratzt, besser gesagt verbeult. Linkes Vorderlicht: zerschmettert.

Thom drehte durch, fuhr sich mit der Hand durchs Haar und schrie in die Nacht hinaus. Ein paar der Y-Not-II-Stammgäste blickten aus dem Fenster und lachten.

Ich zitterte. Aus vergangenen Zeiten wusste ich ein paar Dinge darüber, wie man einen wütenden Betrunkenen beruhigt. Man verwandelt sich selbst in Luft. Man besänftigt und schmeichelt. Und dann bestätigt man ruhig die Realität und zeigt einen Weg nach vorn. In seiner eigenen Verschwommenheit mag das Gegenüber sich an Freundlichkeit und Klarheit festhalten. Wenn das nicht funktioniert, rennt man davon.

Thom, sagte ich, nachdem gefühlt mehrere Minuten vergangen waren, es wird alles gut. Wir kriegen das Auto repariert. Es tut mir leid, dass das passiert ist. Ich weiß nicht, wie man fährt, und du hast darauf bestanden –

Dann ist das für dich also, verdammt noch mal, meine Schuld, oder was, meine –

Nein, das habe ich nicht gesagt. Thomas, mein Freund. Hör mir zu. Lass uns einmal tief Luft holen.

Ich griff nach seiner Hand, aber er riss sie weg. Er wirkte den Tränen nah.

Thom, wiederholte ich, wir kriegen das Auto repariert. Ich werde alles bezahlen. Hier, ich überweise dir das Geld sofort auf dein Konto.

Ein erschrockener Ausdruck auf Thoms Gesicht, als ich meine Bank-App öffnete und mich einloggte. Ich hatte knapp zwölftausend Dollar auf meinem Girokonto – großartig, dachte ich, mehr als genug, um diese Sache zu klären.

Wären tausend in Ordnung?, fragte ich. Ich kann sie dir sofort schicken. Nochmals Entschuldigung.

Du hast wirklich keine Ahnung von Autos.

Langsam bekam ich Angst. Zweitausend?, fragte ich mit zitternder Stimme.

Thom lachte: ein bitteres Bellen. Dann stieß er einen lauten, weiß sichtbaren Seufzer aus. Mit seinem neuen Schnurrbart und den dichten Augenbrauen sah er für mich plötzlich aus wie ein Drache mit weichem Körper und rauchenden Nüstern. Er löste die Arme aus ihrer Verschränkung und lachte erneut. Thom ist einem selten lange wirklich böse.

Kostet wahrscheinlich um die vierhundert Scheine, sagte er noch immer scharf. Du kannst dich, verdammt noch mal, beruhigen, mein Dude. Ich hab dich tatsächlich überredet zu fahren. Ich bringe es in die Werkstatt und lasse es machen, dann gebe ich dir Bescheid, was es gekostet hat.

Zurück auf der Party, lief Thom auf direktem Weg zu Isabel und ignorierte mich von nun an vollkommen. Der Kwanzaa Kegger schien noch immer in vollem Gange zu sein. Plötzlich von schlechter Laune überkommen, textete ich Tig und fragte sie, wie ihr Abend verlaufe. Sie schrieb zurück: Sie sei mit ihrer Mutter zu deren Geburtstag nach Chicago gefahren. sind bei MacArthur's, schrieb sie, irgendwann nehm ich dich auch mal mit hierher. der bananenpudding ist der knaller.

Ich machte mich auf die Suche nach Amit.

In Thoms Haus lebten sechs Männer und eine wechselnde, unbestimmte Anzahl von deren Freundinnen. Bei ihren Partys wurden die Räume folgendermaßen aufgeteilt: Becher und Getränke in der Küche, Bong im Esszimmer, Tanzen im freigeräumten Wohnzimmer, in dem am Ende der Party schlafende Körper herumlagen, jedes Schlafzimmer im ersten Stock ein kleines Versteck, in dem verschiedene Freundesgruppen abhängen konnten, jedes Schlafzimmer im zweiten Stock ein Ort zum Zurückziehen, Schlafen oder Vögeln, ein furchteinflößendes Dachgeschoss, in dem ich noch nie gewesen war, wo anscheinend härtere Drogen angeboten wurden, aber es war nicht gut besucht – das hier waren gute Jungs. Es war ein Haus voller Schlupfwinkel, vollgestopft mit Dingen zum Darüberstolpern.

Als ich auf der Treppe zwischen dem ersten und zweiten Stock um die Ecke kam, lief ich direkt Amit in die Arme, der pink angelaufen war und sturzbetrunken aussah.

Wo warst du?, rief ich. Ich habe dir geschrieben. Ich hab Thoms verdammtes Auto kaputtgefahren.

Was? Warum bist du gefahren? Geht es dir gut?

Ja, mir geht's gut –

Grübel nicht so viel über die Vergangenheit. Das machst du zu oft. Er hickste laut. Ich möchte dir jemanden hier vorstellen, sagte er.

Ich weiß nicht, ob gerade der beste –

Du wirst sie mögen. Sie ist auch erst dieses Jahr nach Milwaukee gezogen. Und sie ist ebenfalls lesbisch. Ich weiß, dass du sie mögen wirst.

Grundgütiger, Amit. *Nein.*

Komm mit! Ich habe ihr gesagt, dass ich dich suchen werde.

Ich war verärgert und beschämt. Was für ein Witz das Ganze war – Amit, der mich mit jemandem verkuppeln wollte, um sich selbst etwas zu beweisen, um sich toll vorzukommen.

Wieso wart ihr beiden denn *da oben*?

Oh, was? Ich war pinkeln. Das einzige nicht verstopfte Klo im Haus. Sie raucht unten in dem Zimmer mit den schicken Nackte-Ladys-Kunstdrucken. Ich glaube, du wirst sie mögen. Sie ist die einzige lesbische Frau, die ich – *hicks* – auf dieser gottverlassenen Party getroffen habe. Du musst sie kennenlernen, ich habe gesagt, dass ich dich suchen werde –

Wenn er besoffen ist, sagt Amit in sich ausbreitenden konzentrischen Kreisen immer wieder dasselbe, bis die zuhörende Person versucht ist, ihm den Kopf einzuschlagen. Ich gab nach.

Wer, zum Teufel, hat dich gebeten, mir hier jemanden zu suchen, du überneugierige Aunty?, setzte ich an, und als wir durch die Flügeltüren des Esszimmers traten, sah ich eine Frau mit Vogelknochen in einer ledernen Bomberjacke, die im rauchigen Nebel ganz aufrecht dasaß. Neben ihr saß ein schlanker Schwarzer Mann. Er bot ihr einen Joint an, sie schüttelte den Kopf, blickte auf und lächelte beim Anblick von Amit, wobei der angespannte, gelangweilte Ausdruck aus ihrem Gesicht verschwand. Er stürzte sich für eine Umarmung auf sie, was Amit bis heute noch immer genauso tun würde. Über seine Schulter hinweg erblickte sie mich. Ihr Gesicht erstarrte, als sie mich erkannte. Irgendetwas zwischen Schock und Funkensprühen.

Mein Mund wurde so trocken wie ein Teppich.

Hey, also, das hier ist meine neue Freundin Marina, sagte Amit und grinste wie ein Idiot. Sie ist auch neu in Milwaukee! Ich finde, ihr solltet euch kennenlernen.

Und dann rauschte er davon.

Tja, also, ich hatte mich schon gefragt, wofür das S steht, sagte Marina.

Ein zunächst vages und dann scharf eingestelltes Lächeln, der Blick aus den großen Meerglasaugen fing meinen ein, unsere Linsen fokussierten und formten ein klareres Bild. Hier ist die Person, in der Realität. Hier bist du.

Wir hockten auf der Treppe und sahen zu, wie die übrig gebliebenen Gäste auf dem schmutzigen Teppich umherschlingerten und -schleiften. Es war das erste Mal, dass eine von uns irgendein Eingeständnis machte – dass wir in der Vergangenheit schon miteinander interagiert hatten. Marinas Stimme war gleichzeitig mädchenhaft und rau, als hätte eine Fünfzehnjährige mit dem Kettenrauchen angefangen. Das feine, blasse Haar fiel ihr ins Gesicht und federleicht über ihre Schultern. Ich wollte im Internet nicht meinen Namen verwenden, erklärte ich. Ich dankte ihr für den Drink in der Bar Louie. Sie ließ ihre grabsteinweißen Zähne aufblitzen, ordentlich aufgereiht und poliert. Als sie mich anlächelte, schien das Blut in meinen Venen ins Stocken zu geraten.

Marina sprach schneller als ich. Sie bestand ganz aus Energie, kinetisch. Umherhuschende Blicke, ein tappender Fuß in kirschroten Doc Martens. Sie stammte aus New Jersey, war mit sechzehn zum Tanzen nach L. A. abgehauen, wo sie mit Unterbrechungen elf Jahre lang gelebt hatte. Im März war sie nach Milwaukee gezogen. Vor neun Monaten, drei Monate vor mir. Tja, also, dann erzähl mir mal etwas von dir, Weltreisende, forderte sie mich neckend auf. Mein Gesicht lief vor Freude rot an: Sie hatte es sich gemerkt.

Sie hatte ein Jahr lang in Japan gelebt, unter Vertrag bei einer Ballettkompanie. Sie liebte die dortigen Eckläden, die Hochgeschwindigkeitszüge. Sie sagte, sie kenne niemanden auf dem Kwanzaa Kegger, sie sei aber zugegebenermaßen auch schon länger nicht mehr ausgegangen.

Mein Freund und Geschäftspartner Shaka, sagte sie – ja, das ist der große Typ mit den Tattoos, der neben mir geraucht hat –, kennt Kenny, der anscheinend hier wohnt, ich weiß allerdings nicht, woher, aber tatsächlich kennt Shaka die ganze Welt, sogar in einer Stadt, in der er neu ist, ja, das ist faszinierend, sollte man wissenschaftlich untersuchen oder so.

Marina trank Weißwein. Sie tanzte nicht gern auf Partys, mochte keine Popmusik. Ihre Jacke, für die ich ihr ein Kompliment aussprach, war von Zara, das Leder butterweich. Ihr Mascara klumpte, wie mir auffiel, bröckelte in kleinen Körnchen ab und bestäubte ihre Wangenknochen. Zu keinem Augenblick berührte sie mich, lehnte sich in meine Richtung oder lobte mein Aussehen. Das beunruhigte mich.

Sie war nie aufs College gegangen, und in meiner riesigen Dummheit versuchte ich dies mental mit der Tatsache in Übereinstimmung zu bringen, dass sie gern las. Sie wusste nicht, was eine Changemanagement-Beraterin tat. Sie sagte, es klinge schwierig und wichtig. Sie hasste Kochen. Sie fragte mich, wie die Stadt bislang zu mir gewesen sei.

Ich versuchte es in ein paar Sätzen auszudrücken, aber alles, was ich hervorbrachte, fühlte sich wie eine Lüge an.

Weshalb bist du nach Milwaukee gekommen?, fragte ich. In meinem Kopf spielte sich in einer Dauerschleife das Bildmaterial ab: die unaussprechliche Episode im Public Market, die Frau mit dem langen Haar und dem Lippenpiercing.

Marina hatte einen Job angeboten bekommen, der ihr Gehalt in Los Angeles beinahe verdoppelte: reiche Kinder in Brookfield in Ballett und zeitgenössischem Tanz zu unterrichten. Shaka, ihr alter Kollege, war ihr und ihrem besseren Gehalt von Chicago dorthin gefolgt, hatte aber kürzlich gekündigt, um eine Dance Intensive Company zu gründen, für die Lehrer*innen und Choreograf*innen durch verschiedene Städte tourten und in einem Konferenzsetting Workshops und Unterrichtsstunden anboten. Sie unterstützte ihn dabei.

Es ist viel zu tun, aber ich bin ein ehrgeiziger Mensch, sagte sie. Ich möchte mir in der Tanzwelt einen Namen machen.

Das gefällt mir, sagte ich, und wir blickten einander an. Mir kam in den Sinn, dass sie trotz all ihrem Selbstbewusstsein und ihrer stocksteifen Haltung auch nervös sein mochte.

Bist du allein hierhergezogen?, fragte ich, die Unschuldige spielend.

Sie zuckte mit den Achseln, und ihr Gesicht nahm einen abwehrenden Ausdruck an.

Meine Ex ist mit mir hergekommen, sagte sie, aber es hielt danach nur noch ein paar Monate. Sie ist jetzt wieder in L. A.

Ich wollte am liebsten sagen: Aber ich habe euch beide erst gestern zusammen gesehen.

Thom und Isabel kamen auf dem Weg nach oben an uns vorbei. Beide sagten nicht einmal Hallo. Isabel nickte mir kurz zu. Von Thom kam nichts. In meinem Herzen ein stechender Schmerz. Weiße Amerikaner*innen konnten so kalt sein, einfach so, aus dem Nichts. Vielleicht war es wichtig, sie nicht zu tief hereinzulassen. Selbst Marina belog mich gleich von Beginn an.

Sie fragte mich, woher ich komme, und wirkte erstaunt über die Antwort.

Dein Englisch ist so – du hast gar keinen Akzent.

Lustig, du nämlich schon, erwiderte ich und streckte mein Kinn vor.

Sie lachte laut. Die weißen Zähne in ihrem Sonnenbankgesicht. Stimmt, sagte sie. Man hört mir Jerz noch aus zehn Metern Entfernung an.

Ich werde bald aufbrechen, fügte sie hinzu. Vielleicht sehen wir uns mal irgendwo?

Es erschien mir zutiefst mühsam. Wir hatten die ganze Zeit nichts anderes getan, als uns mal irgendwo zu sehen, waren wie kleine Wühlmäuse im Leben der anderen aufgetaucht, um sofort wieder unter der Erde zu verschwinden. Wenn das alles war, was sie wollte, na schön!

Das sagte ich auch: Na schön!

Überraschung in ihrem Gesicht. Tja, also, erwiderte sie, ich wollte dich schon fragen. Möchtest du Nummern austauschen?

Hey, sagte Amit, der wie ein Geist aus der Flasche neben mir auftauchte. Entschuldigt die Unterbrechung.

Wo hast du den ganzen Abend gesteckt?, fragte ich unfreundlich.

Musste KJ anrufen, antwortete er. Hey, ich bin müde. Können wir ein Yellow Cab rufen? Bis es hier ist, wird es nach zwei Uhr morgens sein. Und ich will nicht auf diesem muffigen Teppich schlafen.

Tja, also, ich gehe jetzt, sagte Marina. Ich kann euch beide mitnehmen, nein, das ist wirklich kein Problem, ach, Brewers Hill, das ist ja nicht mal weit, wann ist es nur so spät geworden?

Hattest du einen schönen Abend?, fragte Amit mich, als wir
Marinas Kia Soul hinterherwinkten und dann den Seiten-
weg zur Tür hinaufliefen.

Ich ignorierte ihn. Zwischen dem tatsächlichen Gespräch
mit der Frau, die seit Monaten eine geisterhafte Präsenz in
meiner romantischen Onlinewelt gewesen war, und dem
Unfall mit Thoms Wagen wusste ich nicht, wie ich die letzten
sechs Stunden bewerten sollte. Ich schaute in meine Tasche.
Amit übertrieb seine Ungeduld.

Beeil dich, ich verwandele mich gleich in ein Eis am Stiel,
Mann.

Warte kurz, sagte ich und durchwühlte meine Handta-
sche. Wo war mein Schlüssel?

Nicht in der Tasche, wie es schien.

Es war zwei Uhr morgens, knapp über dem Gefrierpunkt,
wir hatten kein Auto, und ich hatte meinen Haustürschlüs-
sel verloren.

Oh-oh, machte Amit, in einem Cartoon-Network-Tonfall.

Wir schoben die unbehandschuhten Hände in unsere
Manteltaschen und blickten einander mit leichter Beunru-
higung an.

An Amys Tür zu klopfen, wie Amit es vorschlug, kam nicht
infrage. In ihrer Wohnung war es dunkel, sie und der Verlobte schliefen. Während mehrerer Versuche, das Schloss
aufzubrechen – mit einer Kreditkarte, einer Haarklammer,

einem Briefkastenschlüssel –, berichtete ich Amit flüsternd von meinen verschiedenen Begegnungen mit dem Schrecken, der unter mir wohnte. Er starrte mich entsetzt an.

Wir können später darüber reden, da ich der Ansicht bin, dass man eine Krise nach der anderen bewältigen sollte, sagte er, aber du musst unbedingt von hier wegziehen.

Ich werde darüber nachdenken, gab ich zurück. Sooo viel verdiene ich nicht, und hier wohne ich umsonst.

Hmm. Gehört das zur Unternehmenspolitik?

Ich glaube nicht, wieso? Hier, halt mal meine Tasche –

Es ist bloß ein bisschen seltsam, oder? Nichts für ungut, ich bin mir sicher, dass du großartige Arbeit leistest, aber wieso gibt man einer neuen Angestellten frisch vom College so einen riesigen Bonus wie eine bezahlte Wohnung zusätzlich zu ihrem Gehalt? Du kommst gerade erst aus dem Studium und hast, abgesehen von ein paar Praktika, nur wenig Erfahrung, oder?

Du bist verdammt unverschämt, sagte ich. Wir beide haben dieselbe Menge an *Erfahrung*, Freundchen, du verdienst bloß viermal so viel wie ich, weil du etwas studiert hast, was bei den Märkten und Investoren gerade hoch im Kurs steht, okay? Komm mal runter. Können wir heute Nacht bei deinen Eltern schlafen?

Ich meine, das ist nicht optimal, aber besser als Erfrieren.

Wieso ist es nicht optimal?

Komm schon, S.

Was?

Zwing mich nicht, es auszubuchstabieren.

Tu so, als hätte ich vergessen, wie man liest. Noch eine Stunde in dieser Kälte, und das entspricht auch der Wahrheit.

Meine Mutter hat dich noch in Erinnerung als das Mäd-chen, das sich von ihrem Sohn getrennt hat, obwohl es mir so ernst mit uns war, dass ich dich mit nach Hause gebracht habe. Ich meine, im schlimmsten Fall können wir zu meinen Eltern gehen. Es wird bloß nicht besonders angenehm für uns alle. Und außerdem könnten wir nicht bis dorthin lau-fen. Wir müssten uns ein Taxi rufen.

Dann ruf ein Taxi. Oder ruf KJ an. Ist sie nicht so ein ver-rückter Nachtmensch?

Ich will KJ nicht anrufen. Was ist mit deiner Freundin Tig?

Nicht in der Stadt.

Wo wir gerade davon sprechen, Leute anzurufen, hey, würde es nicht am meisten Sinn ergeben, dass du deinen Schlüssel im Auto von dieser lesbischen Kate Moss hast lie-gen lassen?

Auf keinen Fall. Ich rufe sie nicht an. Sie wird längst schlafen! Und ich glaube wirklich nicht, dass ich den Schlüs-sel in ihrem Auto habe liegen lassen. Wenn überhaupt, habe ich ihn möglicherweise bei Thom auf der Treppe verloren. Ich weiß noch, dass ich damit herumgespielt habe, als wir uns unterhielten –

Hübsche Frauen lassen uns alle zu nervösen Volltrotteln werden, sagte Amit mit seiner falthoo Fertigweisheit.

Weniger Buddy-Komödie, mehr Action, bat ich.

Amit rief bei Yellow Cab an, wo man ihn informierte, ein Fahrer werde in fünfzig Minuten bei uns sein. Bis dahin bin ich tot, murmelte Amit, gab aber dennoch meine Adresse an. Wieder und wieder checkte er die App auf seinem Telefon und schnalzte frustriert mit der Zunge. In SF, erklärte er, gebe es Technologieunternehmen, die es ganz einfach machten, einen Fahrer direkt von der Straße zu mieten, und ein Taxi erschien dann auf Knopfdruck vor der eigenen Haustür, manchmal in weniger als fünf Minuten.

Uber hat noch nicht nach Wisconsin expandiert, fügte er hinzu. Ich verdrehte die Augen und fragte ihn erneut, weshalb es keine Option sei, einfach KJ anzurufen.

Zwischen KJ und mir ist es gerade kompliziert, okay?

Hast du eine Affäre mit der Schlaumeierin? Kann es mir gut vorstellen. Du könntest dabei ihre Zöpfe festhalten, wie nennt man das noch gleich? Motorradfahren.

Wieso besteht dein Abwehrmechanismus darin, widerlich zu sein? Frag dich das mal.

Abwehrwas, wovon redest du? Ich mache bloß Scherze, um mich davon abzulenken, dass mir die Wimpern gefrieren.

Du brauchst nicht eifersüchtig auf KJ zu sein.

Ich versichere dir, dass ich nichts dergleichen –

KJ und ich sind ungut auseinandergegangen. Wir kriegen es wieder hin. Aber ich kann sie nicht anrufen.

Was ist los? Kannst du es mir wirklich nicht sagen? Ich mag es nicht, wenn wir Geheimnisse voreinander haben.

Amit blickte finster. Du hast vor allen Menschen Geheimnisse, murmelte er.

Nicht vor dir. Im Grunde nicht.

KJ hat – ein Problem. Mit Sucht. Drogen.

O Scheiße, sagte ich und dachte an die Nadel, die ich vor nicht allzu langer Zeit aus der Toilettenkabine gekickt hatte. Ein Ding aus einer anderen Welt.

Was ist es?, fragte ich. Kannst du das nicht sagen?

Amit schniefte heftig. Zwei Tränen rannen ihm über das Gesicht.

Ich will nicht, dass du sie verurteilst, sagte er. Ich liebe KJ. Sie ist meine älteste Freundin. Sie ist ein guter, liebenswürdiger Mensch. Sie wünscht sich eine Familie und einen guten Job und Kinder mit ihrer Freundin. Ich möchte nur, dass du das weißt, wenn ich es dir erzähle, und ich bin mir ehrlich gesagt nicht sicher, ob ich es überhaupt irgendjemandem erzählen sollte. Sie hat es nicht leicht gehabt.

Ich werde sie nicht verurteilen –

Halt die Klappe und hör mir kurz zu. Du musst diese Tatsache über dich akzeptieren: Du verurteilst andere Menschen. Du tust so, als wären alle in der Lage, ihr eigenes Leben zu verändern, als wären alle für ihren eigenen Erfolg oder ihr Scheitern selbst verantwortlich, obwohl deine eigene Familie das Gegenteil beweist –

Amit. Sei nicht so verdammt gemein zu mir. Ich bin nicht mehr dieselbe Person, die ich im ersten Collegejahr war. Du hast dich verändert, und ich habe es ebenfalls, und wir haben alle ein wenig Gnade verdient, okay? Wenn du mir von KJ erzählen möchtest, dann werde ich zuhören und versuchen, etwas Hilfreiches zu sagen. Wenn nicht, dann ist das auch okay. Aber wir müssen fünfzig Minuten totschlagen, und diese Sache scheint dich mitzunehmen, worum auch immer es geht.

Versprich mir, dass du es keinem Menschen erzählen wirst.

Ich verspreche es. Wem sollte ich es denn erzählen, den es interessieren würde?

Es ist egal, ob es die Person interessiert. Milwaukee ist eine kleine Stadt. Die Leute dürfen nicht über sie Bescheid wissen.

Okay, okay. Herrje. Ich sag's niemandem.

Zum ersten Mal hatte KJ zu Beginn der Highschool Tabletten genommen, erzählte Amit mir. Ein paarmal, angestiftet von einer Freundin oder anstachelnden Jungs auf Hauspartys in der South Side. Ihr gefiel das Gefühl. Angst und Schrecken wurden aus ihr ausgesaugt und von einer sich ansammelnden flüssigen Wärme ersetzt. Die meiste Zeit hielt sie sich fern von den Tabletten und von den Partys, hielt sich stattdessen beschäftigt mit Lernen und dem emotionalen Hamsterrad ihrer Beziehung mit Cathy, ihrer ersten und einzigen Freundin. Im Frühling letzten Jahres krachte ihr dann jemand in den Kofferraum und beging Fahrerflucht.

Von dem Unfall blieb ihr ein glühender, sehniger Knorpel aus entzündeten Nerven zwischen Hals und Schulter, während auf der Arbeit von ihr erwartet wurde, andauernd pummelige zappelnde Kinder hochzuheben. KJ war nicht versichert und ging in eine kostenlose Klinik. Der Arzt tat überhaupt nichts und sagte ihr, sie solle in sechs Wochen wiederkommen, wenn sie dann noch Schmerzen habe. Aus Verzweiflung angesichts von KJs Qualen und wütend darüber, dass der Arzt ihrer Freundin noch nicht einmal hoch dosiertes Paracetamol verschrieben hatte, kaufte Cathy bei einem ehemaligen Klassenkameraden, der mit solchen Sachen dealte, einen Plastikbeutel mit Hydrocodon. Freundschafts- und Familienrabatt, hatte er gesagt.

Ich hatte Hydrocodon verschrieben bekommen, nachdem der Zahnarzt in Indien mir die Zähne gezogen hatte. Es hatte sich ziemlich schön angefühlt. Kennt ihr diese schaumige weiße Seife, die einem auf öffentlichen Toiletten automatisch in die Hand fließt, ohne dass man irgendetwas anfassen müsste? So war Hydrocodon: ein luftiges emulgiertes Glück, das durch den Körper schäumt und einen von innen heraus aufhellt. Meine Mutter warf die Tabletten sechs Tage nach der Operation weg. Nicht gut, diese ganzen extrastarken Medikamente zu nehmen, sagte sie.

KJ nahm eine pro Tag, ging high wie ein Flieger zur Arbeit, und schon bald wollte Cathy wissen, was es damit auf sich hatte.

Hydrocodon ist teuer. Auf dem Schwarzmarkt kann ein voller Beutel dreihundert Dollar kosten. KJs Dealer wartete, bis die beiden Frauen sich finanziell übernommen hatten, und bot ihnen dann wesentlich billigere Möglichkeiten an, dem gleichen High nachzujagen: Heroin in Form von Pulver und Black Tar.

KJ sagte Nein. Sie ging vier Tage arbeiten, die Schulter ein einziger unkontrollierbarer Schmerz, und brach jedes Mal in kalten Schweiß aus. Am Ende jeder Schicht ging es ihr hundeelend.

Sie textete ihm: Wie viel braucht man?

Amit und ich waren in immer größeren Kreisen um meinen Block gelaufen. Ich lauschte ihm, schockiert über das Gehörte, fragte mich aber auch, wo mein Freund in diese Geschichte hineinpasste. Weshalb er persönlich darin verwickelt zu sein schien.

Als KJ und Cathy vor neun Monaten ihre Wohnung verloren, fuhr er fort, zogen sie bei Cathys Mom und ihrem rassistischen Stiefvater ein, der sie nach fünf Wochen kurzerhand hinauswarf. KJs Mutter und Schwester waren bereit, ihnen hier und dort etwas Bargeld zu geben, aber Cathy hatte KJs Mom schon mehr als einmal bestohlen, und die Schwester verbot dem Paar zu bleiben. In KJs Auto zu schlafen, war machbar, solange das Wetter mild war, aber nach zehn

Tagen hatte ein Obdachloser in der North Side versucht, in den Wagen zu kommen, und sich vor den beiden Frauen entblößt. Um sechs Uhr morgens in San Francisco hatte KJ Amit hysterisch angerufen. Ob er den beiden Geld für eine Übernachtung im Motel schicken könnte?

Von diesem Zeitpunkt an hatte sie ihn immer wieder um Geld gebeten, zunächst einmal in der Woche. Das Timing war gut. Amit war gerade befördert worden und wurde es langsam leid, in affektierte Restaurants mit Gerichten für vierzig Dollar zu gehen, sich mit seinen Freund*innen ein Gras-Abo zu teilen und an den Tagen, an denen er nicht bis zehn Uhr abends arbeitete, auf Kunst- und Psychedelic-Partys zu gehen. War das alles, was das gute Leben zu bieten hatte?

Er war mehr als bereit, seiner ältesten Freundin zu helfen und sein hübsches Gehalt für einen besseren Zweck zu verwenden als bisher.

Dann kamen die Bitten alle paar Tage. KJ rief von einer Tankstelle aus an und sagte: Mitty, bitte, ich flehe dich an, ich habe kein Geld für Binden, sagte: Ich blute durch meine Jogginghose. KJ schrieb aus einem Motel über Cathys rasselnde Bronchitis, behauptete, sie müssten unbedingt die ganze Woche dortbleiben, während sie sich erholte. Armut ist ziemlich teuer. Mehrmals pro Woche ließ Amit alles stehen und liegen und rannte hinüber zu Western Union. Es waren mehr die Störungen und die Panik in diesem Muster, als die Erkenntnis, dass er seiner Freundin im Laufe der Monate eine Summe im niedrigen fünfstelligen Bereich überwiesen hatte, die Amit zu dem Entschluss führten, etwas müsse sich ändern.

Also hatte er angeboten, von nun an eine feste Summe zu schicken: siebenhundert Dollar pro Woche. Nicht mehr, nicht weniger. KJ und ihre Freundin konnten davon die Miete, das Auto und die Rechnungen der Suboxone-Klinik bezahlen.

Es funktionierte für eine Weile, bis KJ ihn um mehr bat, als sie einander vor der Party getroffen hatten. Er hatte Nein gesagt, sie hatte ihn bei einem Cremeeis von Leon's beschimpft und war dann in Tränen ausgebrochen. Auf der Party hatte Amit festgestellt, dass sein Geldbeutel, in dem zuvor zweihundert Dollar in Scheinen gewesen waren, leer geräumt war. Er rief KJ an, die abstritt, etwas davon genommen zu haben, und behauptete, sie habe in ihrem Leben ohnehin noch nie etwas gestohlen, das sei Cathys Ding.

Sie erzählte Amit, durch ihn habe sie sich so klein und schlecht gefühlt, dass sie nicht anders gekonnt habe, als wieder etwas zu nehmen, nachdem sie monatelang clean gewesen sei.

Also, nein, schloss Amit, KJ, auch wenn sie ihm theoretisch einen Gefallen schuldete, war nicht die richtige Kandidatin, um sie an diesem Abend zu bitten, uns abzuholen.

Das … kann nicht wahr sein, entfuhr es mir.

Wie auf Autopilot schniefte er und sagte: O doch.

Für mich war das eine Horrorgeschichte. Amits Gesicht war blass und abgespannt, die Nase rot von der Kälte. Wir waren zum neunten Mal den Block um die verschlossene Wohnung herum abgelaufen. Ich starrte Amit an, und mein Herz schmerzte vor Sorge. Aus dem Inneren eines Hauses bellte ein Hund leise und gedämpft. Und dann kam ein adrettes rotes Auto neben uns zum Stehen, dessen Fenster hinuntergelassen wurde.

Eine dunkel vertraute Stimme rief meinen Namen.

Geht es euch gut?, fragte sie.

Am Steuer: Pulp Fiction. Ihr Puppengesicht, ihr geschwollener Mund. Auf dem Beifahrersitz saß ein desinteressiert wirkender Mann in seinen Vierzigern, das Haar ein strähniges Nest.

Der verheiratete Doktor.

Geht's euch gut?, fragte Pulp Fiction erneut. Ein Lächeln brach ihr Gesicht auf wie ein Ei: eine darin verborgene Süße. Wir kommen gerade vom Flughafen, sagte sie. Sollen wir euch irgendwohin mitnehmen?

Was ich in den darauffolgenden Jahren schwer zu erklären fand, war die Tatsache, wie sehr die Menschen, die ich in Milwaukee kennenlernte, füreinander da waren, selbst für Fremde. Eine echte Nachbarschaftlichkeit, und das in einer Stadt mit so viel Hässlichkeit, in der Leute von Vermieter*innen aus ihren Wohnungen geworfen wurden, einer Stadt, die so segregiert war, dass ich von meiner Wohnung aus vier Blocks weit laufen konnte, in denen ältere blonde Menschen nickten wie ihre Begonien und mir sagten, ich solle einen schönen Tag haben, um am Ende dieser vier Blocks in einer Gegend zu landen, die viermal so arm und in der nirgendwo ein weißes Gesicht zu sehen war. Pulp Fiction und ihr Typ fuhren uns um halb drei Uhr morgens zu Thoms Haus, um nach meinem Schlüssel zu suchen, und sagten, sie würden dort auf uns warten, um uns wieder nach Hause zu bringen.

Der Kwanzaa Kegger war noch immer im Gange, allerdings verschlafener als zuvor, nachdem sich viele der Hausbewohner*innen in ihre Betten zurückgezogen hatten.

Thom hatte nicht auf meine Textnachrichten geantwortet. Ich suchte auf jeder Treppenstufe nach dem Schlüssel, wie ein Bluthund, und kam schließlich an seiner Zimmertür vorbei, die fast geschlossen war, aber nicht ganz. Ich blieb stehen. Warf einen Blick hinein.

Ich sah das Hinterteil eines Mannes. Das in das einer Frau hineinfuhr. Ihr kühler weißer Rücken und die dunklen Wellen ihres Haars lagen auf dem gemusterten Oberbett ausgebreitet. Wie die einzelnen Portionen einer Mahlzeit. Thoms Atem war im Zimmer zu hören, zischte durch seine Nase. Rasch und leise huschte ich davon.

Das ist es, was meine Eltern sich für mich wünschten, was alle sich wünschten. Ein Teller zu sein, der vor den Hunger eines Mannes gestellt wird. Genommen zu werden, leise zu sein. Sich in Haare und Körperteile aufzulösen. Sich im Laufe der Zeit in Ehe und Mutterschaft aufzulösen.

Auf der düsteren Treppe erinnerte ich mich an das erste Mal, dass Amit KJ erwähnt hatte. Damals waren wir Babys gewesen, die in unserer Collegestadt herumliefen, wo die Bäume im Sonnenlicht zitterten. KJ hatte ihrer Mutter in der Mittelschule gesagt, dass sie mit Cathy zusammen war. Es war eine Katastrophe gewesen. Aber irgendwann waren alle Beteiligten zu einer Art Versöhnung und Verständnis gelangt. Ich weiß noch, dass ich dachte, wie unnötig es mir vorkam, wie amerikanisch, den Drang zu verspüren, die eigenen Eltern mit dieser Art von Information zu belasten. Jahre später, nachdem wir zusammengekommen waren und uns wieder getrennt hatten, fragte Amit mich behutsam, ob meine Eltern sich eine arrangierte Ehe für mich wünschten. Seine Mutter und sein Vater, die Amit abgöttisch liebten, die liberal und auf ihre Weise amerikanisiert waren, wollten das nicht für ihn.

Ich hatte in die Ferne gestarrt, und ein blasses, leeres

Gefühl hatte mich überkommen. Es schien die falsche Frage zu sein. Es erschien mir wichtiger und zugleich unmöglich zu sagen, ob ich schließlich kapitulieren würde, wenn sie sich als unbeweglich erwiesen in ihrem Wunsch danach, mich versorgt zu wissen. Was für meine Eltern eine ausgewählte Ehe bedeutete, ein anständiger, dafür bezahlter Mann. Alles andere, ganz zu schweigen davon, was ich wollte, würde Schande über die Familie bringen.

Ich wusste nicht, wie ich diese sture Liebe zu meinen Eltern erklären sollte, unter der ich wankte, die schillernd und gigantisch und von einer furchtbaren Trauer durchzogen war, einer Trauer darüber, wie ihr Leben Kompost für mein eigenes gewesen war.

Ich stieg langsam die Treppe hinunter. Mein Gesicht verschob sich wieder zu einem normalen Ausdruck.

Im Wohnzimmer unterhielt Amit sich mit einem muskelbepackten jungen Mann mit einem erdbeerroten Haarschopf.

Ich erkannte ihn wieder, er hatte gefilmt, wie Thom mir das Gesicht ableckte. Das schien hundert Jahre her und nicht noch am selben Abend geschehen zu sein.

Zu meiner großen Verblüffung grinste Amit. Das hier ist Danny, sagte er zu mir und wies auf den knotigen schlanken Typen. Danny ist Turner. Wir haben einen Plan.

Nach drei Uhr morgens standen wir vor meiner Wohnung und beurteilten die Lage. Wir, das waren: ich, Amit, Pulp Fiction, ihr Doktor und Danny, der Turner. Irgendwann in der Zwischenzeit hatte ich mich mit der Idiotie des gesamten Unterfangens abgefunden, zitternd und erschöpft und nervös, wie ich war. Es würde unmöglich funktionieren.

Aber es machte auf seltsame Weise Spaß, in dieser Gesell-schaft zu sein. Vielleicht konnten wir uns so amüsieren bis zum Morgengrauen, wenn Amy aufwachte und wir sie dazu bewegen konnten, uns hineinzulassen. Dann fing Danny an zu klettern, und mein Magen verwandelte sich in eine Grube der Furcht.

Er würde fallen, er würde sich den Schädel brechen. Amy würde aus dem Haus kommen. Das Spiel wäre in jeder Hin-sicht aus.

Bis zum Tag meines Todes werde ich mich daran erinnern, was für ein perfekter Triumph es war, als Danny, der Turner, nach zwei gescheiterten Versuchen seinen Körper das Fall-rohr auf der Nordseite hinaufwand und geschmeidig auf das Dach über Amys hinterer Terrasse kletterte. Nach oben griff, als wäre es ein Kinderspiel, und mein Wohnzimmer-fenster aufschob.

Pulp Fiction schrie laut auf. Wir brachen in Gejubel aus. Amit machte Danny, dem Turner, einen Heiratsantrag. Wir hörten, wie er meine Tür aufschloss und meine Treppen hi-nunterrannte. Amit und ich, Pulp Fiction und ihr Doktor um-armten einander strahlend. Als wir Danny in unsere Grup-penumarmung einschlossen, wurden die Jalousien des Fensters neben der Seitentür hochgerissen.

Dahinter tauchte Amy auf, in einem Nadelstreifenpyjama und mit blankem Hass im Gesicht.

Wir starrten uns durch die Scheibe an, sie und ich. Die Jalousien schnellten wieder herunter.

Zum ersten Mal machte es mir nichts aus. Ich schloss die Augen und lächelte in den kalten Himmel, hielt meine Freund*innen und diese freundlichen Fremden im Arm.

Bevor ich einschlief, spürte ich neuen Mut. Ich zog unter der Decke mein Telefon hervor und schrieb Marina eine Nachricht, fragte sie, ob sie mit mir auf ein Date gehen wolle.

QI

Ich fand meine Schlüssel nie und musste den Verlobten nach einem Ersatzset fragen. Als ich am folgenden Montag bei der Arbeit erschien, winkte Peter mich zu sich.

Gefällt es dir in der Wohnung?, fragte er.

Ich nickte und riss die Augen vor Angst weit auf.

Er zeigte mir einen E-Mail-Austausch auf seinem Telefon. Amy hatte eine lange Beschwerdemail über mich an meine Vermieterin geschickt. Stacy hatte sie mit drei Worten an Peter weitergeleitet: bitte um rat.

Amys E-Mail ließ es so klingen, als wären Keith Richards und Hugh Hefner gemeinsam in der Wohnung eingezogen. Sie verwies auf Partys um drei Uhr morgens, bei denen Leute aufs Dach kletterten. Die Vorstellung von einer Zukunft, in der meine Arbeitserlaubnis abgelaufen war, ich keinen Sponsor hatte und mir keine andere Möglichkeit blieb, als das Land zu verlassen, zurückzukehren und meine Koffer den roten Laterit vor dem Haus meiner Eltern hinaufzuschleifen – dieses Bild blitzte vor meinem inneren Auge auf.

Ich begann, so ruhig ich konnte, zu erklären, weshalb Amys Bericht eine falsche Darstellung war, aber sobald ich die Worte *fanden wir einen Turner* aussprach, hielt Peter seine Hand hoch.

Es ist mir wirklich egal, sagte er mit großer Müdigkeit, aber es ist mir wichtig, dass es zwischen Stacy und mir keine Spannungen wegen dieser Wohnsituation gibt. Ich bin keinesfalls dazu verpflichtet, dir weiterhin Miete und Gehalt zu bezahlen, unsere Vereinbarung kann nach Belieben beendet und neu verhandelt werden. Bring diese Sache einfach in Ordnung. Entschuldige dich bei dieser Dame, die ein Problem mit dir hat. Sie mag falschliegen, sie mag recht haben. Mir ist es egal. Bring es in Ordnung.

Vor Angst und Wut rasend, schrieb ich Amy und dem Verlobten eine kurze zerknirschte Nachricht. Entschuldigte mich von Herzen dafür, ihren Schlaf gestört zu haben. Ich schrieb auch an Stacy; eine E-Mail, die ich in ihrer subtilen Schuldumleitung geschickt fand. Ihre diplomatische, vernünftige Antwort erfüllte mich mit Traurigkeit.

Vielen Dank für diese Erklärung. Gott weiß, wir alle haben irgendwann verrückte Dinge getan (oh, noch einmal jung zu sein!). Bitte finde einen Weg, mit Amy und Tim zurechtzukommen. Ich vertraue darauf, dass du die Dinge irgendwann aus ihrer Sicht sehen kannst – sie wünschen sich ein ruhiges, friedliches Zuhause, genauso wie deine Nachbarn rundherum. Wir sind so froh, dass sich ruhige, verantwortungsbewusste, zugängliche und fürsorgliche Menschen um das Haus kümmern.

Ich suchte nach einem Rezept und ging einkaufen. In dem uralten Ofen buk ich Scones mit Himbeeren und Buttermilch, die ich mit Ghee betupfte. Ich stellte den mit Folie überzogenen Teller gemeinsam mit der Nachricht vor Amys Tür und klingelte. Entfernte mich auf sichere Distanz.

Der Teller und die Nachricht verschwanden.

Ich ging davon aus, niemals eine Antwort zu erhalten, aber zwei Tage später plingte mein Telefon mit einer Nachricht von dem Verlobten.

Danke für die Entschuldigung. Wir sind nette Menschen (+ Hund). Das hier sollte nicht so schwer sein. Hab einen schönen Tag.

Bei der Arbeit herrschte dicke Luft. Thom sprach kaum mit mir. Grunzte im Pausenraum in meine Richtung, wärmte seine Tupperboxen voller Körner und Garnelen in der Mikrowelle auf und verspeiste sie an seinem Schreibtisch. Auch nachdem das Auto repariert war, hatte ich Angst, ihn darum zu bitten, mich abzuholen. Ich wartete bange darauf, dass er von sich aus anbot, unsere alte Routine wieder aufzunehmen. Ich litt in den fünfzehn Minuten, die ich zwischen zwei Bussen wartete, und meine Augen tränten in der schneidend kalten Luft.

Zwei Wochen nach dem Kwanzaa Kegger sah ich Thom in das Parkhaus fahren, während ich auf das Firmengelände zulief; ich schluckte den aufsteigenden Kloß in meinem Hals hinunter. Vielleicht hatte ich kein Recht, mich verraten zu fühlen, aber ich tat es. Mein Arbeitsweg war so lang, so elendig und so kalt. Ich hatte für den Unfall mit seinem Wagen bezahlt. Fairerweise musste man zugeben, dass er mich gedrängt hatte zu fahren. Wieso war er so gemein?

Manche Menschen finden es schwerer, einem zu vergeben, wenn man eigentlich gar nichts falsch gemacht hat, hatte Tig auf ihre Tig-Weise gesagt, während wir Fischcremesuppe mit Brocken aus Bauernbrot löffelten, und dabei beließen wir es. Wir saßen an der Bar im Trocadero. Sie war frisch mit jemandem zusammen, eine geschiedene Frau mit sanftem Gesicht, die in der Klinik Blut abnahm. Die Frau hatte einen kleinen Sohn und ein Muttermal an der gleichen Stelle sowie das gleiche zerzauste Haar wie Amy Winehouse. Schon nach nur einer Woche Beziehung schrieb Tig mir weniger und rief mich nur noch unregelmäßig an. Vielleicht war das der Lauf der Dinge. Die beste Freundin als Platzhalterin für das Echte: die Person, die für die Rolle des Ehemannes oder der Ehefrau vorsprach.

Am Freitag trat ich an Thoms Schreibtisch und fragte ihn, ob er mit mir mittagessen wolle. Ein Ölzweig. Er grunzte zustimmend.

Die Cafeteria des Kunden war beinahe identisch mit der am College, es gab bloß mehr Salate und Kalorienangaben. Während ich kurz angebratenes Hühnchen mit Brokkoli auf meinen Teller häufte, fiel mir zum ersten Mal auf, dass die einzigen Schwarzen Menschen, die ich auf dem Firmengelände des Kunden sah, Haarnetze trugen und uns hinter dem Glas bedienten.

Was dachten diese Frauen über uns? Hassten sie ihre Jobs, genauso wie ich? Bevor ich mich mit Tig angefreundet hatte, wäre ich nicht auf die Idee gekommen, mir diese Fragen zu stellen. Umgeben von weißen Menschen, wie ich es seit meiner Ankunft in Aurora gewesen war, hatte ich mich für eine Form von Farbenblindheit entschieden, insbesondere mir selbst gegenüber, und mit der Zeit den Blick einer weißen Person auf die Welt aufgesogen. Wie ein gesättigter Schwamm, der nun darauf wartete, ausgepresst zu werden. Ich stieß gegen den Abteilungsleiter, der neben mir in der Schlange stand, und ließ glänzendes Hühnchen und zerkochte Röschen auf seine Anzugschuhe fallen.

Als Thom mich fragte, was meine Ambitionen seien, wurde ich sofort wachsam. Ich war mir sicher, dass er eigentlich etwas anderes erfahren wollte. Während ich sprach und er nachhakte, wuchs meine Gewissheit: Aus irgendeinem Grund wollte er mich bloßstellen.

Was waren meine Ambitionen, was wollte ich nach diesem Job tun? Ich wusste es nicht. Das sagte ich ihm.

Er reagierte darauf gereizt. Du musst doch darüber nachgedacht haben, was danach für dich kommt. Wenn jemand so arbeitet wie du und immerzu versucht, Punkte zu sammeln, du willst irgendwas erreichen. Ich möchte herausfinden, was du erreichen willst.

Was willst du denn selbst erreichen?

Ich stelle gerade die Fragen, lenk nicht ab.

Ich stocherte in dem matschigen Brokkoli herum. *Ambitionen* war eine glitzernde, vielschichtige Geode von einem Wort. Schneidet man sie durch, erkennt man ihre Vielfarbigkeit. CEO werden wollen, in Sicherheit leben wollen, sich in der Tanzwelt einen Namen machen wollen, sich eines Tages eine hübsche Wohnung kaufen wollen, bei CNN auftreten wollen, genügend Bücher über Philosophie verkaufen wollen, um in einer unbestimmten Zukunft möglicherweise in dem rosaroten Haus zu leben – all diese Dinge fielen in den Zuständigkeitsbereich der Ambitionen, aber mir war klar, dass dieser dumme Junge hier nicht tatsächlich philosophisch werden wollte. Hör zu, sagte ich, ich will genug Geld verdienen, um für mich und meine Eltern zu sorgen. Eines Tages möchte ich ein Haus besitzen und keine alte Dame sein, die zur Miete wohnt und von irgendeiner Amy terrorisiert wird.

Also möchtest du auf der Karriereleiter aufsteigen. Du willst zur Chefin werden.

Bro, ich – will nicht mein Leben lang für Peter arbeiten. Mein Vater hat zu mir gesagt, den ersten Job müsse man mindestens drei Jahre lang machen. Ich glaube nicht, dass ich jemals mein eigenes Unternehmen gründen werde. Ich werde immer eine Lohnarbeiterin bleiben. Ich hasse es – ich senkte die Stimme –, diese beschissenen Chefs zu haben, also ist wohl ein Teil von mir einverstanden damit, dass ich mich in irgendeinem Bereich hocharbeite, um selbst einmal Chefin zu werden, wenn auch nur für das Geld und die Vorstellung, dass ich irgendwann mal weniger Vorgesetzte haben werde, je höher ich aufsteige. Aber es ist mir nicht so wichtig, in welcher Branche – also, ich möchte nicht für irgendein Unternehmen arbeiten, das groß und beängstigend und böse ist, allerdings kommen mir die meisten von ihnen schlimm vor. *Wieso fragst du mich das alles?*

Thom sah mich finster an, schob die Unterlippe in einer übertriebenen Schmollgeste vor, und uns beiden wurde bewusst, dass er kurz davor war, in Tränen auszubrechen.

Ich ergriff seinen Arm. Komm mit mir nach draußen, sagte ich, und wir traten aus der Cafeteria in ein kleines Besprechungszimmer, das, ungewöhnlich für den Kunden, nicht komplett verglast war.

Worum geht es hier eigentlich?, fragte ich. Es kann nicht dein blödes Auto sein.

Wie viel bezahlt Peter dir?, fragte Thom und starrte auf seine Finger.

Mein Magen verkrampfte sich. Ich sah ihn erneut vor mir, den Augenblick, in dem ich mein Telefon hervorgezogen hatte, um Thom zu versichern, dass ich für die Reparatur des Wagens aufkommen konnte.

Dreiundzwanzig pro Stunde, sagte ich. Irgendetwas in mir strich *und meine Miete* aus dem Satz heraus.

Heilige Scheiße, sagte Thom und schüttelte sehr langsam den Kopf. Heilige Scheiße.

Er bekam fünfzehn. So viel hatte Peter ihm angeboten. Immer noch nicht das schlechteste Gehalt für Milwaukee, aber verdammt.

Ich suchte nach einer Erklärung. Wir hatten gleichzeitig unseren Abschluss gemacht. Wir hatten dieselben Hauptfächer gehabt – wir hatten uns in einem Seminar über Moderne Literatur kennengelernt, wo Thom mich für dumm gehalten hatte. Wir hatten beide Auszeichnungen bekommen, waren beide Teil desselben großen Freundeskreises gewesen, der seinen Ursprung in einem Wohnheim für das zweite Studienjahr hatte. Ich hatte ein Praktikum mehr als er absolviert, im Rahmen eines Alumni-Programms, in dem ich zu Abendessen mit Leuten wie Peter eingeladen worden war und gelernt hatte, die Dinge zu sagen, die sie hören wollten. Wir hatten denselben Titel: Berater*in. Dieselbe Realität: Vertragsarbeiter*in.

Und dann die schreckliche Wahrscheinlichkeit: Ich hatte mehr für mich selbst herausgehandelt, und Peter hatte mich in diesem Augenblick für das Projekt gebraucht und gewollt. Thom so viel zu bezahlen wie mir, hätte seinen Profit geschmälert.

Bitte sag ihm nicht, dass ich dir mein Gehalt verraten habe, flehte ich Thom an. Ich möchte nicht in Schwierigkeiten geraten. Ich weiß nicht, ob es legal ist. Meine Arbeitserlaubnis läuft in zwei Jahren ab, und ich brauche Peter als Sponsor.

Thom teilte mir in aller Deutlichkeit mit, dass ich unsolidarisch sei. Ein Unternehmenslockvogel mit bourgeoiser

Mentalität, mehr sei ich im Grunde nicht, und er sei traurig und wenig überrascht, das zu erfahren.

Außerdem solltest du Tausende Dollar nicht auf einem Girokonto herumliegen lassen, Arschgesicht. Investiere das Geld.

Wer hat dir das beigebracht?, zischte ich. Deine beiden Arzt-Eltern?

Sei nicht intellektuell verlogen. Das ist einfach nur Whataboutism, es hat nichts zu tun mit –

Meine Hände zitterten so stark, dass ich sie unter dem Konferenztisch zu Fäusten ballen musste.

Ich bin nicht der Grund dafür, dass du nicht glücklich bist, sagte ich und sprach dabei betont langsam und eisig. Sprich mit Peter. Verhandele dein Gehalt, genau wie ich es getan habe. Sei ein Mann.

Thom stürmte aus dem Raum.

Als ich am Ende des Arbeitstages an dem Wandgemälde mit den aus grasbewachsenen Hügeln geborenen Batterien vorbeilief, winkte Thom mich herbei.

Hey, sagte er, und eine vage und widerwillige Weichheit machte sich in seinem Gesicht breit. Ich kann dich mitnehmen, Bro. Es ist arschkalt.

Vielen Dank, erwiderte ich steif und zog meinen Reißverschluss hoch. Ich hatte an diesem Nachmittag das Wort *bourgeois* nachgeschlagen, die Beleidigung, die er mir entgegengeschleudert und die ich bisher nur aus einem historischen Kontext gekannt hatte, irgendetwas aus der Französischen Revolution. Ich wollte Thom am liebsten fragen: Wie lange ist es jetzt schon an jedem einzelnen Tag kalt gewesen?

Auf meinem Bürostuhl sitzend, während der Informatiker mit seinem Fleischbrüheatem sich über eine Veränderung der Punkteregeln in seiner Bowlingliga beschwerte, wurde mir bewusst, dass ich mir nichts sehnlicher wünschte, als das ganze Drumherum eines bourgeoisen Lebens, so weich und warm wie ein Kaschmirpullover. Ich wollte es, und ich wollte es, weil es mir mit der Aggressivität eines Straßenhändlers in Bangalore unnachgiebig angedreht wurde. Weil es mir angepriesen wurde, seit ich mit vierzehn Jahren die Werbung über den Telefonzellen am Flughafen O'Hare betrachtet hatte, während wir in der Schlange vor der Zoll- und Einwanderungsbehörde warteten. Mich dafür zu beschämen, dass ich das wollte, was mir zu wollen beigebracht worden war, erschien mir wie eine herzlose Schummelei, ein launenhaftes Verändern der Spielregeln.

Heute ist es nicht nötig, erklärte ich. Jemand holt mich ab. Lass uns bald sprechen.

Ich lief durch das Parkhaus und auf den lindgrünen Kia Soul zu.

Marina hatte sich das Haar über eine Schulter geflochten. Sie trug eine rückwärts aufgesetzte Baseballkappe und eine Daunenjacke, die so gelb war wie Tweety Bird. Als ich auf sie zukam, stieg sie aus dem Wagen. Klein und wohlgeformt. Sie umarmte mich, und irgendwo im unteren Teil meines Körpers spürte ich etwas Eigentümliches, eine Mischung aus Gefahr und Verlangen, als wären meine Hüftknochen mit Druck auseinandergeklappt worden und warmes, klebriges Blut wäre hineingerauscht. Noch bevor irgendetwas geschehen war, fühlte ich mich haltlos, vielleicht weil ich zum ersten Mal eine bestimmte Person wollte und nicht nur ein Accessoire für meine eigene Sehnsucht. Ich stieg in ihren Wagen. Mit genau der richtigen Dosis Schwung schloss ich die Tür.

R1

Ich dachte, wir könnten ins Wicked Hop gehen, sagte sie, als wir den Freeway hinunterrauschten. Das ist so ein süßer kleiner Laden in Third Ward. Magst du Garnelen mit Polenta?

Ich bin da ganz unkompliziert, antwortete ich. Das war etwas, was ich laut Peter zu den Kunden sagen sollte, wenn überlegt wurde, wohin wir zum Business Lunch gehen könnten. Garnelen waren mir immer ein bisschen wie die Kakerlaken der Meere vorgekommen.

Als ich aus dem Auto stieg, sah ich, dass das Wicked Hop direkt neben dem Milwaukee Public Market lag. Die Erinnerung daran, was dort geschehen war, machte mich nervös, noch bevor das Date begonnen hatte.

Warst du schon mal im MPM? Da gibt es großartige Austern, sagte ich dümmlich.

Marina lachte. Ich weiß nicht, wieso, erwiderte sie, aber gefühlt würde ich hier keine Austern essen. Woher sollen die denn kommen? Aus dem Lake Michigan? Nicht so lecker.

Wahrscheinlich genau daher, wo auch deine Garnelen herkommen. Aus einem Flugzeug.

Oh, sie hat Witze auf Lager! Ich bin wohl auf einem Date mit einer lustigen Lady!

Am Ende hielten wir uns von Meeresfrüchten fern. Wir bestellten Rotwein in bauchigen Gläsern, der zuerst marmeladig, dann bitter schmeckte, Grilltomaten, einen Salat mit perfekten kleinen Rinderfiletstreifen, ein Risotto mit Mais und Lauch – etwas Neues für mich, grün und zwiebelig. Wir sprachen über die Arbeit, hauptsächlich Marinas. Ich gab ihr meine alte »Was ist Changemanagement?«-Zusammenfassung. Aber größtenteils erzählte ich von Thom und Tig. Meinen Freund*innen. Strahlend, lustig, ständig pleite. Zogen jeden Gehaltsscheck in die Länge wie Kaugummi, bis er riss.

Ich fragte Marina, wie ihr Milwaukee gefalle.

Tja, also – die meiste Zeit hier habe ich es gehasst, antwortete sie. Meine Trennung verlief unschön, und ich habe noch nicht viele Freundschaften geschlossen. Ich habe Shaka, aber er ist nicht immer zuverlässig oder stressfrei. Allerdings ist es großartig, gutes Geld zu verdienen und eine richtig schöne Wohnung zu haben. Meine Zeit in Milwaukee bestand bislang größtenteils aus Arbeit und danach Weintrinken und Lesen und Fernsehen und vielleicht noch versuchen, meine neuen Pflanzen nicht umzubringen – alles sehr schleppend.

Was liest du gerade?

Das Buch heißt *Alles, was wir geben mussten*. Zuerst wollte ich es beiseitelegen, aber plötzlich kam eine Stelle, die mich beinahe zum Weinen gebracht hat, und ich weine gern, manchmal denke ich, ich sollte professionelle Weinerin werden, wie auch immer, ich habe also weitergelesen. Es stammt von einem japanischen Autor. Ich habe nur ein Jahr in Tokio gelebt, aber seither fallen mir japanische Bücher in Buchhandlungen immer auf, man könnte sagen, dass sie mich anziehen –

Ich glaube, Ishiguro ist Brite, sagte ich versnobter, als ich klingen wollte. Also, ich glaube, er hat sein gesamtes Leben in Großbritannien verbracht.

Marina wirkte ein wenig verlegen und zuckte mit den Achseln. Ich beobachtete, wie die feinen Muskeln an ihrem Hals arbeiteten, während sie ihr Steak kaute. Ihre Wimpern waren so lang, dass ich erstaunt darüber war, wie sie überhaupt klar sehen konnte.

Mit einem plötzlichen Anflug von Eifersucht, aber auch mit dem nackten Verlangen, etwas zu erfahren, wonach sich zu erkundigen unhöflich wäre, fragte ich mich, ob sie ihre schlagfertige asiatische Freundin wohl in Japan kennengelernt hatte.

Um die Gesprächspause zu füllen, sagte ich: Mir ist noch nie eine Person begegnet, die gern weint.

Oh, ich finde es wunderbar. Die meisten von uns fühlen so viel, und zwar unterschiedliche, übereinandergelagerte Dinge, also, man kann nie nur eine einzige Sache fühlen, weißt du? Kannst du dich an eine Situation erinnern, in der du nur eine einzige Sache gefühlt hast? Ich denke, Weinen hilft uns dabei, unsere intensiveren, komplizierteren Emotionen ans Licht zu bringen, sie aus unserem Körper zu holen, damit dieser sich hinterher wieder leicht und frei anfühlt. Tanzen erlaubt mir das auch, aber man kann nicht über alles hinwegtanzen. Letzte Woche war meine Chefin mir gegenüber total fies – es ist schwer, darüber hinwegzutanzen.

Ich weine nicht oft, erwiderte ich, aber wenn ich es tue, zwinge ich mich dazu, schnell wieder aufzuhören. Ich weiß nicht, ob ich schon einmal die Erfahrung gemacht habe, etwas durch Weinen loszuwerden, wie du es beschreibst.

Du musst es einfach zulassen, alles herauslassen. Vielleicht brauchst du eine stellvertretende Weinerin.

Vielleicht! Bietest du dich an?

Ich wäre wahnsinnig gut darin. Ich würde mich hinsetzen und mir einfach für dich die Seele aus dem Leib heulen. Ich würde dir sogar einen Sonderrabatt geben, du bist schließlich eine wichtige Beraterin, das wäre gut für mein Geschäft.

Sie bezahlte die Rechnung. Beharrte darauf. Sie hatte mich während unseres Dates kein einziges Mal berührt. Hatte mir keine Komplimente für mein Aussehen oder mein Outfit gemacht. Ich versuchte, keinen Anfall von Kummer darüber zuzulassen. Auf dem Weg nach draußen blieben wir unschlüssig im Vorraum des Wicked Hop stehen. Unsere Schultern streiften sich: Daunenjacke an gefilzter Wolle. Draußen war die Welt vernebelt vor Kälte, dunkel und nass und verschwommen.

Tja, also, war schön, mit dir zu reden, sagte sie, und mit einem Mal verbesserte sich meine Laune um das Dreifache.

Wollen wir es fortsetzen? Wir könnten woandershin gehen. Nur, wenn du Lust hast.

Ich habe morgen keine Klienten, für die ich weinen müsste, also, ja, wieso nicht, du bestimmst, wohin.

Wir gingen ins Swig, eine Weinbar ein paar Häuser weiter. Ich setzte mich auf einen Barhocker. Sie klemmte ihre Knie zwischen meine. Ich war mehr als angetrunken. Ich begann meinen Herzschlag, seine beharrliche Zustimmung, in meinem Schädel zu hören.

Um meine Nerven zu beruhigen, fing ich an, schneller zu trinken, und sprach in kurzen, verdichteten Ausbrüchen zwischen zwei Schlucken.

Wir unterhielten uns über Orte in Milwaukee, an denen wir gewesen waren und die wir mochten. Teilten Erinnerungen an das Pint, die Lesbenbar, die ich aufgesucht hatte. Marina empfahl mir LaCage, einen kleinen Gay-Tanzclub. Sie war mitteilsamer als ich, sprach in einem fröhlichen Tempo, trank noch mehr Wein, schien davon jedoch nicht beeinträchtigt zu werden. Wir – oder sie – redeten darüber, wie sehr sie indisches Essen mochte. Über *Weißer Oleander*, das Buch, das wir auf unseren Profilen gemeinsam hatten.

Wahrscheinlich liegt es an meinem Mutterkomplex, sagte sie mit einem Lächeln.

Wie ist deine Mutter so?, fragte ich, mich selbst überraschend.

Marina wirkte kurz verdutzt. Sie nahm einen großen Schluck von ihrem Weißwein.

Meine Mom, sagte sie nachdenklich. Sie hat ein dreckiges Mundwerk und ein gutes Herz. Sie geht leidenschaftlich gern ins Solarium, so oft, dass Hautkrebs unvermeidlich scheint. Das habe ich wahrscheinlich von ihr geerbt, auch wenn ich an Mäßigung glaube. Manchmal ist sie sehr polnisch, die restliche Zeit wiederum sehr italienisch.

Was macht sie beruflich?

Als ich noch ganz klein war, hat sie gestrippt, um die Miete zu bezahlen, und aus ein paar verschwommenen Erinnerungen vermute ich, dass sie eine Menge gekokst hat – wow, dein Gesicht gerade, ich würde am liebsten ein Foto davon machen.

Tut mir leid, sagte ich und versuchte besagtes Gesicht zu einem Ausdruck von aufnahmebereiter und angemessener Leere zu formen. Fahr fort.

Wo war ich stehen geblieben? Tja, also, ehrlich gesagt war sie nicht immer die Mom des Jahres. In diesen Jahren war sie wahrscheinlich eine ziemlich beschissene Mutter. Weißt du, was komisch ist? Aus meiner dummen Kindersicht heraus schien meine Mommy immer zum Tanzen zu verschwinden. Also habe ich zu ihr und zu allen anderen immer wieder gesagt: Ich will tanzen, ich will tanzen wie meine Mommy. Ganz schön peinlich! Also, na ja, sie hat einen ihrer Kunden dazu gebracht, für den Unterricht zu bezahlen, hat mich zum Ballett geschickt, und der Rest –

Das kann nicht wahr sein.

O doch. Wie auch immer, ich war ausgezeichnet. Die Lehrerin hat sie jede Woche angerufen, um ihr das mitzuteilen. Sie ist eine stolze Mama. Sie leitet eine Kindertagesstätte in Jerz. Sie ist clean geworden, hat sich mit einem Polizisten verlobt, und jetzt kommt eine wirklich gute Geschichte: Auf ihrem verdammten Junggesellinnenabschied hat mich jemand geoutet, hat ihr einfach so gesagt, dass ich lesbisch sei.

Mir blieb die Luft weg. Ich sagte überhaupt nichts.

Marina fuhr fort: Also kam sie mich suchen und hat mich direkt ins Gesicht gefragt. Ich hatte solche Angst, aber ich sagte: Ja, das stimmt.

Meine Güte. Marina. Was hat sie gemacht?

Girl, sie ist vor den Tisch getreten, an dem alle Schlange standen, um sich Teller zu nehmen, und hat einfach losgeschrien. Hey, alle miteinander, ruft meine Mom. Alle miteinander! Hört mal her! Meine Tochter ist eine Lesbe! Und ich bin neunzehn, also, ich sterbe einfach nur vor Scham, aber meine Mom macht weiter. Mit sechshundert Dezibel. Sie ruft: Okay, und ich liebe sie! Ich liebe sie! Wenn irgendjemand von euch ein Problem damit hat, dass meine Tochter eine gottverdammte Lesbe ist, dann kommt zu mir, und wir klären das draußen. Okay? Und jetzt trinkt weiter!

Marina lachte angesichts dieser Erinnerung, ein Kichern mit geschlossenem Mund und zusammengekniffenen Augen. Meine Augen brannten. Ich blinzelte heftig, wandte mich ab und tat so, als würde ich etwas in meiner Tasche suchen, bis es mir wieder sicher vorkam, sie anzuschauen.

Was ist mit deinen Eltern?, fragte Marina.

Sie sind nicht mehr bei mir, sagte ich und spürte, wie sich der Schmerz in meinem Inneren auf meine Lunge legte, während ich an den schlammigen orangefarbenen Pfad dachte, an die winzigen Farne, die zwischen den spitzen grauen Steinen an die Luft krochen. Was es bedeuten würde, wenn meine Eltern jemals getan hätten, was Marinas Mutter getan hatte – wenn sie gerufen hätten: Hey, mein Kind ist lesbisch, und ich liebe es, ohne sich darum zu scheren, wer es hören konnte. Ich nahm einen großen Schluck Wein. Spürte seine Säure an meinen Zähnen.

Marina wirkte so mitfühlend, so zärtlich. Eine kleine Hand auf meinem Rücken. Auf dem Weg zur Toilette wurde mir bewusst, was gerade passiert war. Was für eine schockierende Lüge ich erzählt hatte.

Allerdings vereinfachte es die Dinge. Wie Lügen es manchmal tun.

Meine Eltern waren nicht mehr bei mir. Meine Eltern waren nicht mehr bei mir. Meine Eltern waren nicht mehr bei mir. Das war in verschiedener Hinsicht wahr. Befreiend.

Als ich mir in der kleinen Toilette mit den zwei Kabinen, schwach beleuchtet von einem einzigen gelben Glühfaden in einer staubigen Glühbirne, die Hände wusch und versuchte mein rasendes Herz zu beruhigen, kam Marina herein.

Ich trat vom Waschbecken, und mein Körper schob sich gegen ihren.

Sie blickte zu mir auf. Markante Nase, Rehaugen. Eine scharfe, schmerzhafte Schönheit. Sie war kleiner als ich. Be-

stand ganz aus Knochen und Sehnen. Ich spürte ihren heißen Atem in meinem Gesicht.

Deine Haut ist so wunderschön, sagte sie ganz leise. Den
ganzen Abend schon kann ich nicht aufhören, sie anzuschauen.

Ihr Mund roch nach Wein. So etwas hatte noch niemals
irgendjemand zu mir gesagt.

Ich beugte mich hinunter, ich küsste sie. Zuerst sanft,
dann wild, hob ihren Körper hoch und drückte ihn gegen die
metallene Kabinentür, die nur leicht knallte, ihre Arme um
meinen Hals, die Spalte ihres Geschlechts heiß an meinem,
selbst durch den schwarzen Jeansstoff, und wir zermahlten
einander wie Glas, ihre Zunge in meinem Mund, meine in
ihrem, still, bis auf den warmen, stoßweisen Atem, und mir
wurde schwindelig von alldem, dass sich ihre Hüften in meinen Händen anfühlten wie damals in meiner Kindheit, als
ich im Gestrüpp vor dem Haus meiner Familie den Schädel
eines Tieres fand und ihn hochhob: dieses harte, zerbrech-
liche, animalische Ding.

Ein Klopfen an der Tür.

Wir lösten uns leise lachend und zerzaust aus der Umarmung.

Lass uns von hier verschwinden, sagte sie und ergriff
meine Hand.

S1

Die Heizung in meiner Wohnung ging aus, wie eine Sicherung durchbrennt, mit einem Knistern und einem Ansturm von Gefahr. Es geschah Ende Januar. Marina hatte mir eine Karte mit einer kleinen Zeichnung gebastelt, auf der stand: ICH DENK AN DICH, SÜSSE. Die Karte war mit winzigen Glitzersteinen beklebt. Ich trat darauf, während ich, mit der Decke um mich gewickelt, mein Schlafzimmer durchquerte. Jaulte auf, als sich die Steine in meinen Zehenballen bohrten.

Der Thermostat war immun gegen mein Herumgefummel. Reglos, nutzlos. Bald bildete mein Atem in meinem eigenen Wohnzimmer Wölkchen.

Ich sammelte alle Decken zusammen, die ich finden konnte. Ich begann eine höfliche und unterwürfige Textnachricht an Amy zu formulieren, in der ich das mit der Heizung erklärte und sie fragte, wann diese repariert werden könne.

Aber wenn ich zu lange auf unseren Gesprächsverlauf voller Beschimpfungen von Amy blickte, wurde mir schlecht. Also schloss ich ihn wieder. Ich könnte mich später noch darum kümmern.

In den frühen Morgenstunden wurde ich vom Klappern meiner Zähne geweckt. Schlaflose Stunden später bestellte ich im Internet einen Heizlüfter und brachte es fertig, wieder einzuschlafen. Thom rief mich dreimal an, ehe er es aufgab und allein zur Arbeit fuhr.

Als ich aufwachte, hatte ich keine Chance mehr, es vor der undenkbaren Uhrzeit von elf ins Büro zu schaffen, und in meiner Verzweiflung meldete ich mich krank. Peter schrieb etwas Kurzes und Boshaftes zurück: Der richtige Zeitpunkt, diese Nachricht zu verschicken, wäre gestern Abend gewesen. Werde gesund.

Die letzten beiden Worte ein Befehl. Verschlafen zog ich zwei Pullover und darüber meinen Mantel an, ehe ich nach draußen ging, wo es in der Sonne wärmer wirkte als in meiner Wohnung. Ging in ein bürgerliches Restaurant mit Heizung und einer freundlichen, aufmerksamen Bedienung. Bestellte eine Wintersuppe mit massenhaft Sahne, das Billigste auf ihrer Speisekarte. Bekam durch meinen Charme dazu noch eine knusprige Scheibe Brot und Olivenöl, das auf dem weißen Teller blassgrün aussah.

Ich löffelte mir Suppe in den Mund.

Erneut löste ich mich vor Einsamkeit langsam auf. Ich wollte Marina von der Heizung berichten. Aber mich nach nur wenigen Wochen schon so auf sie zu stützen, erschien mir zu viel und zu früh. Zwischen Thom und mir war die Stimmung immer noch seltsam. Von Tig hatte ich weniger gehört, auch wenn sie mich gelegentlich anrief, um mir von etwas zu erzählen, was sie gerade gelernt hatte und aufregend fand.

Sie arbeitete mittlerweile sowohl bei Starbucks als auch bei Lush und übernahm noch zusätzlich hin und wieder Schichten bei CVS. Versuchte ihre Kreditkartenschulden abzubezahlen. Ihre Beziehung mit der Amy-Winehouse-Mommy lief gut. Tig mochte deren Kind, ein schüchterner und fröhlicher kleiner Junge mit einem Afro in der Farbe von wässrigem Tee. Mir kam das alles zu viel vor, und ich wurde manchmal eingeschnappt, wenn ich daran dachte. Ach ja, du verbringst also deine Zeit lieber mit einem Achtjährigen?, wollte ich dann fragen. Tig hörte ein Hörbuch von einem Mann namens Kropotkin und bekam ihr erstes A+. Für einen Essay über, ich glaube, Adam Smith. Sie erzählte mir, ihre Schwester sei auf die schiefe Bahn geraten und scheine wieder Drogen zu nehmen.

Ich weiß gar nicht, wie sie für das ganze Zeug bezahlt, hatte Tig ins Telefon geblafft, ehe sie in ihren Seminarraum geeilt war.

Die Innenseiten meiner Beine fühlten sich noch immer sehr kalt an, als wäre die Kälte bis in die Knochen gedrungen. Trotz der Suppe und der funktionierenden Heizung im Restaurant. Ich schrieb Marina eine Nachricht.

Hallo. Ich schwänze heute die Arbeit. Magst du dich mit mir treffen?

Du schwänzt??, schrieb sie zurück. Das hab ich noch nie gehört. Natürlich möchte ich mich mit einer wunderschönen sexy Lady treffen. Wo bist du?

Als wir Marinas Wohnung betraten, war ich noch immer durchgefroren bis auf die Knochen und fühlte mich feuchtkalt und etwas müffelnd, weshalb ich sie fragte, ob ich bei ihr duschen dürfe. Natürlich, Babe, sagte sie und kramte nach einem Handtuch. Sie reckte sich und bog dabei ihren Rücken leicht.

Tja, also, möchtest du Gesellschaft haben?, bot sie an. Ihre Augen glitzerten.

Ähm, ach, ich würde gern allein gehen, wenn das okay ist.

Sie zuckte mit den Achseln. Die Muskeln an ihrem Hals strafften sich. Ihr Haar wirkte heller als sonst.

Ich sagte: Dein Haar sieht hübsch aus. Hast du etwas damit gemacht?

Das schien sie zu amüsieren. Du bist manchmal wie ein Kerl. Ja. Man nennt es Färben. Du weißt schon, dass ich nicht von Natur aus diese Haarfarbe habe, oder?

Ich kam mir dumm vor. Woher sollte ich das wissen?, fragte ich.

Hast du dir noch nie dein Haar gefärbt? Es ist so schön. Oder wahrscheinlich nehmen indische Frauen Henna. Richtig? Verwendet ihr das für die Haare oder nur für die Hände?

Hab noch nie Henna benutzt. Da musst du irgendwelche anderen *indischen Frauen* fragen, rief ich durch die Badezimmertür.

Vielleicht war ich die ganze Zeit ein Mann gewesen, und das war der Kern meines Problems: meine Unfähigkeit, so weich zu sein wie eine Frucht und mich zu öffnen wie eine Blume. Wörter kamen mir undeutlich in den Sinn: unverwundbar, Hermaphrodit, Henna, Schwänzen, offenkundig, Nagelhaut. Ich drehte die Dusche nahezu brühend heiß auf und stieg hinein. Ich breitete mich nackt auf dem weißen Grund der Wanne aus.

Auf der anderen Seite der Tür: die Frau, die ich wollte, die Frau, der ich gerade aufgrund dieses Wollens bestimmte Dinge nicht sagen konnte. Das heiße Wasser fiel gnädig auf mich herab. Ich schloss die Augen. Wie ein Kind stellte ich mir vor, die Welt wäre dunkel geworden, alle anderen Menschen wären verschwunden, und ich selbst wäre in Sicherheit.

TI

Hey, Hübsche, hey, sagte Marina, als ich aus dem Badezimmer kam, und blickte mit einem schwachen Lächeln von ihrem Laptop auf. Ihre Ohren waren von Kopfhörern bedeckt: zwei geschwollene Pilzkörper.

Tja, also ... Deine Brüste sehen gerade echt fantastisch aus, sagte sie. Ich würde ihnen am liebsten stehenden Beifall geben.

Ich lächelte. Ich trug ein ganz weiches T-Shirt von ihr. Blassrosa, leicht feucht von meiner Haut. Im Zimmer war es kühl bis kalt. Es war also keine Absicht, bildete aber womöglich einen attraktiven Anblick.

Wann gehst du zur Arbeit?, fragte ich.

Wahrscheinlich so gegen vier. Etwa um neun bin ich wieder zurück. Die nächsten drei Stunden gehöre ich dir. Hast du Hunger?

Ich schüttelte den Kopf und schlüpfte unter ihre Decke, während mein nasses Haar sich auf ihrem Kissen ausbreitete. Marina stellte ihren Laptop beiseite und legte sich neben mich. Ihre Augen wirkten in diesem Licht brauner, groß und ein wenig besorgt.

Alles in Ordnung?

Ich nickte und stellte mir eine Tür vor, die in meiner Brust zuging und zur Sicherheit abgeschlossen wurde.

Ich habe etwas von deiner Feuchtigkeitscreme benutzt, sagte ich, weil es mir wichtig erschien, zumindest in einer

Sache die Wahrheit zu sagen. Was hast du gerade gemacht?

Du kannst alles von mir benutzen, was du möchtest. Mmm, riecht gut an dir, Hübsche. Ich habe an einem Mix für eine neue Choreo gearbeitet, aber, weißt du, das kann warten.

Warten worauf?

Das liegt wohl an dir.

Ich zeigte ihr ein kleines, angespanntes Lächeln.

Dann griff ich ihr an die Hüften und zog sie an meine. Sie trug kurze rote Nylonshorts, und ihre schlanken, gebräunten Beine lagen ausgestreckt auf den cremefarbenen Laken. Mit einer Hand griff ich ihr an den unteren Rücken, mit der anderen ins Haar. Ihr Haar fühlte sich knisternd und trocken an und hatte die Farbe von verblühtem Jasmin in Tempelkränzen.

Ich verhakte die Hand in der feinen blassen Masse und zog heftig daran.

Marinas Lider flatterten erschrocken und schlossen sich dann. Ihre Lippen teilten sich vor Lust. In diesem Augenblick sah sie aus wie ein Vogelbaby, mit ihrer langen Nase und den großen geschlossenen Augen mit den schweren Lidern. In diesem Augenblick glaubte ich, ich würde den Verstand verlieren.

Ich zog ihr die Kleider vom Leib, und mein Atem schoss durch meine Nasenlöcher, während ich die dünnen Shorts herunterzerrte, die Knöchelsöckchen. Das lose Wickeloberteil, das sie trug. Kein BH darunter. Ihre Brüste winzig. Hier war sie: nackt und glatt, roch nach Seife und Wein, die Augen wie vor Angst fest verschlossen, das Gesicht vor Verlangen verzerrt.

Küss mich, sagte ich und riss noch heftiger an dem Haarbüschel in meiner Hand. Ihr Mund war so weich, als würde man die Lippen in eine Schüssel Honig tauchen.

Ihre Zunge war pelzig, sauer wie Essig, der Geschmack unangenehm. Ich griff ihr mit der Hand zwischen die Beine.

Tut mir leid, sagte sie mit ihrem leisen kleinen Krächzen, ich bin so feucht geworden.

Es war das zweite Mal, dass sie sich auf diese Weise entschuldigte, wenn wir gemeinsam im Bett waren. Und es stimmte, sie war nass, saftig.

Ich sagte nichts. Drehte sie auf die Seite. Löffelte sie von hinten, zog sie an mich.

Ich drückte ihre Beine auseinander und rieb sie ganz sanft. Maßvoll und so gleichmäßig wie Atemzüge.

Marina war zuerst ruhig, dann nicht mehr. Mit der freien Hand kniff ich ihr in eine Brustwarze. Ihr entfuhr ein erstickter Schrei. Eine lange Zeit hörte ich in der beinahe vollkommenen Stille nicht auf, ihre Klit zu reiben, die angeschwollen war wie eine Rosine in Payasam. Ihre Hüften begannen an meinen zu zucken und zu beben. Mit Marina fühlte sich alles instinktiv an. Schon damals, ganz am Anfang. Ich wusste, was zu tun war. Wie ich es noch nie zuvor gewusst hatte. Ich vergrub meine Zähne in der Haut ihres Nackens. In diesem Augenblick wollte ich sie verschlingen. Wollte sie eine dumme Schlampe nennen und ihr ins Gesicht schlagen, auf ihre winzigen Titten spucken, während sie keuchte, drei Finger in ihr verhaken, während sie auf alle viere kam, mit ihr machen, wonach mir war, ohne jede Gnade. Ich wollte sie an die Bettkante legen und mit einem harten, langen Gegenstand ficken. Ihre Beine in einem breiten V nach oben halten, während ich ihr das Hirn herausvögelte, und an ihren weichen Zehen saugen, wenn sie kurz vor dem Kommen war.

Aber das war zu viel. Das wusste ich. Also hielt ich sie wie eine Geliebte, hielt sie vorsichtig in meinen Armen, während meine Hände sie bearbeiteten. Es wäre zu viel.

Marina stöhnte: das köstlichste Geräusch. Ich wünschte, ich hätte etwas Hartes, Pochendes, das ich ihr in den Mund schieben konnte. Mittlerweile rann mir meine eigene Feuchtigkeit die Schenkel hinunter.

Ich will dich zerstören, flüsterte ich ihr ins Ohr, verrückt vor Verlangen, und genau in diesem Augenblick kreischte sie auf eine Weise, dass ich glaubte, ihre Fensterscheiben könnten davon zerspringen. Ihre Hüften zitterten heftig, unter meinen Fingerspitzen spürte ich ihre Klit beben, als wäre sie gerade einen Marathon gelaufen. Sie schrie erneut, diesmal meinen Namen. Wieder und wieder, meinen Namen, dessen beide Silben mich hilflos und beschämt fühlen ließen. Ich legte ihr die Hand auf den Mund und drückte zu.

Sie schlug die Augen auf. Sie sahen feucht aus, wie von Tränen überzogen, und benommen und sehr glücklich.

Das war wunderschön, flüsterte Marina. Sie übersäte meinen Hals und mein Gesicht mit winzigen sanften Küssen. O mein Gott, ich war so laut, oder? Das war wunderschön und perfekt, du bist so gut, du bist so gut und sexy, gib mir ungefähr fünf Minuten zum Erholen, dann will ich mich um dich kümmern, ich will dafür sorgen, dass du dich gut fühlst.

Wir verbrachten die nächsten zehn Tage gemeinsam. Ich schlief jede Nacht in ihrer Wohnung. Ich schwänzte Taco Tuesdays, verschob meine Verabredung zum Biertrinken mit Thom. Ich kochte für Marina, wir fuhren ziellos durch die Gegend, während sie am Steuer saß. Es war seltsam, wie es einen Menschen offenbarte, wenn man einen längeren Zeitraum mit ihm verbrachte. Als würde man einen Scheck gegen das Licht halten.

Marina bestellte in Restaurants wie eine reiche Dame, ernährte sich zu Hause aber furchtbar. Eine Gurke und eine halbe Packung Eis zum Mittagessen. Paprika mit in Kikkoman getränktem Reis und mehrere Gläser Weißwein zum Abendessen. Sie sagte, sie vermisse Los Angeles, die Schönheit der Stadt, ihren Sonnenschein, ihre Gay-Szene, ihre wehenden Palmen und ihren Sand. Ihr Essen. Sie bestellte Sushi und beschwerte sich darüber, fuhr uns zu einem Lokal, wo wir gekräuselte Nudeln in einer trüben Schweinefleischbrühe bekamen, bat mich, ein gutes indisches Restaurant in Milwaukee ausfindig zu machen, das wir ausprobieren könnten. Marina verbrachte eine angemessene Zeit mit den anderen Lehrer*innen von Strive Dance oder den Tänzer*innen von Shamar, aber sie schienen ihr nicht besonders wichtig zu sein, und ich lehnte ihre Einladungen ab, sie zu ihren endlosen Happy Hours zu begleiten. Sie schien mehr an ihren Freundinnen Alice und India in L.A. zu hängen, erzählte mir, wie cool und nett und lustig diese seien, wie rätselhaft sie es fänden, dass Marina ausgerechnet nach Wisconsin gezogen sei, und wie sehr sie die beiden vermisste. Marina sagte, sie sei nicht religiös, auch wenn sie auf ihre Weise genauso religiös wirkte wie die Leute in meiner Heimat. Sie glaubte an gute Energie, an karmisches Gleichgewicht, an eine positive Einstellung. Sie sammelte Kristalle und kleine süß duftende Holzstücke, von denen sie behauptete, sie seien heilig. Mir kamen diese Dinge albern und charmant zugleich vor. *Frauen!*, dachte ich manchmal, wenn ich zusah, wie Marina Palo Santo verbrannte und den weißen Rauch durch die Luft wehen ließ.

Sie sagte, in Milwaukee komme sie sich reich vor. In unserer neuen Stadt bekam man viel für sein Geld. Ihr Gehalt vom Tanzstudio betrug fünfzigtausend Dollar im Jahr. Mich erstaunte diese Offenherzigkeit, dass sie mir die Zahl zuwarf wie einen Ball. Zum ersten Mal überhaupt habe ich ein verdammtes Sparkonto, sagte sie. Das Wohngebäude, in dem sie lebte, bestand ausschließlich aus Luxus-Mietwohnungen mit weißen Trockenbauwänden, offener Küche mit Arbeitsflächen aus Granit und deckenhohen Fenstern mit Rahmen aus gebürstetem Stahl. Ich lernte etwas Neues – je niedriger deine Decke, desto beschränkter deine Stellung im Leben. Hohe Decken, lichtdurchflutet, waren den Menschen mit Geld vorbehalten, den Aufstrebenden.

Allerdings hatte Marina Kreditkartenschulden. Und das Tanzstudio zahlte ihr keine Krankenversicherung. Das erzählte sie mir, als ich mich über ihre aufwendige zwanzigminütige Zahnpflegeroutine lustig machte. Sie benutzte dafür Zahnseide und ein Gerät, das durch eine winzige Düse einen Wasserstrahl in ihre Zahnzwischenräume schoss. Marina stellte sich einen Timer zum Zähneputzen und schabte ihre Zunge.

Ich kann es mir nicht leisten, dass mit diesen Beißerchen irgendetwas schiefgeht, erklärte sie. Dann wär ich pleite.

Oh, ich bin Vertragsarbeiterin, ich habe auch keine Versicherung, sagte ich achselzuckend, gegen den Türrahmen ihres Badezimmers gelehnt. Ehrlich gesagt war ich in Amerika noch nie bei einem Zahnarzt. Zu Hause benutzt noch nicht mal irgendjemand Zahnseide. Und alles ist okay. Amerikanische Ärzte verdienen einfach nur gern Geld.

Ja, aber du solltest aufpassen, erwiderte sie, während die Glide-Zahnseide neben ihrem Eckzahn herunterhing. Du könntest eine Strafsteuer zahlen müssen, weil du nicht versichert bist. Das ist etwas Neues. Steht im Kleingedruckten von Obamacare. Danke auch, Obama!

Die Regierung nimmt jetzt schon so viel Geld von mir, sagte ich. Das Schicksal einer Vertragsarbeiterin.

Marina runzelte die Stirn. Ich wusste nicht, dass du selbstständig bist, sagte sie. Du arbeitest so viele Stunden. Ich hatte wohl einfach angenommen …

Ich änderte die Kontaktnamen meiner Eltern in meinem Telefon von Mummy und Papa zu ihren Vornamen, bei denen ich sie niemals genannt hatte und auch niemals nennen würde. Marina fuhr mich morgens zur Arbeit. Ich lieh mir Blusen von ihr aus und trug ihren Lippenstift und Mascara auf, um Peters Auflagen für seine weiblichen Arbeitskräfte zu erfüllen. Thom musste aufgefallen sein, dass ich wieder ganz frisch bei der Arbeit erschien und ohne die zermürbte Miene jener Morgen, die ich mit Warten auf den Bus verbracht hatte. Aber er schien keine Lust zu haben, mich nach Details zu fragen. Oder überhaupt mit mir zu reden.

Ich brachte genügend Mut auf, um Marina ganz unschuldig nach der Ex zu fragen, mit der sie nach Milwaukee gezogen war. Ihre Antwort war knapp und verstörend.

Sie hatte Jenny Shin, die als Cutterin in der Postproduktion arbeitete und College-Basketball für Nevada gespielt hatte, durch gemeinsame Freundinnen in L. A. kennengelernt. Sie waren drei Jahre zusammen gewesen. Marina war Jenny Shins zweite Freundin überhaupt. Jenny outete sich aus einem Impuls heraus vor ihren Eltern, als Marina diese zum ersten Mal traf, woraufhin ihre Eltern ihr mitteilten, sie sei nicht mehr ihre Tochter. Von diesem Zeitpunkt an wich Jenny Marina kaum mehr von der Seite.

Sie hatte darauf bestanden, mit nach Milwaukee zu kommen, als Marina die Stelle im Tanzstudio bekam.

Ich habe sie nie darum gebeten, betonte Marina mehr als einmal. Sie kündigte ihren Job, zog hierher, brach sich den Knöchel, wurde immer depressiver, und nach ein paar Monaten war es vorbei. Sie ist jetzt wieder zurück in L. A.

Als sie fertig erzählt hatte, schaute ich sie minutenlang nicht an. Ich sagte nichts, stellte keine Anschlussfrage.

Eines Abends verließen wir gemeinsam die Wohnung, um Pflanzen zu kaufen. Wir liefen in der Kälte die Brady Street hinunter, warfen einen Blick in Geschäfte, die Mandala-Wandteppiche und Gebetsfahnen verkauften, und durchstöberten Vintage-Läden. Ich machte mich über beide lustig.

Nur in Amerika …, sagte ich und fuhr mit dem Finger über einen Ventilator aus Metall, dessen scharfe Rotorblätter mit Rost überzogen waren und der für siebenundfünfzig Dollar angeboten wurde. Ich wohnte zwar nicht in der Nähe von auch nur einem echten Supermarkt oder Kaufhaus, aber ich wusste, dass man bei Target einen Ventilator für zwölf Dollar bekam. Nur in diesem Land, fügte ich hinzu, zahlen die Leute mehr Geld für etwas, was alt und ramponiert ist.

Mein Spott schien Marina vor den Kopf zu stoßen. Es erinnert die Leute an einfachere Zeiten, sagte sie mit einem Achselzucken.

Einfacher für wen?, fragte ich sie nicht. Sie zog den Reißverschluss ihrer Jacke zu. Sie hatte sich einen Kupferkessel gekauft und ein gerahmtes Plakat mit einer Fünfzigerjahre-Frau in einer Schürze, das Haar noch gelber als ihr eigenes, die über einer Teetasse grinst. Ein unebener Schriftzug verkündete: Das Geheimnis des Glücks ist Wodka im Kaffee.

In all diesen Tagen schwirrten düstere Gedanken fledermausartig außerhalb der Schindelmauern meines Geistes, erfolgreich ausgeschlossen, aber vor dem Eingang kreisend. Thom war bei der Arbeit frostig und förmlich. In meiner Wohnung funktionierte die Heizung noch immer nicht, ich konnte also nirgendwohin zurückkehren, wenn etwas schiefging. Ich hatte Amy mit schmerzhafter Höflichkeit geschrieben und keine Antwort bekommen. Mein Herz begann jedes Mal zu rasen, wenn ich darüber nachdachte, es erneut bei ihr zu probieren. Susan und Peter forderten mich auf, tägliche Zusammenfassungen dessen abzuliefern, was ich in dem Projekt erreicht hatte, was man nur schwer anders deuten konnte, als dass ich näher an den Rand einer Klippe geschoben wurde, von der man mich bald schon stürzen würde.

Und zu groß, zu überwältigend, um es mir richtig vorzustellen: Was würden meine Mutter und mein Vater denken, wenn sie mich und Marina sehen könnten, Händchen haltend, in Supermarktgängen küssend, zusammengekuschelt auf dem Sofa sitzend?

Meine Gelegenheitseskapaden mit Personen egal welchen Genders waren für mich verständlich gewesen und bereiteten mir keine größeren Probleme. Sie existierten in der Dunkelheit und befriedigten ein körperliches Grundbedürfnis. Niemand brauchte darüber mehr zu erfahren als über meinen Stuhlgang. Eher würde ich beide Hände in geschmolzenen Teer stecken, als mit den beiden Menschen, von denen ich abstammte, über die private Angelegenheit von Sex zu sprechen.

Ich wusste, dass das völlig normal war. Alle anständigen Familien lebten in diesem Schweigen. In der Vergangenheit war ich knallrot angelaufen, wenn amerikanische Teenager*innen auf dem Fernsehbildschirm mit ihren Eltern offen, bockig und görenhaft über die Pille und Intimität und Trennungen sprachen. Schamlos und peinlich. Es spielte keine Rolle, dass meine Eltern lange arbeiteten und daher nicht mit mir im Zimmer waren, um schockiert darüber zu sein. Meine Scham lebte unabhängig von ihnen fort. Eine angeborene Eigenschaft, wie gerade Wimpern oder dicke Lippen. Lesbisch zu sein, zu tun, was Marina und ich taten, war vollkommen inakzeptabel, unsagbar.

Wenn ich an diese Dinge dachte, starrte ich düster vorbei an den neuen Zimmerpflanzen in ihren gestrickten cremefarbenen Halterungen.

Geht es dir gut, Baby?, fragte Marina mich gelegentlich, und ich drehte den Schlüssel in meiner Brust herum, lächelte sie an und sagte: Ja, natürlich.

Am elften Tag stellte sie mir ihre Frage.

U1

Also – was würdest du sagen, was das hier ist?

Wie meinst du das?

Sind wir, na ja, ein Paar?

Oh. Ich weiß es nicht.

Tja, also, ich weiß es auch nicht, deshalb frage ich dich.

Ich habe noch nicht darüber nachgedacht. Nicht viel, sagte ich schließlich.

Ich habe ein bisschen darüber nachgedacht. Und ich bitte dich, jetzt darüber nachzudenken, selbst wenn du es vorher noch nicht getan hast.

Ich dachte einfach, wir hätten Spaß, antwortete ich. Wir würden uns besser kennenlernen. Es ist erst ungefähr ein Monat her, seit wir uns zum ersten Mal persönlich begegnet sind.

Marina wurde blass vor Zorn. Spaß haben, wiederholte sie, als versuchte sie, die Worte besser zu verstehen.

Wir lagen im Bett. Es war elf Uhr, das Wetter trist. Sie hatte die Jalousien noch nicht heruntergelassen, und man konnte die Stadt in all ihrer dunklen Trägheit ausgebreitet sehen, mit einem gelegentlichen Glühwürmchen von einem Auto, das die Water Street entlangflackerte. Marina hatte den größten Teil einer Flasche Barefoot intus. Wir hatten gerade eine Folge irgendeiner unbedeutenden TV-Serie geschaut.

Ich setzte mich aufrecht hin und überlegte, ob ich mir eine Hose anziehen sollte, um dieses Gespräch zumindest mit einem Anschein von Würde zu führen. Mein Inneres fühlte sich stechend an. Gegen den Willen meines Geistes musste ich immer wieder daran denken, wie meine Mutter mich fest im Arm hielt – der leuchtende, steife Sari, Jeera und Sandelholz.

Es schien wichtig, Marinas Gefühle nicht zu verletzen, nicht zu streiten. Die Vorstellung, dass sie sich aufregte, jagte mir Angst ein. Aber ich war auch mehr als verärgert über diese hübsche Frau, die etwas nicht einfach *sein* lassen konnte, die *die Beziehung definieren* wollte, wie Thom es nannte, nach nur einem Monat, obwohl sie vor weniger als sechs Wochen noch mit ihrer großen, furchteinflößenden Freundin zusammen gewesen war. Ein Punkt, in dem sie bis zu diesem Tag nicht ehrlich zu mir gewesen war.

All das traute ich mich nicht zu sagen. Also erzählte ich ihr stattdessen, ich sei einfach nicht so schnell, ich würde sie mögen, wolle die Dinge aber weiter langsam angehen, wozu die Eile? Diese Sätze hatte ich im Laufe der Jahre hauptsächlich von meinen männlichen Freunden gehört, die sich damit anhängliche Frauen vom Leib hielten.

Marina begann zu weinen, mit dem schmalen Rücken zu mir, sichtbar zitternd. Ich spürte einen furchtbaren Druck auf den Rippen. Ich wollte meine Arme um sie legen, aber sie schüttelte mich wütend ab, ging ins Badezimmer und knallte die Tür zu.

Marina, rief ich sie. Sei nicht so.

Irgendetwas krachte gegen die verschlossene Tür und zerbrach.

Ein verdichteter neuer Zorn rollte in mir heran. Setzte zum Sprung an.

Betrunkene blöde Schlampe, murmelte ich vor mich hin, zog mir etwas über und ging auf den Balkon, dessen Tür ich hinter mir zuknallte. Diese schwache, weinende Frau. Verlangte mehr und mehr, bekam aufmerksamkeitsheischende Wutanfälle, nichts anderes.

Ich könnte einfach gehen. Könnte sagen: Behalte den Wein und die Zigaretten im Auge, Liebes, heute bist du noch niedlich, aber nicht niedlich genug, um dir das weiter leisten zu können. Könnte mit der grausamen cowboyartigen Schlagfertigkeit einer amerikanischen Fernsehserie sagen: Viel Spaß dabei, hinter dir aufzuräumen, Süße.

Marina zog die Balkontür auf.

Ihre Nase war sehr pink, ihr Mund verletzt angeschwollen. Ihre Wimpern waren von den Tränen getrennt, so lang und gerade wie die eines Straußes. Der Anblick ihres Gesichts brach meine Fassade auf.

Das hier war eine, hatte sich entwickelt zu einer Person, die mir wichtig war.

Marina lehnte sich an das Balkongeländer und hielt eine Zigarette in die schneidend kalte Luft. Ich trug einen Mantel. Sie nicht. In einem Versöhnungsversuch streckte ich die Hand aus. Sie lag schlaff auf ihrer nackten Schulter, während Marina grimmig über unsere temporäre Stadt blickte, und nach einem unangenehmen Augenblick zog ich meine Hand wieder fort.

Mir scheint, du willst sehr schnell sehr viel, sagte ich, die Worte aus mir hervorströmend. Ich bin immer noch dabei, dich kennenzulernen. Es ist mir wichtig, dass ich jemanden richtig kennenlerne, ich möchte keine Beziehung mit einer Person führen, mit der es nicht passt, und mich dann trennen – das ist mir schon mal passiert, und es tut wirklich weh. Es ist mir wichtig, jemanden wirklich zu kennen. Ich mochte diese Zeit mit dir. Du bist unterhaltsam und wunderschön. Aber es gibt immer noch so vieles, was ich nicht von dir weiß. Ich habe dich im MPM mit deiner Ex gesehen – mit Jenny, an dem Tag, bevor wir uns auf der Party begegnet sind. Meine Freundin Tig sagte, sie habe gesehen, wie Jenny dich geschlagen hat, was furchtbar ist, wenn das stimmt. Du warst erst vor so kurzer Zeit mit ihr zusammen, Dude. Also, nur Tage, bevor wir uns kennengelernt haben. Darüber hast du nie offen und ehrlich gesprochen.

Endlich sagte Marina etwas, ihre rauchige Stimme nun kaum mehr als ein Krächzen, ihr Tonfall müde, aber gleichmäßig. Ihr Blick dagegen lebendig und wütend.

Ich möchte nichts von dir, was du nicht freiwillig zu geben bereit bist, gab sie zurück. Aber ein kleiner Tipp von einer Frau, die ein klitzekleines bisschen älter ist als du: Einen anderen Menschen wirklich kennenzulernen, ist ein Prozess von Jahren, und für die meisten Menschen gibt es einfach einen Schalter, der irgendwann umgelegt wird, und sie beschließen: Okay, das hier könnte meine Person sein, ich treffe jetzt die Entscheidung, mich zu ihr zu bekennen. Ich erzähle dir gern die Vorgeschichte mit Jenny, die anders ist, als du denkst. Du kannst mir nicht so richtig die Schuld dafür geben, nicht bis in die schmutzigen Details gegangen zu sein, wenn du das einzige Mal, dass ich sie erwähnt habe, nur finster ins Leere gestarrt hast und verstummt bist! Scheiße. Es gibt auch so vieles, was ich über dich nicht weiß, ich weiß noch nicht einmal, wie deine Eltern gestorben sind, oder ob du in Milwaukee bleiben möchtest oder was ich im Bett mit dir machen soll. Weißt du, du trägst auch eine Mitschuld an unserer gescheiterten Kommunikation!

Luft drängte sich in meine Lungen, ich hatte das Atmen vergessen, seit ich die Worte *Eltern gestorben sind* gehört hatte. Marina fuhr fort.

Tja, also, ich will ehrlich sein und dir sagen, dass ich das hier nicht gewohnt bin, mein Sonnenzeichen ist Zwillinge, mein Mondzeichen Fische, ich habe meinen Stolz und meine Empfindlichkeit, und viel wichtiger noch, ich bin es nicht gewohnt, mit einer Person zusammen zu sein, die es nicht will, ich meine, die nicht mehr will. Ich ziehe nicht sofort mit jeder zusammen. Ich habe Ansprüche. Ich bin eine wählerische Zicke. Ich mag dich, und ich dachte, das Gefühl würde stark auf Gegenseitigkeit beruhen. Du hast elf Tage am Stück mit mir verbracht. Wir haben jede Mahlzeit zusammen gegessen und jede Nacht in meinem Bett geschlafen. Du trägst bei der Arbeit meine Kleider. Du benutzt mein Make-up, all meine Produkte. Ich musste mir einen neuen Stila-Lipgloss kaufen! Du bist sozusagen ungebeten hier eingezogen, aber ich bin nicht gut genug, um deine Freundin zu sein. Tut mir leid, aber das ist echt krank. Ich hatte mehr von dir erwartet. Das ist schmerzhaft.

Meine Ohren klingelten wie Kirchenglocken.

Ich gebe dir das Geld für die Produkte zurück, sagte ich, ein erstickendes Gefühl in der Kehle. Ich wusste nicht, dass dir das mit den Kleidern etwas ausmacht. Tut mir leid. Ich werde deine Sachen nicht mehr anziehen.

Darum geht es überhaupt nicht, du begreifst gar nicht, was ich sagen will, sprudelte es aus ihr hervor, aber ich rannte bereits zurück in die Wohnung, kletterte in meine Schuhe, mühte mich mit den Schnürsenkeln ab.

Marina stand erstaunt in der Balkontür, einen Fuß innen, den anderen draußen. Komm schon, sagte sie, und die dünne graue Rauchfahne ihrer Zigarette wirbelte um sie herum.

Ich hatte nur ein Ziel: zu gehen, bevor ich anfing zu weinen, und ich war kurz davor zu scheitern. Marina versperrte mir den Weg.

Du willst mich nicht hier haben, sagte ich, und in diesem Augenblick kam mein alter Akzent zurück, als wäre irgendein Damm gebrochen, und die warme, heiße, runde und abgehackte Sprache, mit der ich aufgewachsen war, rauschte herein, beladen mit Konsonanten und Trümmern.

Yoo doan't vont me hyur, hörte ich mich selbst in einem Ausbruch der Verletztheit sagen, *so I will getoutofthe waye.*

Komm schon, Mann. Das ist nicht –

Vergeblich bemühte ich mich, den Teufel in meiner Kehle zu zähmen. Ich versuchte mich an Marina vorbeizudrängen und sagte: Entschuldige bitte. Ich werde dir das Geld für die Dinge, über die wir gesprochen haben, zurückgeben. Es tut mir leid, dass ich deine Gefühle verletzt habe, es tut mir leid, dass ich deine Freundlichkeit ausgenutzt habe.

Was redest du denn da?, wollte Marina wissen. Ich verstehe dich nicht. Ich verstehe einfach nicht, was du willst.

Scheiße, ich auch nicht, sagte ich dümmlich. Ich ergriff ganz sanft ihre Schultern. Schob sie aus dem Weg, wie man es mit einem Tisch mit einer zerbrechlichen Glasplatte tun würde, der einem nicht gehört.

Ich ging, da ich es für meine einzige Option hielt. Durch die große, weiße museumsartige Eingangshalle von Marinas Wohngebäude und hinaus auf die Straße. Ich schluchzte in meine Hände. Es war ein Fußweg von fünfundvierzig

Minuten durch den Schnee zu einer eiskalten Wohnung, die über meinem persönlichen Hades lag. Ich brauchte Hilfe, und ich musste besser darin werden, darum zu bitten.

Tig hob beim zweiten Klingelton ab.

Sie würde mich abholen kommen. Ich konnte in ihrem Zimmer bleiben, und sie würde bei der Amy-Winehouse-Mommy übernachten, die sich, als ich sie zwanzig Minuten später auf dem Beifahrersitz von Tigs Honda Fit kennenlernte, als eine sehr nette Frau namens Diana herausstellte, die mir mehrfach versicherte, alles würde gut werden. Marina schrieb mir: du hast meine gefühle wirklich verletzt. glaube ich brauche etwas zeit und raum.

Aber zuerst, sagte Tig in das Schweigen hinein, müssen wir uns gemeinsam um etwas kümmern.

Als wir vor meiner Wohnung anhielten, lief ich auf die Seitentür zu, Antigone jedoch nicht.

Sie rauschte um die Ecke. Ich stolperte durch den Schnee hinter ihr her.

Sie klopfte rasch an Amys Haustür. Obwohl es Mitternacht war, obwohl Amy ein Wolf mit einem asymmetrischen kastanienbraunen Haarschnitt war. Bei all meiner Angst, musste ich in diesem Augenblick lachen – ein trockenes, benommenes Kichern, das die eisige Luft durchbrach. Die Erscheinung von Amys Gesicht, erschrocken und verkniffen und wütend. Ungläubig auf Tigs breite, solide Statur starrend. Wie unendlich komisch.

Guten Abend!, sagte Tig mit einem stählernen Lächeln. Ich weiß, dass es spät ist. Sie sind die Hausverwalterin für die Wohnung im Obergeschoss, nicht wahr? Dort funktioniert seit zehn Tagen die Heizung nicht, es ist also ganz offensichtlich lebensgefährlich, sich darin aufzuhalten. Sie hat Sie kontaktiert und nichts von Ihnen gehört. Was sollen wir nun machen, um das für Ihre Mieterin wieder in Ordnung zu bringen?!

VI

In einer Wolke aus Bosheit reparierte Amy zwei Tage später das Gas – es war die Zündflamme. Meine Wohnung wurde wieder bewohnbar, zumindest was die Temperatur anging. Als ich sie betrat, musste ich allerdings beinahe würgen. Ich schloss rasch den verlassenen Kühlschrank voller Gemüse, das sich bereits auflöste, und Eintöpfen, die mit blassen Schimmelkreisen überzogen waren. Tig sagte, ihre Interaktion mit Amy habe ihr alles darüber mitgeteilt, weshalb diese mir gegenüber so fies gewesen war.

Diese Frau ist *Ray Cyst* – eine Rassistin. Das ist zumindest einer der Gründe dafür, dass sie dich so behandelt hat, erklärte Tig. Davon abgesehen, will sie wahrscheinlich einfach niemanden über sich wohnen haben, der jung und hübsch ist und Freundinnen hat, weil sie sich selbst dann hässlich vorkommt. In ihrer Idealvorstellung würde überhaupt niemand über ihr wohnen, bloß kann sie das nicht entscheiden, weil sie nicht die Vermieterin ist – noch nicht –, aber im besten Fall wärst du eine kleine hilflose Frau mit schneeweißen Löckchen, die Angst vor ihr hat.

Ich dachte über einen Umzug nach. Aber wann immer ich es tat, fühlte es sich an, als hätte ein Tempelelefant auf meiner Brust Platz genommen. Meine Ersparnisse zu haben, die Sicherheit, mich um meine Eltern zu kümmern, manchmal die Rechnung für meine Freund*innen übernehmen zu können – das erschien mir wichtig. Ich forschte nach, weshalb

Peter angeboten hatte, meine Miete zu bezahlen, und machte dabei zwei Entdeckungen. Die eine war, dass Stacy, meine tatsächliche Vermieterin, die Frau eines örtlichen Multimillionärs war, ein Mann, der in einer Online-Zeitschrift als eine von Milwaukees einflussreichsten Persönlichkeiten bezeichnet wurde. Mit Stacy und dem Ehemann verband Peter eine Freundschaft, die er zu kultivieren schien – auf seinem Social-Media-Profil fand ich Bilder von ihren beiden Familien beim Skifahren in Vail, unter denen Peter kommentiert hatte: Nächstes Jahr müsst ihr mit uns nach Chile kommen!

Die andere Entdeckung war, als ich seine Firma nachschlug und feststellte, dass ich dort als Angestellte und nicht als Vertragsarbeiterin aufgeführt war, dass Peter sein Geschäft in Wisconsin angemeldet hatte, statt in seinem Heimatstaat, und, am bemerkenswertesten, dass er es auf meine Adresse in Milwaukee angemeldet hatte.

Das ist wahrscheinlich nichts total Ruchloses, sagte Amit, als ich ihn anrief, um ihm davon zu erzählen. Eher bloß ein bisschen ärgerlich, oder? Möglicherweise will er sich bei Stacy und ihrem Ehemann anbiedern, um bessere Verbindungen zu potenziellen Kunden in Wisconsin zu bekommen. Außerdem zahlt er weniger Steuern, wenn das Geschäft dort angemeldet ist. Geschäftsmänner bleiben halt Geschäftsmänner, nehme ich an. Tut mir leid, ich muss los. Hab heute ein Meeting nach dem anderen.

Stundenlang putzte ich die Wohnung. Ich hatte einen Plan. Ich hatte zu viel Zeit damit verbracht, mir wegen der Spannungen zwischen Thom und mir den Kopf zu zerbrechen – das Hin und Her, mich einmal selbst davon überzeugend, dass ich falschlag, und dann wieder, dass ich recht hatte; wie ein verunsichertes Metronom. In diesem Augenblick wurde mir eine Sache bewusst: Es war dumm von mir gewesen, nicht von Anfang an zu erkennen, dass wir auf derselben Seite stehen sollten. Dass wir gemeinsame Interessen hatten. Nichts anderes erschien mir besonders streitwürdig.

Hey, sagte er, als ich die Tür aufmachte, zwei Flaschen Schlitz in seiner rechten Hand.

Stell die in den Kühlschrank, trug ich ihm auf, die einnehmende Gastgeberin spielend. Ich mache uns richtige Drinks.

Wir redeten über Tig, Isabel, die Aussicht auf seine irgendwann bevorstehende Ehe, dass ihm die Idee gefiel, auf altmodische Weise in einer Gemeinschaft zusammenzuleben, in einem großen Familienhaus. Wir trafen Vorhersagen bezüglich der Ehe für alle. Thom rechnete mit zehn Jahren. Ich machte mich darüber lustig. Ein solcher Umschwung, bei dem die Leute beschlossen, eine ganze uralte Institution könne sich einfach so verändern, der würde, sagte ich, mindestens ein halbes Jahrhundert brauchen. Nach unserer zweiten Runde – ich hatte Limettensaft über einen doppelten Gin gegossen und das Ganze mit Kokosnusscreme und Walnussbitter durchgeschüttelt – entschied ich, ich könne nun gefahrlos die Arbeit ansprechen. Wir öffneten unsere Biere.

Lass mich ganz von vorn beginnen, sagte ich und erzählte Thom alles. Von dem ersten Angebot an, das ich von Peter bekommen hatte.

Du solltest mit ihm um mehr verhandeln, sagte ich. Die Miete hier beträgt fünfhundert, also, ja, die könntest du auch mit einrechnen.

Tut mir leid, wie ich mich verhalten habe, fügte ich hinzu. Ich wusste nicht so genau, was legal ist und was nicht. Aber bitte sei vorsichtig, wenn du mit Peter darüber redest. Es ist wirklich verdammt stressig, als Immigrantin ohne Aufenthaltserlaubnis zu arbeiten, weißt du? Es fühlt sich an, als könnte jeden Augenblick der Boden unter einem zusammenbrechen ...

Ja, Dude, sagte Thom schließlich, nach langem Schweigen. Das versteh ich echt. Ich bin nicht immer der Beste, das geb ich zu. Also, wenn es darum geht, mir vorzustellen, wie es in deinem Kopf aussieht.

Wenn ich sehr betrunken bin, ist es am wahrscheinlichsten, dass ich vergesse, die Trennung zwischen dem, was ich erzähle, und dem, was ich nicht erzählen will, aufrechtzuerhalten, dass ich vergesse zu lügen. Nachdem wir eine kleine Flasche Jim Beam nahezu geleert hatten, erzählte ich Thom, auch wenn ich es zuvor nicht geplant hatte, von meinem Vater. Was auf dem College geschehen war. Von der Busfahrt hinaus aus Madison. Von den Vorlesungsklickern.

Er hörte mir still zu. Hörte mir wirklich zu. Am Ende meines Monologs stand er von meinem Steppsofa auf und kam zu mir herüber.

Er hob einen Arm, Whiskey in seinem Atem. Ich zuckte zusammen.

Er zog mich an sich, hielt mich fest. Es tut mir so leid, mein Dude, sagte er. Ich wünschte, ich hätte es gewusst. Das ist verrückt.

In meinem Inneren spürte ich einen heißen Schwall, der Tränen signalisierte, aber meine Augen blieben trocken.

In meinem Standspiegel mit dem Goldrand konnte ich uns beide sehen. Zwei Freund*innen in dicken Pullis und salzverkrusteten Stiefeln. Zwei Freund*innen, die sich aneinanderbanden und für etwas entschieden, das mir ungemein rar vorkam: zu vertrauen und zu vergeben.

Tig und ich wurden wieder nahezu unzertrennlich. Wir gingen am Fluss mit seiner Oberfläche aus Frappuccino-Eis spazieren, während unsere Wangen pink anliefen und aufsprangen, und lachten dabei über die Dinge, die wir lustig fanden. Tig hatte erneut kaum noch Geld für die Miete übrig, nachdem sie ihrer Schwester etwas für die Reparatur ihres Wagens gegeben hatte. Sie fuhr mich, um Geschenke für meine Reise zu meiner Familie zu besorgen. Sie hatten um Kleenex und Lotion gebeten, Hellmann's-Mayonnaise und Johnnie Walker. Godiva-Schokolade und Gummiunterlagen.

Als ich vor drei Jahren für meine Zahn-OP nach Hause geflogen war, hatte mein Onkel fröhlich Kölnischwasser angefordert. Als ich am Kosmetiktresen von JCPenney vorbeikam, erinnerte ich mich an meine ausdruckslose Weigerung und spürte ein asthmatisches Verengen meiner Lungen. Am Rand meines Blickfelds versprühte Tig einen Aerosol-Nimbus aus einer dunklen Glasflasche. Schritt durch die Duftwolke wie eine Kaiserin. Ich lachte über sie, und meine Nasenlöcher füllten sich mit Holz und Moschus. Die Faust in meiner Brust lockerte sich.

Taco Tuesdays wurden wieder aufgenommen, diesmal gemeinsam mit Diana. Diana brachte mir bei, eine Kaugummiblase zu machen, während wir im BelAir darauf warteten, einen Platz zu bekommen. Sie sagte die seltsamsten Dinge und verzog dabei keine Miene. Meine gesamte Familie schlief nackt in einem Bett, alle sechs, erzählte sie mir in einem weichen, verträumten Tonfall. Das ist meine liebste Kindheitserinnerung, fügte sie hinzu.

Aus kleinen Anspielungen, die sie fallen ließen und die ich ignorierte, hörte ich heraus, dass Tig und Diana ebenfalls daran interessiert sein mochten, nackt in einem Bett zu schlafen, und zwar gemeinsam mit mir. In mir sträubte sich etwas bei der Vorstellung. Ich wusste nicht, wie ich meine Liebe zu Tig, die leuchtende Anerkennung und Dankbarkeit, die ich für sie empfand, mit dem ehrlichen Schleim des Verlangens in Einklang bringen sollte. Ich hatte Angst, diese beiden Frauen könnten etwas Hässliches in mir zum Vorschein holen. Als ihre Freundin war ich mein besseres Ich: trocken und lachend, kratzbürstig, aber freundlich, während ich versuchte, die Welt wie eine Orange zu schälen und Stück für Stück zu essen. Dabei wollte ich es belassen.

Also winkte ich ihnen stattdessen nach selbst gekochten Abendessen und Malabenden bei Diana zum Abschied, um mich mit Frauen von den Apps zu treffen. Pulp Fiction schrieb mir eine Textnachricht, ihr Auto sei im Schnee stecken geblieben. Ich lief dreißig Minuten, half ihr, es auszugraben, und ging dann mit ihr ins Bett. Drückte ihr Gesicht in das Kissen mit dem Target-Muster, ließ sie gerade lange genug zappeln. Wann immer eine Erinnerung an Marina aufkam, schob ich sie zurück in das dunkle, zerstampfte Eis meiner am tiefsten vergrabenen Gedanken.

Manchmal schrieb sie mir. Bin gerade am Wicked Hop vorbeigekommen und musste an dich denken, stand in einer Nachricht, dazu mit gequälter Förmlichkeit: Hoffe, es geht dir gut!

Ein anderes Mal: gelangweilt beim weinabend mit den tanzmädels. treffen wir uns auf der toilette?

Ich beantwortete diese Nachrichten in einem sorgfältig kalibrierten Flirttonfall. Übermittelte Zuneigung. Versprach jedoch nichts.

Glaubst du, du hast es mit Marina absichtlich versaut?, fragte Thom mich im Pausenraum, während wir zusahen, wie unser Essen sich langsam in der Mikrowelle drehte. Weil du dich nicht vor deinen Eltern outen willst?

Ich starrte ihn finster an. Ich hatte nicht um diese Zwei-Paisa-Psychoanalyse gebeten. Bei der Arbeit waren wir nun unterschiedlichen Projekten zugeteilt, Thom war bei Susan und dem Inbox-Changemanagement verblieben, während ich versetzt worden war, um eine Reihe von Trainingsmodulen und Workflows zu erstellen, und nur gelegentlich in das Projekt Inbox-Wechsel zurückgerufen wurde. Das bedeutete, dass wir uns viel seltener sahen. Dennoch wartete er meistens im Parkhaus auf mich, wenn ich lange arbeitete, und fuhr uns dann beide nach Hause. Er hatte mit Peter eine Gehaltserhöhung von fünf Dollar ausgehandelt, ohne mich zu erwähnen. Er wollte genug Geld für eine Anzahlung auf ein Haus in drei Jahren sparen, was seiner Aussage nach etwa der Zeitpunkt war, zu dem er Isabel heiraten wollte.

Bei diesem Gedanken bekam ich Bauchschmerzen. Ich stellte es mir vor: wie meine Freund*innen – eine nach dem anderen – ausscherten, um sich ernsthaft zu verlieben, Häuser mit drei Schlafzimmern in entfernten Vororten zu kaufen und zu beschäftigt zum Telefonieren zu sein. Während ich, entweder allein oder in einer erstickenden Ehe mit einem dafür bezahlten Ehemann, in der Dunkelheit von einem Bett zum anderen kriechen würde wie eine Kakerlake.

So tiefgründig ist es nicht, war alles, was ich zu Thom sagte, wobei ich ihn unter dem Kinn tätschelte, wie Tig es vielleicht getan hätte, ehe ich davonlief.

WI

Vom ersten Mal an, als ich sie miteinander bekannt machte
– etwas, was ich aufgrund einer vagen vorwegnehmenden
Eifersucht bislang vermieden hatte –, verstanden Thom und
Tig sich wie Parle-G-Kekse und Chaiya. Es war größtenteils
wunderbar mitanzusehen. Auch wenn sie auf dem Papier
vollkommen unterschiedlich waren, dachten die beiden
gleich, hörten ähnliche Podcasts und verwendeten das Wort
Proletariat mit derselben Häufigkeit. Sie waren zwei lustige,
unkomplizierte, strahlend anständige Menschen mit derselben Ortsvorwahl, aber ohne den Ballast, wer wem gegenüber in der Mittelschule gemein gewesen war. Wenige Tage
vor meinem Flug nach Indien tranken wir zu dritt Bier im
Y-Not II und unterhielten uns über Peter und Kim Kar-
dashian und Marx und Tigs Rauswurf bei Lush.

Sie war beim Auffüllen der Badegelees zerstreut gewesen,
beim Einseifen der Hände von Kund*innen vom Skript ab-
gewichen und hatte sich aufsässig gezeigt, als man ihr während einer Fünf-Stunden-Schicht eine Toilettenpause ver-
weigerte.

Ich meinte zu dieser blöden Kuh: Vergiss es, soll ich etwa
ins Vorführ-Waschbecken pinkeln?, und bin einfach gegangen, erzählte Tig aufgebracht. *Eine* Minute später stand ich
wieder auf der Matte, aber sie wollte nichts davon hören.

Ihre Lage war prekär, war es zuvor schon gewesen. Bislang hatte sie es noch geschafft, ihre Miete zu bezahlen,

hatte sie lediglich spät überwiesen, wann immer sie eine Aufforderung bekam, zu zahlen oder auszuziehen. Ihr Vermieter versuchte schon seit einer Weile, sie und ihre Mitbewohnerin hinauszubekommen. Höchstwahrscheinlich um die Wohnung zu verkaufen oder sie zu renovieren und dann die Miete über die gesetzliche Grenze für Vertragsverlängerungen hinaus zu erhöhen. In Bay View sei ein Haufen neuer Gastropubs und Cocktailbars aufgetaucht, bemerkte Antigone zur Erklärung. Ich bin die Scheiße so leid. Ich wurde schon mal zwangsgeräumt. Das ist so beschissen. Sie trank in großen Schlucken den Rest ihres blassen, ockerfarbenen Gebräus und sagte: Ich will nicht noch eine in meiner Akte stehen haben. Sonst werde ich unmöglich jemals wieder eine Wohnung finden.

Wie ist das so?, fragte Thom und füllte ihren Bierkrug mit Rhinelander auf.

Tig schloss die Augen.

Du musst es ihm nicht erklären, sagte ich, mich zu ihrer Verteidigung sträubend. Googeln kostet nichts.

Sie schüttelte den Kopf. Wie sollen wir denn etwas über die Welt lernen, wenn nicht voneinander?, intonierte sie, die Augen weit öffnend.

Ich konnte mir ein Lächeln nicht verkneifen. Diese Aussage war so typisch Tig.

Also erzählte sie es uns. Das Rumpeln der Umzugswagen, die um sechs Uhr morgens an die Tür klopfende Faust, die Gerichtsvollzieher mit ihren flachsfarbenen Schnurrbärten und Abzeichen, die am Bordstein aufgereihten eigenen Sachen. Direkt bevor sie aus Milwaukee zu Disney gegangen war, war ihre Mutter inoffiziell zwangsgeräumt worden. Tigs Mama war damals mit der Miete spät dran gewesen. Ihre Schwester hatte den schweren Fehler begangen, wegen des Schimmels in der Küche, der bei ihr Asthma auslöste, ihren Vermieter anzurufen und dabei das Mietrecht zu erwähnen. Dem Vermieter hatte es gereicht. Er stellte ihnen einen Räumungsbescheid zu, ohne Gerichtsunterlagen, und hob dann einfach ihre Tür aus den Angeln.

Miete ist der Fluch meiner gesamten Existenz, sagte Tig.

Nun ja, im Grunde sind das die Vermieter, korrigierte Thom sie. Tig schenkte ihm ihr autoritärstes Lächeln und erwiderte: Das kannst du laut sagen!

Ich verspürte kein besonders großes Verlangen, mich an einer zweiten Runde dieses Gesprächs zu beteiligen. Also ging ich zur Toilette und schlenderte dann auf die Tür zu, hob pantomimisch mein Telefon ans Ohr und trat hinaus in die kalte Luft. Über mir im Schaufenster ragte der elektrische Stuhl des Y-Not II auf, obskur und riesig.

Ich schuldete Amit noch eine Antwort auf seine Textnachrichten.

Er hatte mir eine lange besorgte Tirade über KJ geschrieben. Sie gab während ihres Entzugs ein Vermögen für Motelzimmer aus. Vom Suboxone nahm sie zu. Passte nicht mehr in ihre alten Kleider. Sie hatte Amit eine Vierhundert-Dollar-Rechnung von Kohl's geschickt, und er hatte die Kosten über Western Union erstattet. Später war ihm das Datum auf der Rechnung aufgefallen – August letzten Jahres. Er fragte KJ, weshalb sie ihn angelogen hatte. Sie bekam einen Angstanfall und flehte ihn an, sie weiter zu unterstützen.

Grundgütiger, schrieb ich. Wie viel Geld hast du ihr mittlerweile gegeben?

Ich beobachtete die Auslassungszeichen, die anzeigten, dass Amit tippte. Sie erschienen, dann verschwanden sie für mehrere lange Minuten. Meine Hände waren so kalt.

Ich ging wieder hinein, versicherte mich, dass die Barkeeperin gerade abgelenkt war, und setzte mich auf den elektrischen Stuhl.

Er fühlte sich an wie ein Thron. Holz und Leder. Befestigungen an den Armlehnen. Meine Handgelenke glitten reibungslos hinein und genauso leicht wieder heraus. Ich warf einen Blick auf mein Telefon. Amit hatte aufgehört zu tippen.

S
kleiner nachtrag: ich glaube, ich habe es mit
Marina vermasselt

Amit
Oh. Tut mir leid, das zu hören. Hatte eigentlich das Gefühl, ihr würdet euch gut verstehen. Was war da los

S
ka ging alles so schnell. ich wollte noch keine
beziehung, sie schon. lesben halt. sie ist ausgerastet. sie ist sehr emotional. weiß nicht,
ob es mit uns langfristig überhaupt etwas
geworden wär. was auch immer langfristig
bedeutet hahah

Amit
Hmmm. Du kommst jetzt auch nicht gerade
nicht emotional rüber, zumindest nicht für
mich

Amit
Aber ich schätze mal, wenn ihr nicht kompatibel wart, dann wart ihr nicht kompatibel

S
glaube wir hatten einen komischen start. sind nicht besonders ehrlich gewesen.

Amit
Wie meinst du das?

S
sie hat mir nicht erzählt, dass ihre ex-freundin buchstäblich bis zu dem tag, bevor ich sie auf Thoms party kennenlernte, bei ihr in milwaukee war. Tig und ich haben die beiden im public market gesehen. und die freundin hat M geschlagen und Tig beleidigt. Ich war nicht dabei, das hat Tig erzählt, und ich hab erst später gemerkt, dass es Marina war. kommt mir alles ziemlich unschön vor. ich weiß nicht, ob ich in die ganze sache reingezogen werden will. und ehrlich gesagt ist es einfacher, mit frauen zu schlafen, als mit ihnen zusammen zu sein

Amit
Klingt furchtbar.

Amit
Wenn du mich fragst, ist es doch eigentlich noch kein Verbrechen, eine missbräuchliche Ex zu haben und sie zu verlassen, oder?

Amit

Vielleicht wollte sie es dir ja erzählen, hat sich
aber geschämt und war besorgt, wie du es
aufnehmen würdest

S

ich sollte ehrlich sein. es lag auch an mir. ich
habs auf eine weise vermasselt, die ich nicht
so richtig wieder gutmachen konnte

Amit

Magst du darüber reden? Ich kann dich anrufen.

S

ehrlich gesagt glaube ich nicht, dass ich es
laut aussprechen kann. außerdem bin ich
gerade mit Tig und Thom im Y-Not II

Amit

Okay lol lass dich nicht aufhalten

S

kurz gesagt habe ich M glauben lassen, meine
mutter und mein vater wären gestorben

Amit

Was, zum Teufel

S

es war ein missverständnis, und das missverständnis hat alles so viel einfacher gemacht.
irgendwie hatte ich das gefühl, ich konnte
ein paar wochen lang so tun, als wäre ich ein
weißes mädchen

Amit

Die meisten weißen Leute haben auch Eltern
lol

S

weiße leute können ihr eigenes leben leben.
sie dürfen das gefühl haben, dass ihr leben
ihnen allein gehört

S

ungefähr einen monat lang durfte ich mich
auch so fühlen. und nicht so, als wären all
meine entscheidungen an die menschen ver-
pfändet, die mein leben ermöglicht haben

Amit

Hör zu, S, ich weiß, dass du das Gefühl hast,
dich entscheiden zu müssen, ob du eine gute
Tochter sein oder die wahre Liebe finden
möchtest

S

das ist eine unnötig dramatische weise, es
auszudrücken

Amit

Okay. Wie würdest du es ausdrücken?

S

Erinnerst du dich noch an Einführung in die
Physik?

Amit

Kaum, aber ja

An die Einzelheiten der Theorie erinnerte ich mich selbst nur noch dunkel. Es ging um Quanteneinheiten in einer Schachtel. Manchmal waren es Wellen, manchmal Partikel. Tatsächlich waren sie beides, aber als Beobachterin konnte man sie nur als eine Sache zugleich wahrnehmen. Wurden sie beobachtet, kollabierten sie zu einem stabilen Zustand.

Eine Sache ist entweder grün oder blau. Das ist an den meisten Orten wahr. Eine junge Frau ist eine anständige Tochter, keusch und fromm, gebildet, aber nicht zu sehr, erfolgreich, aber nicht zu sehr, auf dem Weg, einen anständigen Mann zu heiraten, der dafür bezahlt wurde. Auf eine andere Weise betrachtet: Ein Mädchen immigriert an einen neuen Ort, hat aber zu viel Angst, um erwachsen zu werden, ist immer noch Mummys und Papas kleines Mädchen, übermäßig traditionell, alten Gewohnheiten verhaftet und entscheidet sich aus einer kindlichen Furcht für Gehorsam statt Glück.

Eine junge Frau, korrumpiert durch den neuen Ort, verwandelt sich in eine Perverse, ist nicht ganz richtig im Kopf, kriecht von Bett zu Bett und küsst den Hals einer anderen Frau wie eine Abweichlerin. Auf eine andere Weise betrachtet: Ein Mädchen kommt in das neue Land und findet dort Freiheit, findet sich selbst, lebt endlich in der Wahrheit ihres Verlangens und ihrer Ambitionen, lebt, als würde ihr Leben ihr selbst gehören, lebt wie eine Amerikanerin.

Dies waren die Rahmen, zwischen denen ich mich entscheiden konnte, die Wahlmöglichkeiten, die ich hatte. Grün oder Blau. Blau oder Grün. A oder B.

Manchmal fallen Grün und Blau zusammen. Verschwimmen. Verwischen bis zur Gleichheit. Wir wissen das. Man kann beide betrachten und denken: Sie sind dasselbe, ihre

Unterschiede basieren lediglich darauf, wer sie betrachtet. Ich hatte mir eine Denkweise antrainiert, die mich unsicher zwischen diesen Quadranten schweben ließ. Hatte Brandmauern errichtet, die die beiden Hälften meines Lebens sorgfältig voneinander getrennt hielten: diejenige, die meinen Eltern und dem Ort gehörte, von dem ich abstammte, und diejenige, die mir allein gehörte, geformt von diesem dreisten, egoistischen Land. Ich tippte minutenlang eine Antwort an Amit, schickte sie jedoch nicht ab. Die vielen Biere ließen meine Gedanken kollabieren.

Babe, erklang Tigs Stimme, und ihre Hand legte sich auf meine Schulter. Das reizende Gesicht meiner Freundin. Die breiten Wangen, die honigfarbene Haut, vor Sorge in Falten gelegt. Sie hatte das Schaufenster betreten. Blickte auf mich herab.

Geht es dir gut?, fragte sie. Ich wollte gerade zustimmend antworten, als auf der anderen Straßenseite Marina auftauchte.

Sie war mit Shaka unterwegs. Die beiden waren so geschmeidig und schön. Marina in ihrer gelben Daunenjacke. Das helle Haar in zwei kleinen Knoten auf dem Kopf zusammengefasst. Sie kamen auf Shakas Auto zugelaufen, das auf der gegenüberliegenden Straßenseite parkte. Mein Herz prallte heftig gegen meinen Brustkorb. Als Marina die Beifahrertür öffnete, blickte sie direkt zu mir auf.

Ich stellte mir die Szene aus ihrer Sicht vor. Die junge Frau, die sie hatte sitzenlassen, saß in einem Schaufenster auf einem altmodischen elektrischen Stuhl. Als wäre ich eine Schaufensterpuppe für diese kitschige Spelunke. Meine Hand sprang von selbst an meine Brust. Presste dagegen.

Du kannst zu ihr gehen, weißt du?, bemerkte Tig trocken. Sie hatte die Szene mit einem Blick abgeschätzt.

Ich kann nicht, flüsterte ich. Ich habe alles kaputt gemacht.

Geh, wiederholte Tig. Sie ist die Frau, die du willst.

Marina blickte uns noch immer über das Autodach hinweg an.

Ich stand auf und lief wankend auf die Tür zu. Aber bis ich draußen war, war sie bereits eingestiegen. Davongesaust.

Tig legte einen Arm um mich und zog mich fest an sich.

Es ist nie zu spät, sagte sie mir ins Ohr. Das hat Rion zu meiner Mutter gesagt. Ich war ein Kind und habe an der Tür gelauscht. Ich habe es nie vergessen. Er sagte Folgendes: Solange zwei Menschen am Leben sind, um es zu versuchen, sagte er, ist es niemals zu spät, und es ist niemals das Ende.

Ich ließ meine Hand in ihre gleiten.

Weißt du, ich liebe dich, sagte ich.

Es war das erste Mal, dass ich das zu einem anderen Menschen gesagt hatte. Es war das, was ich fühlte. Ein schmerzhaftes Anschwellen von Zärtlichkeit und Wertschätzung und Dankbarkeit. Meine beste Freundin. Es gab keinen besseren Menschen.

Ich liebe dich auch, Babe, antwortete sie mit ihrem ungezwungenen Lächeln.

Als ich meine Karte abgab, um unsere Biere zu bezahlen, bekam ich eine Textnachricht mit einer Warnung vor einem niedrigen Kontostand. Das kam mir merkwürdig vor. Nach Thoms Spöttelei über das Investieren hatte ich Geld von meinem Girokonto auf ein Sparkonto mit hoher Rendite und einen Sparbrief mit einer Laufzeit von einem Jahr verschoben, aber dank meiner eingehenden Gehaltsschecks sollte ich noch immer reichlich Geld übrig haben. Ich loggte mich bei meiner Bank-App auf dem Telefon ein.

Auf diese Weise stellte ich fest, dass ich tatsächlich gar nicht bezahlt worden war. Weder im Januar noch in der ersten Februarwoche. Es war nachlässig von mir, so lange nicht nachgeschaut zu haben. Ich würde Peter danach fragen müssen.

Tig, sagte ich leise, während Thom mit der Barkeeperin plauderte, ich habe an dich gedacht. Ich werde für zwei Wochen in Indien sein. Wenn du meine Wohnung zum Übernachten brauchst, kannst du sie haben. Hier, hier ist ein Ersatzschlüssel.

Sie steckte ihn ein und fragte: Was ist mit deiner Freundin von unten?

Ich werde mich um sie kümmern, erwiderte ich, wenn das nötig ist.

Ich wünschte, die Dinge lägen anders, sagte Tig traurig, auf die pinkfarbene Leuchtschrift des Y-Not II blickend. Das Gespräch mit euch hat mich echt zum Nachdenken gebracht. Ich habe größere Träume, als von einem Ort zum anderen zu rennen und um mein Überleben zu kämpfen. Das tun Tiere. Verbringen ihr Leben damit, verzweifelt nach Nahrung und Unterschlupf zu suchen. Wir People of Color in dieser Stadt, wir sind einfach nur Tiere. Wir werden gejagt.

Ich weiß, sagte ich, auch wenn das nicht stimmte. Ich fügte hinzu: Es tut mir so leid.

Es muss einen besseren Weg geben, sagte Tig. Ich werde darüber nachdenken. Ich bin Philosophin. Das ist mein Job.

XI

Später an jenem Abend schickte Amit mir seine Antwort.

Also, ich hab es ausgerechnet, schrieb er. 47.140 Dollar.

Ich starrte auf die weiße Zahl in ihrem lindgrünen Textfeld. Sie spottete jeder Beschreibung. In Milwaukee war das die Anzahlung für ein mittelgroßes Haus. Das war mehr Geld, als ich in einem Jahr verdiente. Reiche Menschen waren so dumm, hatten keine Ahnung, was die Dinge tatsächlich kosteten.

Sie nutzte ihn aus. Unmöglich, dass Amits liebe, süße Mittelschulfreundin mit seinen Bargeldinfusionen nicht hemmungslos Drogen kaufte. Nichts anderes konnte so viel kosten. Dieser Dummkopf ließ wahrscheinlich ihre gesamte Freundesclique in Heroin schwimmen.

Es war mir zu viel. Ich würde meine Antwort auf später verschieben müssen.

Ich machte mich bettfertig. Begann träge, mich zu berühren. Aber mein Körper blieb angespannt. Ich rollte mich auf dem Bett auf eine Seite und griff nach meinem Telefon.

S
hey. wie geht es dir?

Marina
Ganz okay. Und dir?

S

ich weiß nicht. bin irgendwie lustlos. ich
glaube, im grunde fühle ich mich eigentlich
immer so. nur nicht, als ich mit dir zusammen
war.

Marina
Echt?

S

es hat mich sehr glücklich gemacht, zeit mit
dir zu verbringen. vielleicht glücklicher, als
ich es seit langem gewesen bin. weißt du,
ich hatte noch nie so etwas wie eine richtige freundin. für mich hat sich das anders
angefühlt, als mit frauen zu schlafen, frauen
zu begehren. zum teil wahrscheinlich, weil
ich irgendwie dachte, um eine echte lesbe zu
sein und eine freundin zu haben, müsste ich
ein anderer mensch werden und teile von
mir aufgeben, mir den kopf kahl rasieren,
mich fürchterlich anziehen. aber wenn ich
mit dir zusammen war, war ich einfach nur
ich selbst. in wirklichkeit musste sich gar
nichts ändern.

Marina
Lesben sind keine außerirdische Spezies lol.
Gibt viele verschiedene Möglichkeiten, eine zu
sein. Butches im Pint. Hollywood-Produzen-
tinnen und Bollywood-Schauspielerinnen und
Automechanikerinnen. Ich kann eine Stila-
Lipgloss-Lesbe sein. Du auch, wenn du willst

Marina
Tja, also, ich war auch sehr glücklich, als wir
zusammen waren. Ich wusste nicht, dass es
dir ebenfalls so ging. Du bist nicht leicht zu
durchschauen. Überhaupt nicht lol. Ich hatte
das Gefühl, nicht zu wissen, wie ich dich
glücklich machen und die Frau sein kann, die
du willst

S
darf ich dich einfach fragen. was ist mit dir
und jenny shin passiert? ich hätte dich einfach fragen und es nicht in mich hineinfres-
sen sollen.

Marina
Uff. Dieses Gespräch würde ich lieber persönlich führen.

Marina
Aber hier ist die Kurzfassung: Jenny ist mit
mir nach Milwaukee gezogen. Ich wollte das
nicht unbedingt, aber wir waren schon seit
einer Weile zusammen, weißt du? Wie auch
immer, sie ist also hier, sie verliert ihren Job,
sie ist total unglücklich, hasst es hier, will
aber auch nicht gehen. Ich versuche mich von
ihr zu trennen. Sie will es nicht akzeptieren.

Marina
Als ich einmal beruflich unterwegs bin, fällt
sie die Treppe von unserem Dach hinunter
und bricht sich den Fuß. Jetzt sitzt sie auf
meinem Sofa und will nicht verschwinden. Ich
werde vollkommen wahnsinnig. Ich sage zu

ihr schön, sie kann bleiben, bis sie sich erholt
hat, aber wir sind nicht zusammen. Ich bin
online unterwegs, versuche mich mit anderen
Leuten zu verabreden. Aber in der Praxis
kann es nicht funktionieren, weil meine verrückte Ex auf meinem Sofa sitzt und alles,
was ich tue, als Fremdgehen bezeichnet.
Irgendwann gibt sie auf. Nachdem es monatelang so lief. Ich habe währenddessen den
Verstand verloren, mich einfach nur in der
Arbeit vergraben, in manchen Nächten im
Studio geschlafen.

Marina
Ich lösche die Apps, versuche nicht einmal
mehr zu daten. Ihrem Fuß geht es besser. Ich
sage ihr, wenn sie nicht auszieht, werde ich
es tun, und dass ich bereit bin, die irrsinnige
Gebühr zu bezahlen, die meine Verwaltung
dafür verlangt, früher aus dem Vertrag aus-
zusteigen. Sie kauft sich am nächsten Tag ein
Ticket. Ich kann nachvollziehen, weshalb es
verstörend für dich gewesen ist, wenn du uns
zusammen gesehen hast, buchstäblich an
dem Tag, bevor du und ich uns auf der Party
begegnet sind. Aber du musst das verstehen.
J und ich waren da schon seit Monaten kein
Paar mehr gewesen. Es war seit Langem
vorbei. Sie war nicht meine brandneue Ex. Sie
war meine Wohnungsbesetzerin.

Marina
Okay, das war jetzt vielleicht doch nicht so
kurz.

S
ach herrje

Marina
Ja Mann

S
danke, dass du es mir erzählt hast.

S
ich glaube, die geschichte hat bei mir zum teil
deshalb einen so starken eindruck hinterlassen, weil ich es so schockierend fand, die
vorstellung, dass diese frau dich geschlagen
hat. in der öffentlichkeit. hat mich wahnsinnig
gemacht

Marina
Hör zu, sie hat mich nicht regelmäßig verprügelt oder so. Bei manchen lesbischen
Frauen habe ich so etwas schon mitbekom-
men. Also, richtig schlimmen gewalttätigen
Mist. In all unseren Jahren ist es mit Jenny
zweimal vorgekommen. Das erste Mal habe
ich genauso ausgeteilt wie eingesteckt, das
zweite Mal war ich einfach dermaßen froh,
sie loszuwerden, dass ich nur meinte: Ok, hast
du deinen Koffer? Cool. Ich bin nicht miss-
handelt worden oder so, lol. Ich bin eine harte
Jersey-Schlampe

S
ja. das bist du.

S

als ich dich heute gesehen habe, hat es mich
umgehauen

S

ich glaube, du bist die Frau, die ich will. und
das fühlt sich sehr beängstigend an.

Marina
Willst du es noch einmal probieren? Ich versuche herauszufinden, was du dir wünschst.

S

ich mag dich wirklich. ich würde es gern noch
einmal probieren und es diesmal langsam
angehen

Marina
Ich kann es versuchen. Was machst du nächsten Samstag?

S

ich bin für zwei wochen in indien. werde dort
nicht viel internet haben oder so und kein
mobilfunknetz. aber wenn du am mittwoch
nach der arbeit zeit für ein spätes abendessen hast, wäre das toll. ansonsten wenn ich
zurück bin.

Marina
Mi ist gut. Steht in meinem Kalender. Süße
Träume, Baby

S
schlaf gut.

Das Zimmer fühlte sich warm an, nach einer Weite, in der ich mich auflösen konnte. Das leuchtende Rechteck in meiner Hand hellte die Dunkelheit auf, aber nur ganz sacht. Unter den staubigen Laken starrte ich weiter auf Marinas letzte Nachricht und umklammerte mein Telefon fest, während ich in den Schlaf sank.

Yı

Peter rief mich in einen Sitzungssaal. Er hatte um sieben Uhr morgens eine Kalendereinladung zu einem Meeting um acht verschickt. Als ich den Eintrag sah, fuhr ein Zittern durch meine Hände. Die Trainingsmodule lagen erneut weit hinter dem Zeitplan zurück. Susan war auf dem Kriegspfad. Beim Entfernen der Dubletten im Master-Spreadsheet für das Stakeholder-Engagement waren Fehler entstanden, sodass AVPs die Newsletter-Explosionen bekamen, die eigentlich für einfache Ingenieur*innen und Batteriespezialist*innen gedacht waren. Auf meine furchtsamen E-Mails wegen meiner Gehaltsschecks hatte Peter nicht geantwortet. Die Klausur des Kunden war in wenigen Tagen, mein Flug nach Indien ging in zwölf Stunden. Die Luft selbst schien feucht und voller Spannung zu sein, bereit, in einen Sturm auszubrechen.

Sowohl Thom als auch ich hatten die Tabelle kürzlich bearbeitet. In den Tiefen meiner Magengrube sammelte sich ein Verdacht: Ich hatte beim Aussortieren einen falschen Bereich ausgewählt, wodurch die Zellen den Bezug zueinander verloren und die Daten für die Führungsebene verstümmelt wurden. Ich konnte es nicht mit Sicherheit wissen. Thom, Peter, Susan und ich hatten die Tabelle etwa hundertmal zwischen uns hin- und hergeschickt.

Alles wird gut, sagte ich wieder und wieder zu mir selbst. Du hast jetzt Erspartes. Du wirst etwas anderes finden. Du wirst das hier überleben.

In der Nacht zuvor hatte ich in der Notaufnahme des St. Luke's auf Marina gewartet. Als ich für unser Date vor ihrer Wohnungstür stand – wir hatten echte Tacos bei Guadalajara geplant –, hatte sie mir verschwitzt und in Jogginghose geöffnet, das Haar zu einem Pferdeschwanz gebunden, das Gesicht auf unheimliche Weise angeschwollen.

Tut mir leid, Hübsche, ich bin spät dran –

In diesem Augenblick wusste ich mit Sicherheit, dass etwas nicht stimmte. Es war, als hätte sie eine kleine heiße Kartoffel im Mund. Jedes ihrer Worte kam gedämpft hervor.

Was ist los?, fragte ich und folgte ihr ins Badezimmer, wo sie sich beharrlich das Haar frisierte. Die Strähnen zischten und dampften, während sie sie mit dem Keramikschnabel ihres Glätteisens in die Zange nahm.

Ich weiß es nicht, antwortete sie mit derselben undeutlichen Aussprache und ließ ihre Wimpern über ein schmieriges Mascarabürstchen flattern. Nun ja, ich hatte letzte Woche Halsschmerzen, also, es war richtig schlimm, aber jetzt tut es nicht mehr weh. Ich habe kein Fieber oder so. Ernsthaft, ich glaube, es geht mir gut, außer dass heute meine Stimme weg war. Musste beim Unterrichten schreien.

Also, ich glaube nicht, dass es dir gut geht, sagte ich, beim Klang ihrer Stimme zusammenzuckend. Lass uns zu Hause bleiben. Wollen wir einen Film schauen und Essen bestellen? Okay?

Okay, erwiderte die heiße Kartoffel mit zitternder Stimme und einem niedergeschlagenen Tonfall.

Komm her, Dummerchen, sagte ich. In meinen Armen war sie vogelartig, pneumatisch. Als wären ihre Knochen mit Luft gefüllt. Eine dunkle Flüssigkeit stieg in mir auf. Eine Wärme, die meinen Kopf kribbeln ließ. Ich traute mich nicht, etwas zu sagen. Zu versuchen, das Gefühl in Worte zu fassen – das wäre zu weit vorgewagt. Ich entledigte mich meines Blazers und meiner schmalen Krawatte. Zog Marina die Schuhe aus. Ich sagte: Decken und Suppe für dich, alte Dame.

Mitten in der Nacht wachte ich auf und hörte ihre Mutter am Telefon.

In den Geschichten, die ich über Marinas Mom gehört hatte, wie sie eine klauende Stripperinnenkollegin zusammengeschlagen oder einem Hof voller Feiernder *Hört alle mal zu, meine Tochter ist eine Lesbe* zugebrüllt hatte, da hatte ich sie mir als eine laute, ordinäre Frau vorgestellt, und die Lautstärke ihrer Stimme noch durch die Badezimmertür gab meiner Vorstellung recht.

Ist mir egal, ob sie deine Freundin ist oder was auch immer! Sei kein Dummkopf! Du lässt dich jetzt von diesem Mädchen ins verdammte Krankenhaus bringen!

Von ihrer Tochter hörte ich nichts. Angsterfüllt klopfte ich an die Badezimmertür.

Marina sah so blass aus, wie ich sie noch nie zuvor gesehen hatte. Sie versuchte gar nicht erst, etwas zu sagen. Mit flehendem Blick kritzelte sie Worte auf ein türkisfarbenes Post-it.

KANN NICHT RICHTIG ATMEN

Im Wartezimmer vom St. Luke's zwang ich mich, nicht weiter auf WebMD nachzulesen, da die Seite ihr Bestes gab, mich davon zu überzeugen, dass Marina entweder eine Blutvergiftung oder Krebs hatte.

Sie schrieb mir per Textnachricht, dass ein CT gemacht werden sollte. Sie würde ihr Telefon nicht dabeihaben.

Ich lief nervös zwischen dem Automaten und den Plastikpalmen im Zimmer auf und ab, und ohne die Ablenkung,

Marina zu schreiben, stieg die Realität meiner Reise nach Hause an die Oberfläche. Ich vermisste meine Eltern und sehnte mich danach, sie zu sehen. Aber da war auch noch die Sache mit meinem Onkel. Sein Tod, fein säuberlich weggepackt in der anderen Hälfte meines Lebens, war für mich nie realer geworden. In meiner Vorstellung lief er noch immer umher, den Mundu sicher gefaltet, die Hände hinter dem Rücken verschränkt. Sein Gesichtsausdruck auf eine freundliche, ausdruckslose Weise besonnen, so wie er auch geschaut hatte, wenn er in meine gesäumten Oberteile und Unterwäsche griff und dort nach was auch immer suchte – meiner Vermutung nach konnte er es selbst kaum sagen, und ich war als Kind absolut nicht in der Lage, es zu identifizieren. Ich konnte lediglich eine Nachbildung davon zur Verfügung stellen.

Endlich durfte ich Marina sehen. Ich wurde gefragt, in welcher Beziehung wir zueinander stünden. Äh, wir, ähm, meine Freundin, stammelte ich. Die Frau im OP-Kittel schaute mich an, als wäre ich ein Kind, das nicht zugeben wollte, sich in die Hose gepinkelt zu haben.

Die Entzündung im Weisheitszahn hatte wahrscheinlich bereits vor Jahren begonnen, und der Schmerz hatte aufgehört, als der Nerv abgestorben war. Aber die Fäulnis blieb. Hatte sich von dem Zahn auf ihren Kiefer ausgebreitet und war in ihren Hals gekrochen. Hatte ihre Zunge anschwellen lassen und ihre Atmung beeinträchtigt. Marina hing an einem Tropf. Der Zahn musste gezogen werden, und sie benötigte eine ordentliche Dosis Antibiotika. Sie überlegte bereits, wie sie die Krankenhausrechnung bezahlen sollte.

Aber es ging ihr gut. Sie war am Leben. Ich hielt ihre gepflegte Hand mit den zarten Knochen, und wir lachten. Ich dachte daran, wie leicht sie sich in meinen Armen angefühlt hatte, und ein dunkles, schuppiges Gefühl legte sich um mein Herz wie ein Aal.

Ich weiß, dass du morgen fliegst. Es wird alles gut, Shaka kommt vorbei, und meine Mutter wird heute Abend hier sein. Aber hör zu, du schreibst mir besser, wenn du in Indien bist, sagte sie mit Nachdruck.

Und ich antwortete: Das mache ich, das mache ich.

Zum ersten Mal in der Geschichte brachte Peter zwei Becher Kaffee mit, was meine Gewissheit festigte, dass ich gleich gefeuert werden würde. Mit einem schmalen Lächeln bot er mir einen an.

Ich trank den Kaffee wie Sokrates, nachdem man ihm den Schierlingsbecher überreicht hatte. Die Verrücktheit der letzten zwölf Stunden wirkte wie ein Gegengewicht. Das hier war nur eine weitere schreckliche Sache, die in einem weißen, mit kaltem Licht durchfluteten Raum geschah. Tiefe Atemzüge. Versuch es mit Würde zu tragen.

Ich wollte mich mal mit dir unterhalten, begann Peter, und mich erkundigen, wie es dir geht. Wie ist deine Kapazität?

Ziemlich gut, ziemlich frei, antwortete ich und kalkulierte, ob eine verzweifelte Entschuldigung für ihn irgendeinen Unterschied machen würde.

Peter erklärte mir, es seien ein paar Veränderungen unternommen worden. Ich würde nach meiner Rückkehr mehr Verantwortung übernehmen müssen. Insbesondere in Susans Projekt. Dort seien Ressourcen optimiert worden, sagte er.

Okay, antwortete ich verständnislos und hielt meine Lungen davon zurück, vor Erleichterung zu explodieren. Ich würde nicht rausgeschmissen werden. Das war alles, was ich wusste. Alles, was zählte.

Als ich mich zum Gehen erhob, fügte Peter hinzu: Gute Reise, und, oh, übrigens.

Ja, Chef?, fragte ich.

Wie einen nachträglichen Gedanken erwähnte er meine Gehaltsschecks. Sie wurden vorerst zurückgestellt, für uns alle, mich eingeschlossen, sagte er, weil der Kunde erst nach Projektabschluss bezahlt, und Susan hat die Laufzeit immer wieder verlängert. Meiner Firma geht es im Augenblick nicht besonders gut. Ich kann es mir einfach nicht leisten, die Kosten für euer Gehalt zu übernehmen. Ihr werdet natürlich am Ende entlohnt. Sobald der Kunde mich bezahlt.

Okay, sagte ich in einem geisterhaften Flüsterton und versuchte mir aus dem, was er gesagt hatte, einen Reim zu machen.

Es ist wirklich schwer, ein Unternehmen zu führen, sagte Peter und schüttelte den Kopf. Die Verantwortung bereitet einfach ein Kopfzerbrechen nach dem anderen.

Das glaube ich, erwiderte ich in respektvollem Tonfall. Voller Mitgefühl. Hab einen guten Tag, fügte ich hinzu. Ich werde dich über den aktuellen Stand der Dinge informieren, bevor ich heute Abend gehe.

Mit vor Erleichterung um ein Vielfaches angeschwollenem Herzen nahm ich meine Projekte – komplizierte Tabellen, Bereinigung der Audiodateien für ein Trainingsmodul – so konzentriert in Angriff, dass ich Thom am Rand meines Blickfelds kaum wahrnahm. Dann schaute ich erneut hin, wandte mich dafür von meinem Monitor ab.

Er lief den Flur hinunter, das Gesicht kreidebleich. Er trug einen Pappkarton mit einem Pappdeckel.

O mein Gott, rief ich und rannte auf ihn zu.

Hau ab, zischte Thom kaum hörbar. Ich soll mit niemandem von euch sprechen.

Ich zuckte zurück, als hätte ich mich verbrannt. Ich beobachtete seinen Rücken, während er weiter den Flur hinunterlief, den Aufzug neben dem Batterien-Wandgemälde betrat und verschwand.

Z1

Über die Reihen der Gepäckausgabe hinweg rief meine Mutter meinen Namen. Da waren sie. Mummy und Papa. Ich war von dem langen Flug erschöpft und müffelte. Meine Haut war trocken. Ich hätte mir vor dem Zoll die Zähne putzen sollen, dachte ich.

Mein Vater mit seinem silbernen Spitzbart und seiner randlosen Brille. Meine Mutter in einem blassrosa Organza-Sari, das Haar mit solcher Präzision zu einem Knoten geölt, dass es aussah, als hätte sie sich die Kopfhaut angemalt. Unterhalb ihrer winkenden Hand eine elegante Armbanduhr aus Stahl.

Ich sah es in ihrem Gesicht: Sie wollte auf mich zurennen, aber ich war das Kind, und das Elternteil rennt nicht auf das Kind zu. Die Dinge werden auf eine ganz bestimmte Weise getan.

Ich lief schnell. Kämpfte gegen das Gefühl an, das in mir aufstieg wie Brunnenwasser bei Regen. Als ich noch etwa einen Meter entfernt war, schoss meine Mutter nach vorn und presste mich an ihren Körper. Sie sagte meinen Namen, wieder und wieder, und mir wurde schlecht. Ich sagte: Hör auf.

Meine Mutter umfasste mein Gesicht. Sneha. Meine Sneha, sagte sie. Wir haben so lange gewartet. Du bist nach Hause gekommen.

Ich wand mich aus ihren Armen.

Es gibt wirklich keinen Grund, sagte ich, meine Stimme wie der Winter, den ich hinter mir gelassen hatte, für Conjjellifying. Seid ihr mit dem Auto da? Poaam, kommt schon, gehen wir.

Sie

A2

Oru madameh vannu ippum!

Bincy Varughese rief aus ihrem Hühnerstall nach mir, von wo aus sie gerade Futter auf der roten Erde verteilt hatte. Sie warf den Kopf in den Nacken und lachte wie ein alter Papagei. Mit eingeöltem Haar und Goldzahn.

Ihre Tochter wischte die Treppe zu ihrem winzigen Zementhaus, das noch kleiner war als unseres. Sie wich meinem Blick aus. Als Kinder hatten wir gemeinsam gespielt. Einmal hatten wir an einem Nachmittag alle Tausendfüßler, die wir finden konnten, auf einem Elefantenohr-Blatt versammelt. Während sie übereinander krochen, hatten wir beide, ganz schwindelig von unserem Gekicher, ihnen mit dem Eifer von altertümlichen Priesterinnen vorgesungen: Sex machen! Sex machen! Zwei dünne Kinder mit vorstehenden Zähnen, entzückt von unserer Tausendfüßlerorgie.

Bincy machte sich darüber lustig, dass ich als Ausländerin zurückgekommen war. Nicht nur als Ausländerin, sondern als Madama. Voller heißer Luft und affektierter Umgangsformen. Ich stand dumpf vor dem Tor der Varugheses, mein Geist noch benommen vom Jetlag. Als meine Eltern Erfolg hatten, war Bincy ihnen gegenüber extrem zuvorkommend gewesen, hatte sie zu jedem Geburtstag und Feiertag über Reliance angerufen und meinen Großeltern Essen vorbeigebracht. Wie so viele der Menschen, die ich, als ich unsere Stadt mit vierzehn Jahren verließ, gemocht hatte, denen gegenüber ich nun aber nur noch Gehässigkeit empfand, hatte Bincy Papas Abschiebung und die neuen schwierigen Umstände meiner Eltern als einen persönlichen Angriff verstanden. Es entsprach in etwa dem Kauf von Aktien, die einem als erstklassig angepriesen worden waren, sich dann aber als hochspekulativ herausstellten. Nun hatte Bincy nichts als Verachtung für uns übrig.

Den gesamten ersten und auch den zweiten Tag zurück zu Hause verbrachte ich horizontal unter dünnen Baumwolllaken, abwechselnd schlafend und auf den Deckenventilator starrend, der geduldig über mir kreiste. Eine knochentiefe Erschöpfung hatte sich in all meinen Gliedern festgesetzt. Ich verließ das Zimmer, um Joghurtreis und eingelegtes Gemüse zu essen und am Bett meiner Großeltern das Abendgebet zu sprechen. Sie starrten zur Decke hinauf, das Zahnfleisch entblößt durch ihr schlaffes Lächeln.

Am ersten Tag hatte meine Mutter noch neben mir gesessen, mir durchs Haar gestrichen und liebevoll geflüstert, wie müde ich sein müsse. Am dritten Tag weckte sie mich mit einer deutlichen Schärfe in der Stimme um sechs Uhr morgens. Forderte mich auf, mich mit Brunnenwasser zu waschen und meinen Großeltern Chaiya auf ihren aufklappbaren Betttabletts zu bringen. Aus der Art, wie meine Mutter sich bewegte, konnte ich herauslesen, dass sie sich für mich schämte. Für mein kurzes, ungeflochtenes Haar, mein spätes Aufstehen, mein Benehmen, das zwischen maskulin und liederlich schwankte.

Bei meinem letzten Besuch hatte ich noch mitten im Studium gesteckt. Hatte zwei Koffer dabeigehabt, einen mit Studienlektüre und meiner Kleidung, den anderen bis zum Maximalgewicht vollgestopft mit dem Nötigsten für meine

Eltern. Eine lederne Aktentasche, orthopädische Schuhe. Mein Vater hatte damals nicht aufgegeben, sich für einen Job nach dem anderen zu bewerben, sich gegen den Makel des Skandals zu wehren, der ihm über zwei Ozeane gefolgt war. Als ich damals hier gewesen war und meine Wangen nach dem Entfernen der Weisheitszähne angeschwollen waren, als wäre der Babyspeck meiner Kindheit zurückgekehrt, hatte ich keinen Finger rühren müssen. Meine einzige Aufgabe war es zu studieren, erklärte man mir. Gut zu sein. Meinen Abschluss mit Auszeichnung zu machen und mir einen vernünftig bezahlten Job zu sichern. Das Erreichen dieser Ziele war jedoch nicht gefeiert worden, die Erwartungen wurden ganz einfach auf den nächsten erwünschten Meilenstein verschoben: Ehe und die Bereitschaft dafür.

Komm mit mir in die Küche, blaffte meine Mutter mich an, als sie sah, wie mein frisch gewaschener Kopf auf den Familiencomputer zusteuerte wie eine Motte, die von einer Flamme angezogen wird.

Du kannst ausnahmsweise mal etwas *lernen*, sagte sie und zündete wütend den Holzofen an. Das hier ist dein Zuhause, keto? Kein Hotel.

Ich ging die Kokosnussreibe holen und wagte es erst aus der Sicherheit des Nachbarzimmers zurückzurufen: Das hier ist ein Hotel. Und ich bin, genau wie du, eine Bedienstete darin.

Obwohl Mummy die Küche täglich putzte, war diese beständig mit einer dünnen Rußschicht bedeckt. Ich lief vorsichtig darin umher und verschaffte mir einen Überblick, was meine Eltern in Zukunft brauchen könnten. Der Schnellkochtopf war uralt und wahrscheinlich lebensgefährlich.

Zum nächsten Weihnachtsfest könnte ich ihnen neue Corningware-Auflaufformen oder vielleicht einen Mixy kaufen, der besser funktionierte als der, den sie besaßen, ein Hochzeitsgeschenk, das mit ihnen nach Übersee gereist und missmutig wieder zurückgekehrt war. Eines Tages, wenn sie älter waren, womöglich sogar eine Spülmaschine. Meine Mutter verbrachte ein Viertel jeden Tages Stahlwolle schwingend über die Spüle gebeugt. Dieser Umstand entrüstete mich jedes Mal kolossal, wenn ich ihn aus meinem amerikanischen Blickwinkel betrachtete. Allerdings konnte ich nun, da ich hier war, nicht behaupten, ein starkes Verlangen zu verspüren, mich selbst an dieser Arbeit zu beteiligen.

Als wir begannen, das Frühstück vorzubereiten, stellten wir fest, dass im Vorratsschrank sowohl Zucker als auch schwarze Kadala fehlten. Ich – die Auf-Besuch-aus-Amerika-Mol, die Beraterin-Mol, die Mol, die bewies, dass diese Familie noch nicht durch Unglück ruiniert war – wurde die Straße hinunter zu Bincy geschickt, um unsere morgendliche Mahlzeit zu retten.

Wie ist es in Amayrica, hmmm?, spottete Bincy. Dir geht es dort sehr gut?

In der Ferne konnte ich die Kautschukfelder sehen. Dünne Baumstämme, aufgereiht wie die Borsten einer Haarbürste. Der Ort, aus dem ich stamme, ist wunderschön. Seine schmerzhafte, unbescheidene Schönheit übertrifft alles in dem neuen Land.

Mir geht es gut, antwortete ich, und aus meinen Worten tropfte die Abneigung. Mir geht es sehr gut.

Was ich hätte erwidern können, kam mir erst viel später in den Sinn, nachdem ich unsere Interaktion in Gedanken noch etwa hundertmal durchgegangen war: Madam, ich bin keine Madama, ich wurde in ein Land gebracht, als ich noch sehr jung war, und ich wurde dorthin gebracht, weil Amayrica die Sonne ist, und die meisten von uns werden von Licht und Hitze und Macht angezogen, und ich bin froh, dort zu sein, insoweit ich überhaupt jemals über irgendetwas froh bin, da die Sonne alles befiehlt, was um sie herum geschieht, und du, dumme Frau, du lebst auf einem staubigen Asteroiden, der von allen vergessen wurde. Weil ich verrückt bin, vermisse ich diesen Asteroiden manchmal, sehne mich nach meiner Familie, die mir weggenommen wurde, möchte wieder bei meinen Leuten sein. Aber sobald ich dann zurück bin, werde ich wieder daran erinnert, wie die Menschen hier uns behandelt haben, was meine eigenen Verwandten mir angetan haben, und dann wird mir wieder bewusst, wie sehr ich mir wünsche, jede und jeder Einzelne von euch möge tot umfallen. Und um meinem Hass zu entkommen, ihn davon abzuhalten, mich zu verbrennen, springe ich zurück an jenen Ort, an dem ich feststecke, zwischen diesen Welten, in einem dichten, staubigen Raum.

Frittierte Sardinen in einer Hülle aus erdrotem Masala, frischer heißer Reis mit butterfarbener Moru, glänzende Achinga, kurz angebraten mit Zwiebeln, die reduziert wurden, bis sie denselben Farbton hatten wie unsere Haut. Wenn wir nicht gerade kochten oder aßen, was wir gekocht hatten, wenn es keine Arbeit zu erledigen gab – einen Baum zu fällen, einen Mundu zu bügeln, einen Rohrstuhl zu reparieren, ein Moskitonetz zu stopfen –, saßen wir auf der Veranda und begrüßten einen mächtigen Strom aus Gästen, die eine Menge redeten und dabei nur sehr wenig sagten. Meinen Großeltern brachten wir Kanji und Pire. Ihre Zähne waren ausgefallen. Meine Mutter legte jeden Abend zwei Gebisse in eine Reinigungslösung. Ich entlockte meiner Großmutter die richtigen Rezepte für Saaru und Idli, für die ich keine Fertigmischungen brauchte. Ich fragte sie, wie man Olan zubereitete. Mein Lieblingsessen. Wenn du in deinem Milwaukee keine Augenbohnen bekommst, dann nimm weiße Bohnen mit dunklem Mund, sagte meine Großmutter in einem Anfall von geistiger Klarheit, ehe sie wieder in einen Tagtraum verfiel.

Ich träumte mich selbst mehrere Monate in die Zukunft, wenn ich Kürbisstücke und Schwarzaugenbohnen und Kokosnusspaal mit Kreuzkümmel und Curryblättern schmoren würde, um sie Marina und ihren Freundinnen zu servieren. Ach, das?, würde ich auf ihre Komplimente erwidern.

Das ist ganz einfach. Ein Familienrezept. Die Freundinnen würden sich verabschieden, ich hätte sie für mich gewonnen, und danach würde ich mit Marina ins Bett gehen, sie die ganze Nacht hindurch festhalten.

An den Nachmittagen, wenn alle Mittagsschlaf hielten, oder spät in der Nacht schlich ich mich an den Computer. Meine Zeit mit Marina erschien mir unendlich weit entfernt, und aus diesem Grund wusste ich kaum, was ich ihr sagen sollte. Dennoch nahm ich mein Versprechen, ihr häufig zu schreiben, ernst. Hoffe, du erholst dich gut, tippte ich und fühlte mich dabei so steif wie ein Bügelbrett. Bitte sag mir Bescheid, wenn du dich wieder gesund fühlst, außerdem hoffe ich, die Rechnung für die Operation war nicht zu hoch. An Thom schrieb ich zwei E-Mails, lang und gequält, in denen ich Peter verfluchte, Wege aufzeigte, um es wiedergutzumachen, und mich nach ihm sehnte. Tage vergingen, ohne dass ich eine Antwort bekam.

Tig schrieb: *Hey, bin in deiner Wohnung.*

Hoffe, das ist okay. Mein Schweinevermieter hat Ernst damit gemacht, mich + Turk rauszuwerfen. Garantiert renoviert er jetzt, um teuer neu zu vermieten, der wird doch auf keinen Fall tatsächlich selbst dort einziehen. Turk zieht für eine arrangierte Ehe zurück nach Hause. Bei meiner Mom herrscht das reinste Chaos, meine Halbschwester übernachtet gerade dort, und wenn ich sehe, wie sie ihren üblichen Junkie-Bullshit abzieht, drehe ich durch. Danke für den Schlüssel und die Vorausplanung für mich (lol daran muss ich selbst noch arbeiten). Ich bin ganz, ganz extrem leise, aber kannst du deiner furchteinflößenden Nachbarin

bitte trotzdem sagen, dass sie mich nicht erschießen
oder die Bullen rufen soll?
Hab dich lieb, lass es dir gut gehen, muss jetzt zum
Seminar. Wir lesen Amartya Sen und Sojourner Truth.
Gerade Verteidigung der Rechte der Frau beendet.
Hab ganz beiläufig beschlossen, dass ich eines Tages
ein Manifest verfassen will

Untervermietung ist nach den Bestimmungen des Mietvertrags nicht erlaubt, zischte die Antwort von Amy beinahe augenblicklich zurück, nachdem ich ihr eine Nachricht über Tigs kurzen Aufenthalt in meiner Wohnung geschickt hatte. Darunter stand: Wir werden das Stacy gegenüber melden müssen.

Um meinen Herzschlag zu beruhigen, nahm ich mir ein Achchappam und verzehrte es geräuschvoll, während ich auf der roten Erde des Gartens hin und her lief. Auf den Bäumen und den Treppenstufen und der Grundstücksmauer sammelte sich überall Moos.

Liebe Stacy, schrieb ich in meiner nächsten E-Mail.

Hallo aus Südindien, wo ich auf Besuch bei meiner
Familie bin. Ich hoffe, Ihnen geht es gut. Ich wollte
Ihnen lediglich mitteilen, dass während meiner Abwe-
senheit jemand auf meine Wohnung aufpasst, meine
Pflanzen gießt und meine Post einsammelt. Es handelt
sich nicht um eine Untervermietung, weder offiziell
noch inoffiziell. Ich setze Amy ins CC, damit alle auf
demselben Stand sind. Ihnen beiden einen schönen
Tag!

Klingt gut! Hab eine wunderbare Reise!, antwortete Stacy.

Amy schwieg.

Du hast den amtierenden Champion im Weiße-Lady-Sein übertroffen!!!, schrieb Tig, als ich ihr den Austausch weiterleitete. Bist echt die Größte!!! Würde dich noch um eine Sache bitten. Habe eine Wohnung gefunden, in die ich in zwei Wochen einziehen kann. Vermieterin will zwei Monate Miete im Voraus, und mir fehlen 200 Dollar. Kannst du mir bisschen Geld per Venmo schicken, vielleicht 150 Dollar, und ich zahl es dir bald zurück??

Papa hatte zwei der Teakbäume auf dem Grundstück gefällt, und ich bot an, ihm dabei zu helfen, sie zum Verkauf in Bretter zu spalten. Wir arbeiteten in der grellen Sonne, unsere Nacken nass, die Luft zu feucht, um unseren Schweiß zu absorbieren. Ich mochte diese Art von Arbeit, fand sie auf ihre Weise beruhigend und genoss, wie sie das Sprechen überflüssig machte.

Nach zwei Stunden wischte mein Vater sich die Stirn ab, trat einen Schritt zurück und begutachtete unseren Fortschritt.

Gut, sagte er schlicht, und seine Augenwinkel legten sich vor Wärme in Falten.

Bei Sonnenuntergang gingen wir auf Anregung meiner Mutter an den Fluss.

Nicht gut, sich die ganze Zeit im Haus zu verkriechen, sagte sie, obgleich das an den meisten Tagen der Woche alles war, was sie taten.

Wir liefen vorbei an vernachlässigten Reisfeldern, Kallukadas und Gemüseständen, vorbei an einer Filiale der State Bank of Travancore.

Man findet heute keine Leute mehr, die auf den Reisfeldern arbeiten. Diese Shreyadarshini hat mir von ihren Schwierigkeiten erzählt, sagte meine Mutter. Traurig ist das, das hier macht diesen Ort doch erst so schön. Die Leute sind heute alle größenwahnsinnig.

Sie verlangen eine bessere Bezahlung als die alten dürftigen Löhne, erwiderte mein Vater knapp.

Aiyay, wie viel kann man denn schon für die Reisernte bezahlen? Wenn man so gut bezahlt, mit Rente und Monatslohn und allem, dann wird der Reis bloß teurer. Und wie soll der Normalbürger dann essen?

Der Meenachil schlängelte sich vor uns, blaugrün, grünblau. Seit ich das letzte Mal dort gewesen war, hatte man Betonstufen in den Abhang des Flussufers eingelassen. Über uns wickelten sich Pfefferranken um die Äste von Bäumen, die sich mit gepanzerten grünen Früchten zu füllen begannen. Meine Mutter hielt meine Hand, als wir die Treppe hinunterliefen. Sie war nun so viel demonstrativer als früher, als ich noch klein war. Es war mir unangenehm.

Der Fluss meiner Kindheit riecht heute nach Düngemittel und dem penetranten Geruch nach Kaugummi und Verwesung, der von Jackfruit ausgeht. Im Sommer wird er träge und trocken, das Wasser, von dem Millionen Menschen abhängen, ist dann an manchen Stellen kaum mehr knietief. Aber im Februar ist der Meenachil noch immer wunderschön. Es war lange her, seit ich zum letzten Mal an genau dieser Stelle gewesen war, Jahre bevor wir ausgewandert waren. Ich drückte die Hand meiner Mutter.

Weißt du, dass sie in *Amerika* jetzt Chakka verkaufen? In den schicken Supermärkten und so? Sie schmieren Barbecue-Sauce darauf und verwenden es wie Fleisch. Verkaufen es für acht, neun Dollar auf dem Markt! Ich rümpfte die Nase.

Du hattest schon immer eine starke Abneigung gegen Chakka, stellte meine Mutter fest. Du hast den Geruch nicht gemocht. Einmal kamst du in die Küche, da warst du noch ein kleines Pengkutty, und hast mein großes Hackbeil mit nach draußen genommen, wo Monchayan dich gefunden hat, und du sagtest zu ihm, du wolltest alle Chakka-Bäume fällen. Jeden einzelnen, sagtest du.

Ich lachte, während ich spürte, wie sich eine kalte, blasse Ranke um meine Rippen wickelte. Daran habe ich keine Erinnerung mehr, sagte ich in unserer Sprache.

Sneha, rief mich mein Vater von weiter oben am Flussufer, schau mal, hier. Sneha! Ividey va.

Er schwang etwas in der Hand, zeigte auf einen Hain aus jungen Bäumen, kleiner als er. Beim Herantreten erkannte ich, was er in der Hand hielt – die trockenen, braunen Schoten, deren Inhalt rasselte. Ich lächelte breit, in unkomplizierter kindlicher Freude, und streckte meine Hand aus.

Die tiefroten Samen fielen auf meine Handfläche.

Wir nannten sie Manjadi Kuru oder Gulgangi Mar, je nachdem, welche Seite der Familie gerade sprach. Kinder liebten ihr Aussehen, die auf dem Boden verstreuten wunderschönen roten Perlen. Früher hatte ich sie in einem Amul-Marmeladenglas gesammelt.

Sehr schön, sagte ich und strich über die kleinen purpurnen Kugeln. Zauberhaft.

Mein Vater schien in meinem Gesicht nach noch etwas anderem Ausschau zu halten. Nach irgendeiner Art von Wiedererkennen. Weißt du nicht mehr?, fragte er und gestikulierte in Richtung des Manjadi-Hains.

Was, Papa?

Ich hatte es selbst vergessen, bis ich dich und Mummy Hand in Hand dort unten gesehen habe. Du bist mit einer Freundin und Mummy hierhergekommen, da warst du vielleicht sechs. Ihr beiden Mädchen sagtet, ihr wolltet diese Manjadi Kuru einpflanzen, die ihr gesammelt hattet. Wir sagten euch, ihr solltet die Samen verteilen, sie nicht so nah beieinander in die Erde legen. Und ihr sagtet: okay, und habt sie dennoch auf diese Weise gepflanzt. Stur. Schau – er wies hinauf in das Gestrüpp aus mit Schoten beladenen Bäumen –, was ihr gepflanzt habt, vor so vielen Jahren.

Ich streckte die Hand aus und schloss sie fest um einen belaubten Zweig. Die Bäume breiteten sich voller ovaler Blätter aus und raschelten im Wind. Ich konnte mich ganz ehrlich nicht an die Geschichte erinnern, die mein Vater gerade erzählt hatte. Wenn ich an meine Kindheit dachte, stieg meist ein Dunst aus verwirrten Empfindungen und verschwommenen Ereignissen in mir auf. Ich blickte auf die Bäume, einige davon so groß wie ich, und dachte: Ihr seid hier, weil ich hier war, weil ich eine Entscheidung getroffen habe, ohne groß darüber nachzudenken.

Wie seltsam, war alles, was mir dazu einfiel.

Ich ging in die Hocke und begann die Samen aufzulesen, die über den unebenen Untergrund verstreut lagen. Meine Mutter nahm ein paar Blätter mit, um daraus einen Sud gegen die Verdauungsprobleme meiner Großmutter zuzubereiten.

Auf dem langen Heimweg warfen sie und ich gelegentlich eine knallrote Manjadi Kuru an den Straßenrand oder in ein verfallendes Reisfeld, überließen die Frage, welche von ihnen wachsen würden, dem Zufall und der Natur.

C2

Nach der ersten Woche meines Aufenthalts, nach einer morgendlichen Sonnendusche, fand ich meinen Vater in einem roten Baumwoll-Lungi auf der Veranda, von wo aus er gerade zusah, wie Bincys Umrisse in Richtung unseres Tors verschwanden.

Nach dem Aufwachen hatte ich mir das Haar eingeölt und begonnen, den Stapel meiner verzogenen, staubigen College-Bücher zu sortieren, bis ich feststellte, dass ich dabei fettige fallschirmartige Fingerabdrücke auf allen Umschlägen hinterließ. Papa bot mir eine frittierte Kochbanane aus einer Blechdose an, die einst dänische Butterkekse enthalten hatte.

Magst du auch Chaiya?, fragte er. Als ich nickte, warf er den Kopf zur Seite und sagte: Dann geh in die Küche.

Mein Vater und ich sind uns ähnlich: groß und dünn, loyal gegenüber unseren Liebsten, gebrochen durch eine Andeutung von Misserfolg, abwechselnd sanftmütig und störrisch.

Eee, Bincy Aunty, sagte ich und setzte mich auf einen Plastikklappstuhl.

Mmm.

Wieso kommt sie hierher?

Papa schüttelte den Kopf. Ihr Sohn möchte die leere Wohnung mieten, sagte er achselzuckend. Das hat sie zumindest behauptet. Vielleicht war es eine echte Erkundigung, vielleicht war es auch nur eine große Purana, damit sie einen

Blick auf dich werfen kann. Auf uns. Wer weiß das bei diesen Leuten schon. Sie hat nach dir gefragt. Mummy wollte nicht sagen, dass du noch schläfst.

Ich habe nicht geschlafen, keto. Und sie hat schon einen Blick auf mich geworfen. Direkt nach meiner Ankunft, nur hat sie mich Madama genannt.

Mein Vater schnaubte. Wenn der Mundu passt, sagte er, nicht unfreundlich.

Du hältst mich also auch dafür? Für eine Madama? Meine Frage kauerte irgendwo zwischen Neugierde und Verletztheit.

Frag mich so was nicht. Natürlich ist Bincy ein bisschen eifersüchtig. Möchte ihre Mol an den Golf oder in die Staaten schicken. Mol studiert gerade Informatik. Vielleicht klappt es. Vielleicht auch nicht. Ich habe dieser Dame gesagt: Dort gibt es keine Garantien. Es ist ein Glücksrad, manche Menschen sind oben, und das zieht die anderen nach unten. Du kannst nicht darauf zählen, wo auf dem Rad du dich befinden wirst.

Ein Schauer des Schmerzes zuckte über sein Gesicht, so schnell und leise, wie eine Thottavaadi verwelkt. So nah waren wir dem Klopfen an der Tür, der Gefängniszelle, dem Verzicht auf das Recht, im selben Land zu leben wie die eigene Tochter, in unseren Gesprächen noch nie gekommen. Der Tatsache, dass ich in den Augen der Welt die Erfolgreiche war, nicht er. Seine einzige Investition, die nicht fehlgeschlagen war. Näher konnten wir uns nicht heranwagen. Meine Familie ist eine Geode des Schweigens. Man bräuchte einen Hammer, um sie zu zerschlagen.

Er zog die Mundwinkel zu einem Lächeln hoch. Wie läuft es auf der Arbeit? Engené onde? Sind sie im Allgemeinen zufrieden mit dir?

Er hatte mir diese Frage schon einmal gestellt, an meinem ersten Tag zu Hause. So viel wusste ich: Er würde sie mir während meines gesamten Aufenthalts reflexartig immer wieder stellen.

Ich nickte knapp. Schottete meine Gedanken davor ab, was mit Thom geschehen war und dass Peter mich womöglich erst in vielen Wochen bezahlen würde. Ich bekomme mehr Verantwortung, sagte ich. Projektaufgaben.

Adhe sheri. Sehr gut. Sehr gut. Mach uns stolz, keto?

Wir werden sehen.

Dieser Peter, hat er schon etwas darüber gesagt, ob er dein Sponsor werden will?

Nein, Papa. Du wirst der Erste sein, den ich anrufe, wenn er es tut.

Gut, okay. So Gott will, wird es klappen. Erledige einfach weiter gute Arbeit für ihn. Ich werde für dich beten. Zum Glück hast du für den Augenblick die Arbeitserlaubnis.

Hast du genug Geld, Mollé?

Diese Frage kam von meiner Mutter. Sie war mit zwei Teetassen aus Metall auf die Veranda getreten. Bald würde sie zu ihrer Arbeit in der örtlichen Klinik aufbrechen. Eine Teilzeitstelle. Der Verdienst war winzig.

Janatürlich, sagte ich rasch und setzte mich aufrechter hin. Wie ist es mit euch?

Es ist ein bisschen knapp, sagte Papa, blickte in die klatschnassen grünen Blätter der Rhododendren und nahm seine angeschlagene Tasse hoch, die bereits von Ameisen umringt gewesen war. Aber so Gott will, geht alles gut. Schick uns nichts. Genieß es ein wenig. Du machst wahrscheinlich Überstunden. Denk an die anderen wichtigen Dinge im Leben.

Meine Mutter, die uns beobachtete, nickte.

Ende nicht so wie ich, fügte er mit einem versuchten ironischen Lächeln hinzu, seine großen Augen zusammengekniffen und nicht in der Lage, meinem Blick standzuhalten. In dieser Sekunde dachte ich, mein Herz würde aufreißen und zerspringen wie eine zertrümmerte Wanduhr.

D2

Als sie schlafen gingen, setzte ich mich an den Computer. Las mir noch einmal meine ellenlangen unbeantworteten E-Mails an Thom durch, und meine Brust füllte sich mit Hitze und Schmerz. Genug, murmelte ich, aber ich sagte es in meiner ersten Sprache, auch wenn niemand da war, um es zu hören oder sich dafür zu interessieren. Madi. Genug mit dem Geflenne. Ebenso wie romantische Liebe verblasste oder zerbrach, konnte auch eine Freundschaft enden.

Aber nach einem Bruch mit einem geliebten Freund tröstet einen niemand. Es gibt nur wenige geeignete Filme, die man sich anschauen kann, während die eigenen Tränen Eiscreme in Halbliterpackungen salzen, keine Artikel in Frauenzeitschriften, die man beim Friseur überfliegen kann. Man hat nur den Schmerz. Kein dazugehöriges Skript. Kein Ritual, das ihm Form gibt.

Während wir für das Abendessen Zwiebeln hackten, hatte meine Mutter mich völlig unvermittelt gefragt, ob ich wegen eines Freundes unglücklich sei. Womit sie einen Jungen meinte.

Ich zuckte mit den Achseln und ruckte dann meinen Kopf zu einem halben Nicken. Es war schließlich nicht falsch.

Lass dich auf keine dummen Sachen ein, keto, sagte meine Mutter.

In der dunklen Stille des schlafenden Hauses schaute ich mir Marinas Social-Media-Profil an. Zum ersten Mal machte es mich traurig, dass darauf nur so wenige Bilder von uns beiden verkündeten, wer wir füreinander waren. Ich sehne mich auf einmal nach dem Gegenteil von dem, was ich normalerweise wollte – für die Welt sichtbar und lesbar mit jemandem zusammen zu sein.

Ich beschloss, ihr eine supernette E-Mail zu schreiben, und begann zu tippen. Sie sollte lang und einnehmend und poetisch sein und nicht aus meinen gewöhnlichen Stakkato-Fragen bestehen. Ich würde in Erinnerungen an unsere glücklichen gemeinsamen Momente schwelgen, unsere *dummen Sachen*, und mich erkundigen, wie Marina sich nach ihrer Zahnoperation erholte. Sie nach der Krankenhausrechnung fragen. Ich würde ihr von diesem Land erzählen, aus dem ich stammte. Wie sich die Luft anfühlte, warm und samtig feucht. Wie ich meine Stunden verbrachte – wobei ich in meinem Bericht notwendigerweise die Existenz der beiden Menschen aussparen musste, durch die diese Stunden geprägt waren. Um Wasser aus einem Brunnen zu holen, zieht man Hand über Hand an dem Seil, als würde man mit dem Brunnen einen gezierten Verführungstanz vollführen. Um schnell viele rote Zwiebeln kleinzuschneiden, braucht man ein sehr scharfes Hackbeil und muss eine Zwiebelhälfte so einschneiden, als würde man auf einem Winkelmesser Fünf-Grad-Intervalle markieren. Um sich machtvoll zu fühlen, fasst man eine Thottavaadi an und sieht zu, wie sie unter einer leichten Berührung mit dem Finger schrumpft und in sich zusammenfällt. Um die Grenzen der Macht zu erkennen, läuft man zwanzig Minuten später wieder an der Pflanze vorbei, wenn sie sich erholt hat und erhobenen Hauptes dasteht, als wäre man selbst niemals geboren worden.

Als ich kaum noch die Augen offen halten konnte, schaltete ich den Prozessor aus. Lief den dunklen Flur hinunter.

Sie nannten es ein Gästeschlafzimmer, auch wenn alle wussten, dass dies keine Konstruktion für die Gegenwart war, sondern eine Investition in den Blick der Familie meines zukünftigen Ehemannes auf meine Eltern. Drei-BHKs sind ein übliches Erkennungsmerkmal der Mittelschicht. Sie signalisieren, dass man es geschafft hat, dass man genügend besitzt, um sich mit Belanglosigkeiten zu befassen wie der Frage, wo Gäste ihre Hintern zum Schlafen platzieren. Ich kam mit dem Wunsch zurück, als Gast angesehen zu werden, und nahm das zusätzliche Schlafzimmer in Beschlag. Niemand bot es mir an. Alle sahen darin einen Beweis für mein Amerikanischsein, in diesem imperialen Greifen nach Raum, und tolerierten es, wie die meisten anderen Dinge, die mit mir offensichtlich nicht stimmten, in stummem Kummer.

E2

Wir liehen uns das Auto eines Onkels aus und fuhren damit zu den Häusern von Tanten und Großonkeln, rumpelten stundenlang über mit Schlaglöchern übersäte Straßen. Wir saßen auf einer Veranda nach der anderen, tranken Tee, lehnten Appams ab, aßen Appams, die uns dennoch aufgedrängt wurden. Ich wurde nach meinem schicken Job gefragt und aufgezogen mit der Ehe und mit meinem Haar, das sich durch die Luftfeuchtigkeit in einen fusseligen Nimbus verwandelt hatte. Jedes Mal, wenn wir aus dem Auto stiegen, kämmte meine Mutter es voller Groll brutal durch.

Es klingt netter, als du es erscheinen lässt, schrieb Tig mir zurück. Gastfreundschaft und gegenseitige Unterstützung, sich bei Leuten zu Hause treffen und nicht nur in Restaurants. Weißt du, auf solchen Sachen baut eine Gemeinschaft auf.

Nun ja, antwortete ich, ich bin nicht ganz so idealistisch, was Gemeinschaften angeht.

Am Ende eines Tages, an dem auf viele kurze Zwischenstopps ein Besuch eines alten Schulfreundes von Papa folgte, verlor ich jegliche Fähigkeit zur Interaktion. Meine Mutter fand mich versteckt im Gästeschlafzimmer, wo ich den feuchten Haufen Bücher aus meinen ersten Collegejahren begutachtete. *The Norton Anthology of American Literature. Gardner's Art through the Ages. Melancholie der Ankunft.*

Avan poi, sagte meine Mutter mit einem Hauch von Vorwurf. Er bat mich, dir zum Abschied alles Gute zu wünschen, *keto*.

Ich grunzte bloß und steckte meine Nase in einen alten Roman von Goethe, um sie loszuwerden.

Was liest du da?, wollte meine Mutter wissen und trat näher heran.

Ich klappte das Buch zu. Ein glänzender weißer Umschlag, schnörkelige rote Schrift. Ein Überbleibsel aus einem der wenigen Seminare, die Thom und ich nicht gemeinsam besucht hatten: Der Bildungsroman im Wandel der Zeiten.

Wilhelm Meisters Lehrjahre, sagte ich laut.

Gut?

Möchtest du es jetzt studieren?, fragte ich sarkastisch.

Ihre Augen blitzten auf. Ich hatte mich nicht über sie lustig machen wollen. Ich wünschte mir einfach nur, in Ruhe gelassen zu werden.

Dennoch wurde ich in diesem Moment, als sich unsere Blicke trafen, an unseren jeweiligen Platz in der Welt erinnert, einer Welt, in die sie mich gebracht hatte – und aus der sie mich, woran sie mich während meiner jugendlichen Wutausbrüche erinnert hatte, auch ohne Weiteres wieder hinausbefördern konnte. Das hier war meine Mutter. Meine Mutter, die mich liebte.

Zu zerknirschtem Gehorsam wechselnd, sagte ich: Ja. Seltsam und lang, aber gut. Der Roman erzählt die Geschichte von Wilhelm Meister, einem Jungen, der Schauspieler und Künstler werden möchte. Seine Eltern wünschen sich, dass er ein vernünftiger Geschäftsmann wird und eine standesgemäße Frau heiratet. Aber er will das alles nicht.

Er geht fort, um seinen Platz in der Welt zu finden, und schließt sich einer reisenden Theatertruppe an.

Meine Mutter schien aufmerksamer als sonst zuzuhören. Mir kam der Gedanke, dass diese Unterhaltung weniger durch ihren Wunsch angetrieben sein mochte, Goethe zu diskutieren – meine Mutter hatte eher eine Vorliebe für Dan Brown und Chetan Bhagat; das Buch, in dem sie am meisten gelesen hatte, war ein christliches Andachtsbuch für Krankenschwestern –, als durch ihr Bedürfnis, eine Stelle der Geode dünn genug zu klopfen, um sie zu durchbrechen, um das zu sagen, was ihr auf dem Herzen lag. Irgendetwas in mir wollte sie jedoch so lange wie möglich vom Sprechen abhalten, also redete ich weiter.

In manchen Passagen fühlt es sich an, als würde er bloß ewig vor sich hin plaudern, fuhr ich fort, aber dieses Buch hat die Vorstellung – die westliche Vorstellung, nehme ich an – von Jugend geprägt. Davor war man einfach ein Kind, bis man, fata-fat, erwachsen war. Wilhelm Meister hat eine Phase der Freiheit dazwischen. Er darf sich diese Zeit nehmen. Zeit, um er selbst zu werden. Zu lernen, was er eigentlich will.

In einem Augenblick gefühlter Kühnheit, in dem ich ihr auf eine neue Weise meine tatsächlichen Gedanken mitteilte, fügte ich hinzu: Weißt du, dieser Kreislauf aus Druck, gefolgt von Rebellion, dann Freiheit und schließlich der eigenen Entscheidung für einen traditionellen Pfad, so verstehen wir heutzutage, was es heißt, jung zu sein.

Meine Mutter staubte den Deckel der Nähmaschine ab und schien all das zu verdauen.

Morgen besuchen wir den Friedhof, teilte sie mir abrupt mit. Es ist Vellya Appachans Orma. Wir können bei Monchayans Grab vorbeischauen. Du hast es noch nicht einmal gesehen.

Die Worte schossen aus mir hervor, flohen voller Schrecken aus ihrem Heim.

Mummy, ich komme nicht mit.

Sie schien mich nicht zu hören. Danach gehen wir noch zu Lalithamai. Mol – und an dieser Stelle öffnete sich ihr Gesicht zu einem Ausdruck, den ich noch nie gesehen hatte, irgendetwas zwischen schüchtern und erwartungsvoll. Sie fuhr fort: Ich wollte sagen, nicht heute, aber vielleicht in den nächsten zwei Jahren wird es der richtige Zeitpunkt sein, um … jemanden für dich zu finden. Lalitha hat bessere Beziehungen als dein Papa und ich, außerdem ist sie sehr klug und einfühlsam, was die Auswahl eines passenden Partners angeht. Der junge Mann, den sie für Shebins Tochter ausgesucht hat, war so reizend, und heute sind die beiden sehr glücklich. Ich möchte also, dass sie einen guten Eindruck von dir bekommt. Bitte kämm dir das Haar und zieh dir etwas Ordentliches an, okay?

Ich *möchte nicht mitkommen*.

Mol.

Wenn Lalithamai mich unbedingt in zwei Jahren verheiraten möchte, kann sie dann herkommen, um darüber zu sprechen, aber nicht auf einem Friedhof, während wir auf dem Moos ausrutschen. Madi! Wieso laufen wir ständig toten Menschen hinterher, tragen sie auf unseren Köpfen? Ich sage, lasst sie tot sein.

Ente Mol, sagte meine Mutter, ihre Stimme voller Bedrohung und Liebe. Sie sagte es erneut in unserer Sprache: Meine Tochter. Diese beiden Worte aus dem Mund meiner Mutter: ein Brenneisen.

Wir gehen, fügte sie hinzu, genug mit diesen Widerworten, okay? Bring mich nicht dazu, deinen Vater herbeizurufen –

Hör zu, Frau, eines Tages werde ich an *dein* Grab kommen und Orma abhalten und alles. Aber das war es.

Ihre Ohrfeige knallte laut. Mit der Hand an meinem Gesicht zeigte ich ihr die Zähne. Ich war Susan, nachdem der Stuhl im Konferenzzimmer geworfen worden war. Ich grinste breit.

Er war nicht gut zu mir, sagte ich, so ruhig wie ich es fertigbrachte, da irgendeine Form der Erklärung nötig zu sein schien, wenn ich jemals wieder in Ruhe gelassen werden wollte. Das war er nicht. Monchayan, meine ich.

Beim Aussprechen seines Namens kam die Erinnerung an seinen Geruch hoch. Yardley's-Talkumpuder und Zigarettenrauch, Kichererbsenmehlseife und Wodka. Sein Finger, der in meine Unterwäsche kroch wie eine fette Made.

Ich will gar nichts von ihm mit euch besuchen, sagte ich leise. Ich will keine falthoo Gebete für seine Seele aussprechen. Ich vermute, ich weiß, wo seine Seele jetzt ist. Da werden eure Gebete nicht viel ausrichten.

Meine Mutter wirkte sprachlos, suchte in meinem Gesicht nach einer Bedeutung. Nicht gut zu dir, wiederholte sie.

Ich sagte es auf die einzige Weise, wie es mir in der Welt, aus der ich stamme, möglich war. Meine Stimme war heiser und tonlos vor Demütigung.

Er – hat mich belästigt, sagte ich. Jahrelang.

Meine Mutter riss die Augen auf. Öffnete den Mund, schloss ihn dann wieder. Ein sterbender Fisch.

Als sie sprach, war es flüsterleise, angstversengt.

Was sagst du da, Sneha? Wie kannst du das erzählen, jetzt?

Es ist wirklich nicht wichtig, erwiderte ich kalt. Es ist keine große Sache, über die ich ständig nachdenke. Ich wollte es dir nur sagen. Dein Bruder war ein – nutzloser Perversling, und ich werde ihn nicht auf dem Friedhof besuchen.

Wie kannst du das sagen, nach all der Zeit? Was soll ich denn jetzt tun? Wie konntest du das vor uns geheim halten?

Ich gehe morgen nirgendwohin, war alles, was ich noch hervorbrachte, da nun endlich die Tränen in meine Augen strömten und wie runzlige Sonnen auf die ersten Seiten von *Wilhelm Meister* platzten.

Und zu meinem großen Erstaunen nahmen sie es hin. Ließen mich zu Hause. Ich saß bei meinen Großeltern, wanderte durch den kleinen Garten mit den Brotfruchtbäumen, berührte das glitschige Moos des Brunnens und aß allein an dem Tisch mit der Plastikdecke. Nach ihrer Rückkehr wirkte meine Mutter wie versteinert, leise. Ihre Augen waren rot. Sie umkreiste mich und sprach so vorsichtig mit mir, als wäre ich eine riesige Glasskulptur in ihrem Haus.

Am Tag vor meinem Rückflug sagte Papa, er wolle ein paar Teakholzbretter bei der Mar-Thoma-Kirche vorbeibringen. Fragte mich, ob ich mitkommen wolle.

Während seiner endlosen Gespräche mit dem ein oder anderen Achchan schwitzte ich in dem geborgten Auto, bis ich irgendwann nicht mehr widerstehen konnte und ausstieg, um allein auf den Friedhof zu gehen.

Wo ich herkomme, werden die Leichname überirdisch vergraben, in Beton eingeschlossen. Die Erde ist zu feucht und unbeständig, um irgendetwas anderes zu gestatten.

Allein begab ich mich auf den Weg vorbei an den Krypten der Eapens und Pillais und Mathews und Kuruvillas.

SAMUEL J. MATHAN

LIEBENDER SOHN UND BRUDER

1968–2013

SELIG SIND, DIE REINEN HERZENS SIND,
DENN SIE WERDEN GOTT SCHAUEN.
MATTHÄUS 5,8

Was mich fertigmachte, als ich vor seinem Grabstein stand, war die Tatsache, dass ich statt des sahnig süßen Hasses, den ich wie Softeis hatte genießen wollen, ein erschreckendes Auflösen in Mitleid verspürte. Für diese kleine Kakerlake von einem Mann, der nie eine Frau gefunden hatte, die er überreden konnte, ihn zu heiraten, der so allein auf der Welt war, dass er sich ein Kind aussuchte. Von Mitleid rutschte mein Herz auf einer glatten flüssigen Masse wie Eiweiß hin zu einer schrecklichen, beschämten Liebe. Und das trotz aller Versuche, die gelassene, tief verankerte Bosheit zu retten, die mich über so viele Jahre so gut beschützt hatte.

Und diese Liebe, das Gefühl, Monchayan zu vermissen, war zu viel, zu viel zu ertragen, mir wurde davon schlecht, und ich verspürte den Drang, dieses gesamte Land in Brand zu setzen, zu verschwinden und mich in jenes kalte, weite Land zu teleportieren, das ich dazu zwingen wollte, mich aufzunehmen, zu meinem Zuhause zu werden, weit weg von *Chaos* und *Blut* und *Verstrickung*, von jeglicher sich über mich ergießender Unfreiheit, die mein kleines, dummes Leben geprägt hatte.

Mit all meiner Kraft spuckte ich auf Samuel J. Mathans Grab.

Mein Speichel lag als weißer Schaum auf dem gekörnten Beton. Erneut zog ich Schleim hoch. Das hier war eine weitere Sache, über die ich niemals sprechen konnte. Eine Sache, die in die Blau-/Grün-/A-/B-Teilung meines Doppellebens verbannt war.

Der Schaum auf der beigefarbenen Platte erinnerte mich an Hydrocodon und ließ meine Gedanken zu KJ wandern. Durchs Leben zu gehen, kann so schmerzhaft sein. Wie geboren zu werden oder aus dem Ei zu schlüpfen, der eigene Körper ausgestoßen in die schreiende Welt. Wer konnte es KJ verübeln, dass sie wählte, was sie wählte, um die Dinge stumpf werden zu lassen? Ich konnte den Reiz wirklich nachvollziehen.

Ich spuckte noch drei weitere Male, ehe ich auf dem Absatz kehrtmachte und zum Auto zurücklief, mich nicht mehr darum scherend, ob irgendjemand mich sah: Thoo! Thoo! Thoo!

F2

Als die kalte Wisconsin-Luft mit ihren Schuppen aus Eis mich umhüllte, machte sich eine saure Panik in meinem Mund breit. Es war, als wäre ich aus dem falschen Flugzeug gestiegen, am falschen Ort gelandet.

Du gehörst woandershin, schienen die Zellen meines Körpers im Chor zu rufen, während mein Magen sich verkrampfte. Du kommst von einem Ort, der nicht hier ist, von einem heißen Ort mit roter Erde, wo alles vor Leben strotzt.

Auf Wiedersehen, Mollé, hatte meine Mutter gesagt und mich schmerzhaft fest in den Arm genommen. Komm bald wieder nach Hause. Ich hatte bloß genickt, mir nicht zugetraut zu sprechen.

Auch wenn ich eine gewisse Aversion gegenüber Selbstmitleid verspürte, hatte ich mich, während ich durch den mit blauem Teppich ausgelegten Flughafen lief und Horden fröhlich wirkender Menschen beobachtete, die ihre Liebsten mit ungeheuchelter Wärme begrüßten, danach gesehnt, als ein etwas anderer Mensch geboren worden zu sein. Man streiche meinen Onkel aus meinem Leben. Man streiche die Abschiebung meines Vaters. Man streiche die Kälte und Zerrissenheit, die sich durch meine Persönlichkeit zu ziehen schienen wie Stromkabel durch ein Haus. All dies, die bloßen Tatsachen meines Lebens, könnte anders sein. Ich könnte eine neu zusammengesetzte Person sein: warmherzig, charmant, liebevoll, geliebt.

Draußen lief ich zitternd und die Augen zusammenkneifend die Reihe von Autos entlang.

Hey, Weltreisende, rief eine Stimme.

Vom Beifahrersitz des Kia Soul aus ergriff ich Marinas Gesicht mit beiden Händen und küsste sie mit einer Hingabe, die uns beide überraschte.

An einen neuen Ort zurückzukehren, lässt ihn weniger neu erscheinen, rückt ihn etwas näher an Trost und Sicherheit.

Ich komme gegen neun von der Arbeit, aber du bist nach dem Flug wahrscheinlich erschöpft. Ich bringe dich zu dir, und vielleicht können wir uns dann morgen zum Abendessen treffen? Ich habe noch sechs Wochen, bis Shaka und ich auf unsere Intensiv-Tour gehen, erklärte Marina, gelassen durch den Verkehr flitzend, ihren kleinen Finger mit meinem verschränkt. Ich werde lange fort sein. Ich würde dich davor gern oft sehen.

Eine Pause entstand, dann fügte sie, ein wenig ängstlich, hinzu: Ich habe dich vermisst.

Ich habe dich auch vermisst, antwortete ich und drückte ihre Hand, den Blick auf die Horizontlinie gerichtet.

Von Tig erfuhr ich, dass es Thom mies ging. Er hatte seine Gefühle an Isabel ausgelassen, und Isabel, die ihren eigenen Wert im großen Ganzen der Welt kannte, hatte tränenreich eine Beziehungspause gefordert und sich von einer Freundin heim nach Minnesota fahren lassen. Daraufhin und auf Tigs Drängen war Thom zu einem Psychiater gegangen. Dieser Typ verschrieb ihm Tabletten, um sich weniger verzweifelt und traurig zu fühlen und die Panikstrudel zu beruhigen, die ihn nach unten zogen. Bislang hatte Thom ein einziges Bewerbungsgespräch ergattert, bei einer Firma, die Papierwaren verkaufte. Sie vergaben die Stelle, eine Einstiegsposition, schließlich an jemanden mit sieben Jahren Berufserfahrung. Vierhundert Leute hatten sich darauf beworben.

All das hörte ich von Tig, da Thom sich weigerte, mit mir zu sprechen. Von jenem Augenblick an, als er mit seiner Kiste voller Sachen aus dem Gebäude des Kunden gelaufen war, hatte er ein Theaterstück aufgeführt. Eine Darbietung, in der ich aus seiner Existenz gestrichen worden war, in der er meinen Namen nicht mehr kannte. Dies verletzte mich in einem Ausmaß, das ich nicht für möglich gehalten hätte.

Er kommt schon wieder zur Vernunft, schrieb Amit mir. Es muss schmerzhaft für ihn sein. Zu wissen, dass er an einer Sache gescheitert ist und du nicht.

So ist es nicht, schrieb ich aufgebracht zurück. In Wahrheit verstand Thom, dass ich unter uns beiden irgendwie immer die Oberhand gehabt hatte. Dass ich besser dafür geeignet gewesen war, mich unseren Vorgesetzten gegenüber gehorsam aufzuführen, eifrige Kompetenz zu signalisieren, die Rolle des untergebenen Rockstars zu spielen, der so dankbar war, das Neonlicht der Konferenzzimmer betreten zu dürfen, so *geehrt*, sich dort aufhalten zu können. Und diese Performance, dieser Tanz einer eingekauften Untergebenen, war am Ende wichtiger gewesen als die Frage, wer tatsächlich die Fehler begangen hatte und wer tatsächlich die einzelnen Teile des Projekts geliefert hatte. Aus Thoms Sicht hatte unsere Loyalität den Kapitalismus nicht überlebt. Er war wütend und hatte damit zu kämpfen, verstrickt in sein eigenes Gefühl von Scham, eine Scham, die zu spüren er nicht verdient hatte. Das alles schrieb ich auf. Mit einem Kloß im Hals. Dann überlegte ich es mir anders, drückte auf das kleine x und ließ meine Antwort verschwinden.

G2

Zwei Wochen vor meinem dreiundzwanzigsten Geburtstag hatten Antigone und ich unseren ersten richtigen Streit. Wir saßen bei Drinks zusammen, nachdem sie mir eine Fahrstunde gegeben hatte.

Es wird Zeit, dass du es lernst, hatte sie zuvor verkündet. Ich möchte, dass du diese Freiheit hast, sagte sie. Dass du nicht mehr abhängig bist oder Angst haben musst.

Diese Idee bildete das Herzstück von Antigones aufkeimender Religion, die aus einer Reihe von Grundüberzeugungen bestand, denen ich in unserer gemeinsamen Zeit beim Entstehen und Zusammenwachsen zusah. Ein neugeborener Stern. Das ist der Kern dessen, worum es in meinem Lebenswerk gehen soll, hatte Tig mir auf dem Weg zum Parkplatz von Miller Park, wo mein Unterricht stattfinden sollte, erklärt.

Ich möchte, dass alle Menschen frei sind, fuhr sie fort. Frei von Geld. Frei von Gender. Frei von Schulden.

Diana hatte Tig das Haar bis fast auf die Kopfhaut abrasiert. Darauf saß eine rote Wollmütze mit einer winzigen Bommel. Ich wollte sie tätscheln und fester über Tigs kleine Ohren ziehen.

Niemand möchte, dass irgendjemand anderes mehr Freiheit hat als er oder sie selbst, wandte ich ein. Ein paar sehr gute Menschen können sich vielleicht noch mit »genauso viel« zufriedengeben.

Uns wird beigebracht, alles wäre begrenzt und ein Null-summenspiel, sagte Tig. Geld, Nahrung, Häuser, Freiheit. Ein Nullsummenspiel, obwohl es das gar nicht sein müsste. Es ist nämlich so, dass manche Dinge sich multiplizieren. Rückkopplungsschleifen bilden. Liebe und Ehrlichkeit zum Beispiel. Großzügigkeit zum Beispiel. Diese Dinge erzeugen mehr von sich selbst.

Ich dachte schweigend darüber nach. Zum Teil stimmte ich grundsätzlich zu. Aber irgendetwas störte mich daran, Tig dies sagen zu hören, kurz nachdem ich mich beeilt hatte, ihr über Kontinente hinweg 150 Dollar per PayPal zu schicken. Um nicht falsch verstanden zu werden, ich bereute es nicht. Tig zu helfen, die mich in so vielem unterstützt und geliebt hatte, hatte sich prinzipiell nicht wie eine große Belastung angefühlt. Allerdings machte ich mir gerade wirklich Sorgen um meine eigene Liquidität. Der Kunde hatte Peter nicht bezahlt, was bedeutete, dass dieser mich nicht bezahlt hatte, und ich wusste nicht, wann sich daran etwas ändern würde. Die Begrenztheit meines eigenen Geldes machte mir zu schaffen, zermahlte mich wie Glas unter dem Verkehr auf dem Highway.

Tig nahm die Auffahrt und fuhr fort: Es ist genug da. Die Lüge der Welt besteht darin, dass sie einem erzählt, es sei nicht genug da. Die Regierung kann mehr Geld drucken, kann weniger Panzer kaufen. Wir könnten Häuser bauen und Land mit anderen teilen und bräuchten keine Angst da-vor zu haben, dass um sechs Uhr früh die Gerichtsvollzieher zur Zwangsräumung vor der Tür stehen. Wir könnten unser Leben auf eine andere Weise organisieren.

Was meintest du mit »frei von Gender«, was du vorher gesagt hast?, fragte ich, während ein kaltes Gefühl sich um meinen Bauch wand.

Tig wechselte die Fahrspur und antwortete verträumt: Ich weiß nicht. Habe erst kürzlich darüber nachgedacht, bin durch ein Gespräch mit Diana darauf gekommen. Sie hat mich ermutigt, mich damit zu beschäftigen. Tatsache ist, früher habe ich mich wie eine Frau gefühlt, aber jetzt tue ich es immer weniger. Letztes Wochenende war ich betrunken, und als wir im Fernsehen eine Galaxie sahen, dachte ich: Ich fühle mich mehr wie eine sich formende Galaxie als eine Frau. Aber, ich weiß es nicht, ich frage mich, ob ich, wenn ich keine Frau mehr wäre, weniger solidarisch mit dem feministischen Kampf wäre. Der ist mir wichtig. Es ist für mich nicht ganz unerheblich, dass ich mit meinen Kameradinnen wie dir diese Kategorie gemeinsam habe. Aber ich denke mal, das hätte ich sowieso immer noch.

Okay, sagte ich, während eine unsagbare Traurigkeit sich in mir breitmachte. Ich dachte Dinge, die laut auszusprechen nutzlos wäre. Was bedeutete es, eine Frau zu sein? Was bedeutete es, eine Lesbe zu sein? Wenn ich mich selbst mehr wie eine im Mülleimer wühlende Krähe fühlte, was bedeutete das dafür, wie die Welt mich sah?

Ich stellte fest, dass Tig mich nervös anschaute. Mir fiel wieder ein, dass ich mich in E-Mails an Tig verächtlich über Amits Geliebte Emily geäußert hatte.

Was?, fragte ich.

Ich werde in Zukunft *they* verwenden, nicht mehr *she*, erklärte Tig. Aber es macht mir wirklich nichts aus, wenn die Menschen, die mich am längsten kennen, die Menschen, die mich verstehen und auf einer elementaren Ebene erkennen, insbesondere andere queere Frauen, mich anders bezeichnen. Du kannst auf jeden Fall weiter *she* sagen. Immer. Für dich wird sich nichts verändern, das schwöre ich.

Mir war ein wenig nach Weinen zumute. Hör zu, sagte ich und versuchte beiläufig zu klingen, ich verstehe vielleicht nicht alles, was damit zusammenhängt –

Tig nickte, schien mich unterbrechen zu wollen. Ich redete weiter, versuchte die richtigen Worte zu finden.

Aber, weißt du, Respekt kostet nichts, sagte ich. Ich verliere nichts, wenn ich dich so nenne, wie du genannt werden möchtest, also, vielleicht werde ich es mal vergessen, aber ich liebe dich. Im Allgemeinen ist unsere Freundschaft keine Arbeit, egal was du sagst, sondern ein fortwährendes Vergnügen, so ziemlich jeden Tag. Wenn es das ist, was du möchtest, wenn du dich wie eine Galaxie oder ein Raumschiff oder ein Asteroid fühlst, statt wie eine Lady, dann ist das okay, yo. Ich kann mich ein bisschen anstrengen und dich so nennen, wie auch immer du genannt werden möchtest.

Tig wirkte überrascht. Schien extrem erleichtert zu sein, und das tat weh, auch wenn es verständlich war. Drückte mir das Knie und sagte: Okay, Zeit für deine Fahrstunde. Passt auf, ihr Straßen. Sie kommt: brumm, brumm.

Hinterher gingen wir ins Trocadero. Ich weigerte mich zuerst, aber Tig blieb hartnäckig, wollte mich unbedingt feiern. Meine Fahrstunde, meine Rückkehr aus Indien. Das Hochgefühl, als ich Kreise gefahren und die Länge des Parkplatzes von Miller Park hoch- und runtergerast war. Du kontrollierst das Auto, hatte Tig mit Bestimmtheit gesagt. Es kontrolliert nicht dich. Du bist eine freie Schlampe. Steig auf das Pedal.

Kurz bevor wir an unseren Platz geführt wurden, fragte Tig: Kannst du für mich übernehmen? Mir bleiben bis zum Zahltag nur noch fünf Dollar übrig.

Klar, erwiderte ich, und an meinem Haaransatz begannen sich Schweißtropfen zu bilden. Ich bat die Bedienung um die Suppe. Mit einem prunkvollen Lächeln bestellte Tig ein Duvel und eine Hühnchen-Piccata. Ich warf einen Blick auf die Speisekarte.

Ein Duvel war das teuerste Bier, das im Trocadero überhaupt angeboten wurde. Neun Dollar. Die Hühnchen-Piccata kostete achtzehn. Und zweifellos würde Tig ein üppiges Trinkgeld geben. Von meinem Geld.

Was ist los?, fragte Tig, als ich rot anlief.

Nichts, erwiderte ich.

Wir aßen in beinahe absoluter Stille.

Du musst mir sagen, was mit dir los ist. Du machst mich nervös.

Ich liebe dich, aber manchmal habe ich das Gefühl, für dich bestehe ich nur aus Geldscheinen, sagte ich.

Tig wich zurück. Du verdienst mit Sicherheit viel mehr als ich, ich dachte einfach, es wäre kein Problem –

Zuerst einmal stimmt das nicht so ganz. Du hörst einfach nur den Titel Beraterin und denkst, ich bin reich. Aber egal, es tut mir leid, dass es mir überhaupt etwas ausmacht –

Aber es macht dir etwas aus. Also, was hat sich geändert?

Lassen wir es gut sein.

Nein.

Du kannst mich nicht dazu zwingen, platzte ich heraus. Meine Stimme plötzlich ein Schreien, das von den Kacheln und dem Glas des Trocadero hallte. Ich bin ja so *froh*, dass du dich so *frei* fühlst, nun ja, aber irgendjemand zahlt immer für deine Freiheit! Du kannst mich nicht hierherschleifen und mich dafür therapieren wollen, dass ich mich gestresst deswegen fühle, wie ich *mein eigenes Geld* ausgebe, und *deinen teuren Geschmack* zu meinem Problem machen! Das geht nicht! Das ist echt der hinterletzte Scheiß!

Köpfe drehten sich zu uns um. Tigs Blick durchbohrte mich.

Mit einer Stimme wie Eis erwiderte they: Verstehe, und aß dann weiter. Das Hühnchen war gebräunt und ölig. They spießte es mit einer glänzenden Gabel auf, kaute sorgfältig und ließ mich dabei nicht aus den Augen.

Ich möchte jetzt nach Hause, sagte ich. Ich übernehme die Rechnung.

Das brauchst du nicht. Ich bezahle mit meiner Kreditkarte.

Du hast verdammte Kreditkartenschulden. Komm schon. Es ist in Ordnung. Ich will einfach nur nach Hause. Habe fürchterliche Kopfschmerzen.

Wir wechselten kein weiteres Wort, bis wir auf den Hill zufuhren. Tig drehte Robyn leiser und platzte heraus: Du weißt über alles Bescheid, was bei mir los ist, oder? Und du findest es vollkommen in Ordnung, mir nichts von dir zu erzählen?

Was, zum Teufel, soll ich denn sagen?

Du könntest damit anfangen, was eigentlich mit dir los ist! Wenn du warten willst, bis es richtig schlimm wird, ehe du dich erleichterst, wenn du dann völlig übertrieben Dampf und Gefühle ablassen willst, dich mir gegenüber in unserem Lieblingsrestaurant wie ein unhöfliches Arschloch benehmen und aufführen willst wie eine Sachbearbeiterin, die sichergeht, dass ich mir mit meiner Karte von der Lebensmittelhilfe keinen gefrorenen Hummer kaufe, ah-hah, okay, dann mach das, du blöde Kuh! Aber erkenne an, dass es eine Entscheidung ist!

Schneewehen zogen an uns vorbei.

Ich massierte mir die Schläfen.

Es tut mir leid, erwiderte ich schließlich. Ich bin gerade – ziemlich – gestresst wegen Geld. Ich bin seit Dezember nicht mehr bezahlt worden.

Was?

Der verdammte Peter wird mir das Geld, das mir zusteht, überweisen, sobald der Kunde ihn bezahlt, und das wird am Ende des Projekts geschehen. Es ist einfach nur stressig. Die Aussicht, so lange von Ersparnissen zu leben. Ich – ich – ich habe nicht mehr viel Bargeld.

Antigones Ärger schien vorübergehend gedämpft zu sein. Scheiße. Wow. Es tut mir leid, dass er dich so behandelt. Babe. Du *musst,* verdammt noch mal, ehrlich sein, sagte Tig mit angespanntem Kiefer. Sei *ehrlich* in deinen Beziehungen. Du musst ehrlich zu mir sein, deiner *besten Freundin.* Andernfalls bewegst du dich einfach die ganze Zeit auf dünnem Eis, und irgendwann wirst du einbrechen.

Ist nicht so leicht, entgegnete ich schwach. Mein Schädel pulsierte, und meine Sicht begann zu verschwimmen, als wir in meine Straße einbogen.

Kannst du dich nicht arbeitslos melden, oder so?

Ich spürte eine Träne aus meinem linken Auge tropfen und meinen Hals hinuntergleiten.

Nicht als Immigrantin, nein. Außerdem habe ich ja eigentlich eine Stelle. Ich weiß nicht so genau, wie das Ganze funktioniert. Aber falls ich irgendwann in der Lage sein sollte, mich um die Staatsbürgerschaft zu bewerben, dann werden sie mich fragen, ob ich jemals ein Verbrechen begangen oder staatliche Leistungen bezogen habe. Kein toller Anreiz, um –

Schschsch. Deine Augen sind ganz rot. Du musst dich aus-
ruhen.

Ich fühle mich ziemlich mies, sagte ich. Das tat ich auch.

Tig brachte mich nach oben und deckte mich zu. Alles
fühlte sich dunkel und dunstig an. They ließ mich einen Becher in der Mikrowelle erwärmtes Wasser trinken und eine
Paracetamol schlucken. Legte mir einen kalten, feuchten
Waschlappen auf die Stirn.

Tigs Gewicht neben mir. Eine Hand, die die Decke auf
meinem Rücken glatt streicht.

Inmitten eines schmerzhaften, unruhigen Schlafs schrie
ich erst und flüsterte dann nach meiner Mutter.

Sie ist nicht hier, Baby, sagte Tig, die Stimme ganz sanft in
der Dunkelheit. Aber ich bin hier. Schsch. Schlaf wieder ein.
Ich bin hier.

H2

An meinem Geburtstag fiel meine Heizung erneut aus. Die Wohnung war wie das Innere eines Kühlschranks. Ich kauerte mich in Decken gewickelt vor den Heizlüfter und rief bei Yellow Cab an. Ging mit einer Schachtel Streichhölzer hinunter in den Keller und versuchte nachzusehen, ob es die Zündflamme war. Es schien nicht so zu sein. Meine Fingerspitzen brannten. Schnee auf dem Boden. Der Taxifahrer fragte mich, wo ich herkomme, also ursprünglich. Mein Inneres fühlte sich sauer und wund an. Bei der Arbeit tauchte ich im Kopierraum ab, als ich Susan den Flur hinunterschreiten sah.

Meine Eltern schickten mir Glückwünsche.

Du warst so wunderschön bei deiner Geburt, schrieb meine Mutter auf WhatsApp und hängte ein Bild von mir an, auf dem ich am ehesten einem großen Nacktmull ähnelte.

So süß und rein, ging die Nachricht weiter. Wir gaben dir den Namen wegen deiner Augen. So weit geöffnet, voller Liebe.

Ich starrte lange darauf. Verschob die Nachricht dann in den Papierkorb.

Was hast du für Pläne, Birthday Bitch?, schrieb Tig mir, und ich antwortete mit einem Bild eines achselzuckenden Kanye. Thom hatte mir nicht gratuliert. Er ignorierte nach wie vor meine Nachrichten. Er hatte nach wie vor keinen Job gefunden.

Lass uns treffen und auf das nächste Jahr anstoßen. Von Trier, gegen neun.

Okay. Hab dich lieb.

Hab dich lieb.

Als ich gerade dabei war, meine Arbeit für den Tag abzuschließen, fragte Marina, ob sie mich anrufen könne.

Was geht, hübsche Lady?, fragte ich und hüpfte in eine der schallisolierten Bürozellen, wo ich die kühle Metallkachel an mein Ohr presste.

Marinas Stimme: flüssiger Rauch und Babynahrung. Hallo, hallo, alles Gute zum Geburtstag, meine Schöne, Überraschung, ich stehe auf dem Parkplatz. Will dich zum Abendessen ausführen.

O mein Gott. Was? Danke. Das ist so lieb von dir –

Aber?

Oh, äh, eigentlich gibt es kein Aber.

Irgendetwas ist doch! Sag mir nicht, du musst lange arbeiten.

Nein, nein, das muss ich nicht. Ich habe bloß Antigone zugesagt, sie, äh, them zu Drinks im Von Trier zu treffen. Um neun. Ich wusste nicht, dass du etwas für mich geplant hattest –

Am anderen Ende der Leitung war es still.

Verstehe. Nun ja, ich kann dich gern hinbringen. Oder ich könnte mitkommen.

Ach ja?

Außer, du möchtest nicht, dass ich deine Freundin kennenlerne –

Nein! Ich weiß nicht, wieso ich nicht selbst darauf gekommen bin, sagte ich und fuhr nervös über den Rahmen aus gebürstetem Stahl, der die Glastür umgab. Das wäre schön.

Ich sage bloß Tig Bescheid. Aber es wird schon in Ordnung sein. Es wird schon gut sein. Okay! Ich schnappe mir jetzt meinen Mantel und renne raus zu dir! Ahhhh!

Marina hatte sich die Haare gefärbt. Ein blasses, glasiges Grün. Ein Grün, vermischt mit Blau, also möglicherweise mit sich selbst. Ich stutzte bei dem Anblick. Überraschung, sagte sie lachend. Du bist heiß, sagte ich. Sie führte mich ins Buckley's aus. Wir waren schon viele Male daran vorbeigefahren. Du wirst die Agnolotti bestellen, und damit basta, erklärte Marina. Die sind *göttlich*.

Ihre Augen glitzerten, und sie versprühte Energie.

Das Buckley's war wunderschön. Blaugraue Wandfarbe, überall Spiegel, Palmwedel und weißer Marmor. Alle Anwesenden waren unverhältnismäßig attraktiv. Ich hatte für die Arbeit einen pechschwarzen Blazer angezogen, unter dem ich eine fliederfarbene Oxfordbluse trug. Marina verschränkte ihre Finger mit meinen. Drückte sie.

Geh ins Badezimmer, sagte sie, und zieh deine Bluse aus.

Mein Atem ging schneller.

Wie meinst du das?, fragte ich.

Zieh deine Bluse aus und steck sie in deine Tasche. Hör auf ein L.A.-Girl, okay? Okay, super, du trägst deinen schwarzen BH. Das ist so gut. Der und dein Blazer. Mehr brauchst du nicht. Dein Geburtstagslook. Mach es.

Ich mag es, wenn du mich herumkommandierst, sagte ich. Mein Puls hämmerte. Folgsam stand ich auf, die Finger bereits an den Knöpfen meiner Bluse: rund und perlmuttartig, klein und hart.

Wir mussten Zeit totschlagen und beschlossen, es in ihrem Wagen zu tun. Auf einem leeren Parkplatz bei der Brauerei auf der Commerce Street. Der Beifahrersitz des Kia Soul so weit zurückgelehnt, wie es möglich war. Marina auf den Knien, mich leckend. Ihre Finger wanderten nach oben und kniffen meine Brustwarzen unter der Spitze des BHs.

Komm hoch, sagte ich und zog sie auf meinen Schoß. Ihr Atem roch nach süßem Wein. Das grau melierte T-Shirt, das sie unter der Bomberjacke von Zara trug, war dünn und weich, und ich riss es ihr rasch vom Leib. Marina schnurrte vor Behagen, als ich mich an ihre schmale Brust schmiegte. Ihre Haut fühlte sich an wie ihre Lederjacke – eingeölt und weich und heiß.

Machst du alles, was ich brauche?, fragte ich, sie an den Hüften haltend und zu ihr aufblickend.

Ja.

Ich griff nach dem Schaltknüppel des Kia Soul. Zieh dich aus, sagte ich. Und dann nimm den in den Mund.

Ein Ausdruck der Unsicherheit huschte über Marinas Gesicht. Dennoch fügte sie sich. Verrenkte ihren Oberkörper, um weiterhin auf mir zu hocken. Ihre üppige Unterlippe und deren schmales, zitterndes Gegenstück, Pink durchmischt mit Braun. Ihr Mund, der sich öffnete.

Befriedige ihn, sagte ich und nahm ihren verwirrten Blick wahr, spürte die vage aufziehenden Nebel der Albernheit – und selbstverständlich ist echtes, wildes Verlangen eng mit Albernheit verflochten, mit allem, was unbeholfen und gestelzt ist. Ich musste dagegen ankämpfen. Musste diesen Augenblick beschützen, der noch zu retten schien, der sich angeschwollen mit Blut und Hitze anfühlte.

Befriedige ihn, sagte ich, als wäre er mein Schwanz.

Marina schloss die Augen. Luft pfiff durch ihre Nasenlöcher.

Wenn sie sich bewegte wie in diesem Augenblick, konnte man die Intelligenz sehen, die in ihrem Körper straff komprimiert war, ihre Fähigkeit, Linien zu formen und Muskeln zu aktivieren, von denen ich kaum wusste, dass sie existierten, um sich aufrecht zu halten. Mit einer großen, sanften Entschlossenheit verhakte ich meine Finger in ihr. Erst zwei, dann drei. Ihre Schultern bebten. Es war, als hätte sich die gesamte Luft im Wagen in Öl verwandelt.

Das Geräusch ihres Saugens. Es ließ mich zu einem Tier werden. Aggressiv und unerbittlich begann ich meine Hand vor- und zurückzuschieben, machte mit meinen Fingern eine Bewegung, als wollte ich sagen: Komm her, komm her. Minuten über Minuten, in denen wir beide im Winter von Milwaukee schwitzten, ihr Kopf sich in perfektem Gehorsam auf und ab bewegte. In diesem Augenblick wünschte ich mir, ich könnte meine gesamte Hand in ihre seidenglatte Fotze schieben. Ich wollte ihr nicht wehtun. Mit dem Daumen drückte ich gegen ihr kleines, sauberes Arschloch, ohne hineinzufahren, nur sanft vibrierend, und das richtete sie schließlich zugrunde. Marina kam. Mit einem langen Schaudern und Aufheulen, einem Schrei, der immer lauter wurde, bis ich ihr meine verschwitzte Hand auf den Mund legte.

Sie lachte keuchend.

Klammerte sich zitternd an mich. Schmiegte sich an meinen Hals. Ihr Körper bebte. In diesem Augenblick verspürte ich den ersten Stoß eines namenlosen Gefühls: warm, rötlich dunkel, so flüssig wie Blut selbst.

Marina küsste mich mit geschlossenem Mund. Sie zog sich zurück. Starrte mir in die Augen.

Ich mache alles, was du brauchst, sagte sie, und ich verspürte erneut diesen Stoß.

Während sie mich bearbeitete, bemerkte ich die Weinflasche.

Sie war von der Marke Barefoot, das Etikett weiß und grün. Halb voll. Verkorkt. Neben die Bremse geschoben. Ich war zu abgelenkt von Marinas Zunge, so weich wie Wackelpudding, vorschnellend wie die einer Echse. Ich schloss die Augen und gab mich diesem Gefühl hin. Erst später klemmte sich dieses Bild in meinen Gedanken fest, wie Papier, das falsch in den Drucker geschoben wurde, und lenkte die Aufmerksamkeit auf sich.

12

Wir traten durch die Tür in den rauchig vernebelten Innen-
hof des Von Trier. Orange glühende Heizstrahler drängten
sich an der Decke.

Überraschung, sagte Tig, und ein Chor aus Stimmen rief:
Happy Birthday!

Ich blickte mich voller Erstaunen um. Thoms Mitbewohner*innen, Danny, der Turner, Diana. Thom. *Thom.* Er
wirkte leicht verängstigt, das Gesicht verschlossen wie eine
Tür, aber immerhin war er da. Auf einem Stehtisch stand
eine Plastikpackung mit Cupcakes aus dem Supermarkt.
Was für eine süße Sache. Was für eine süße Sache.

Seit wir aus dem Auto gestiegen waren, hatten wir
Händchen gehalten, aber in der Sekunde, bevor ich die
Tür aufschwang, hatte Marina ihre Finger gelöst. Aus
Rücksicht vor meiner Schüchternheit im Hinblick auf uns
beide. Ich verspürte einen Anflug von Traurigkeit darüber,
aber auch einen widerwilligen Respekt vor ihrem Feinge-
fühl.

Tig stürzte sogleich auf mich zu. Ich schlang meiner besten Freundin die Arme um den Hals.

Als Nächstes kam Thom, wenn auch weniger demonstrativ. Herzlichen Glückwunsch, mein Dude, sagte er und hielt
sein unbeschwertes Lächeln etwas zurück, ersetzte die Umarmung durch ein Nicken. Dieses Verhalten war prophylak-
tisch, sollte ihn beschützen vor einem schwierigen Gespräch

oder Gefühl. Seine Augen weiteten sich etwas, als er mein BH-und-Blazer-Outfit auf sich wirken ließ.

Ich beobachtete, wie Tig Marina beobachtete. Tig schaute mich an, zog eine Augenbraue hoch wie eine Pistole. Im Schaufenster des Y-Not hatte mein*e Freund*in zu mir gesagt: Schnapp dir dein Mädchen. Und they hatte recht gehabt.

Hey, sagte ich und betrachtete lächelnd die Geburtstagsparty, von der ich nicht gewusst hatte, dass sie auf mich wartete, und wie ich sie noch nie zuvor gehabt hatte. Mein Herz schmetterte ein lautes Lied.

Meine Güte, sagte ich. Ihr seid der Wahnsinn. Wartet, ich muss euch jemanden vorstellen.

Ich streckte einen Arm aus und zog Marina sanft an mich. Das Aufblitzen von warmer Überraschung, Freude und Erleichterung in ihrem kleinen, spitzen Gesicht teilte mir alles mit, was ich wissen musste. Auch wenn es mir einen Stich versetzte.

Zu meinen versammelten Freund*innen sagte ich mit einem einzigen Atemzug: Hey, alle miteinander, das hier ist Marina, meine Freundin.

J2

Eine Zeit lang war ich so glücklich, dass mir mein eigenes Leben unwirklich vorkam, mich an Handybilder erinnerte, die bis zu einer absurden Sättigung und Helligkeit gefiltert waren, sodass der verdrießliche Himmel des Mittleren Westens sich in ein metallisches Blau verwandelte und alle Menschen blendend weiße Zähne hatten. So glücklich, dass es mir für eine Weile gelang, alle Sorgen über die Arbeit oder meine Liquidität oder die Konsequenzen meiner Lügen auf Eis zu legen.

Am Abend meines Geburtstags hatte Marina mich gebeten, nach Hause zu gehen. Zu mir. Im Kreis meiner Freund*innen war sie laut und lustig gewesen, eine geistreiche Gesprächspartnerin. Sogar Tig war mit ihr warm geworden. Wir können zu mir gehen, allerdings ist die Heizung ausgefallen, sagte ich geradeheraus. Dann fügte ich hinzu: Aber wir können uns mit Decken behelfen. Auf Marinas Gesicht tauchte ein Ausdruck vollkommener Verwirrung auf. Bleib bei mir, bis sie repariert ist, sagte sie, als wäre es das Offensichtlichste auf der Welt. Lass uns bei dir vorbeifahren, dann kannst du eine Tasche packen.

Ich wachte jeden Morgen vor ihr auf und bereitete Chaiya für uns beide zu. Ich ließ Inji, ein Pfefferkorn und zwei Kardamomkapseln in kochendem Wasser ziehen und beantwortete währenddessen auf meinem Telefon E-Mails, die Susan um sechs Uhr morgens geschickt hatte. Ich fügte drei Beutel schwarzen Tee hinzu, die ich an den Griff des Topfes knotete. Wärmte Milch in der Mikrowelle auf und verzog bei ihrem lauten Piepen das Gesicht. Ich löffelte Manuka-Honig aus einem großen Glas hinein. Ich stellte die Tasse neben Marinas Seite des Bettes und kletterte zurück unter die Decke, um sie zu wecken.

Marina brachte mir bei, Margaritas selbst zuzubereiten, mit Tequila, den sie mit Serrano-Chili versetzt hatte. Ich spähte über den Rand meines Buches und sah ihr dabei zu, wie sie vor ihrer Abendklasse Choreografien erstellte und zur Inspiration YouTube-Videos von Kate Jablonski oder Batsheva Dance abspielte. An manchen Tagen fuhr sie mich zur Arbeit, und wenn sie es nicht tat, gab ich vor, den Bus zu nehmen, lief aber stattdessen die Treppe hinunter und rief mir auf der Water Street ein Yellow Cab. Einmal pro Woche ging ich mit Tig im BelAir Tacos essen, nachdem wir die Wartezeit damit verbracht hatten, ein paar Häuser weiter Rhinelander zu trinken. Sobald Marina und ich offiziell zusammen waren, lud Tig Diana nicht mehr zum Taco Tuesday ein und verkündete, diese Zeit sei für Freundschaft reserviert.

Schon ein bisschen komisch, oder?, fragte Tig, auf ihrem Carne Asada herumkauend. Dass wir beide am Ende bei weißen Frauen gelandet sind.

Ich zuckte mit den Achseln. Ich bin bei niemandem gelandet, entgegnete ich reflexartig. Ich bin dreiundzwanzig. Quasi noch ein Kind. Es ist niemals zu spät, weißt du noch, es ist niemals das Ende.

Ayyy, rief Tig und klatschte in die Luft, als wäre diese der Hintern einer Stripperin. Dann fügte sie lächelnd hinzu: Ich glaube, du möchtest mehr herumhuren, als du mit dem Herzen dabei bist.

Ich mag dich so gern, sagte Marina zu mir, nachdem wir im Tochi in Shorewood, das an ein bourgeoises Pflanzengeschäft angrenzte, Schüsseln voller Mazemen-Ramen verspeist hatten. Die Märzluft roch saftig und malzig. Ich berührte die glänzenden Blätter eines Gummibaums und dachte an meine Wohnung, um die ich mich einst so ausgiebig gekümmert und für die ich Standspiegel und gesteppte Sofas und Teppiche von World Market gekauft hatte. Ich hatte zugelassen, dass Amy mir all dies wegnahm. War seit Wochen nicht mehr dort gewesen.

Das beruht ziemlich auf Gegenseitigkeit, erwiderte ich leise. Ich kaufte Marina eine Luftpflanze in einem kleinen Glaskolben. Dazu Angelschnur, um sie vor ihr Fenster zu hängen.

Luftpflanzen sind toll, sagte die Verkäuferin zu mir und schien mich dabei zu mustern. Brauchen nur sehr wenig Pflege.

Marinas Haar war brüchig und fiel aus – spröde jadegrüne Strähnen lagen auf dem Sofa und auf ihren weichen Kissen verstreut. Leg mal eine Pause mit Färben ein, na, sagte ich.

Sie lachte. Du würdest mich nicht wiedererkennen. Das würde meine Marke zerstören.

Du bist ein Mensch, erwiderte ich. Keine Marke.

Ich erhitzte drei Löffel Kokosnussöl aus ihrem Vorratsschrank in der Mikrowelle und fügte noch eine Prise rotes Chilipulver hinzu. Ich stellte mich am Waschbecken hinter Marina und massierte ihr das Öl in die Kopfhaut ein, bedeckte ihre Haarsträhnen damit. Ihre Augen waren geschlossen, ihr Atem verlangsamte sich. Während ich ihr mit den Fingerspitzen den Scheitel massierte, sah ich, wie sich die weißen Haare auf ihren dünnen Armen aufstellten wie Soldaten.

Die ganze Zeit über schleppte sich der Changemanagement-Prozess ewig dahin, und die ganze Zeit über schwanden meine Ersparnisse. Heimlich bewarb ich mich jede Woche auf andere Stellen. Monster.com. Indeed.com. Auf LinkedIn, allerdings vorsichtig, damit Peter nichts davon mitbekam. Größtenteils, wie Thom bereits festgestellt hatte, gab es einfach keine Stellen, und mit Sicherheit keine guten. Ich bewarb mich darum, am Wochenende im Wolf Peach oder im LuLu zu arbeiten, Jobs, über die meine Eltern sich aufregen würden – sie hatten mich nicht nach Amerika gebracht, alles verloren und mich allein dort zurückgelassen, damit ich in Geschäften oder Restaurants arbeitete. Keine Antworten. Amy schrieb mir knappe Nachrichten, sobald eine neue Rechnung hereinkam – Wasser, Strom, Gas, Internet. Wenn ich darüber nachdachte, sie erneut zu bitten, die Heizung zu reparieren, brach ich in Schweiß aus. Es schien einfacher, es auszusitzen, abzuwarten, bis es nicht länger kalt war.

Die Taxifahrten rissen ein Loch in meinen Geldbeutel. Aber ich konnte sie nicht aufgeben.

Die Mietwohnung meiner Familie stand nun seit Monaten leer, und es schien sich niemand zu finden, der dort einziehen wollte. In einem Drahtseilakt zwischen Stolz und Angeberei schickte ich meinen Eltern Ende März 1.800 Dollar, was zusätzlich noch 50 Dollar Überweisungsgebühren kostete. Damit würden sie ein paar Monate gut über die Runden kommen. Es ist in Ordnung, murmelte ich und atmete tief durch, um mich zu beruhigen, als ich auf die Summe blickte, die noch auf meinen Konten übrig war. Insgesamt weniger als zweitausend Dollar. Das war immer noch eine gute Summe Geld. Peter würde mich bezahlen. Er hatte gesagt, er würde mich bezahlen.

Marina und ich gingen in den pakistanischen Supermarkt. Ich kaufte Methi und Sambar-Pulver. Eine kriechende Pfefferranke der Angst streifte mich jedes Mal, wenn ich meine Hand nach Marinas ausstreckte. Wir gingen ein paar Häuser weiter zum Abendessen ins Anmol. Das Restaurant war leer, bis auf eine einzige Familie – sie waren People of Color, ein Sohn und Vater mit identischen randlosen Brillen, die Mutter in Strickjacke und Sari. Marina bestellte Hühnchen-Nihari. Ich fragte nach dem Ziegen-Biryani, und sie rümpfte die Nase. Die Bedienung sah Marina nie an, sondern richtete sich ausschließlich an mich. Es war das Gegenteil davon, sich in der Welt außerhalb des Anmol zu bewegen, wo Marina stets zuerst bemerkt und bedient wurde.

Wir waren gerade mitten beim Essen, als die Frau in der Strickjacke an unseren Tisch trat.

Marina hatte soeben einen Witz nacherzählt, den Jenny Shin bei ihrem ersten Date gemacht hatte. Er ging so: Was ist gefährlicher, als mit einer Schere zu rennen?

Die Antwort lautet: Mit Renneritis die Schere zu machen.

Ich stöhnte laut.

Entschuldigen Sie, sagte die Frau hinter mir.

Ihr Sari war aus blassem Chiffon mit einem bestickten Rand. Ihre Bluse sah nach Polyester aus, mit kleinen Schweißflecken unter den extrem eng geschnittenen Achseln. Sie sprach allein mich an, Marina hätte ebenso gut Luft sein können.

Bitte geben Sie mir die Nummer Ihres Vaters, sagte die Frau.

Angst und Verwirrung durchsägten mich und bedeckten alles um mich herum mit Staub. Hatte sie uns etwas Vulgäres sagen hören? Wollte sie sich beschweren?

Hatte sie gesehen, wie wir beide Hand in Hand hereingekommen waren, und war nun fest entschlossen, es einem anderen indischen Elternteil erzählen zu müssen: Bhai Sahib, es tut mir leid, aber Ihre Tochter ist eine Perverse, treibt sich mit blond-blonden Mädchen herum, treibt sich herum als Lesbe!

Verzeihen Sie, Aunty, warum?, fragte ich.

Die Frau schien verwirrt über meine Widerspenstigkeit, so zart diese auch sein mochte. Sie wiederholte: Ich hätte gern die Nummer Ihres Vaters, bitte.

Marina wirkte wie versteinert und beobachtete alles genau.

Können Sie mir sagen, weshalb?, fragte ich. Versuchte meiner Stimme Festigkeit zu verleihen.

Weil ich gern mit ihm sprechen möchte, sagte die Frau in der Strickjacke mit großer Würde und Ernsthaftigkeit.

Mein Herz begann zu rasen. Nein, sagte ich. Das kann ich nicht, tut mir leid.

Die Aunty schien zu zögern.

Sie sind unverheiratet, oder nicht?, fragte sie mich. Ich möchte gern mit Ihrem Vater sprechen, bitte. Sie wies hinter sich in Richtung ihres Tisches und fuhr mit einem flehenden Tonfall in der Stimme fort: Wir finden Sie recht hübsch. Wir würden gern eine Anfrage an Ihre Familie stellen.

Völlig schockiert warf ich einen Blick auf ihren Tisch. Das Gesicht ihres Sohns, dieses zierlichen Jungen mit der Brille, leuchtete kastanienrot. Er senkte den Kopf, wie eine Pflanze, die man nicht gegossen hatte.

Entschuldigen Sie, meldete sich Marina – und ich hätte ihr fast die Hand auf den Mund gelegt, vor lauter Angst, sie würde etwas sagen wie: Das ist meine Freundin, sie ist lesbisch, verziehen Sie sich.

Entschuldigen Sie, dass ich mich einmische, fuhr Marina fort, ein Feuer in ihrem Blick. Aber ihr Vater ist tot.

Ich stieß laut und zitternd den Atem aus. Marina redete weiter und durchbohrte mit ihrem Blick die Aunty im Sari, die sich die Hand aufs Herz gelegt hatte.

Tja, also kann sie Ihnen wohl kaum seine Nummer geben, oder? Außerdem hat sie bereits Nein gesagt. Bitte genießen Sie weiter Ihr Abendessen. Vielen Dank!

Ich kann es nicht glauben, sagte Marina lachend, als wir in den Kia Soul einstiegen. Das Ganze ist so verrückt. Einfach: Oh, hi, ich bin eine völlige Fremde, gib mir die Nummer deines Vaters, damit ich meinem Verlierer von einem Sohn eine Frau beschaffen kann! Als hättest du in dieser Angelegenheit selbst gar nichts zu sagen …

In meinem Inneren spürte ich eine schreckliche, aufwühlende Scham, das Gefühl, mich selbst in die Enge getrieben zu haben, während die bellenden Hunde immer näher angesprungen kamen. Ja, wollte ich antworten, schön und gut, aber das sind meine Leute. Es sind *meine* Leute. Ja, ich bin froh, hier in diesem Land zu sein, aus tausend Gründen, darunter auch die Freiheit, in der Öffentlichkeit deine Hand halten und dich auf die Stirn küssen zu können, aber die Menschen in diesem Land sind nicht meine Leute, und die meisten lassen es mich auch tagtäglich wissen. Ich dachte, vielleicht übertreibend, daran, wie Marina mich nach Henna gefragt und von indischem Essen geschwärmt hatte, und mir fiel eine Zeile aus dem Roman ein, den Amit mir gegeben hatte.

Jemand ist anders, okay, aber Differenz wird nie als etwas gesehen, das einen Wert hat. Differenz, die als orientalistisches Entertainment verwertbar ist, wird akzeptiert, aber Differenz als etwas, das seinen eigenen Wert enthält, nicht.

Tatsächlich sagte ich laut: Ja, das war ein bisschen seltsam, aber weißt du, wo ich herkomme, wird es nun einmal auf diese Weise gemacht, bitte versuch das zu verstehen.

Ja, aber findest du das denn gut? Gibt es in Indien Homosexuelle? Was machen die eigentlich?

Ich *versichere* dir, dass es in Indien Homosexuelle gibt. Du klingst verflucht ignorant.

Oh, tut mir leid, dass ich nicht auf dem College war, wie die schicke Miss Beraterin! Dass ich keine *Weltreisende* bin! Tut mir leid, dass ich Fragen stelle!

Das hat nichts mit Abschlüssen zu tun, du weißt genau, dass ich mir daraus nichts mache. Hör zu, ich möchte nicht darüber reden. Können wir nach H— zu dir gehen?

Eine Sache möchte ich wissen, sagte Marina in ernstem Tonfall. Denkst du, du könntest überhaupt mit mir zusammen sein, wenn deine Eltern noch am Leben wären?

Ich starrte auf die Markise des Anmol – grün und rot und blau, die Buchstaben fett und freundlich – und brachte kein Wort hervor. Ich spürte den Druck von Marinas kleiner warmer Hand auf meiner eigenen. Ich schloss die Augen.

Baby, sagte Marina, ihre Stimme so sanft und behutsam, wirst du jemals in der Lage sein, mir zu sagen, was mit ihnen geschehen ist?

Ich weiß es nicht, flüsterte ich.

Ich drehte mich zu ihr um, meine Augen feucht und brennend. Meine Kehle wund.

Zu meiner großen Überraschung traten Marina, als sie meine Tränen sah, sofort selbst welche in die Augen und liefen ihr die Wangen hinunter. Sie stieß ein kraftloses Lachen aus.

Hab ich dir doch gesagt, bemerkte sie und wies auf ihr Gesicht. Ich kann super stellvertretend weinen.

Ich streckte die Hand aus und wischte ihr die Wange trocken. Wir können bald eine Heul-Sitzung vereinbaren, sagte ich und zog mein Gesicht zu einem schmerzhaften Lächeln auseinander.

Küss mich, erwiderte Marina, ein Flehen in ihrem Blick. Gehorsam beugte ich mich vor.

Wir lösten uns voneinander, und sie begann rückwärts aus der Parklücke zu fahren. Ich blickte auf und sah, wie die Familie aus dem Anmol uns vom Bordstein aus anstarrte und immer kleiner wurde, während wir davonfuhren.

Sie

A3

Sie schlief mit geöffneten Lippen. Die Augen fest geschlossen und friedlich. Die Hand mit den leicht gekrümmten Fingern auf ihrem Leinenkissen ruhend. Tageslicht kroch in das Zimmer, und das Neonrot ihres Weckers verwandelte seine Form immer mehr in Richtung sieben. Ich wollte nicht zur Arbeit gehen. Ich rückte näher an Marina heran, strich mit der Handfläche über ihre weiche Haut. Fuhr die Kurve ihrer Wirbelsäule nach.

Bald würde sie aufwachen, mich anstarren, ganz zufrieden und verletzlich, bald würde sie wie jeden Tag krächzen: Morgen. Bald würde es Kaffee für sie, Chaiya für mich geben. Ich würde gehen, sie würde bleiben. Ich würde zurückkehren, und sie würde fort sein.

Am vorigen Abend waren wir nach ihrer Arbeit in den Baumarkt gegangen und hatten Essen bestellt. Wir kauften Edison-Glühlampen und Bohraufsätze. Alles für Marina, da ich meine eigene Wohnung nach wie vor mit großer Pedanterie ignorierte und die Heizung als Entschuldigung nutzte. Ich schaute nur etwa einmal pro Woche dort vorbei, um ein paar Kleidungsstücke mitzunehmen und den fortschreitenden Verfall einfach zu ignorieren. Die Pflanzen waren mittlerweile tot. Der Kühlschrank war gesprenkelt mit Schimmel. Alles war nun von einer dünnen Staubschicht bedeckt.

Nach dem Abendessen legten wir unsere Körper auf dem Sofa hintereinander wie Löffel und schauten *Chopped – Die*

Küchenmeister auf Netflix. Marina liebte diese alberne Sendung abgöttisch. Gab währenddessen ihre Kommentare ab und tat so, als wäre sie die fieseste Jurorin aus Jersey. Vielleicht können wir mal einen *Chopped*-Abend veranstalten, schlug sie vor, während wir einer Teilnehmerin dabei zusahen, wie sie sichtlich schwitzend einen Tintenfisch massierte. Deine und meine Freundinnen und Freunde einladen, zur Abwechslung mal alle zusammen. Ich gebe gern Partys, aber ich mag es nicht ganz allein machen, weißt du? Man braucht immer eine Komplizin …

Was würdest du mir in den Challenge-Korb tun?, fragte ich. Wäre gern vorbereitet.

Möchtest du etwa einen unlauteren Vorteil bekommen?

Ja. Haargenau.

Hmmm. Dein Korb. Chicken Wings. Coca-Cola. Ähmmm. Kohl. Und wie heißt das Zeug – Sambar-Pulver.

Das ist widerlich. Du bist eine Sadistin.

Keine Ausreden! Arbeite mit dem, was du hast, Köchin! Mehr kann niemand von uns tun! Lass sehen, Köchin Sneha!

Okay, okay, *okay*, antwortete ich, und da ich mittlerweile genügend Episoden geschaut hatte, wusste ich, dass es bei der Zusammenstellung eines Gerichts, das in einer Sendung wie dieser erfolgreich war, einfach darum ging, eine bestimmte Art von Sprache fließend zu erlernen. Diese Anpassungsfähigkeit, dieses Talent, eine Situation zu erfassen und sich auf ihre Erfordernisse einzustellen, war vielleicht eines der einzigen Dinge, für die ich eine halbwegs solide Begabung hatte, nachdem ich, obwohl ich auf der anderen Seite der Welt aufgewachsen war, mit straffen Schultern in eine Lesbenbar marschiert war und darauf vertraut hatte, dass ich meinen Weg finden könnte.

Marina stieß mich mit dem Ellbogen an. Okay!, rief ich. Lass uns mal sehen, okay, ich würde Singapur-Nudeln mit geschmortem Kohl und einem Sambar-Dip machen. Chicken Wings in einer Glasur aus Sojasauce und Coca-Cola. Mit Sternanis und Kreuzkümmel.

Heilige Scheiße. Ihr Verstand, meine Damen und Herren. Zehn von zehn. Warte, neun. Du hast den Nachtisch vergessen.

Auf dem Bildschirm weinte ein Teilnehmer von *Chopped*, zitternd vor Wut.

Was meinst du mit Nachtisch? Du packst mir einen falt-hoo Kohl und Chicken Wings in meinen Korb und willst, dass ich mir einen verfluchten Nachtisch einfallen lasse?

Ausreden, Köchin! Sie knabberte an meinem Hals. Du musst dich anstrengen! Du könntest … einen Coca-Cola-Kuchen backen. Den hat meine Mom gemacht, als ich klein war. Zieh nicht so ein Gesicht, sag nicht igitt zu dem, was mir schmeckt, okay, der ist *wirklich* gut. Wie ein texanischer Schichtkuchen. Okay, reich mir meinen Wein, bitte, Miss Beraterin.

Mit der Vorstellung von einer Marina in Kindergröße, die Coca-Cola-Kuchen futterte und in dem kleinsten Tutu Pirouetten drehte, blickte ich lächelnd auf mein schlafendes Mädchen hinab. Wie auf ein Stichwort schlug sie die meerwassergrünen Augen auf und schaute mich verschlafen an.

Morgen, krächzte sie.

Hallo. Magst du einen Kaffee?

Mmmja. Nimm mich bitte in den Arm. Hab schlecht geträumt.

Ich zog sie näher an mich heran. Ihr Atem war sauer, roch scharf nach altem Chardonnay und der Oberfläche eines Teichs. In diesem Menschen hatte ich begonnen eine Art von

Sicherheit zu verspüren. Ein schüchternes und partielles Vertrauen, das aufgrund meiner eigenen Verlogenheit womöglich einen unwiederbringlichen Schaden erlitten hatte. Aber ich fühlte mich wohl bei ihr. Verspürte so etwas wie Zugehörigkeit. Bald würde sie aufbrechen, fiel mir ein, und Furcht durchzog mich. In wenigen Tagen würde sie unterwegs sein, und ich wäre wieder allein. Wäre erneut auf mich gestellt.

Wovon denn, Baby?, fragte ich und strich ihr das Haar glatt. Mein Herz verzog sich wie heißes Plastik. Ich sagte: Ich bin jetzt da.

An dem Abend, an dem sie zu ihrer Dance-Intensive-Tournee aufbrach, bat Marina mich um drei Dinge.

Die nächsten paar Tage ihre Pflanzen zu gießen, da ihre Untermieterin erst Mitte April einziehen würde.

Amy dazu zu bringen, die Heizung in meiner Wohnung zu reparieren (Baby, sie ist gesetzlich dazu verpflichtet, versprich mir …)

Nicht sauer zu sein oder es persönlich zu nehmen, wenn sie mir nur etwa einmal am Tag schrieb. Die Intensivkurse waren geschäftige, stressige Angelegenheiten, bei denen sich Hunderte von Schüler*innen drängten. Die Tournee würde sie in sechs Wochen nach Illinois, Ohio, New Jersey und New York führen und ihr und Shaka jeweils nahezu zwölftausend Dollar einbringen.

Wenn wir zurück sind, besorge ich mir vielleicht eine Krankenversicherung, sagte Marina und verzog das Gesicht bei der Erinnerung an die Rechnung für ihre Operation, die den größten Teil ihrer Ersparnisse aufgebraucht hatte. Außerdem braucht diese Mami neue Kopfhörer.

Gute Idee, antwortete ich mit einem engen, verknoteten

Gefühl im Bauch. Ich zog sie an mich. Ihre Haut an meiner ließ mich verortet fühlen, gab mir Halt.

Du brauchst mich, flüsterte ich ihr ins Ohr. Ihre Augenlider flatterten zu. Sie nickte, griff selbstbewusst nach meinem Mund, fuhr die Umrisse meiner Lippen nach und steckte einen Finger hinein. Ich saugte fest daran.

Ja, sagte sie ganz leise, ihr Blick nun lebendig vor Verlangen, ja, ja.

An jenem Samstag kehrte ich in meine seit Langem vernachlässigte Wohnung zurück, ließ den Blick über den Staub und die Insektenkadaver wandern, dachte an die nächsten sechs Wochen ohne Marina, an die Zeit bei der Arbeit, die sich endlos vor mir zu erstrecken schien, und bekam Kopfschmerzen, die nicht mehr aufhören wollten. Ein kleiner Gott des Feuers tanzte auf meiner Scheitelkrone. Verbrannte jede Stelle, an der er aufkam. Irgendwann holte mich der Hunger ein, aber ich ertrug die Vorstellung nicht, irgendetwas zuzubereiten. Ich schaute nach, wo ich am nächsten an billiges Essen käme – ein Wendy's, dreizehn Minuten zu Fuß entfernt. Im Bett neben meinem Heizstrahler aß ich ein Sandwich mit gebratenem Hühnchen. Trank ein Glas Wasser nach dem anderen.

Nichts schien die Kopfschmerzen vertreiben zu können. Ich nahm die Paracetamol-Tabletten, die meine Eltern mir mitgegeben hatten. Ich brachte es fertig, noch einmal zurück zu Wendy's zu laufen. Diesmal kaufte ich vier Hühnchen-Sandwiches, legte sie in den Kühlschrank und aß eins nach dem anderen zu den Mahlzeiten. Ignorierte Marinas Versuche, mit mir zu telefonieren, behauptete, ich sei beschäftigt und fühle mich krank.

Am dritten Tag voller Schmerzen rief ich verzweifelt meine Mutter an.

Ich hatte schon das Gefühl, dass etwas mit dir nicht stimmt, stellte sie fest, als sie beim ersten Klingeln abhob.

Meine Mutter sagte zu mir: Beiß dir auf die Spitze deines kleinen Fingers, bis du es nicht mehr aushältst. Dann atme mehrmals tief in die Lungen ein. Nimm zerstoßenen Ingwer mit gemahlenem Zimt und Nelken, und trink das Ganze mit heißem Wasser, trag es außerdem wie eine Kompresse auf deine Schläfen auf. Nimm Paracetamol, aber da die Schmerzen sehr stark sind, solltest du dazu auch starken schwarzen Tee trinken.

In meinem Zustand konnte ich nicht zur Arbeit gehen oder den Weg zum Supermarkt bewältigen. Im Eisfach hatte ich ein Stückchen Ingwer in einem verschließbaren Plastikbeutel. Nach dem Auftauen war es schwammig, und seine dünne braune Haut blätterte ganz leicht ab. Ich hackte es klein. Gab es in eine verstaubte Tasse mit zwei Nelken und einer Prise Kürbiskuchengewürz, schüttete kochendes Wasser darüber.

Am Dienstag erschien ich wieder bei der Arbeit und erfuhr, dass ich von dem Projekt abgezogen wurde.

Möglicherweise habe ich ein paar andere Aufgaben für dich, sagte Peter, in eine leere Ecke des Raumes starrend. Die Schmerzen in meinem Kopf kehrten zurück, verwandelten sich in einen Flächenbrand. Ich erwog, aufzustehen und mir die Seele aus dem Leib zu brüllen, ohne Unterlass zu kreischen, bis man mich in die Klapsmühle brachte.

Peter sagte, seine Firma werde nach neuen Kunden Ausschau halten. Er werde mit Susan und der Buchhaltung zusammenarbeiten, um sicherzustellen, dass die Firma bezahlt werde, damit er mich bezahlen könne. In der Zwischenzeit solle ich mit ihm als Ghostwriterin an dem Buch arbeiten, das er veröffentlichen wollte.

Du wirst von zu Hause arbeiten, sagte er. Du wirst den Prozess, den wir bislang geleitet haben, auf eine methodische Weise dokumentieren, damit andere ihn nachvollziehen können, ich werde dir dazu Notizen und Sprachnachrichten schicken, und wir werden uns wöchentlich über deine Fortschritte unterhalten.

Ich wollte es *Changeology* nennen, fügte er verträumt hinzu, und in diesem Augenblick wurde mir bewusst, dass Peter ebenfalls gefeuert worden war.

B3

Ich schlief jeden Tag aus. Nutzte Boomerang, um E-Mails automatisch um sechs und sieben Uhr morgens zu versenden. Es war relativ einfach, Produktivität und eine puritanische Arbeitsmoral vorzutäuschen. Ich vermisste Marina schrecklich und schrieb ihr kaum. Ich wusste, dass sie beschäftigt war, und wollte mich nicht aufdrängen. Ich fühlte mich nicht imstande, ihr die nackten Tatsachen meiner Situation darzulegen, nachdem ich sie bislang so gut versteckt hatte.

Die letzten Reste des Winters verschwanden, die Kälte wich aus der Luft. In einem Anfall von Handlungsfähigkeit betrat ich einen Eckladen in Harambee und kaufte Lebensmittelkonserven und einen Sack Reis. Nachmittags verfasste ich irgendeinen kompletten Schwachsinn für Peter, versuchte unsere Tabellen und Schaubilder, seine Sinnsprüche und Formeln zu etwas Kohärentem für eine Business-Zielgruppe zusammenzutragen. Ich bezahlte meine Steuern mithilfe eines Online-Programms. Mein Kontostand lag nun bei sechshundert Dollar. Dennoch begannen sich meine Kopfschmerzen im Laufe der Tage wie Nebel zu lichten. An manchen Morgen zogen sie erneut auf, ein glatter, kalter Dunst im Gehirn, lösten sich aber bis zum Nachmittag auf.

Vielleicht warst du allergisch dagegen, dort zu arbeiten, Girl, sagte Tig.

Zwei Wochen nach meiner Kündigung und angetrieben von Tigs Protesten, they würde mich gar nicht mehr zu Gesicht bekommen, was mir ein bisschen unverschämt vorkam, da es dieser Tage nahezu unmöglich war, etwas mit Tig auszumachen, hatte ich mich fit genug gefühlt, um ein gemeinsames Abendessen durchzustehen. Tig bezahlte für die Biere und unsere Burritos. Wir waren in das reizende, mit freundlichen Menschen gefüllte Riverwest Public House gegangen, eins der etwa siebzehn Lokale, die meine Bewerbung um eine Anstellung, die tatsächlich bezahlt wurde, abgelehnt hatten.

Wir hielten vor meinem Haus.

Ich möchte dir etwas zeigen, sagte Tig und sah auf einmal ungewöhnlich schüchtern aus.

Was?, fragte ich.

Ah, machte Tig und lief rot an. Okay, ich komme mir dumm vor. Nicht lachen. Okay?

Sie wühlte in ihrer Tasche herum. Mein Zwerchfell spannte sich an. In diesem Augenblick konnte ich es vor mir sehen – Tig würde eine samtene Schachtel hervorziehen, einen Diamantring. Dann müsste ich aufgeregt sein, glücklich für die beiden. Schwatzhafte Fragen danach stellen, wie Tig den Ring ausgewählt hatte und wie they Diana den Antrag machen wollte. Meine Schädeldecke begann zu pulsieren. All meine Freund*innen würden im Leben an mir vorbeiziehen, eine nach dem anderen. Das war einer der Gründe dafür, sich für den traditionellen Weg zu entscheiden. Man findet seine eigene Person, mit der man in die Welt hinaus aufbricht und seinen Platz in der erwarteten Ordnung der Dinge einnimmt. Wilhelm Meister, der mich bis in alle Ewigkeit verfolgte.

Aber ich lag falsch. Tig zog stattdessen ein kleines Notizbuch mit schwarzem Ledereinband hervor.

Lachte schüchtern. Sagte: Ich hatte da diesen Traum. Ich kann nicht mehr aufhören, darüber nachzudenken. Yooo, ich komme mir albern vor! Liest du es? Gibst du es mir nächsten Dienstag zurück?

Okay, Liebes, antwortete ich. Ich steckte das Buch in meine Manteltasche und drückte Tig die Hand. Sagte: Vielen Dank für das Abendessen und das Heimbringen.

Als ich die Seitentür aufgeschlossen hatte und gerade die Reißverschlüsse meiner Stiefel öffnen wollte, stürzte they aus dem Wagen und gab mir ein Zeichen, auf sie zu warten. Bat mich, mein Badezimmer benutzen zu dürfen. Ignorierte meine panische Weigerung, als mir bewusst wurde, dass die Wohnung nach meiner Abwesenheit noch immer absolut verdreckt war, dass ich seit Wochen kein Geschirr mehr gespült oder meinen Kram weggeräumt hatte.

Soll ich lieber auf deiner Türschwelle oder in deiner Wohnung pinkeln?, fragte Tig mich, in ihrer gebatikten Hose von einem Bein aufs andere tretend. Entweder … oder, Mädchen, entweder … oder.

Ich saß auf dem Steppsofa, die Wangen brennend vor Scham. Um mich herum: der Gestank von altem Müll, Schüsseln mit verkrusteten Essensresten, chaotisch auf allen Oberflächen stehen gelassene Thunfisch- und Kichererbsenkonserven. Meine Fußabdrücke sichtbar im Staub auf den Bodendielen. Die stehen gebliebene Uhr mit dem zerbrochenen Glas. Laken und Sofaritzen voller Krümel.

Was ist denn bei dir los?, fragte Tig und lief durch meine Wohnung. Nein, Bitch, du musst nicht für mich aufräumen, lass gut sein, ich will nur wissen: Geht es dir gut? Lebst du jetzt so?

Tig wischte Verpackungen von Energieriegeln vom Sofa. Sie flatterten auf den Fußboden. Mein*e Freund*in hockte sich neben mich.

Sieht furchtbar aus, ich weiß, murmelte ich.

Sneha, sagte Tig, und ich zuckte leicht zusammen bei diesem unnötigen Heraufbeschwören meines Namens, ich will dich ja nicht beleidigen, Mädchen, aber hast du schon mal darüber nachgedacht, zu einer Therapeutin zu gehen?

Du denkst, mit mir stimmt was nicht –

Ich denke, du bist vielleicht irgendwie depressiv, und es wäre eine Investition in deine mentale –

Lass mich in Ruhe, spuckte ich aus und verlor völlig die Beherrschung. Bist du jetzt ein weißes Mädchen, oder was? Misch dich, verdammt noch mal, nicht in meine Angelegenheiten, wer hat dich denn überhaupt hereingebeten? Glaubst du, hier ist nichts weiter nötig, als dass ich irgendeiner Dame mit Brillenkette Geld dafür bezahle, dass sie sich MEIN TRAUMA anhört? Was soll das heißen, in meine *mentale Gesundheit* zu *investieren*? Um gesund zu werden? Zeig mir eine gesunde Person! Bist *du* eine?

C3

Ich schlug das Notizbuch auf, fühlte mich verletzt und eingeschnappt. Das war nachdem Tig mir erklärt hatte, so
könne ich absolut nicht mit them reden, und türenknallend
gegangen war.

Das Notizbuch war in schwarzes Leder eingeschlagen,
das Krokodilleder imitierte, und seine Ränder waren ver-
goldet. So etwas konnte man in irgendeinem teuren kleinen
Laden im Third Ward für zwanzig, dreißig Dollar kaufen.
Das war einfach typisch Tig, dachte ich, sich so einen teuren
Firlefanz zu leisten, während they sich von einem Gehaltsscheck zum nächsten hangelte.

Auf die erste Seite des Buches hatte Tig in einer ge-
schwungenen Kinderhandschrift geschrieben:

*Dies ist mein Traum für mich selbst. Dies ist mein Traum
für die Menschen, die ich liebe. Dies ist, was ich als
Vermechtnis zu hinterlassen hoffe. (Außerdem hoffe ich,
Bücher zu schreiben …)*

*Mein Name ist Antigone Clay, und ich bin Philosoph*in,
Barista, sogenannte*r Gig-Arbeiter*in, Subjekt des
rassistischen Kapitalismus, Student*in und genderflui-
des Schwarzes Kind des Universums.*

*Wir erschaffen unser eigenes Leben, indem wir ein
kleines Ja zu einer kleinen Sache nach der anderen
sagen. Auf diese Weise erschaffen wir die ganze Welt. So*

entstehen Heroinabhängige und rassistische Vorstedter
und politische Revolutionen.

Wir sagen Ja zu etwas Besserem! Wir träumen von
einem rosaroten Haus mit Land rundherum, in dem alle
Menschen, die wir lieben, in Sicherheit leben können!

Wir versprechen uns selbst, dass wir dies in die Tat
umsetzen werden!

In meinem Bett voller Krümel und Verpackungen von Wendy's las ich den Rest. Ein Manifest, das auf eine Projekt-Vision trifft.

Tig wollte sich mit Menschen zusammentun, die dieselben Überzeugungen teilten. Menschen, die nach Sicherheit und Gemeinschaft suchten. Menschen, die es leid waren, von Vermieterinnen und Chefs und Konzernen zermahlen zu werden. Menschen, die bereit waren zu teilen: Macht und Ressourcen und Geld und Träume.

Gemeinsam würden sie Geld sparen, diese Ersparnisse zusammenlegen und das rosarote Haus kaufen. Würden sich Baukenntnisse aneignen und das Innere des Gebäudes umgestalten. Einen Pizzaofen und Hochbeete bauen. Eine Außendusche und einen Whirlpool installieren – *wir träumen*, verkündete Tigs ausladende Schrift, *von einem Whirlpool voller Frauen, Liebhaberinnen und Freundinnen.* Sie würden Hausversammlungen abhalten, um an Streitigkeiten und Ideen zu arbeiten. Im Laufe der Zeit würden sie am südlichen Rand des Grundstücks winzige, wärmegedämmte Häuser für die Obdachlosen der Stadt errichten. Sie würden sich ihr Geld teilen, jedes Familienmitglied unterstützen, das in Not geriet, sie würden nie wieder eine*n Vermieter*in haben und auf diese Weise gemeinsam alt werden.

Ein Teil von mir war beeindruckt. Ein größerer war voller Spott. Wie wollten sie das Geld dafür zusammenbekommen? Was wäre, wenn jemand aus dieser wahnsinnig idyllischen Kommune wieder hinauswollte oder -musste, wenn jemand den Wunsch hatte zu gehen? Die Sechziger haben angerufen und wollen ihre Ideen zurück. Ich blätterte die Seite um. Da waren Tigs Entwürfe.

Mit verschmierten Bleistiftstrichen hatte sie das Haus skizziert, basierend auf dem Grundriss aus dem letzten Verkauf. Ein Flügel des Hauses trug meine Initialen. Auf der nächsten Seite war ein hastig hingekritzelter Garten zu sehen, in den kleine Häuschen eingezeichnet waren. Auf einem von ihnen stand *Mama und Kelli Jo*. Auf einem anderen *Schreibatelier*.

Auf einem Häuschen neben dem Gemüsegarten stand, mit einem Fragezeichen versehen: *Snehas Eltern?*

Ich klappte das kleine Notizbuch zu und drückte es an mein Herz. Ich brach in Tränen aus.

D3

So viele Jahre habe ich nicht darüber gesprochen, was danach passierte. Habe es niemandem erzählt. Vor Furcht, niederzuschreiben oder laut auszusprechen, wie es sich angefühlt hat.

Reis und Linsen waren billig, aber mühsam zuzubereiten, und sie erinnerten mich auf eine unerwünschte Weise an den Ort, aus dem ich stammte. Tagsüber aß ich Brot mit Kraft-Mayonnaise. Erdnussbutter wäre nahrhafter gewesen, aber ich mochte ihre Klebrigkeit nicht, wie sie sich auf Zähne und Zunge legte.

Von unterwegs hatte Marina begonnen ihre Textnachrichten mit Herzen zu versehen.

Ich musste mehr Protein zu mir nehmen.

An den frischen Frühlingsabenden lief ich, dick eingepackt und mit Sonnenbrille, um nicht erkannt zu werden, zu Wendy's. Das Hühnchen schmeckte nach nichts außer Knusprigkeit und Salz.

Marina hatte gesagt, niemand fühle jemals nur eine Sache zugleich. Mit Nahrungsmitteln war es genauso, jeder echte Geschmack hatte mehrere Schichten. Eine Mango von zu Hause war blumige Säure und Honig, buttrige Schwere, ein Hauch grüner Bitterkeit nahe der Schale. Aber alle Teile des Wendy's-Sandwiches hatten nur eine einzige Geschmacksnote: das leicht süßliche Brötchen, die Knusprigkeit und das Salz der Frikadelle, die Mayonnaisen-Fettigkeit des welken Salats.

Ich aß es, als wäre es das Essen der Götter. So ist das, wenn man hungrig ist: Man brennt, der Rauch erfüllt einen, die Hitze im Inneren ist unmöglich zu ignorieren. Wenn man hungrig ist: Zeit verliert an Bedeutung, wird dehnbar und nutzlos, hält einen in Knoten gefangen. Wenn man hungrig ist: Kein guter Gedanke lässt sich lange aufrechterhalten. Glück selbst wird innerhalb von Minuten verstoffwechselt, der eigene Körper saugt die Kalorien auf wie Brot Suppe, ehe er wieder zum vorherigen Schmerz zurückkehrt.

Marina war unterwegs, wir verpassten uns am Telefon, sprachen kaum miteinander, da ich mich nicht imstande fühlte, über die eine Sache zu sprechen, um die der Rest meines Lebens sich krümmte. Tig war frustriert über meine Gemeinheit und meinen Widerwillen, Hilfe anzunehmen, also hielt sie Abstand, tollte mit Diana und ihrem Kind herum. Ich tat, als würde ich, als könnte ich an Peters blödem, bescheuertem Buch schreiben. *Changeology: Ein Handbuch zur Steuerung der Transformation Ihres Unternehmens.* Ich kopierte Abschnitte aus Artikeln über Veränderungsmanagement und organisatorische Strategie in ein Word-Dokument und führte mithilfe von Son of Citation Machine eine Literaturliste in Microsoft Excel. Was heißen soll, dass ich nicht nur Peter, sondern auch mir selbst gegenüber so tat, als wäre in mir noch etwas von seinem Rockstar übrig.

Ich fragte ihn per E-Mail, was er glaube, wann ich bezahlt werden würde. Der Kunde hat unsere Rechnungen immer noch nicht bearbeitet, antwortete er kurz angebunden. Vier Tage später. Auf meinem Konto waren nur noch dreihundert Dollar übrig. Und das, obwohl ich jede Ausgabe sorgfältig abgewogen, meine Dollars und Cents gehortet hatte.

Dreihundert Dollar. Nach Abzug von Mehrwertsteuer und Strom- und Internetrechnung entsprach dies dem Preis von hundertsiebenundsiebzig Hühnchensandwiches von Wendy's. Was bedeutete, wenn ich sie zu jeder Mahlzeit aß, hätte ich genügend Kalorien, um die nächsten acht Wochen zu überleben. Ich konnte mich nicht entscheiden, ob das ein langer oder ein kurzer Zeitraum war.

wie geht's?, textete ich Tig von meinem Bett aus, in dem Versuch, mich zu zwingen, mich them gegenüber zu öffnen. Auch nachdem ich mich für unseren Krach in meinem widerlichen Wohnzimmer entschuldigt hatte, schien sich eine leichte Kälte zwischen uns breitgemacht zu haben.

Einen Tag später antwortete they: hey, vielen dank, dass du fragst. ist echt schwierig gerade. Polizei hat einen schwarzen mann in red arrow pk getötet. Hast du das gesehen? Meine Sis kennt seinen Bruder. Das ist so krank. Ich bin zur Demo gegangen, auch wenn ich mir nicht sicher bin, was Demonstrieren bringt. Bin tatsächlich gerade unterwegs zu einer weiteren Demo für ihn. Es ist wirklich schrecklich. Dieser Junge namens Dontre hat niemandem was getan, ihm ging es psychisch nicht gut, und er hat sich in einem Park ausgeruht. sie haben einfach zwölfmal auf ihn geschossen, und er war unbewaffnet, also was, zum Teufel, stimmt mit euch nicht? Mach dir keine allzu großen Sorgen um mich, Babe, schick einfach gute Gedanken. Diana kümmert sich gut um mich. Es ist einfach nur eine schwere Zeit.

Tig und ich waren redend und lachend durch den Red Arrow Park gelaufen. Kalte Luft und frisches Sonnenlicht im Gesicht. Mehrere Minuten lang starrte ich auf meinem Telefon das Gesicht von Dontre Hamilton an. Er hatte ein hübsches Lächeln, mit einem Grübchen in der Wange.

es tut mir so leid, schrieb ich Tig zurück. Selbstekel und Hilflosigkeit, Kummer und Einsamkeit strömten auf mich ein. Sie haben ihn umgebracht, dachte ich. Sie haben diesen Mann umgebracht. Ich wollte die Art von Freundin sein, die schreibt: Schick mir deinen Standort, Babe, ich komme zu dir. Ich berührte mit den Fingern sanft das leuchtende Display und schrieb, was ich damals schreiben konnte: ich hab dich so lieb. es tut mir wirklich so leid. bin froh, dass du Diana hast.

Ich verbrachte einen ganzen Tag im Bett und starrte auf die graublaue Farbe der Wände. Mein Magen stach und dehnte sich dann aufgebläht aus, ernährte sich von Leere. Nachts wollte ich auf die Toilette gehen, aber die Vorstellung, aufzustehen und bis zum Badezimmer zu laufen, erschien mir so mühsam, als stünde ich an der Startlinie eines Marathons. So verlockend dagegen der Gedanke, einfach meine Muskeln zu entspannen und loszulassen.

Ich dachte an das Gesicht meiner Mutter, stellte mir den Geruch von abgestandenem Urin vor, einen Geruch, den ich aus dem Bett meines Großvaters kannte – süß und beißend, die Nase erstickend wie brennendes Plastik. Nach einer Stunde gelang es mir, meinen Körper die nötigen sechs Meter zu bewegen, um in eine zeitgemäße Sanitäranlage zu pinkeln. Ich ließ meinen Kopf in die Hände sinken. Jede Unterhose, die ich besaß, wies Spuren einer getrockneten weißen Paste auf. Surreal zu denken, dass ich vor wenigen Monaten noch Hummer und Austern und Kokosnuss-Gin-Cocktails bestellt hatte. Meine Freundin zu Mahlzeiten ausgeführt hatte, die mehr als hundert Dollar kosteten. Über tausend für ein Flugticket bezahlt hatte.

Ich machte mir Sorgen, dass Marina bemerken würde, wie schrecklich und ungesund ich aussah, wenn sie am

Ende meiner Hühnchen-Sandwich-Diät zurückkehrte. Dass sie sich dann womöglich nicht mehr zu mir hingezogen fühlen würde. Ich tippte in eine Suchmaschine: *wie viel natrium an herzinfarkt sterben wenn jung.*

Ich lief zu einer Lebensmittelausgabe. Trug meine schlabbrigen, vom Salz ruinierten Stiefel aus dem Secondhandladen. Früher hätte es mir etwas ausgemacht. Die Lebensmittelausgabe befand sich in der St.-Casimir-Kirche. Aus irgendeinem Grund erschien mir das geschmacklos. Ich wünschte mir die Möglichkeit, meine Tasche in einer Simulation eines Supermarkts zu füllen. Unter klinischer Beleuchtung und kalten Windstößen.

Während ich in der Schlange anstand, spürte ich die Blicke der Menschen auf mir – ich war jünger als die anderen Erwachsenen, aber auch nicht eins der Kinder, die in Jeans und leuchtenden Overalls herumliefen. Meine Hautfarbe und meine Gesichtszüge signalisierten in diesem Land Softwareentwicklung, 7-Elevens, ein Eigentumshaus in der Vorstadt. Nicht Armut.

Es gab weniger auszufüllen, als ich befürchtet hatte. Ich wurde nach meinem Alter, meiner Ethnizität, meiner Religion, meinem Ernährungsprofil und einer derzeitigen Beschäftigung gefragt. Wenn man zwar einen Chef hatte, aber keine Bezahlung bekam, war man dann derzeitig beschäftigt oder nicht? Blau? Grün? Wer konnte das sagen? Ich nahm so viel Gemüse und Proteine mit, wie mir erlaubt war. Lehnte das Angebot eines Einkaufswagens ab. Ich habe kein Auto, sagte ich leise zu der alten Dame, die mir Anweisungen gab, ihr Haar so weiß, dass es beinahe blau war, und sie sagte: Oh, Liebes, diese Stadt ist nicht für Fußgänger gemacht.

Man servierte mir Eierauflauf und gebackene Bohnen und blasse, knollige Erdbeeren. Große, fluffige Scheiben French Toast, gelbe Vanillesauce mit einem braunen Filigranmuster, das mich an Henna denken ließ. Mit dem Pappteller setzte ich mich allein an einen Tisch.

Während all dessen verspürte ich eine schreckliche, vernichtende Scham, ein Gefühl, das mich mit seinen Dämpfen erstickte, das meinen Gedanken nicht gestattete, sich von meinen Eltern wegzubewegen, von der Vorstellung, wie die beiden sich fühlen würden, wenn sie mich in diesem Augenblick sehen könnten. Ich würde es ihnen niemals erzählen können, so wie ich auch Marina oder meine Freund*innen niemals wissen lassen durfte, wie verzerrt das Bild war, das sie von mir hatten, wie tief mein Versagen war.

E3

Bei St. Casimir bezeichnete man Sozialfälle wie mich als Käuferinnen. Zwei andere Käuferinnen mit kleinen Kindern im Schlepptau fragten, ob sie sich an meinen großen runden Tisch setzen könnten. Ich nickte knapp und konzentrierte mich auf meine Eierspeise. Sie war blass und schwefelig, der Weißkäse so glatt wie Plastik.

Wie geht es dir, Liebes?, fragte mich eine der Käuferinnen, die soziale Signale offenbar nicht deuten konnte. Sie war weiß. Klein und rotblond mit großen Zähnen. Zu meiner großen Überraschung hatte sie einen Job. Unterrichtete Chemie an einer örtlichen Schule. Ich komme bloß hierher, wenn wir ein bisschen Unterstützung brauchen, sagte sie, und ihre Zähne strahlten mich an. Manchmal ist da die Miete, dann sind da die Rechnungen, und dann ist da einfach noch eine Sache zu viel, wie eine Arztrechnung, und dann ist es Anfang des Monats, und man landet hier. Weißt du? Das ist keine Schande! Ich hoffe, du fühlst dich nicht schlecht, falls es dein erstes Mal ist!

In Ordnung, sagte ich und aß meine Eier.

Die Schwarze Aunty neben ihr schien von mir und von diesem netten, nervösen Pferd von einer Frau gleichermaßen abgeschreckt zu sein. Komm, sagte sie zu ihrer kleinen Enkelin. Rauschte irgendwohin davon. An den Füßen trug sie violette Veloursleder-Schuhe mit Kitten-Heel-Absätzen, und ich dachte, wie seltsam die Menschen doch waren, dass sie sich hübsch anzogen, um zum Betteln in eine Kirche zu gehen.

Ich schrieb Amit: hey, vermisse dich, hören wir uns bald? wie läufts mit Emily? irgendwas neues von KJ?

Als ich mit meinen vier strapazierten Plastiktüten vom Grundstück der Kirche lief, brachte die Aunty mit den lila Schuhen neben mir ihren Wagen zum Stehen.

Soll ich dich mitnehmen, Baby?, fragte sie.

Eine einzige echte Freundlichkeit würde mich in diesem Augenblick platzen lassen wie ein Luftballon. Und ehrlich gesagt vernahm ich auch die Stimme des Argwohns, die mir sagte, dass alles Mögliche passieren könne und ich keinen Fremden trauen dürfe, nicht einmal jenen, die sich in der gleichen Notlage befanden wie ich, schon gar nicht jenen in meiner Lage. Die Augen der Frau waren groß und müde, die Brauen zu zwei überraschten Cs gezupft. Das Kind mit dem Haar in winzigen Twists mit leuchtenden Perlen winkte mir aus der kleinen Blechkiste zu. Mein Rücken tat weh.

Oh, vielen Dank, erwiderte ich, aber es ist schon okay, ich muss nicht lange laufen.

Haben Sie noch einen schönen Tag, fügte ich hinzu, um einen fröhlichen Tonfall bemüht.

Die Frau sah mich forschend an, und ich befürchtete, dass sie das Kalkül meiner Antwort durchschaute. Ohne ein weiteres Wort fuhr sie davon. Allein lief ich die vierzig Minuten nach Hause.

Ich wachte von Amits Anruf auf. Sein dritter Versuch.

KJ ist im gottverdammten Knast, sagte er ohne Vorrede. Cathy hat erst mein Telefon explodieren lassen und dann aufgehört, auf irgendetwas zu reagieren, ich komme nicht durch. Vielleicht wurde ihr Telefon abgestellt. Ich habe bei

Gericht angerufen, aber es gibt keine Informationen, wahrscheinlich wurde noch keine Kaution festgelegt –

Ach herrje, sagte ich. Tippte *milwaukee courthouse* in die Suchleiste auf meinem Telefon.

Sie ist im Bezirksgefängnis, neben dem Public Museum, sagte er. Sie muss total verängstigt sein. Ich weiß nicht, was passiert ist. S, bitte. Kannst du sie besuchen? Ich helfe dir, dich online im System anzumelden. Und ich kann dir Geld für ein Taxi schicken –

Schon okay, ich werde laufen, sagte ich leise. Lass mich wissen, was ich tun muss.

F3

So hatte ich mir unsere erste Begegnung nicht vorgestellt, Girl, sagte KJ zu mir, der Schatten eines Lächelns in ihren schläfrigen braunen Augen. Kannst du mir eine Limo oder eine Tüte Takis kaufen? Automat steht hinter dir.

Ich war bei hundertzweiundneunzig Dollar angelangt. Dennoch brachte ich es nicht fertig, Nein zu sagen.

KJs Gesicht ist unscheinbar, aber ihre Stimme ist ziemlich schön. Das war das Erste, was mir auffiel. An diesem speziellen Morgen war sie kratzig und heiser, aber man konnte hören, was darunter steckte: Laute mit der gesamten Farbpalette eines Sonnenuntergangs. Im Bezirksgefängnis mit seinem Neonlicht und den nach Desinfektionsmittel und Gefahr riechenden Fußböden dachte ich nutzlose senti Dinge über nicht eingeschlagene Wege – meines Vaters, KJs. In einem anderen Leben hätte die Stimme, die ich gerade hörte, einer Sängerin, Musiklehrerin oder Yogastudiobesitzerin gehören können. Ich sah nichts von den Dingen, die ich, ausgehend von Amits Geschichten und meinen Vorstellungen von einer Süchtigen, erwartet hatte – ich hatte mir leere Augen und von Nadelstichen übersäte Arme vorgestellt. In ihrer Ellenbeuge war eine Art Furunkel zu sehen, das am Abklingen war, mit lila Rändern. KJs schmale Hände ruhten auf dem Resopaltisch zwischen uns: samtig und voller Grübchen, die Nägel bis fast zur Unsichtbarkeit heruntergekaut, sodass sie an das lippenlose Lächeln einer Nachbarin erinnerten.

Erzähl mir nichts, das dich in Schwierigkeiten bringen könnte, murmelte ich leise, als ich vor ihr Platz nahm. Als wären wir in irgendeiner Krimiserie im Fernsehen.

Später sollte ich erfahren, dass KJ in ihrem Leben ausnahmsweise einmal großes Glück gehabt hatte.

Sie hatte am Morgen etwas genommen und war dann losgefahren, um sich bei Aldi eine Tiefkühlpizza zu kaufen. Auf dem Rückweg hatte sie gegen die Schläfrigkeit angekämpft, die sie nun überkam.

Was die Cops gesehen hatten: eine Schwarze Frau, die Schlangenlinien fuhr. Sie hielten sie an. Machten einen Drogentest. Durchsuchten das Auto.

Einige Tage später würde KJ mir erzählen: Bevor ich losfuhr, dachte ich: Ich werd ein bisschen Skag mitnehmen, bloß ein Gramm, und werd Cathy abholen, kannst du dir das vorstellen, wenn ich Besitz statt Fahren unter Einfluss gekriegt hätte? Ich muss einen Schutzengel gehabt haben.

Sie würde wegen Drogen am Steuer angeklagt werden. Ein erstmaliges Vergehen. Die Strafe würde 850 Dollar betragen, und nach Zahlungseingang könnte sie an ein Familienmitglied übergeben werden.

Aber all das wussten wir in diesem Augenblick noch nicht. Die einzige Person, mit der KJ aus dem Gefängnis heraus hatte sprechen können, war ihre Schwester.

Ihre Augen wurden feucht, als sie mich bat: Sag Mitty, dass es mir leidtut, okay? Hab das Gefühl, ihn so schlimm enttäuscht zu haben. Ich will ja mit dem Programm weitermachen, aber die machen es einem so schwer. Ist wie ein verdammter Hindernisparcours, nur dass es dein ganzes Leben ist. Und es kostet verflucht viel Geld! Ich kann's überhaupt nur machen, weil Mitty dafür bezahlt.

Amit liebt dich, versicherte ich ihr, da ich nicht wusste, was ich sonst sagen sollte. Dümmlich fügte ich hinzu: Es wird alles gut.

KJ beugte sich vor. In diesem Augenblick sah sie so jung aus, jünger als ich. In meinem Mund schmeckte ich eine Zärtlichkeit, vermischt mit Verzweiflung. Wie Sodbrennen, während man süßen Tee trinkt.

Kommst du zu meinem Gerichtstermin?, fragte sie leise. Ich möchte nicht allein sein. Kommst du? Und kannst du vielleicht schauen, ob Mitty mir was schicken kann? Ich hoffe, er hat noch genug Geld, ich meine, für seine eigene Miete und so. Mann, ich hasse mich so dafür, dass ich jemals Skag ausprobiert habe, eine einzige beschissene Entscheidung, und – mmm. Es ist so verrückt, ich hab keine Ahnung, was passieren wird. Ich weiß nicht mal, ob meine Sis zu meinem Gerichtstermin kommt. Sie hat echt genug von meiner Scheiße.

Deine Schwester kommt bestimmt, sagte ich mit einer heiteren Leere und nickte so mitfühlend ich konnte.

Wie sich herausstellte, hatte ich recht. Als ich das Wartezimmer des Gerichtsgebäudes betrat, stand dort – mit grimmigem Gesichtsausdruck, in einem straff sitzenden blauen Hemd, das Haar in kurze steife Wellen verwandelt – Tig.

G3

Fuck. Was machst du hier?

Was machst *du* hier? Amits Freundin aus der Mittelschule steht wegen Drogen am Steuer vor Gericht – KJ. Ist eine Riesensache. Was ist mit –

Bro, was, zum Teufel? Das ist meine Sis. Das ist Kelli Jo. Macht wie üblich Theater. Außerdem, Girl, nichts für ungut, nur Liebe, aber du musst duschen. Du stinkst echt.

Meine Welt drehte sich wie eine Waschmaschine. KJ ist deine Schwester?, fragte ich ungläubig. Amit hat Zehntausende Dollar für deine Schwester ausgegeben?

Ist er Kelli Jos Sugar Daddy? *Fuck?*

Ehrlich gesagt würde es zu lange dauern, das jetzt zu erklären. Sie fangen an. Lass uns reingehen.

Deine Eltern haben ein Kind Antigone und das nächste Kelli Jo genannt? Ich konnte mir die Frage während der Pause nicht verkneifen.

Wir haben unterschiedliche Väter, erwiderte Tig steif.

H3

Was für Tig immer noch hervorstach, nachdem uns der ganze administrative Mist ordentlich durchgekaut hatte, wir KJ zur Wohnung ihrer Mutter gefahren hatten und der Scheck für die Drogen-am-Steuer-Strafe ausgestellt worden war – ein zweitägiger logistischer Albtraum, in dem Tig ihr Sparkonto leeren und ihre Mom anrufen musste, um die fehlenden zweihundert Dollar zu überweisen –, war Amits Rolle in der ganzen Angelegenheit.

Als they einmal den Freund, von dem ich ihr erzählt hatte, mit KJs Geschichten über ihren Kumpel Mitty zusammengebracht hatte, als wir beide einmal den Schock über die gesamte Summe – mehr als fünfzigtausend Dollar –, die Amit zur Unterstützung von KJ ausgegeben hatte, verarbeitet hatten, wollte Tig nicht mehr aufhören, darüber zu reden. Und dabei interpretierte sie die Fakten weitaus positiver als ich.

Das ist selten, murmelte Tig im BelAir in einen Taco al pastor hinein. Dass jemand bereit ist zu geben, und so viel zu geben, nur weil ihm eine andere Person wichtig ist, ohne irgendetwas dafür zurückzubekommen –

Zurückbekommen hat er dafür das Gefühl, ein verdammt guter Mensch zu sein!, gab ich zu bedenken.

Ja, okay! Aber Geld zu verschenken, und zwar richtig viel Geld, ohne Bedingungen daran zu knüpfen, an eine Schwarze Frau, und ihr dabei zu vertrauen, das ist so extrem selten –

Ernsthaft, Babe, ich liebe Amit, aber er ist ein Dummkopf. Ein wohlmeinender, gutherziger Dummkopf, der stets das Bedürfnis hat, sich als die moralischste Person im Raum zu fühlen. Kelli Jo hätte eine Überdosis nehmen können. Seine ganze platonische Sugar-Daddy-Routine hat ihre Phasen der Behandlung bezahlt, wenn sie in Behandlung war, und sie im Winter von der Straße geholt, schön und gut, aber vermutlich hat er auch ihren gesamten Freundeskreis in Heroin schwimmen lassen –

Ich möchte den Bruder kennenlernen, sagte Tig und schob ihr Kinn vor. They wischte sich Guacamole vom T-Shirt, auf dem in Kursivschrift stand: IN LIEBEVOLLER ERINNERUNG: DONTRE HAMILTON. Ich habe das Gefühl, dass du das nicht willst und Kelli Jo das auch nicht will, sagte they. Aber er verdient gutes Geld, und er ist ein PoC-Dude mit Wurzeln in Milwaukee. Ich denke die ganze Zeit, nun ja, er könnte dabei helfen, die Kommune zu finanzieren.

Die Kommune?

Du weißt schon. Das rosarote Haus.

Wieso sollte *er* die Kommune finanzieren? Möchtest du, dass er dort einzieht?

Ich hätte nichts dagegen, dass er dort einzieht. Im Augenblick weiß ich noch nicht, wer dort wohnen soll. Außer mir selbst. Von meiner Freundin Sneha hab ich jedenfalls noch nichts gehört, so viel steht fest.

Anscheinend war es nun an der Zeit, darüber zu reden. Es erschien mir wie eine Erleichterung, über etwas Abstraktes wie gemeinschaftliches Wohnen zu sprechen statt über den konkreten Zustand meines Kühlschranks oder meines Bankkontos. Ich setzte mich aufrecht hin. Wühlte in meiner Tasche nach dem schwarzen Ledernotizbuch.

Vielen Dank, sagte ich ausdruckslos, als ich es Tig überreichte.

Was hältst du davon?, fragte they und lief leicht rot an.

Ich nahm einen nervösen Atemzug. Es ist schrecklich zu wissen, dass man einen geliebten Menschen mit ein paar linkischen Worten entweder verletzen oder glücklich machen könnte.

Ich bin wirklich beeindruckt, sagte ich mit piepsiger Stimme. Von der Idee und wie viel Arbeit du hineingesteckt hast. Es ist, nun ja, ein unglaubliches Visionspapier und ein großartiges Projektkonzept. Vielen Dank, dass du das mit mir geteilt hast. Ich habe mir so etwas noch nie ausgemalt, weißt du? Es erscheint mir schwer vorstellbar, aber auch cool. Verstehst du?

Tig blieb stumm, aufmerksam, ein vages Misstrauen im Blick.

Ich meinte es wirklich so, lieferte nicht nur Plattitüden. Mein gesamtes Leben lang hatte ich mir, wenn ich an die Zukunft dachte, uns alle als kleine Atome vorgestellt, die sich vereinzelt niederließen, irgendwo eine Wohnung fanden und einen Job nach dem anderen hinter sich ließen, wie abgenutzte Schuhe. Man wuchs auf, man fand eine Person zum Heiraten, man ging missmutig arbeiten, man führte einen Haushalt, erledigte den notwendigen Papierkram oder zahlte den Preis dafür, und dann konnte man sich womöglich noch zwei Stunden am Tag einem Hobby widmen, wie den Sport im Fernsehen anschreien oder den Rasen zur Unterwerfung zwingen. Es erforderte Mut, sich etwas vorzustellen, was davon auch nur leicht abwich, ganz zu schweigen davon, diese Vorstellung zu verfolgen.

Meine Eltern hatten eine Form dieses Mutes besessen. Als ich dies mit dreiundzwanzig Jahren in einer Cali-Mex-Taqueria begriff und an die beiden Menschen dachte, von denen ich abstammte, mit ihren Hartschalenkoffern auf Flughafenrolltreppen, bekam ich Bauchschmerzen.

Trotzdem, sagte ich nach einer Pause laut, wollte ich wahrscheinlich gern mehr von einem ... Projektplan sehen. Das Wie der ganzen Sache blieb für mich ziemlich unklar. Nicht nur, was die Finanzierung angeht. Wie das Ganze rechtlich funktionieren soll. Wie können acht, neun Personen ein einziges Haus besitzen? Was passiert, wenn jemand geht, also, wenn jemand umziehen muss, oder wenn Spannungen aufkommen, die sich nicht auflösen lassen? Werden die Leute dann ausbezahlt? Wie viele Jahre müsste man dafür sparen?

Okay, also, ich bin in der Sekunde taub geworden, als du die Worte *Ich wollte gern mehr von einem Projektplan sehen* ausgesprochen hast, sagte Tig. Ein Projektplan ... *Bitch*. Gott im Himmel.

Ich lachte. Aber das ist mein Ernst, beharrte ich. Der Unterschied zwischen einem umsetzbaren Plan und einem wunderschönen Traum ist eine klare Strategie, wie man dorthin kommt. Im Augenblick sehe ich keine Strategie –

Tig leerte das Glas in ihrer Hand und sagte: Ich finde es interessant, dass ich allein die Strategie entwickeln, die ganze Arbeit erledigen, den Traum träumen und das Eigentumsrecht recherchieren soll. Was ich eigentlich wissen will – und das frage ich auch Jervai, Thom und KJ, sobald sie ihren Scheiß im Griff hat –, ist: Bist du dabei oder nicht? Alles andere sind Dinge, um die wir uns dann gemeinsam kümmern werden.

Mit auffällig dröhnender Stimme fragte sie: Willst du bei deinen alten Träumen bleiben? Oder gemeinsam etwas Neues erträumen?

Ich sagte nichts.

Es sollte allerdings einen besseren Namen bekommen als »das rosarote Haus«, stellte sie fest, offenbar laut nachdenkend. Ich habe überlegt, es – an dieser Stelle wurden Tigs Augen feucht – nach meinem Vater zu benennen.

Wie hieß er noch mal, Boo?, fragte ich sanft. Berührte Tig an der Schulter.

Rion. Rion Clay.

Ich blickte in das blasse, trübe Grün meines Getränks und hoffte, mein*e Freund*in würde anbieten, das Essen zu bezahlen. Ich war bei hundertsiebenundachtzig Dollar angelangt. Der Gedanke an diese Zahl, der tiefe Fall, den sie repräsentierte, sorgte dafür, dass sich mir der Magen heiß umdrehte.

Glücklicherweise war der Hauch einer guten Nachricht in mein Leben geweht: Danny, der Turner, hatte für mich ein gutes Wort bei Leon's eingelegt, wo er den Geschäftsführer kannte. Selbst ich war in der Lage, Cremeeis zu portionieren. Meine erste Schicht würde in zwei Tagen beginnen, mein erster Gehaltsscheck eineinhalb Wochen später ankommen.

Was denkst du?, wiederholte Tig ihre Frage und starrte mich unverwandt an.

Ich atmete tief aus. Versuchte mir Rion vorzustellen, die rosarote Zwei-Millionen-Dollar-Villa, aus der unsere Freund*innen niemals vertrieben würden, wo wir Essen zu uns nehmen würden, das wir selbst angepflanzt hatten, wo wir gemeinsam in unserem Whirlpool unter den Sternen sitzen würden. Es hatte für mich etwas vage Rührendes, in einer Welt, in der alle laserscharf fokussiert auf das eigene Streben waren, irgendetwas neu auszurichten an kollektiven Ambitionen. Gleichzeitig wollte ich am liebsten meinen Margarita durch das Restaurant schleudern. Wie konnte man von irgendeinem Menschen erhabene Zukunftsträume erwarten, solange einen die Gegenwart zu Pulver und Nichts zermahlte?

Ich weiß es nicht, sagte ich schließlich. Hey, ich kann mir für eine Weile keine Tacos mehr leisten. Muss meine Ausgaben niedrig halten. Und ich werde dir Amits Nummer geben. Ich fügte hinzu: Du hast recht. Ihr solltet euch kennenlernen.

Ich sehe, dass du der Kernfrage hier aus dem Weg gehst, gab Tig lächelnd zurück, aber für den Augenblick werde ich es dir verzeihen.

13

Zwischen Marina und mir gab es Streit. Ich hatte ihre Anrufe verpasst, hauptsächlich weil ich währenddessen geschlafen hatte. Manchmal fühlt es sich an, als wären wir
nicht einmal zusammen!, kreischte sie.

Für eine so kleine Person konnte sie ziemlich laut
schreien. Ich legte das Telefon mit der Vorderseite nach
oben auf meinen Beistelltisch und aß eine Scheibe Brot mit
Mayo. Ich konnte sie klar und deutlich hören. Als wäre sie
auf Lautsprecher gestellt.

Sie würde in zwei Wochen nach Milwaukee zurückkehren.
Endlich erzählte ich ihr, niedergeschlagen und um emotionale Nachsicht bittend, dass Peter mich nicht mehr bezahlte,
wobei ich die Besuche bei St. Casimir und den Stand meines
Bankkontos ausließ und mich wie ein Stein fühlte, über den
ein Fluss hinwegströmt.

O mein Gott. Ist das dein Ernst? Baby. Was Peter mit dir
macht, nennt sich Lohndiebstahl, und das ist nicht legal.

Irgendwann wird Peter mich bezahlen, sagte ich. Dachte
an meinen Vater. Der sich entschieden hatte, sich gegen
seine Chefs zu wehren, sich schlechte Behandlung nicht gefallen zu lassen. Der noch immer hier sein könnte, wenn er
es nicht getan hätte. Das bedeutet es, als Immigrantin hier-
herzukommen: Man ist hier nur geduldet. Man ist eine Form
von Währung, kein Mensch, und nur ein Mensch hat das
Recht, etwas zu wollen, das heißt, schwierig zu sein.

Peter hatte darum gebeten, einen Blick auf meine Kapitelentwürfe für *Changeology* werfen zu dürfen, und ich hatte diese Anfrage sorgsam ignoriert. Ich markierte die E-Mail als ungelesen und brach zu Leon's auf. Der Job war okay. Nicht genug, um davon zu leben, mit Sicherheit nicht von zwei Schichten in der Woche, aber da meine Miete bereits bezahlt war, bedeutete es zumindest ein wenig mehr Geld für Lebensmittel. Ich musste eine Uniform tragen. Mein Unterarm pulsierte vor Schmerzen, nachdem ich stundenlang Cremeeis portioniert hatte. Vor allen Dingen hatte ich panische Angst davor, Susan von dem Kunden könnte in Pelzmantel und mit Kind im Schlepptau den Laden betreten und mich dort sehen.

Amit und Tig telefonierten alle paar Tage miteinander, was die direkte Folge hatte, dass beide sich kaum noch dazu herabließen, mit mir zu sprechen. Ich lag im Bett, schaute mir auf Facebook das Leben anderer Menschen an und verspürte eine gewisse Ungläubigkeit, dass irgendjemand auf der Welt genügend Energie hatte, um sich zu verloben, einen Traumjob anzunehmen, quer durch das Land umzuziehen, zu reisen.

Tigs Freundin Jervai sagte, sie sei bei Rion/Projekt Rosarotes Haus dabei. Thom hatte sich Bedenkzeit erbeten. Als ich davon hörte, kitzelte mich ein Anflug selbstgefälliger Wut. So war das, wenn die eigene Politik als abstrakte Theorie begann, als Grundsätze in ihrer komprimiertesten Form. Man musste die wachsende Kluft zwischen den Prinzipien, über die man sich in düsteren Bars ereiferte, und dem, wie man tatsächlich lebte, überwinden.

Ich selbst dachte viel über Rion nach. Während ich im Bett lag, während ich Business-Geschwafel für *Changeology* verfasste, während ich mich zu St. Casimir schleppte, und manchmal, wenn ich mich nach dem Masturbieren in meine Laken zurücklegte und mein Gehirn sich glatt und sauber anfühlte, als wäre es in der Autowäsche gewesen. Tigs Worte nahmen in meinem Kopf Form an als Farben und Bilder. Ich träumte von dem Whirlpool voller Frauen. Der Außendusche. Wie es sich anfühlen mochte, Tomaten und Kürbis aus unserem Garten zu ernten, meinen Eltern nah zu sein, während sie alt wurden. Wie reizend auf eine ruhige Weise die Vorstellung war, nie wieder eine Mahlzeit allein zu mir nehmen zu müssen, sofern ich es nicht wollte.

So unrealistisch ich das Projekt nach wie vor auch fand, tauchte der Gedanke auf: Ich könnte ihnen zumindest helfen.

Ich duplizierte das Gantt-Diagramm, das Peter und ich für den Wechsel zu Microsoft Suite erstellt hatten, und benannte es um in RionProjectPlan.xls.

Begann ein Budget aufzustellen, zu analysieren, wie viele Leute sie brauchen würden und wie viel eine Anzahlung kosten würde.

Durch meine Vernachlässigung und Schmuddeligkeit war die Wohnung nahezu unbewohnbar geworden. Auf eine seltsame Weise fand ich Trost in dem, was ich um mich herum sah – die mich von der Spüle, dem Sofa und den Arbeitsflächen aus anstarrende Bestätigung dafür, dass ich tatsächlich schlampig, wertlos, zu nichts zu gebrauchen war. Allerdings blieben die Gerüche des Kühlschranks nun nicht länger in den Kühlschrank gesperrt, und ich musste jedes Mal die Luft anhalten, wenn ich daran vorbei zum Badezimmer lief. Ich besorgte mir eine Mülltüte, wickelte mir

einen Schal um Mund und Nase und begann Dinge heraus-
zuholen, um sie wegzuwerfen.

Nach fünf Minuten liefen mir Tränen aus den Augen, und
in meinem Mund lag ein penetranter Geschmack von etwas,
das aus dem Darm zu stammen schien. Ich brachte die Mülltüte hinaus zu den Tonnen, ging wieder hinein und legte
mich hin, aller Energie beraubt.

Was hatte Tig gesagt? *Ich denke, du bist vielleicht irgendwie depressiv.*

Was du nicht sagst.

Was ich an jenem Abend zu erwähnen versäumt hatte,
war, dass ich tatsächlich schon einmal bei einer Therapeutin gewesen war.

Eine Dozentin hatte mich dazu überredet. Ich hatte verschlafen und Seminare verpasst. Ich hatte alle Arbeiten abgegeben und gute Noten bekommen. Ich gehörte zu den
schlaueren Leuten im Seminar. Dennoch, sagte sie, müsse
sie mich womöglich durchfallen lassen. Die Teilnahme
machte 40 Prozent meiner Gesamtnote aus. Damals hatte
ich an meine Eltern gedacht, die ein Jahr zuvor aus diesem
Land verbannt worden waren und in vielerlei Hinsicht aus
der Ferne auf mich zählten, was mich so stark aufwühlte,
dass ich aus dem Zimmer rannte und mich übergab.

Die Universitätstherapeutin, die ich danach aufsuchen
musste, sah aus wie ein Bügelbrett mit Brille.

Gegen Ende der dritten Sitzung – stapelweise Fragebögen,
verschwurbelte Erkundigungen nach meinen Eltern, Er-
güsse über Einwanderung und Studium und Ambitionen für
die Zukunft – präsentierte sie mir ihren Befund.

Hochfunktionale Depression und Angststörung, leicht
zwanghafte Verhaltensmuster und eine komplexe posttrau-

matische Belastungsstörung schienen am wahrscheinlichsten, aber es könnte einer zusätzlichen Diagnostik bedürfen –

Ich lachte laut los.

Das Bügelbrett sah mich schief an.

Ich bin weder eine Kriegsveteranin noch eine Kinderbraut, sagte ich. Vielleicht sind amerikanische Studierende stolz darauf, so einen Katalog vorgelegt und damit eine Art Bestätigung zu bekommen. Ich bezweifle ernsthaft, dass ich eine – und an dieser Stelle malte ich mit den Fingern Anführungsstriche in die Luft – »komplexe« »PTBS« habe.

Die Therapeutin schien wieder einen wackeligen Halt zu finden. Ein freundliches Lächeln durch zusammengebissene Zähne ins Gesicht getackert, ging sie meine »Symptome« durch, die wahrscheinlichen »Traumatrigger«, die hinter einigen davon steckten, und wie ich zu heilen beginnen könnte.

Es ist nicht ungewöhnlich, sagte sie ganz behutsam, dass eine Person mit diesem diagnostischen Profil sich schwertut, Vertrauen zu medizinischem Personal aufzubauen. Ich gebe Ihnen gern eine Empfehlung für eine andere Therapeutin, wenn Sie das möchten, aber ich bitte Sie dringend, eine Therapie in Erwägung zu ziehen. Es ist ein mutiger Akt, das eigene Leben ändern zu wollen. Denken Sie nicht, das würde Ihnen gefallen? Ein besseres Leben zu führen?

Ich biss mir auf die Innenseiten meiner Wangen. Fest, dann noch fester. Bislang war ich am College eine sogenannte studentische Führungskraft gewesen, verantwortlich für Budgets und Entscheidungen und Verwaltungskram. Ich war Forschungspraktikantin des Leiters des Fachbereichs Geschichte, hatte Archive durchforstet, um Kapitel seines Buches zu untermauern, mit dem er am Ende Preise

gewann. Ich saß neben Professorinnen und Alumni in Aus-
schüssen und Komitees, wo ich auch Peter zum ersten Mal
begegnet war und ihn beeindruckt hatte. Ich hatte gute Noten und ein, zwei Freund*innen.

Ich war kein gebrochener kleiner Vogel, was auch immer
diese Frau in ihrer Leinenhose glauben wollte.

Ich blickte erneut auf das Arbeitsblatt in meinem Schoß.
Wer hat Sie in Ihrer Kindheit wie ein besonderer Mensch
behandelt? Bei wem haben Sie sich als Kind sicher gefühlt?
Dies waren Fragen, von denen ich Herzklopfen bekommen
hatte, bis mir schlecht wurde.

Meine Punktzahlen und Antworten legten unter anderem
eine fehlende Vorfreude auf die Zukunft nahe, hatte sie gesagt. Sie schlafen sehr viel oder nur sehr wenig. Sind fort-
während melancholisch.

Das Lachen stieg erneut in mir auf, hilflos, nicht zu unterdrücken. Es war das erste Mal, dass ich einer erwachsenen
Person gegenüber so respektlos war.

Wenn Sie mich von all diesen Dingen *heilen* würden, erklärte ich ihr, wüsste ich gar nicht mehr, wer ich bin. Das
wäre wie eine Lobotomie. Ich würde mich nicht mehr wiedererkennen.

Ich legte das Klemmbrett weg, bedankte mich bei ihr,
noch immer leise kichernd. Verließ das Zimmer.

Was die Fragebögen nicht gefragt hatten, in meinem Fall
aber hätte nützlich sein können:

Wachen Sie jeden Tag für sich selbst auf oder für jemand
anderen?

Glauben Sie, dass Ihr Leben Ihnen gehört?

Ich trat erneut vor den Kühlschrank. Starrte auf seine
verschlossene Tür, während sich das Wasser in meiner Nase

sammelte. Etwas in mir setzte sich, rastete ein wie ein Räd-
chen.

Als ich Tig anrief, erreichte ich die Mailbox. Ich holte mir
eine weitere Mülltüte. Ihr Geruch erinnerte mich an eine
saubere Windel mit einem Spritzer Lavendel.

Ich begann die Wohnung durchzugehen, sammelte den
Müll ein, stellte die Schüsseln mit den eingetrockneten Essensresten neben die Spüle. Ich stellte mich auf einen Stuhl
und holte die zerbrochene Uhr von ihrem Regalbrett. Genug,
dachte ich.

Auf den Abfalleimer zielend warf ich sie wie ein Säckchen
beim Cornhole-Spiel. Die Uhr verfehlte ihr Ziel knapp und
zersprang über den gesamten Fußboden.

Yesu!, rief ich laut. Kann denn nicht *einmal* etwas funktionieren?

Die einzige Antwort auf meine Frage war Stille und eine
dreckige Wohnung. Mit einem Besen begann ich die Scherben aufzukehren, wobei ich auch eine wahrhaft widerwär-
tige Menge an Haaren, Fusseln und Gemüseabfällen mit erwischte. Ich warf das gelbe Plastikgehäuse der Uhr in den
Müll. Mit einem Plingen kam eine Textnachricht von Amy.
Ihr Inhalt war nichts als vorhersehbar.

gib ruhe!!!, stand darin. du bist so laut und unhöflich! ich
werde stacy bescheid sagen. wir sind es leid, uns hiermit zu
arrangieren.

Du bist wirklich vollkommen durchgeknallt, schrieb ich
zurück, und ich schlage vor, du ziehst gemeinsam mit deinem grunzenden Neandertaler in die Wälder, weit weg von
allen normalen Menschen, die sich für ein Leben in der
Stadt entscheiden, was Nähe zu anderen Menschen bedeu-

tet, was bedeutet, dass man manchmal hört, wie andere Menschen LEBEN. Ich ließ den Finger über der Senden-Schaltfläche schweben.

Mein Telefon begann in meiner Hand zu vibrieren. Tig rief an.

Hey, sagte ich, schwer atmend, und versuchte mein Adrenalin herunterzuschrauben.

Hi, Babe! Was ist los? Geht's dir gut?

Ich schloss die Augen.

Ich wollte dir sagen, erwiderte ich leise, während ich in der Küche auf und ab ging, ich wollte dir sagen, ich glaube, ich bin dabei. Bei dem rosaroten Haus, ich meine Rion, zumindest bin ich dabei, euch bei der Planung zu helfen. Außerdem glaube ich, ich sollte mir einen neuen Vollzeitjob suchen und aus dieser Wohnung ausziehen. Vielleicht kann ich in der Zwischenzeit bei Marina unterkommen, weiter bei Leon's arbeiten und Geld sparen. Wenn sie mich aufnimmt. Vielleicht hat sie auch genug von meinem Mist. Tig. Ich bin bereit dafür, dass mein Leben besser wird. Außerdem will ich einfach sagen – du weißt, dass du bemerkenswert bist, oder? Wenn ich an dein Leben denke, wenn ich daran denke, welches Los du bekommen hast, und an die buchstäbliche Scheiße, die du in Gold verwandelst, dann – das bewegt mich wirklich. Es fällt mir schwer, über die Zukunft nachzudenken. Aber es fühlt sich machbarer an, alles fühlt sich machbarer an, wenn ich mit dir zusammen bin und nicht ganz allein darinstecke. Ich bin bereit, mein Leben zu ändern.

Eine lange Pause.

Ich bin, verdammt noch mal, entzückt, sagte Tig. Babe! Ich glaube, Thom ist dabei. Amit will uns beraten und zumindest etwas Geld geben. Und jetzt das hier. Scheiße. Du bringst mich zum Weinen, Bitch.

Ha, lass das lieber. Ich habe begonnen, einen Projektzeitplan für Rion zu erstellen – mach mich nicht fertig. Ich schicke ihn dir. Du hast doch Microsoft Excel auf deinem Computer?

Ich wusste, dass es schlau von mir war, eine Beraterin an Bord zu holen, scherzte Tig, und genau in diesem Augenblick trat ich auf eine Glasscherbe, so lang wie mein Zeigefinger, und stieß einen Ganzkörperschrei aus.

J3

Tig kam sofort vorbei. Betrat die Wohnung, schätzte die Lage ein und beschloss, sie brauche Verstärkung.

Zu meinem Entsetzen und Kummer kam ein volles Auto vorgefahren. Thom, Diana, KJ, Dianas *Kind*. Ich saß auf dem Sofa und hielt mir ein Küchentuch an den Fuß. Ich sprang auf und fiel beinahe hin.

Nein, sagte ich, das Gesicht vor Scham verzerrt. Ich habe nicht – ich will das nicht, bitte –

Hör zu, S, du brauchst jetzt Hilfe, sagte Tig stur und schwenkte eine Plastiktüte voller Putzmittel. Wir alle brauchen manchmal Hilfe. Du kannst noch nicht einmal auftreten, verdammt. Diana wird sich das anschauen. Und, nun ja, wir helfen dir, deine Wohnung in einen Zustand zu bringen, in dem du, nun ja, wieder hier leben kannst. Zumindest bis Marina wieder in der Stadt und ihre Untermieterin ausgezogen ist.

Das ist mir so verflucht – peinlich, sagte ich, den Tränen nahe. Und es stimmte.

Sie machten sich an die Arbeit. Jede*r übernahm eine Zimmerecke. Bis auf den kleinen Jungen, den Diana auf mein Bett setzte und aufforderte, mit seinem iPad zu spielen. Tig ließ aus Thoms Bluetooth-Lautsprechern schwedische Popmusik erschallen und tanzte mit dem Staubsauger, den Diana mitgebracht hatte. Jahre später kann ich auf diesen Moment zurückblicken und ihn als den Akt der Hingabe sehen, der er war: den widerlichen Dreck einer anderen Person sauber zu machen und zu beseitigen. Etwas, was meine Eltern für mich getan hätten. Das ich für die Menschen tun würde, die ich am meisten liebe. Damals jedoch fühlte es sich an, als hätte jemand mir den Kopf abgerissen und in die Urne meines Körpers gekotzt.

Und das war noch bevor Amy meine Tür aufriss und einfach dreist hereinmarschierte.

Partys sind nicht erlaubt, erinnere ich mich sie sagen zu hören, ihr kastanienbrauner Kopf vor Wut zitternd. Das steht in deinem Vertrag.

Fick dich, Lady, sagte Thom. Er und Tig hatten sich instinktiv vor mich gestellt, zwei menschliche Schutzschilde. Dürfen Sie überhaupt einfach so hier reinkommen?, fuhr er fort.

Ihr alle verschwindet jetzt sofort, sagte Amy, oder ich rufe die Polizei.

Was wollen Sie denen denn sagen?, höhnte Thom. Das hier ist ganz eindeutig keine Party. Wir helfen ihr, die Wohnung zu putzen. Wissen Sie, dass eine Falschmeldung bei der Polizei strafbar ist?

Mit einem neuen zerbrechlichen, flehenden Ton in der Stimme sagte Amy: Es ist neun Uhr abends. Mein Verlobter und ich müssen schlafen.

Wir sind bis zehn fertig, erwiderte Tig und fügte ganz leise hinzu: Bitch.

Tig starrte Amy an. Amy starrte Tig an. Amy wirbelte herum und rannte die Treppe hinunter. Thom verriegelte die Tür hinter ihr. Ich glaube, Diana jubelte.

Bro, du musst hier ausziehen, sagte Thom und warf angestaubte Papiere in einen Karton.

Zwei Tage später würde ich bereits keine andere Wahl mehr haben. Aber an jenem Abend lachten wir noch in dem Gefühl, wir hätten gewonnen, und begingen dabei den ältesten, altehrwürdigsten Fehler, den dieses Land je gesehen hat – mit einem Messer bei einer Schießerei aufzutauchen.

K3

Die Betreffzeile der E-Mail, die Peter an mich weiterleitete, lautete einfach nur: Kündigung.

Bitte bestätige den Empfang dieser E-Mail schnellstmöglich und versichere mir, dass du der Aufforderung nachkommen kannst, hatte er dazugeschrieben. Schick mir unverzüglich deine aktuellste Version von *Changeology*. Ich werde dich heute um 14 Uhr anrufen.

Die weitergeleitete E-Mail stammte von der Vermieterin Stacy.

Peter,

gemäß Mietvertrag gewähre ich deiner Firma eine Kündigungsfrist von 30 Tagen, um die obere Wohnung bis spätestens Montag, 30. Juni, zu räumen. Wie du dich erinnern wirst, habe ich keine Kaution von dir verlangt, also möchte ich darum bitten, dass die Wohnung in einem blitzsauberen, einzugsbereiten Zustand hinterlassen wird, Badezimmer, Herd und Kühlschrank eingeschlossen. Die Schlüssel können bei Amy Cable in der unteren Wohnung abgegeben werden. Wir müssen auch gemeinsam dafür sorgen, dass die Mieterin die letzten Rechnungen für Gas / Strom / Wasser bezahlt, da diese weiter über meinen Namen gelaufen sind. Bitte gib mir Bescheid, wenn du diese

E-Mail erhalten hast und falls du irgendwelche
Fragen hast.
Danke,
Stacy

Ich scrollte weiter den Gesprächsverlauf hinunter. Mein eigener Körper fühlte sich unecht an. Wie eine Simulation. In der E-Mail von Amy an Stacy stand einfach nur: Mietvertrag und Bilder im Anhang. Sie war vor zwei Tagen abgeschickt worden.

Angehängt waren komprimierte Handyfotos von der Wohnung. Von der Wohnung in ihrem schlimmsten Zustand. Als ich sie am dreckigsten hinterlassen hatte. Amy war allem Anschein nach erst letzte Woche in meiner Abwesenheit und ohne mein Wissen hereingekommen. Hatte Bilder von dem Geschirr in der Spüle, dem mit Fast-Food-Verpackungen übersäten Sofa und den schmutzigen Kleidungsstücken auf dem Schlafzimmerfußboden gemacht. Hatte diese Fotos offensichtlich aufgehoben, um sie bei meinem nächsten Fehlverhalten zum Einsatz zu bringen. Um mir den Todesstoß zu versetzen.

Ich las erneut die blutleere, höfliche E-Mail und spürte Übelkeit in mir aufsteigen.

Die Wohnung ist jetzt sauber, wollte ich schreien. Ich wollte nach unten rennen und bei Amy alle Fenster einschlagen. Wie konnte sie es wagen, ohne Vorankündigung meine Wohnung zu betreten? Wie konnte sie es wagen, mir das anzutun, zusätzlich zu allem anderen? Ich war ein Kind, das hilflos stotterte, gelähmt von dem Gefühl, dass die Welt so viel größer war als ich, so viel mächtiger. Sie hatte gewonnen. Hatte von Anfang an gewonnen.

Um zwei Uhr nachmittags rief Peter mich an und erklärte mir nüchtern, dass er mich entließ.

Ich habe in den letzten Wochen mehrfach keine sofortige Rückmeldung von dir erhalten, sagte er. Die Situation mit der Wohnung hat eine Geschäftsbeziehung beeinträchtigt. Und ehrlich gesagt habe ich für deine Arbeit an *Changeology* nur wenig vorzuweisen.

Das Schlimmste daran war, dass ich mich ganz deutlich durch seine Augen sehen konnte, durch Amys, durch Stacys. Ich verstand, weshalb sie mich so sahen, wie sie es taten.

Ich rief Marina an und schluchzte so heftig, dass ich kaum sprechen konnte.

Hör zu, Baby, sagte sie ins Telefon. Ich weiß, dass du nicht daran glaubst, aber lass es dir von jemandem gesagt sein, der ein paar Jahre älter ist als du: Es wird alles gut. Gefeuert zu werden, ist nicht das Ende der Welt. Das war ein beschissener Job. Du hast ihn gehasst. Du wirst etwas Besseres finden.

Es gibt nichts, würgte ich hervor. Ich bewerbe mich seit Monaten auf andere Jobs. Jetzt wird es sogar noch schwerer sein, weil ich gefeuert worden bin. Wer wird mich jetzt noch wollen? Ich werde niemals meinen … ich mache alles kaputt, was ich anfasse.

Das stimmt nicht, erwiderte Marina sanft. Hör zu. Meine Untermieterin geht in drei Tagen. Zu meinem Geburtstag kommen mich meine Freundinnen aus L. A. besuchen, und es wäre schön, meine Wohnung noch einen Moment für mich zu haben, bevor sie mich überfallen. Ich komme nach Hause, werde bei dir sein. Shaka kann unseren letzten Intensivkurs allein unterrichten.

Nein, mach das nicht –

Sneha. Also. Ich weiß nicht, wie ich das sagen soll, aber, ja, ich darf das selbst entscheiden, Sneha. Sneha, Baby, lass zu, dass die Menschen, die dich lieben, sich um dich kümmern –

Bei diesem Wort verspürte ich einen Stoß dieses heißen, roten Gefühls. In meinem Kopf klingelte es wie eine Glocke, wie eine Lüge – Liebe, Liebe, Liebe –

Hör auf, immer wieder meinen Namen zu sagen, brach es hilflos aus mir hervor.

Okay, also, warum?

Einfach – ich stehe gerade einfach stark unter Druck, okay –

Wieso wirst du so … nervös, wenn man deinen Namen sagt?

Ich kann das jetzt nicht, Mann. Ich muss los.

L3

Der Kia Soul kehrte nach Milwaukee zurück. Aus meinem Fenster sah ich, wie er in meine Straße einbog, um mich zu retten, und ich dachte an den eleganten Roman, den Amit mir geliehen hatte, mit seinem einsamen Helden, der den ganzen Tag durch New York City läuft, und dann wieder an mein eigenes Leben, die Spaziergänge mit meinem Onkel, die Autorikschas, in denen ich mit meiner Mutter gefahren war, all meine Leute mit ihren Autos, von denen ich in Städten, die nicht zum Gehen geeignet waren, abhängig gewesen war.

Tage später saßen Thom und ich auf seiner Vordertreppe, und er erzählte mir, dass er endlich einen anständig bezahlten Job gefunden hatte.

Er würde Bauarbeiter bei Rabine werden. Dreiundzwanzig Dollar pro Stunde, mit der Chance, auf vierzig hochzugehen. Wie fühlst du dich?, fragte ich. Seltsam, war seine Antwort, aber verdammt froh, etwas Geld zu verdienen. Das mit Peter tut mir leid, Homie. Es ist so ironisch, dass er ein einfaches Cashflow-Problem verkackt hat.

Wer change-managt eigentlich die Change Manager?, witzelte ich.

Thom lachte, allerdings kraftlos.

Die gesegnete Wärme des Sommers rollte heran, schwül und bestimmt. Ich schickte jeden Tag Bewerbungen ab. In Milwaukee, in meiner Collegestadt, auf LinkedIn und Monster.com und Craigslist. In Marinas Wohnung mit den hohen Decken lag ich stundenlang im Bett. Manchmal zog ich meinen Computer hervor und nahm schrittweise Ergänzungen am Projektplan für das rosarote Haus vor, und wenn auch nur, um mich der Fantasie hinzugeben, ich könnte noch immer ein Projekt planen, wäre noch immer in der Lage, Kund*innen zu ihrer Definition von Erfolg zu führen. Abends kochte ich, dankbar, dass Marina ihren Kühlschrank mit Einkäufen füllte, ohne mich je um eine Beteiligung zu bitten. Sie bereitete uns Smoothies zu, sattgrün und nach gefrorener Ananas duftend. Den ganzen Tag lang bearbeitete sie an ihrer Küchentheke Playlists für ihre Choreografien und trank dabei Weißwein. Die Aufführung von ihrer und Shakas gemeinsamer Shamar-Kompanie sollte in drei Wochen stattfinden.

Und Tage später würde ich dann aus meiner Wohnung ausziehen oder mich mit den Gerichtsvollziehern auseinandersetzen müssen.

Wenn ich nicht gerade im Bett oder auf LinkedIn war, arbeitete ich meine Freitags- und Samstagsschichten bei Leon's, wo mir vom Geruch von Cremeeis immer öfter schlecht wurde. Manchmal schossen die Schmerzen in meinen Armen meine gesamte Wirbelsäule hinunter. Ich bekam 8,75 Dollar pro Stunde. Dennoch fühlte es sich wie ehrliche Arbeit an, auf eine Weise, wie es der Job bei Peter nur selten getan hatte – im Kern jener Welt lag irgendetwas Verlogenes und Erfundenes, auch wenn ich zu dumm war, um es korrekt zu artikulieren.

Hin und wieder riefen meine Eltern an. Ich nahm die Anrufe im Hausflur entgegen. Nichts zu berichten, Papa, sagte ich dann. Die Arbeit hält mich auf Trab.

Ich wurde zu einem Vorstellungsgespräch bei einem Architekturbüro eingeladen, das eine Empfangsdame suchte. Bei meinen Online-Nachforschungen sah ich, dass Peter und seine Familie in Chile Urlaub machten. Es gab Bilder von ihm und seiner knochigen Frau in einem Infinitypool mit Blick auf saftig grüne Berge. So viel zu seinem Liquiditätsproblem.

Marina half mir, eine höfliche E-Mail zu formulieren, in der ich mein Geld einforderte. Tagelang kam keine Antwort. Ich schrieb ihm erneut.

Ich werte gerade deine Rechnungen aus, antwortete er schließlich, da ich mir nicht sicher bin, ob sie korrekt sind, ohne sie mit meinen eigenen Unterlagen abzugleichen. Ich bin enttäuscht, dass du dich entschieden hast, so an diese Sache heranzugehen. Ich habe unsere Zusammenarbeit mit sehr hohen Erwartungen begonnen. Jeder Arbeitgeber muss bei einer Neuanstellung eine Berechnung vornehmen: Wird diese Person mir Geld einbringen oder wird sie mich Geld kosten? Ich habe dich für eine großartige Investition gehalten. Offensichtlich wurde ich eines Besseren belehrt.

Dieser absolute Mistkerl, sagte Marina, als ich ihr die E-Mails zeigte. Sie schlug mit der geballten Faust auf ihre Granit-Arbeitsplatte. Dieser beschissene Schwanzlutscher. Wie kann er es wagen? Hey, Baby, komm her. Das ist nicht deine Schuld.

So fühlt es sich aber an, keuchte ich. Es *ist* meine Schuld. Es fühlt sich an, als hätte ich mein Leben zerstört.

Schschsch.

Ich fuhr fort: Ich habe dir doch gesagt, ich mache alles kaputt, was ich anfasse. Das hier mache ich auch kaputt, uns. Das spüre ich.

Marina lehnte ihren blassgrünen Kopf an meine Brust, schlang ihre Arme um mich. Tränen rannen ihr das Gesicht hinunter. Meine Kehle fühlte sich an, als hätte ich einen Kaktus verschluckt.

Ich werde dich nicht verlassen, sagte sie. Ich bin hier.

M3

Marina drückte ihre Zigarette aus und fragte: Also, du kommst doch zu meiner Aufführung, oder?

Hatte es vor, die ist am achtundzwanzigsten?

Marina nickte, schien zu zögern, und fragte dann: Weißt du schon, nun ja, hast du darüber nachgedacht, wo du hinwillst, nachdem du aus deiner Wohnung ausgezogen bist?

Für einen langen Augenblick blieb ich stumm, während die Verwundbarkeit sich auf mich legte wie Tau.

Darüber habe ich noch nicht nachgedacht, antwortete ich schließlich.

Oh. Okay. Aber der Termin ist in gut drei Wochen, oder?

Ich starrte sie an, meine Kehle rau vor Wut. Das Architekturbüro hatte mir soeben abgesagt. Ganz eindeutig war ich nicht einmal gut genug dafür, für eine Firma ans Telefon zu gehen. Und hier war nun Marina, die mir nicht ihr Zuhause anbot, obwohl sie wusste, dass ich es nicht über mich bringen würde, mich selbst einzuladen, und obwohl sie wusste, dass ich nicht genug Geld hatte, um den ersten Monat Miete für eine neue Wohnung zu bezahlen, von einer Kaution ganz zu schweigen. Erst als ich mich später an diesen Augenblick zurückerinnerte, erkannte ich, dass ihr diese Dinge, die mir ganz offensichtlich erschienen, einfach weil sie mich mit der Wucht einer Lawine nach unten rissen, womöglich gar nicht so klar gewesen sein mochten.

Ich habe keine Ahnung, was ich machen soll, spuckte ich aus, solang ich keinen Job finde und dieser Nichtsnutz mich nicht bezahlt – aber mach dir keine Sorgen, ich werde mich dir nicht länger aufdrängen, als dir lieb ist!

Bei Einbruch der Nacht verließ Marina den Schauplatz unseres Streits, um mit ihrer Strive-Dance-Crew etwas trinken zu gehen. Ich rief Amit an.

Ich wollte ihn um Geld bitten, konnte mich aber nicht dazu durchringen. Ich deutete es mehrmals an. Erzählte von der Kündigung meiner Vermieterin, von meiner erfolglosen Jobsuche und davon, dass Peter mich nicht bezahlte.

Du solltest dir einen Anwalt besorgen und dir das Geld von ihm holen, das ist unerhört, sagte Amit. Oder droh ihm damit, es vor ein Zivilgericht zu bringen –

Und womit soll ich den Anwalt bezahlen, Bhai Sahib? Mit meiner Muschi?

Frustriert über seine Ahnungslosigkeit und selektive Großzügigkeit, gab ich mich damit zufrieden, ihn wegen Kelli Jo zu schikanieren.

War es so ein *schönes* Gefühl, ihr Retter zu sein?, fragte ich mit einer Stimme, die vor Gehässigkeit zitterte und zu gleichen Teilen eisig und ätzend war. Ist es dir schwergefallen, dich von ihren Problemen zu lösen und davon, wie gut es sich angefühlt hat, ihr zu helfen? Denkst du, du hast da – vielleicht – selbst mit einer *Sucht* zu kämpfen gehabt?

Amit atmete lange und schleppend aus und gab keine Antwort.

Du darfst auch etwas Fieses zurück sagen, stichelte ich. Kein Grund, so heilig zu sein. Nicht *mir* gegenüber.

S, sagte Amit in einem Tonfall übertriebener Geduld, was soll ich deiner Meinung nach sagen oder tun? Es tut mir sehr leid, dass du gefeu ... entlassen worden bist. Aber ich weiß, dass du es schaffen wirst. Denn du hast es bislang immer geschafft. Du solltest mit deinen Eltern sprechen, wenn du kannst. Und ich helfe dir gern, als dein Freund –

Dann hilf mir!, platzte es aus mir hervor. Ich habe noch zweihundert Dollar auf dem Konto und noch drei Wochen lang ein eigenes Dach über dem Kopf! Ich bin ganz allein in diesem verdammten gottverlassenen Land, und meine Eltern haben genügend eigene Probleme. Hilf mir!

Eine weitere lange Pause.

Ich kann dir ein bisschen Geld schicken, wenn du es wirklich brauchst, auch wenn meine Ersparnisse gerade ehrlich gesagt ziemlich aufgebraucht sind. Hast du nicht gesagt, du hättest etwas Geld in einem Sparbrief? Kannst du den auflösen?

Ja, aber das kostet eine Strafgebühr von zweihundert Dollar oder so, Amit –

Ich denke, sagte er, du solltest dir überlegen, ob das, worum du mich bittest, wirklich das ist, was für dich am hilfreichsten ist.

Ich hörte ihm zu und konnte nichts erwidern. In der Spiegelung von Marinas Wohnzimmerfenster beobachtete ich eine Frau mit einem Telefon am Ohr, die stumm weinte und das Gesicht vor der düsteren Nacht verzerrte.

Amit fügte hinzu: Hey, hör zu, kannst du einfach deinen Lebenslauf auf den neuesten Stand bringen und ihn an mich schicken? Emilys Schwester arbeitet für einen Dienstleister der National Archives. Ihre Abteilung sucht nach einer Programmassistentin. Das hat Emily mir heute erzählt.

National Archives?

Ja, in D. C. Ich glaube, du würdest die Projektplanung übernehmen, vielleicht bei ein paar Veranstaltungen mithelfen, eine Menge über Geschichte lernen und einen Haufen Papiere durchstöbern. Es ist eine zufällige Idee. Womöglich ist die Bezahlung nicht allzu gut. Aber ich habe nicht das Gefühl, dass du in der Beraterszene bleiben willst. Und ich denke, du wärst für den Job geeignet.

Aber, sagte ich, die Nase voller Rotze, ich hatte eigentlich nicht geplant, Milwaukee zu verlassen. In D. C. kenne ich niemanden.

Du kanntest dort auch niemanden, als du hingezogen bist.

Außerdem, na ja, läuft meine Arbeitserlaubnis in weniger als zwei Jahren aus. Peter sagte, er würde eventuell Sponsor für meine Greencard werden –

Hör zu, meine Liebe, unterbrach Amit mich. Es wird Zeit, dass du zurück in die Realität kommst, denn diesen Mann kannst du als Sponsor komplett vergessen.

Als ich von meiner Portionier-Schicht bei Leon's zurückkehrte, stellte ich fest, dass Marinas Freundinnen ihre Wohnung geschmückt hatten. Weiße und goldene Ballons waren
an die Möbelecken gebunden, und in der Chemex stand nun
ein gigantischer Blumenstrauß.

Alice und India hatten mich auf den ersten Blick gehasst.
Sobald sie aus dem Flugzeug gestiegen waren und mich mit
Marina auf der riesigen pendlerblauen Teppichfläche im
MKE warten sahen, hatte ich ihre schlimmsten Befürchtun-
gen erfüllt und sie meine ebenfalls. India war groß und
blond, sie trug Federohrringe und wadenlange Baumwoll-
kleider. Toter Lagerbestand, erwiderte sie achselzuckend,
als ich ihr ein Kompliment dafür machte, und ich nickte,
ohne zu wissen, was der Begriff bedeutete. Ihre Stimme war
sehr, sehr leise. Es war, als hätte man einem Katzenbaby die
menschliche Sprache beigebracht. In ihrer mit vielen Rin-
gen geschmückten Hand hielt sie einen gläsernen To-go-
Becher, der zur Hälfte gefüllt war mit etwas, was nach Ka-
rottensaft aussah.

Alice war Yogalehrerin und hatte sich als Beweis dafür
Hindutempel auf die Arme tätowieren lassen. Ihre Haut war
zu einem tiefen, erschreckenden Orange gebräunt. Sie trug
ein altmodisches Mechanikerhemd, die kurzen Ärmel straff
aufgerollt. Über der Brusttasche war der Name Dean ein-
gestickt. Sie hatte sich das Haar in einem kreischenden Pink

gefärbt und trug es in einem kurzen Bob, der kleine Halb-
monde in ihre Wangen schnitt.

Ich beobachtete sie begierig in dem Versuch, mein Mädchen durch diese beiden neuen getönten Brillengläser
besser zu erkennen. Die drei kreischten, hüpften und um-
armten sich. Hauptsächlich um mich nicht als Teil des Flug-
hafenmobiliars zu fühlen, knipste ich Bilder mit meinem
Telefon. Drei Köpfe zusammen, breit und weiß grinsend,
das Haar zusammengedrängt in einem Dickicht aus Gold,
Pink, Grün.

Ohhh, sagte ich ganz unironisch. Ihr seht aus wie die
Powerpuff Girls.

Marina lachte leise. Keine der anderen reagierte darauf,
und wir stapelten uns in den Kia Soul.

Die Powerpuff Girls waren wieder zusammengekommen,
soll heißen, Alice hatte sich selbst und India zum Anlass von
Marinas achtundzwanzigstem Geburtstag nach Milwaukee
eingeladen. Eindeutig davon ausgehend, dass ich noch
nichts für den Tag geplant hatte, machten die beiden sich
ans Werk, ihre Vorstellung von einer angemessen pracht-
vollen Feier zu entwerfen. Ich fühlte mich gefangen und unwohl. Doch angesichts von Marinas sichtlichem Glück wurde
ich weich.

Sie und ich hatten eine schwierige Zeit hinter uns. Als ich
ihr erzählt hatte, dass ich für den Job in Washington, D. C.,
für den Amit mich weiterempfohlen hatte, zu einem Vorstellungsgespräch eingeladen worden war, war sie wie versteinert. Ich sehe mich nicht in D. C., sagte sie, die Tanzszene
dort ist nicht das, was mir für mich vorschwebt. Sie fügte
hinzu: Aber offensichtlich fragst du mich auch gar nicht, ob
ich mit dir dort hinziehe.

Trotzdem half sie mir, mich auf das über Skype geführte Vorstellungsgespräch vorzubereiten. Schminkte mich. Wünschte mir viel Glück. Das ist das Problem mit Marina. Sie glaubt verschiedene bedauerliche Dinge über sich selbst, hält sich für einen schlechten Menschen, wie es so vielen von uns beigebracht wurde. Dabei hat sie ein reines Herz, durch dessen Kammern Güte pumpt. Sie ist fast immer großzügig.

Ich dachte, ich hätte das Vorstellungsgespräch verpfuscht. Ich beantwortete die Fragen angemessen, aber ich hatte nicht annähernd die Menge an Erfahrung mit Archivtätigkeiten, die sie sich wünschten. Ich versuchte meiner Gesprächspartnerin, einer taffen Lesbe mit kastanienbraunem Pferdeschwanz, einer runden Brille und einem Bild von ihrer Ehefrau und ihr selbst an der Wand, den Changemanagement-Prozess zu erklären. Wieder und wieder bemühte ich mich, den Geist von Peters Rockstar heraufzubeschwören – eine hungrige Effizienz, ein gewinnendes Auftreten, die Fähigkeit, ein tiefes persönliches Verlangen nach Ordnung in der eigenen Welt in die Verwaltung von Unordnung im Dienste des Kapitals zu verwandeln.

Hinterher war ich aus dem Zimmer getreten und hatte Marina mit ihren Kopfhörern unter einem Seidenkopftuch durch das Wohnzimmer springen und schlängeln sehen. Sie übte für die Vorstellung ihrer Kompanie. Sie legte die Kopfhörer ab.

Wie war es?

Ich denke nicht, dass ich umziehen werde, nach D. C. oder sonst wohin. Zumindest nicht für diesen Job!

Um nicht den Anschein zu erwecken, vor Selbstmitleid zu zerfließen, streute ich noch ein Lachen ein. In diesem Augenblick kam mir ungebeten das rosarote Haus in den Sinn.

Mit Marina zusammen zu sein und auch nur den Versuch zu starten, gemeinschaftlich mit meinen Freund*innen in einem Haus zu leben, während ich weiter zur Miete wohnte, aber günstig (aber von welchem Geld?), könnte die Entscheidung rechtfertigen, zumindest noch ein paar Monate in Milwaukee zu bleiben und weiter nach Arbeit zu suchen. Ich sollte, dachte ich, den verdammten Projektplan fertigstellen und ein paar realistische Vorschläge hinzufügen, wie die Vision schrittweise über die Jahre verwirklicht werden könnte.

Marina schlang ihre Arme um mich. Ich spürte, wie etwas in ihr auftaute. Du kannst so lange hierbleiben, wie es nötig ist, sagte sie, und ich wusste, dass wir beide in Gedanken bei dem verweilten, was unsagbar war – Jenny Shins Besetzung ihrer Wohnung, und dass Marina wahrscheinlich gern aus einem Grund zusammenleben würde, der über reine logistische Bequemlichkeit hinausging. Es tat weh. Wer möchte schon in der Wohnung der eigenen Freundin lediglich geduldet sein? Ich gab Marina einen Kuss auf die Wange. Sie roch süßlich und herb.

Ich freue mich so, dass du morgen Alice und Indy kennenlernst, sagte sie. Sie sind der Knaller, so lustig und liebenswert und unterhaltsam. Und sie können es nicht erwarten, dich kennenzulernen, Babe. Ist schon eine Weile her, seit wir beide Spaß hatten. Ich möchte mit dir ausgehen, in Bars gehen, mit meinem Girl tanzen –

Yay, sagte ich und dachte daran, wie viel Getränke in Bars kosteten, was mich nicht ganz so überzeugend klingen ließ. Und ich freue mich auf deine Aufführung, murmelte ich gegen ihr Schlüsselbein.

Du kommst also.

Natürlich komme ich. Sehe ich etwa so aus, als hätte ich einen besonders vollen Terminkalender?

Später an jenem Tag ging ich mit Marinas Kreditkarte zum Public Market, um unsere Weinvorräte für den Besuch aufzufüllen. Die Luft draußen roch nach warmem, frisch geschnittenem Gras. Auf einmal vermisste ich Thom mit einem schmerzhaften Ruck, vermisste ausgerechnet, wie es sich anfühlte, mit einem Freund gemeinsam an der Umsetzung von irgendetwas zu arbeiten, auch wenn es etwas so objektiv Nutzloses war wie der Changemanagement-Plan für einen Inbox-Wechsel. Ich blieb lange vor dem Glaskasten mit den Hummern stehen und sah dabei zu, wie die Kreaturen in Zeitlupe übereinanderkrochen.

Am nächsten Abend wippten zwei goldene Ziffern mit einer Helium-Heiterkeit über Marinas Bücherregal auf und ab. Auf der Arbeitsfläche aus Granit stand gefühlt ein halber Schnapsladen. Auch wenn ich meine Finanzspritzen von Leon's einberechnete, waren die Flaschen zusammen mehr wert, als ich besaß. Guter Champagner, Tequila, Wodka, Bourbon. Wein, Bier, Sprudelwasser für die Langweiler.

Aus Marinas Badezimmer hörte ich gemeinsames Gelächter, das sanfte Dröhnen eines teuren Föhns. Es waren die letzten Minuten bevor die Gäste erscheinen würden. Ich nahm ein kleines Schnapsglas und spülte meine Demütigung mit einem Schluck von irgendetwas Durchsichtigem und Brennendem hinunter. In gewisser Hinsicht hatten ihre Freundinnen recht gehabt. Niemals wäre mir eingefallen, eine derartige Party zu planen, ganz zu schweigen von deren zweitem Akt: ein Tisch im LaCage, Tanzen im Pint. Selbst wenn ich die finanziellen Mittel dafür gehabt hätte. Ich wäre nicht auf die Idee gekommen, dass eine Person sich wünschen könnte, auf eine solche Weise gefeiert zu werden.

Während der Party war ich unglücklich und nervös, aber ich versuchte, mir nichts anmerken zu lassen. Irgendwann war ich so betrunken, dass ich kaum noch ein Gespräch führen konnte. Was nicht weiter schlimm war, da ohnehin niemand mit mir sprach. Ich sehnte mich nach meinen Freund*innen, die einzuladen mir in Anbetracht der Tatsache, dass ich finanziell nichts beigesteuert hatte, nicht richtig erschienen wäre. Als Marina die Wunderkerzen auf ihrem Kuchen auspustete, küsste ich sie einen winzigen Augenblick, ehe sie in der Menge verschwand. Danach war ich dazu verdonnert, die große Masse aus Schaum und Zuckerguss in Stücke zu schneiden. Mit einem nicht-klebrigen Lächeln Teller zu verteilen.

Alle Geräusche schienen sich in einer chaotischen Endlosschleife abzuspielen, die Remixe von Maxwell und Metronomy hämmerten in meinem Schädel. So leise ich konnte, brachte ich mich selbst zum Kotzen.

Als ich aus dem Badezimmer kam, stand Alice mit leicht gekräuselter Lippe vor mir. Hi!, sagte ich fröhlich und dümmlich und schlüpfte hinaus in den Flur. Unsicher, wohin ich als Nächstes gehen sollte. Weiter ins Treppenhaus, entschied ich, mit seinem metallischen Echo, seiner weißen Verschwiegenheit. Ich ließ mich schwer auf eine Stufe plumpsen und flüchtete dann, aufgewühlt durch den Lärm der Party, der auch noch durch all diese Türen drang, nach oben. Irgendwelche Bewohner*innen im vierzehnten Stock, eine Etage über Marina, hatten einen zerbrochenen Standspiegel auf ihren Treppenabsatz gestellt. Die Blässe meines Gesichts fuhr wie ein Stromschlag meine Wirbelsäule hinauf.

Meine Wangen waren schweißbedeckt vom Erbrechen, meine Wimpern feucht, aber was mich in diesem Augenblick so erschreckte, war, dass ich in jenem dunklen Treppenhaus mit seinen optischen Täuschungen und dem angeschrägten Spiegel für weiß hätte gehalten werden können.

Die Party dröhnte unter mir, zum Glück nun unhörbar, die Party, auf der ich mich so hilflos den Elementen ausgesetzt gefühlt hatte, so auflösbar wie Tigs alte Badekugeln, auf der das einzige andere Braune Gesicht, das ich gesehen hatte, das von Shaka war, der in der Nähe des Kühlschranks herumstand, umgeben von einer Horde hungriger Hetero-Frauen. Ich lief noch weiter die Treppe hinauf und drückte die Tür auf.

Das Dach war dunkel und rein und offen. Ich lief darauf eine Runde, und mein Herz beruhigte sich, bis ich Alice' Stimme vernahm, ihre Brotmesserschärfe.

Ich bitte dich nur, nicht dein Leben wegzuwerfen für irgendeine Dreiundzwanzigjährige.

Als Antwort ein gequältes Lachen.

Ich spähte über den Rand des Daches und sah Marinas blassen Kopf direkt neben dem ihrer Freundin, zwei Balkone unter mir.

Sie teilten sich eine Zigarette, wie mir nach einem Moment des Schreckens bewusst wurde. Keine dummen Sachen. Alice sagte, sie sollten nun zum LaCage aufbrechen, Marina beharrte darauf, auf mich zu warten oder zumindest zu warten, bis sie mich gefunden hätte.

Alice: Ich freue mich, dass du glücklich bist. Falls du glücklich bist.

Marina: Dir war mein Glück immer schon am wichtigsten.

Alice: L. A. vermisst dich, Babe.

Marina: L. A. hat mir nicht gutgetan. Das weißt du.

Alice: Ich frage mich nur, also, wie stark sie der Grund dafür ist, dass du hierbleibst. Es ist toll, dass der Job gut läuft. Aber so einen Job könntest du mittlerweile überall bekommen. Und, nun ja, jetzt, wo ich hier bin, nachdem ich immer Milwaukee dies, Milwaukee das gehört habe, ganz ehrlich, ich versteh's nicht –

Marina: Nun, dann solltest du nicht hierherziehen. Dann solltest du sie nicht daten.

Alice: Ich meine, sie ist ja ganz süß. Aber ich hatte mir dich mit jemand anderem vorgestellt. Jemand …

Marina: Was?

Alice: Erwachsenem.

Marina: Jenny war erwachsen –

Alice: Und sie ist total unbeholfen in einer Gruppe. Du musst zugeben –

Marina: – hat dich nicht davon abgehalten, dich einzumischen.

Alice: Schieb das nicht auf mich. Du warst nicht glücklich. Du hattest in der Sache ein Mitspracherecht.

Marina: Ich gehe jetzt rein.

Aufschieben der Glastür. Aufblühende Geräusche. Zuschieben der Glastür. Stille.

Wenn man aufgewühlt genug ist, fühlt sich das Vortäuschen von Krankheit gar nicht mehr an wie eine Lüge. Ich schrieb Marina, wo ich sei, eroberte das Schlafzimmer von ein paar tratschenden Tänzerinnen zurück und sagte wimmernd zu Marina, sie solle Spaß haben, es tue mir leid, Happy Birthday, Baby, lass es krachen.

P3

Ich schlief wie ein Stein, wachte von Krach aus der Küche auf und stellte einen sich bereits verschlimmernden Kater fest. Die Neonanzeige des Weckers zeigte 1:45 Uhr, und der Himmel vor dem Fenster bestätigte, dass es Nacht war.

Marina schien zu kochen – was auch immer. Halbe Knoblauchzehen, an denen noch die papierne Haut klebte, waren überall verstreut. In einem Topf lagen spiralförmige Nudeln in einem konsequent nicht kochenden Wasser herum, an dessen Oberfläche Pilzköpfe wie Bojen wippten. Marinas Gesicht war rot und wütend.

Was, zum Teufel, machst du da?, fragte ich, holte mir ein Glas Wasser und wühlte verzweifelt auf den oberen Regalfächern nach Ibuprofen. Auf der Arbeitsfläche lagen inmitten der verstreuten Becher und leeren Flaschen ein zersprungenes Glas mit Oregano und eine Dose Kurkuma, die anscheinend in der Aufregung vom Regal gefegt worden waren.

Den Mund zu einem sauren Lächeln gekräuselt, begann ich die Scherben des Glases aufzulesen. Marina bat mich zu verschwinden. Ich versuche, verdammt noch mal, bloß, mir irgendwas zu essen zu machen, sagte sie.

Lass mich dir helfen. Hey, deine Fusilli brauchen viel mehr Hitze.

Ich mach das schon, keine Sorge.

Wie war LaCage?

Beschissen. Ihre Schultern sackten nach unten.

Warum?

India hat auf der Toilette Koks ausgepackt, ein paar der Tänzerinnen der Kompanie haben mitgemacht, es war das reinste Chaos. Hat mich einfach aufgeregt. Ich mag nicht, wenn Leute es in meiner Gegenwart nehmen, das sollte sie wissen.

Wegen deiner Mom?

Mit einer besorgniserregenden Planlosigkeit gelbe Zwiebeln zerhackend, stammelte Marina wütend: Hör zu, ich wünschte, du wärst dabei gewesen. Es war mein Geburtstag. Ich weiß, dass du dich nicht gut gefühlt hast. Aber ich – ich hätte dich dort einfach gebraucht.

Auf einmal kam es mir so vor, als würde die Luft aus dem Raum entweichen. Die Wände sackten mit verwirrender Geschwindigkeit in sich zusammen. Es tut mir leid, sagte ich, so leise, wie Marina laut war.

Ich weiß auch nicht! Ich habe das Gefühl, für deine Freundinnen und Freunde würdest du alles tun. Du bist so verdammt romantisch, was sie angeht. Manchmal ist es ja ganz süß anzusehen. Aber manchmal denke ich auch: Scheiß drauf, dann hau doch mit ihnen ab, zieh doch mit Tig zusammen statt mit mir! Ich wünsche mir einfach *irgendetwas* von dir, ich möchte wissen, dass ich Priorität habe, ich möchte wissen, dass ich der Mensch sein könnte, den du zuerst anrufst. Das wollen doch die meisten Leute: wissen, dass sie für ihre Person, verdammt noch mal, eine Bedeutung haben. Von dir bekomme ich nur eine Wand nach der anderen, als gäbe es da etwas, zu dem ich nicht durchbrechen kann. Manchmal wünsche ich mir einfach eine Tür, verstehst du?

Ich habe dich angerufen, als Peter mich gefeuert hat.

Ach, ich war einfach davon ausgegangen, dass Tig oder Thomas nicht rangegangen sind, spuckte sie aus, warf Zwiebeln und Kartoffeln in einen zischenden Topf und rieb brutal ein Stück Cheddar.

Was soll das überhaupt werden, Marina?

Pasta. Was sonst? Lass mich in Ruhe.

Vielleicht ist das hier nicht das Richtige für dich, sagte ich, und ein vertrautes wundes Gefühl stieg in meiner Kehle auf. Ich würde nicht wollen, dass du *dein Leben wegwirfst* für *irgendeine Dreiundzwanzigjährige*.

Ihre Augen wurden so groß und rund wie die eines Rehkitzes.

Wie hast du –

Was soll ich sagen, deine blöde Kuh von einer Freundin hat ein verdammt lautes Organ.

Ich weiß gar nicht – hör zu, sie hat es gesagt, nicht ich, du solltest mir nicht die Schuld dafür geben.

Wer sagt denn, dass sie nicht recht hat? Wieso bist du hier? Du könntest in L.A., Chicago, New York sein, du könntest die nächste Kate Jablonski sein oder wie die alle heißen. Lass dich bloß nicht von *mir* aufhalten.

Ich behaupte ja nicht, dass ich für immer in Milwaukee leben will! Aber ich habe elf Jahre in den größten Städten der Welt verbracht. Vielleicht möchte ich mir an einem anderen Ort etwas Neues aufbauen! Vielleicht möchte ich mir eines Tages ein verdammtes Haus leisten können. Vielleicht möchte ich heiraten, sofern die Heteros das je erlauben, und mit der richtigen Person ein Kind bekommen und einen gottverdammten Garten haben.

Es herrschte eine lärmende Stille.

Warst du jemals mit Alice zusammen?, fragte ich.

Erneut das Absacken der Schultern.

Ich hatte einmal Sex mit – ich bin einmal mit Alice fremd-gegangen, murmelte Marina schließlich. Ich kann mich nicht mal mehr daran erinnern. Ich war so betrunken. Ich war für einen Job zurück in L.A., und es ist einfach passiert. Irgendwie war ich danach erleichtert. Es hat mir die Augen geöffnet. Ich kam zurück und erklärte Jenny, wir müssten uns trennen, sie weigerte sich, es zu akzeptieren, und dann steckten wir noch monatelang fest. Wie auch immer, ich weiß nicht, wie oder was du gehört hast, aber ja, Alice ist definitiv eifersüchtig, das ist sicher ein Faktor, außerdem bist du jünger und heiß und interessant auf eine Weise, wie sie es – nun ja. Aber sie ist immer noch meine Freundin.

Auf mich wirkt sie ehrlich gesagt wie das Letzte.

Tja, also, sie ist eine harte Nuss. Aber sie ist meine Freun-din. Wir haben eine Menge zusammen erlebt. Wir waren zwei Kids in Boyle Heights, die versuchten, im Leben Fuß zu fassen, richtige Tänzerinnen zu werden. Ich war ein Baby aus Jerz, das vor seinem Leben wegläuft und etwas aus sich machen will, und sie hat mich unter ihre Fittiche genom-men, hat mir gezeigt, wie der Hase läuft. Sie ist immer ehr-lich zu mir, was nicht heißen soll, dass sie immer recht hat, aber ich kann darauf vertrauen, dass sie die Dinge aus-spricht. Alice sagt mir Bescheid, wenn ich zu viel trinke, also, sie sagt mir, was sie denkt. So was zählt, vielleicht nicht für jeden Menschen, aber für mich. Ich weiß auch nicht.

Arme Jenny, bemerkte ich ätzend.

Marina bedeckte ihre Augen mit der rechten Hand, wandte mir den Rücken zu und brach dann in Tränen aus. Dicht aneinandergedrängte Schluchzer prallten von den

Küchenwänden ab. Sie wurden heftiger, als ich meine Arme um sie schlang. Marina versuchte mich wegzuschubsen, sich aus meinem Griff zu winden. Das habe ich nicht so gemeint, wiederholte ich immer wieder, versuchte ihr eine Entschuldigung in die heiße Haut zu reiben, während die Angst in meinen Ohren hämmerte.

Endlich berührte sie mein Gesicht und wischte sich die laufende Nase am Handrücken ab. Ich schaffe das schon, krächzte sie. Wir schaffen das schon. Ich muss nur etwas essen und ein bisschen in Selbstmitleid zerfließen. Es war mein verdammter Geburtstag.

Ja. Ja. Ich räume ein wenig auf, damit du dich hinsetzen kannst, bot ich an. Das Herz voller Reue.

Als ich Teller auf den freigeräumten Sofatisch stellte, hörte ich einen Schrei. Gefolgt von Marinas Kreischen: Sieh mich nicht an!

Baby, was –

Komm nicht her, sieh mich nicht an. Ich mache es sauber. Komm nicht her.

Nach sieben erstarrten Sekunden, in denen ich mich fragte, ob Marina sich wohl in die Hose gemacht hatte, missachtete ich ihre Aufforderung. Marina hielt eine geöffnete Cento-Dose in der Hand. Der silberne Deckel flatterte. Sie zitterte wie Espenlaub. Tomaten überall, am Kühlschrank. Auf dem Fußboden. Auf ihrer Oxford-Bluse.

Ich mache es sauber, sagte sie erneut, ich will keine Hilfe, das blöde Teil ist mir einfach aus der Hand gerutscht. Auch das noch! Die Kirsche auf dem Sahnehäubchen dieses verdammten Eisbechers von einem Abend!

Hinter ihr stieg weißer Rauch von den Kartoffeln auf. Ich trat über die Pfützen aus zerstoßenem pinkfarbenem

Fruchtfleisch und schaltete den Herd aus. Lass mich dir helfen, beharrte ich sanft und nahm ihr die gelbe Dose aus der
Hand, was anscheinend mit erneutem Eifer Tomatensaft auf
den Fußboden spritzen ließ.

Yesu, fluchte ich leise. Führte Marina an die Spüle und
hielt ihren Arm unter den so kalt wie möglich eingestellten
Wasserstrahl. Die Tomaten wurden davongespült.

Und dann blühte an ihrer Zeigefingerspitze ein dunkel-
roter Ring auf und ließ ein stetiges Rinnsal ihren Arm hinunter und in die Spüle fließen.

Irgendwann, während ich Marina zum Sofa führte, ihr Eis
und ein frisches Handtuch brachte und sie beruhigte, als sie
sich nahezu hysterisch weigerte, erneut ins Krankenhaus zu
gehen, erreichte ich eine selige äußere Ruhe, auch wenn ich
innerlich am Zerfließen war. Gib hier direkten Druck drauf,
wies ich sie an, und dann, als eine schwarze Linie Blut ihren
nackten Schenkel hinunter auf das Sofa zuraste, erkannte
ich, dass mir die Situation über den Kopf wuchs. Ich entschuldigte mich, trat hinaus in den Flur und rief meine Mutter an.

Wenn der Schnitt so tief war, dass er nach fünf bis zehn Minuten Druck noch immer blutete, erklärte Mummy mir, wenn die Ränder sich kräuselten oder sich nicht schließen ließen, dann könne man nichts tun, und meine Freundin solle ins Krankenhaus gehen.

Sie hat kein Geld dafür, entgegnete ich, und meine Mutter antwortete mir auf ihre direkte Weise – mit der sie mich unbeabsichtigt daran erinnerte, dass weiße Männer, die Philosophiebücher schreiben, kollektives Denken nicht erfunden hatten –: Dann hilf du ihr, nein? Sie kann dir das Geld zurückzahlen. Dafür ist Geld da. Andernfalls, fuhr meine Mutter fort, gib Eis darauf, gib etwas Dettol –

In Amerika gibt es kein Dettol, Mummy, aber ich werde etwas finden.

Wenn du gepresste Manñal-Wurzel oder rohen, unbehandelten Honig dahast, kannst du das hinterher daraufgeben, fügte meine Mutter hinzu, um den Heilungsprozess zu unterstützen. Wirkt antibakteriell und gibt den Zellen Kraft, gegen die Infektion anzukämpfen.

Die Dose Kurkuma, umgekippt auf der Granit-Arbeitsplatte. Ist Manñal-Pulver auch okay?, fragte ich.

Eher nicht, könnte mit anderen Dingen vermischt sein, könnte scheuern. Mol, wieso macht du und deine Freundin so spät bei euch noch Koparati? Mol, ruf mich zurück, okay? Sag mir Bescheid, ob es aufhört zu bluten.

Aus dem Wohnzimmer hörte ich Marina meinen Namen rufen wie eine Frage.

Als ich vorsichtig Manuka-Honig in die Wunde um den Finger meines Mädchens goss, das Ganze mit einem Verband abdeckte und ihr versicherte, dass es bald wieder gut sein würde, verspürte ich den Schrecken, mit dem ich in den kommenden Jahren noch vertrauter werden sollte, über die Zerbrechlichkeit von Körpern, von den Körpern all der Menschen, die ich liebte. Am Ende sind wir Säcke aus Fleisch und Blut, die das umhüllen, was beseelt ist: wechselhaft, flackernd, heilig.

Als wir uns mit roten Augen und erschöpft bettfertig machten, fing meine Mutter an, mich wieder und wieder anzurufen, und hörte nicht mehr auf. Ich trat hinaus auf den Flur und entschied dann, Marinas Nachbar*innen zu verschonen. Dass eine von uns aufgrund einer Beschwerde wegen Lärmbelästigung so gut wie zwangsgeräumt wurde, war wirklich mehr als genug.

Ich rief meine Mutter vom Dach aus zurück, fest entschlossen, ihr zu sagen, dass nun alles wieder gut sei, kein Problem, wir gehen jetzt schlafen, Mummy.

Stattdessen heulte ich wie ein angestochener Luftballon voller Wasser. Wie das kleine dumme Kind, von dem ich wusste, dass ich es war. Sprach es einfach aus. Dass ich gefeuert worden war, dass die Hausverwalterin, die unter mir lebte, seit Monaten hinter mir her gewesen war, dass ich in zwei Wochen aus meiner Wohnung fliegen würde.

Es fühlt sich so schrecklich an, dir das zu erzählen, keuchte ich. Nach dem, was du und Papa durchgemacht habt. Ich bin kein gutes Kind, und das ist in Ordnung, ich bin es nie gewesen, aber ich wollte würdigen, was ihr für mich getan habt, Ma, ich wollte euch zumindest keine Schmerzen zufügen –

Meine Nase tropfte.

Meine Mutter stellte mir mit ruhiger Stimme ein paar Fragen.

Okay, Mollé, sagte sie sanft. Mach dir nicht so viele Sorgen. Wir rufen dich morgen früh an. Geh jetzt schlafen.

Ich lief die Treppe hinunter und versuchte mich an das zu erinnern, was Marina einmal über Tränen gesagt hatte. Sie verhalfen den vielfältigen Emotionen, die der Körper festhielt, ans Licht und ließen einen hinterher reiner und offener zurück. Als ich in ihr Wohnzimmer trat, fühlte ich mich tatsächlich ein Stückchen leichter. Gedankenverloren fummelte ich an der Kleenex-Box herum. Schnäuzte mich, als würde ich in ein Schneckenhorn blasen.

Dann sah ich in der Scheibe der Balkontür hinter meinem eigenen Spiegelbild eine Frau in einer gelben Daunenjacke mit einer Zigarette in der Hand, die mich aus der Dunkelheit ihres Balkons beobachtete.

Hey, Baby, sagte ich fröhlich und schob die Balkontür weit auf. Ich suchte nach irgendetwas Oberflächlichem, um mein verheultes Gesicht zu erklären. Als geübte Lügnerin weiß man, dass Minimalismus das A und O ist. Meine Verlogenheit: das Einzige, worin ich noch ein Profi war.

Wie geht es der Hand?, fragte ich, meine arme Maus –

Marina starrte mich an, als hätte sie mich noch nie zuvor gesehen. Hinten am Gaumen schmeckte ich, wie etwas aus der Region meines Magens aufstieg. Angst.

Mit wem hast du telefoniert?, flüsterte sie. Der Kiefer fest. Ihr Blick rollte auf mich zu wie ein Zug.

Oh! Mit jemandem, den ich –

Nein, im Ernst, mit wem hast du – ihr kleines Kinn wies nach oben – auf meinem Dach gesprochen?

Ich suchte mit dem Blick nach der Biegung des Seeufers von Milwaukee, das in der Nacht verborgen war. Irgendwo in der Juni-Dunkelheit kauerte ein großes rosarotes Haus, umgeben von wogendem Gras, die kindische Fantasie einer unbegründeten Zukunft. Es gab keine Rettung. Ich stieß einen langen keuchenden Atemzug aus.

Mein Herz zersprang angesichts all dessen, von dem ich wusste, dass ich es mit der Wahrheit verlieren würde, und ich gab es auf. Leise sagte ich: Mit meiner Mutter.

R3

Ich kann nicht niederschreiben, was direkt danach passierte, außer festzuhalten, dass ich tagelang beinahe jede Nacht von den beiden träumte, von Marina und meiner Mutter, die ineinander verschwammen, die Kleider der jeweils anderen trugen und mir Vorwürfe machten, der jeweils anderen Kummer bereitet zu haben. Außer zu sagen, dass ich, als ich schließlich in meine Wohnung zurückkehrte, eine bestimmte Art von ausgebombtem, in Flutlicht getauchtem Frieden empfand, den großen Schrecken und die Erleichterung darüber, dass mich nun jemand kannte.

An jenem Tag und in jenem Zustand erreichte mich ein Anruf von einer Nummer, die ich nicht erkannte. Eine Vorwahl aus D. C. Während mein Telefon weiterklingelte, putzte ich mir die Nase und sah zu, wie die schmale schwarze Kachel vibrierte.

Hallo, sagte ich beim Abheben mit belegter Stimme. Hier ist Sneha.

S3

Stellst du sie mir vor?, fragte Tig, die Augen vor Aufregung leuchtend. Du hast meine Mom jetzt schon dreimal oder so gesehen –

Wir drängten uns um Dianas Esstisch, über den die Ausmalbilder ihres Sohns verstreut lagen.

Ja. Also, ich schätze mal. Wenn sich sonst nichts ergibt, komm einfach zum Umzug.

Wird dein Dad auch da sein?

Nein. Weißt schon, diese lästige Abschiebungssache.

Scheiße. Tut mir leid. Tut mir leid. Reich mir den Wein, ich muss die Peinlichkeit runterspülen.

Während they einen Schluck Yellow-Tail-Moscato nahm, sagte ich: Also, ehrlich gesagt wünschte ich, sie würde nicht darauf bestehen herzukommen. Ist echt nicht nötig. Bedauerlicherweise war sie überzeugt davon, dass mein Leben gerade auseinanderbricht.

Nicht mehr, Bitch! Du ziehst jetzt an die Ostküste und kriegst eine Altersvorsorge und Krankenversicherung und den ganzen Scheiß! Ayyyyyy! Du hast einen J-O-B, und zwar einen anständigen, du schicke Schlampe!

Stopppp. Hey, Diana, vielen Dank für das alles, der Borschtsch ist so gut, oh, nein danke, ich hatte schon den zweiten Nachschlag –

Also, ich hab dir größtenteils vergeben, erklärte Tig auf unserem Spaziergang nach dem Abendessen, bei dem wir kreuz und quer durch Bay View schlenderten. Größtenteils. Der Projektplan, den du für Rion geschickt hast, war der Knaller. Keine Ahnung, wie du diesen Budget-Erhöhungs-Scheiß hingekriegt hast – die reinste Zauberei. Aber ich wollte dich *vor Ort* haben. Ich dachte, du wärst dabei. Der ganze Sinn von Kameradschaft besteht darin, dass sie mehr ist als reine Freundschaft. Es geht dabei um eine tiefe Vertrautheit, um das Verfolgen gemeinsamer Ziele. Ich freue mich, dass du einen guten Job hast, ich weiß, dass die Suche anstrengend war, ich weiß, dass du eine miese Zeit durchgemacht hast, schau mich nicht so an, Ho. Aber ich hab nun mal Verlustängste, weißt du?

Überleg dir mal, mit wem du sprichst, sagte ich und wies auf meine Brust. Bro, die Moleküle meines Körpers bestehen ausschließlich aus Kohlenstoff und Verlustängsten. Hör zu, ich stehe deswegen immer noch unter Schock. Das war nicht mein Plan. Aber du wirst mich besuchen kommen. Ich werde dich besuchen kommen.

Wir liefen Tigs Straße hinunter und kehrten an der KK um. Es war Gassigehzeit. Der Tag war brütend heiß gewesen, und der Abend kühlte nun wohltuend ab. Tig hüpfte, vor Freude aufschreiend, von einem Welpen zum anderen. Da mein Bauch unangenehm voll mit Borschtsch war, bekundete ich meine Zuneigung etwas zurückhaltender.

Mit bemerkenswerter Unbefangenheit fing Tig an zu singen: »I'll Be Seeing You«.

Wusstest du, dass er von hier kommt?, fragte they, während they vor dem LuLu einen tiefschwarzen Labrador streichelte und angurrte.

Wer kommt von hier?

Liberace!

Boah, echt?

Jepp! Ein flammender Pole direkt aus Dirty Stallis.

Ich dachte, der einzige *große* Musiker aus Sconsin sei Bon Iver oder so.

Du spinnst wohl. Was? Junge. *Garbage* kamen von hier. Brother Ali, hallo. Les Paul – ohne Les hätte es Slash oder Hendrix oder The Who nicht gegeben, das war ein Junge aus Waukesha. Kelli Jos Dad hat früher Saxofon für Al Jarreau gespielt. Die Violent Femmes kommen aus Ill Mil. James Browns Schlagzeuger Clyde Stubblefield, der Mann ist eine Legende, spielt immer noch in Madison, wir sollten mal hinfahren. Yo, aber es kommen so viele große Namen von hier! Orson Welles, Spencer Tracy, *Oprah*. Lauren Ingalls Wilder oder wie auch immer sie heißt – um ehrlich zu sein, hab ich nie eins ihrer Bücher gelesen, aber Diana und alle anderen weißen Mädchen fahren total auf sie ab ...

Bei mir klingelte es nur bei einigen von diesen Namen, aber ich wollte Tig den Spaß nicht verderben. Antigone hatte seit Neuestem Angst, ich würde mich in einen eingebildeten Ostküstensnob verwandeln und die Mitte des Landes und damit Städte wie diese abtun. Tigs defensive Litanei verlor jedoch langsam an Fahrt. Houdini!, rief sie und runzelte konzentriert die Stirn. Georgia O'Keeffe!

Eines Tages wird man deinen Namen nennen, sagte ich lächelnd. Antigone Clay. Kind Milwaukees.

Ha, vielleicht wird man das! Tig lachte und schien dann zu erschrecken. Scheiße, murmelte sie. Ich folgte ihrem Blick. Auf der anderen Straßenseite, im Schaufenster des Boulevard Theatre, waren Marina und Shaka zu sehen. Ihre in Trikots gehüllten Körper schwebten in der Luft, eingerollt wie Flaggen. *Sie sind eingeladen zu einem künstlerischen Erlebnis*, stand in greller, leicht kitschiger Schrift auf dem Plakat. *Shamar Dance präsentiert: REFRAIN.*

Wir liefen schweigend weiter. Wirst du hingehen?, fragte Tig sanft.

Ich weiß nicht. Wahrscheinlich eher nicht. Im Übrigen holen Thom und ich morgen meine Mutter ab.

Mit euch ist es also aus?

Ich weiß nicht, wie es nach der Scheiße, die ich abgezogen habe, wieder gut werden soll.

Tig ging in die Hocke und band sich einen losen Schnürsenkel zu. They hatte sehr kleine, zarte Füße. Zu mir aufblickend fragte they: Ist es denn okay für dich, dass es vorbei ist?

Irgendwo in meinem Inneren ging eine Wunde an ihren zerfledderten Rändern erneut auf, eine wilde Reue spritzte leuchtend und schwindelerregend schnell hervor, wie aus einer Halsschlagader. Nein, sagte ich ganz leise. Ich meine, ich bin wahrscheinlich froh, dass die Wahrheit endlich raus ist, es war von Anfang an eine Lüge, in die ich hineingestolpert bin und die so mühsam aufrechtzuerhalten war, und ich weiß nicht einmal mehr, wofür. Aber nein, für mich ist es nicht okay. Ich vermisse sie. Ich habe es versaut. Nichts zu machen.

Hmmm, machte mein*e Freund*in, und wir liefen eine ganze Weile schweigend weiter, bis Tig sagte: Ich denke, du kannst immer noch schauen, ob es eine Zukunft gibt.

Hör auf zu spinnen.

Noch mal. Sie ist nicht mein Typ. Und es ist nicht das, was ich tun würde. Wenn ich in eine neue Stadt ziehen würde, würde ich mir erst mal ein paar Monate nehmen und mich darauf konzentrieren, mich durch alle Betten zu schlafen. Aber das bin ich, und du bist du. Du hast große Gefühle für deine kleine Tänzerinnen-Boo. Und sie war schon von dem Augenblick an, als du sie mir vorgestellt hast, ständig unsicher, weil sie den Eindruck hatte, sie wäre diejenige mit den Gefühlen und nicht du. Was ich sagen möchte: Wenn du ihr erklären würdest, dass du sie willst, könnte das mehr Gewicht haben, als du denkst.

Ja, allerdings ziehe ich weg.

Bitch, lass mich dir ein Konzept namens »Lesben« vorstellen. Ist man überhaupt eine, wenn man noch keine sehnsuchtserfüllte Fernbeziehung geführt hat? Oder sag ihr einfach, du möchtest, dass sie mitkommt.

Ich erwiderte nichts darauf. Am Horizont ging die Sonne über dem See unter. Das Licht wurde kühler, das Wasser grau.

Hey, sollen wir ins Garibaldi gehen?, fragte Tig. Ich persönlich hätte Lust auf ein Bier.

Bitte nicht, Bro. Ich habe mein Konto in den letzten beiden Monaten zweimal überzogen. Musste meinen Sparbrief frühzeitig kündigen und diese beschissene Strafgebühr zahlen, um mir überhaupt einen Umzugscontainer reservieren zu können –

O Mann, ich könnte ja für uns bezahlen –

Nein, armer Schlucker. Du gibst schon zu viel Geld aus. Lass uns einfach nur laufen. Laufen kostet nichts.

Du bist so ein Onkel. Bitte führ dich in Washington nicht so auf.

Als wir am Club Garibaldi vorbeikamen, eine Bar mit hohen Decken, in der Leute in Anzügen neben Leuten mit tätowierten Oberarmen Chicken Wings mit Blatz und Mudpuppy

Porter hinunterspülten, ignorierte ich Tigs bettelnden Blick. Wir standen vor einer großen braunen Tafel, die mir im Dunkeln noch nie aufgefallen war. Ich lief über das feuchte Gras auf sie zu. Darauf stand: WALZWERK BAY VIEW.

O Scheiße. Ja, hier fand das Massaker von Bay View statt.

Hm, machte ich und wollte lesen, was auf der Tafel stand, aber Tig, womöglich an ihre eigenen Schwierigkeiten mit dem Medium denkend, fuhr fort:

Damals arbeiteten die Leute, Arbeiterinnen und Arbeiter im ganzen Land, sechzehn Stunden am Tag, sechs Tage die Woche. In Milwaukee organisierten sich die Immigrantinnen und Immigranten. Sie brachten die Leute dazu, die Arbeit niederzulegen, für einen Acht-Stunden-Arbeitstag zu streiken. Buchstäblich Tausende gingen auf die Straße, im Grunde die halbe Stadt.

Wow.

Die reine Wahrheit. Die Streikenden haben alle Fabriken in der Stadt zum Stillstand gebracht, bis auf diese hier. Vierzehntausend Menschen haben hier demonstriert, die Nationalgarde wurde gerufen. Die hat versucht, die Protestierenden zu verjagen! Als sie nicht gehen wollten, haben diese Arschlöcher auf sie geschossen und sie mit Bajonetten verfolgt und so.

Die Nacht brach nun über uns herein, breitete sich über den Himmel aus. Eine Straßenlaterne ging flackernd an, strahlte auf uns herab. In meiner gesamten Zeit hier hatte ich nicht in die Bücher über Milwaukees Vergangenheit geschaut. Diese ganze Geschichte der Stadt war mir nicht bekannt. Tig drehte sich zu mir um.

Mit errötetem Gesicht, auf dem sich etwas Neues und Furchterregendes abzeichnete.

Wage es nicht, diesen Ort zu vergessen, sagte they. Ich denke, du wirst da draußen im Osten am Ende vielleicht noch etwas aus dir machen. Ist ein Grund dafür, dass ich dich überhaupt gehen lasse. Aber werde bloß nie, nie, nie eine von diesen hochnäsigen Personen, die das alles hier – Tig gestikulierte wild umher – als *Flyover Country* bezeichnen. Die glauben, hier gebe es nur Bier und Käse und Serienmörder und Mais. Hier passieren Dinge. Hier sind Dinge passiert. Dieser Ort hier hat dazu beigetragen, dass der Rest dieser dummen gottverlassenen Nation Gesetze gegen Kinderarbeit und für Sicherheit am Arbeitsplatz und eine Arbeitslosenversicherung hat. Dass wir Wochenenden und einen Acht-Stunden-Arbeitstag haben. Wir hatten hier vierzig Jahre lang eine tatsächlich sozialistische, demokratisch gewählte Stadtregierung. Als einzige Stadt im ganzen Land. FDR war inspiriert von dem, was hier passiert ist. Als er sich seinen kleinen New Deal ausgedacht hat und so. Milwaukee, Baby. Wir haben hier eine echte Geschichte. Halte uns gut in Erinnerung.

T3

Ich hatte mehr Angst davor gehabt, es Tig zu erzählen als
Thom, also hatte ich mit ihm zuerst gesprochen. Allerdings
war er derjenige, der über mein Fortgehen am traurigsten
zu sein schien. Dass Isabel endgültig mit ihm Schluss gemacht hatte, ohne die Tür offen zu halten für irgendetwas
anderes, als getrennte Wege zu gehen, hatte ihn radikaler
verändert, als ich begriffen hatte.

Was wirst du da machen?, hatte er getextet und hinzugefügt: dachte, du sagtest, das vorstellungsgespräch wär
schlecht gelaufen. typisch.

Ich habe den Job bei den National Archives nicht bekommen, stellte ich klar. Sie haben jemanden mit mehr Erfahrung genommen. Aber sie haben mich für eine Projektassis-
tenzstelle bei der *Stiftung* der National Archives empfohlen.
Ganz andere Nummer. Ich werde dort bei der internen
Kommunikation aushelfen und einen Projektplan für die
Verlegung von Büroräumen umsetzen. Sie haben mir zwei-
undvierzigtausend Dollar im Jahr angeboten, plus Krankenversicherung und drei Prozent für die Altersvorsorge.
Ich habe ihnen erzählt, ich hätte Erfahrung mit Changemanagement. Sie haben es mir abgekauft.

Trotz seiner eigenen Schwierigkeiten, Arbeit zu finden,
schien Thom verblüfft darüber zu sein, dass ich für eine
Stelle wegzog, die so offensichtlich unsexy war. Ist es wegen
der Trennung?, fragte er mich bei Garnelenbällchen und

Rindfleisch-Pho in der South Side, einen Tag bevor ich mit Tig durch Bay View lief.

Phan's ist gemütlich, es riecht penetrant nach Essen, überall stehen Pflanzen, und die Einrichtung ist pink wie innere Organe. In dem Lokal kostet nichts mehr als acht Dollar. Ich wollte nicht mehr in Restaurants mit teuren Hauptgängen gehen, in denen nur die Wohlhabenden speisen. Im Phan's fühlte ich mich sicher, ich fühlte mich zu Hause.

Ich schüttelte den Kopf, auch wenn der Anruf einen Tag kam nachdem ich mit Rucksack und Koffer in der Hand von Marinas Wohnung zu meinem theoretischen Wohnsitz auf dem Hill gelaufen war.

Yo, ich brauchte einen Job, sagte ich, und hatte Angst, dass ich nie einen finden würde, wenn ich hierbliebe. Ich habe es monatelang versucht.

Aha. Ja, der Arbeitsmarkt ist gerade mehr als beschissen. Ich weiß nicht, mein Dude. Kommt mir heftig vor, einfach wegzuziehen. Kennst du da irgendjemanden?

Meine Mutter hat dort eine Freundin aus der Krankenpflegeschule. Bei ihr werde ich ein paar Wochen bleiben, bis ich eine WG gefunden habe und so.

Hm. Ich sage ja nur. Ist halt schade. Tig und ich haben uns den Projektplan für die Wohnungsbaugenossenschaft angeschaut – übrigens vielen Dank fürs Zusammenstellen. Das könnte echt eine coole Sache werden. Ein paar Jobs gibt es hier schon, wenn du nur lange genug wartest.

Nicht alle von uns können auf einer Baustelle arbeiten, mein Lieber.

Und du nennst dich eine Lesbe, bemerkte er, steckte sich ein Garnelenbällchen in den Mund und schüttelte den Kopf. Auf dich, Bruh.

Auf mich.

Thoms Körper, einst so dicht und weich wie das Cremeeis, das ich an zwei Tagen in der Woche portionierte, war fest geworden, hatte neu an Spannung und Definition gewonnen. Der Rabine-Effekt. Der Zwölf-Stunden-Schichten-körperliche-Arbeit-Effekt. Dennoch, wenn Thom nicht gerade Scherze machte, lag in seinem Gesicht eine Verlorenheit, wie ich sie noch nie zuvor gesehen hatte.

Er fragte mich, ob ich irgendetwas unternommen habe, um meine Gehaltsnachzahlung von Peter zu bekommen.

Mehr oder weniger. Eigentlich nicht. Ich habe ihm eine E-Mail geschrieben, um ihn sozusagen dazu zu bringen, dass er sich gezwungen fühlt, aber es hat mich zu sehr gestresst, sie abzuschicken.

Dass er sich gezwungen fühlt! Lass mal sehen.

Thom setzte seine Brille auf und runzelte die Stirn, während er den Entwurf auf meinem Telefon las. Ich war ziemlich stolz auf die E-Mail. Sie appellierte an Peters Gewissen, beschrieb meinen Schmerz und meine Not, wehrte sich gegen seine Andeutung, meine aufgezeichneten Stunden wären nicht korrekt, und verlangte meine Gehaltsnachzahlung, abzüglich der letzten paar Monate Miete als Entgegenkommen.

Ich fass es nicht, du bist ja vollkommen durchgeknallt, sagte Thom. Was habe ich da gerade gelesen? Glaubst du wirklich, Peter führt sein Geschäft, weil er irgendwie *moralisch* glänzen will? Versuchst du zu erreichen, dass er sich wegen dir *schlecht fühlt*?

Ich denke bloß –

Junge, du bist in vielerlei Hinsicht so clever, aber, bitte, hör in dieser Sache auf mich. Heilige Scheiße, ich krieg gleich einen Herzinfarkt. Der Mann schuldet dir Geld, Geld, für das du gearbeitet hast. Du hast ihm Geld eingebracht, was für einen Bullshit er auch erzählen mag, um dich kleinzumachen. Hast du jemals die Rechnungen gesehen, die Peter den Kunden geschickt hat? Er mag mir bezahlt haben, was er mir bezahlt hat, und dir bezahlt haben, was er dir bezahlt hat, also, wie auch immer, aber er hat für uns beide die gleiche Summe in Rechnung gestellt, fünfzig pro Stunde. Also, das heißt –

Fünfzig?

Hier geht es um Macht, meine Liebe. Krieg das mal in deinen Kopf! Du schreibst diesem Arschloch eine kühle, deutliche und kurze E-Mail. Du hängst deine Arbeitszeitkonten an, deine Zahlungsnachweise und die Summe, die er dir noch schuldet. Und dann machst du ihm, verdammt noch mal, klar, dass er dich bezahlen soll oder vor Gericht wiedersehen kann. Angeklagt wegen Lohndiebstahl, der Hurensohn. Dann muss er dir das geschuldete Geld *und* die Gerichtskosten bezahlen. Das wird krass.

Es kommt mir einfach zu viel vor, Thom, sagte ich und hasste den flehenden Tonfall in meiner Stimme. Es schien mir ein zu großes Wagnis zu sein, davon auszugehen, dass alles zu meinen Gunsten verlaufen würde. Mit siebzehn Jahren hatte ich zum ersten Mal das Innere eines Gerichtssaals gesehen. Hatte erwartet, dass mein Vater freigesprochen würde.

Thom schüttelte den Kopf. Verzichte nicht auf dein Geld!, rief er. Es ist *dein* Geld. Irgendwann müssen wir die Produktionsmittel beschlagnahmen, das ist ja klar, wir müssen die Unternehmen in Genossenschaften im Besitz der Arbeiterinnen und Arbeiter verwandeln, oder sie zumindest gewerkschaftlich organisieren, aber bis dahin nimm zumindest die *Krümel*, die dir vertragsmäßig zustehen. Du hast jedes Recht dazu!

Ich werde es mir überlegen, antwortete ich, und er schnipste an mein Ohr wie ein Viertklässler.

Später im Auto fragte er: Also, wann holen wir deine Mom vom Flughafen ab?

Sie landet übermorgen um zehn Uhr früh. Ich kann um zwanzig nach neun bei mir auf dich warten oder zu dir kommen. Vielen Dank.

De nada. Versprich mir, dass du an der Ostküste, verdammt noch mal, Fahrstunden nimmst.

D. C. ist nicht unbedingt eine Autostadt. Aber ich werde es tun, damit ich zurückkommen und dich Blödmann besuchen kann.

Hast du alles, was du brauchst, um mit deiner Mutter zu packen und so? Kisten und Klebeband und Matratzenhüllen und den ganzen Scheiß?

In meinem Besitz befand sich nicht einmal eine einzige Rolle Klebeband. Stets zuvorkommend, fuhr Thom mit mir zum Baumarkt. Wir parkten vor Sneha Dry Goods, dessen Markise so pink war wie eine Zunge und leicht in der Sonne flatterte. Im Schaufenster des Ladens waren Stoffballen und gestapelte Nag-Champa- und Henna-Verpackungen ausgestellt.

Auf dem Rückweg zum Auto, mit einer Tasche voller Umzugsmaterial, blickte ich zur Markise hinauf und zog eine Grimasse.

Wieso hasst du deinen Namen so sehr?, fragte Thom. Er hatte mich beobachtet, gegen den Kofferraum seines Wagens gelehnt. Die Hände in den Taschen seiner Jogginghose.

Ich schüttelte den Kopf. Geh zur Seite, lass mich meine Sachen einräumen, sagte ich.

Was denn, sag's mir! Bedeutet er in Indien übersetzt so was wie »stinkende Achselhöhlen« oder so?

Halt die Klappe, sagte ich und spürte, wie die Wut sich leise in mir öffnete wie eine Blüte. Dieser vorlaute Idiot.

Bedeutet er ... haarige Muschi?

Fick. Dich.

Bedeutet er dicke fette Schlampe –

Er bedeutet Liebe!, kreischte ich und boxte ihn fest gegen den Hals.

Was, zum Teufel, keuchte er, und ich schlug ihn noch einmal und noch einmal, plötzlich benommen vor Wut, und zu meinen Füßen kullerte das Umzugsmaterial aus der Tasche. Der neue Thom, der Captain-America-Thom, ließ sich das nicht bieten. Innerhalb von Minuten hatte er meine Hände fest im Griff. Dennoch fuhr ich fort, wild um mich zu schlagen, versuchte womöglich sogar, ihn zu beißen. Kurzerhand nahm er mich in den Schwitzkasten.

Wenn du noch einmal versuchst, was auch immer das hier sein sollte, zischte er, dann möge Gott dir beistehen.

Mein gesamter Körper zitterte, ich zwang meine Lungen, Luft zu holen, und meine Glieder, sich zu entspannen. Nach gefühlt mehreren Minuten ließ Thom zu, dass ich mich wieder aufrichtete.

Heilige Scheiße, sagte er.

Es tut mir leid, sagte ich, meine Stimme ruhig und besänftigend. Ich habe die Kontrolle verloren. Das ist mir schon lange nicht mehr passiert, aber jetzt ist es passiert. Tut mir leid.

Thom massierte sich den Nacken.

Das war absolut nicht cool. Ich hab doch nur Spaß gemacht. Ich wollte keinen rassistischen Scherz machen, falls dich das so verdammt aufgeregt hat –

Mein Geist schwebte über der pinkfarbenen Markise, eine kühle Blase auf einem Meer des Verderbens. Eine geborene Beobachterin. Die diese absurde Szene auswertete. Nein, entgegnete ich, verwendete all meine Kraft darauf, Wörter in Beziehung zu anderen Wörtern zu setzen, und versuchte mich wieder in eine zivilisierte, vernünftige und reuevolle Person zu verwandeln. Nein, das ist es nicht.

Was ist es dann?

Es ist kompliziert.

Was ist schon unkompliziert? Ich würde es gern wissen. Mit Worten, nicht mit Fäusten, wenn ich bitten darf, du Verrückte.

Auf der anderen Straßenseite lief ein Pärchen Arm in Arm und gab sich in regelmäßigen Abständen Küsschen. Auf ihren Gesichtern leuchtete die Anbetung. Ein rotes Auto fuhr vorbei. Ich erinnerte mich daran, wie ich Pulp Fiction unter einer Straßenlaterne geküsst hatte. Jene Anfangstage, bevor das Chaos für alle sichtbar wurde.

Meine Eltern haben all ihre Hoffnungen in mich gesteckt, sagte ich schließlich mit monotoner Stimme, ohne ihm in die Augen blicken zu können, und fing einfach an dieser Stelle an. Ich bin ihr einziges Kind. Bei meiner Geburt lief irgendetwas schief, und meine Mutter musste sich hinterher die Gebärmutter entfernen lassen. Meine Eltern sind gute Menschen. Sie lieben mich so sehr. Sie haben alles für mich getan. Aber sie waren ständig beschäftigt, haben ständig gearbeitet. In unserer Kultur wird nicht immer ein großer Fokus gelegt auf, nun ja, Aufmerksamkeit, Zuneigung, das Aussprechen von Gefühlen. Und ich glaube – in meiner Erinnerung war ich – war ich ein bedürftiges kleines Mädchen. Leicht reizbar, liebevoll, sehr hungrig nach – Kontakt.

Ich schluckte schwer, suchte nach den richtigen Worten. Langsam wurde mir bewusst, dass meine Finger um einen warmen Gegenstand gewickelt waren.

Es gab jemanden, sagte ich und atmete schwer durch die Nase, der mir Aufmerksamkeit geschenkt hat. Der mir das Gefühl gegeben hat, etwas Besonderes zu sein, und mir zugehört hat, der alle möglichen Spiele mit mir gespielt hat. Das war ein Erwachsener. Er war oft gemein, aber er fühlte sich auch an wie mein bester Freund. Dieser Mensch war kein guter Mensch. Belassen wir es einfach dabei. Nachdem er mich angefasst hatte und so – ach, ernsthaft, ich schwöre, es geht mir gut, es geht mir wirklich gut, ich bin kein kleiner Vogel mit zerbrochenem Flügel, jedem passiert im Leben irgendeine unschöne Sache, und das ist eben meine, und ich bin wirklich darüber hinweg –, wie auch immer, als ich alt genug war, um zu verstehen, dass das, verdammt noch mal, nicht in Ordnung war, ging ich ihm aus dem Weg, verhielt mich ihm gegenüber kalt. Er war andauernd da, hing andauernd bei uns herum. Jedenfalls zog er vor meiner Mutter so eine große traurige Schau ab. Ich bin Sneha egal, sagte er, ich bin so traurig wegen Sneha. Dann fügte er hinzu: Wie komisch, dass ihr Name Sneha ist. Er fragte: Weißt du, was Sneha bedeutet? Er hörte nicht auf, mich zu fragen: Weißt du, was Sneha bedeutet?

Der Gegenstand in meinen Fingern übte einen seltsamen Druck auf mich aus. Ich blickte hinunter. Es war Thoms Hand. Groß und warm und blass. Er drückte meine.

Irgendwann, einfach nur, um ihre Ruhe zu haben, sagte meine Mutter dann auf so eine gurrende Weise zu mir: Sneha bedeutet Liebe! Geh und gib ihm Ummas – Ummas, das heißt Küsse –, geh, und dann schob sie mich in seine Richtung. Ich hatte keine Wahl. Er ließ mich ein paar Wochen in Ruhe, und dann fing das Ganze wieder von vorn an. Und weißt du, es war so hart, als meine Eltern wieder dorthin zurückkehrten, als mein Dad abgeschoben wurde und der ganze Scheiß, weil, nun ja, weil sie mich verließen, aber auch weil sie dorthin zurückgingen, wo er war, also wurde mir bewusst, dass ich mich jedes Mal mit *ihm* auseinandersetzen musste, wenn ich meine Eltern besuchen wollte, zumindest so lange er am Leben war. Es ist hart, weil ich so unfähig dazu bin zu lieben, es fühlt sich an wie ein seltsamer, schrecklicher, ironischer Vorwurf, also, ich konnte es nie zu Marina sagen, auch wenn – also, es so war –, tja. Es ist einfach seltsam. Das Gefühl, dass einem genau das fehlt, was der eigene Name über einen aussagt.

Das stimmt nicht, sagte Thom ganz sanft. Ich glaube nicht, dass du unfähig dazu bist.

Ich weiß es nicht. Wie auch immer. Also. Es tut mir leid, dass ich ausgerastet bin.

Heilige Scheiße, murmelte Thom.

Ich räusperte mich. Es geht mir wirklich gut, sagte ich und zauberte aus irgendeiner staubigen Ecke meiner Fähigkeiten ein Lächeln hervor. Fährst du mich nach Hause?

Thom zog mich in eine Umarmung. Ließ mich nicht mehr los. Minuten verstrichen. Irgendwann wurde mir bewusst, dass ich schwere, tiefe, abgehackte Atemzüge nahm. Nicht weil ich die Geschichte erzählt hatte, die dumm und kitschig war und eines gesegneten Tages tief unten in der Mülltonne der Vergangenheit verstaut sein würde, um nie wieder daran zu denken. Es war seine Berührung. Eindringlich und warm. Große Arme, die mich umhüllten. Das Gefühl der Sicherheit, das sie vermittelten.

Tick, tick, tick machte die Uhr in mir. Ich neigte den Kopf nach oben und küsste meinen Freund. Ein kleiner feuchter Kuss. Erkundend und bereit dazu, weitere Zugeständnisse zu machen. Unsere Körper waren aneinandergepresst. Ich spürte, wie er steif wurde und anschwoll. Es erschien mir aufregend.

Ich verstärkte den Druck und öffnete meinen Mund. Er wich zurück. Hielt mich auf Armeslänge. Zuvor war ihm eine Träne über das Gesicht gelaufen und in seinem Bart verschwunden. Eine schmale feuchte Linie.

Ich kann das nicht, mein Lieber, sagte er. Du bist total süß und selbstverständlich super, also, wenn das Timing anders gewesen wäre … vielleicht. Aber jetzt gerade hätte ich das Gefühl, ich würde in tausend Teile zerspringen. Und als dein Freund will ich ehrlich zu dir sein – ich glaube nicht, dass ich die Person bin, die du eigentlich willst.

U3

Ein Anblick, den ich mir nie im Leben hätte vorstellen können: Reis und Rajma und Kokosnuss-Dal auf dem Herd, Tig,
die mit meiner Mutter lacht, beide auf Zeitungspapier sitzend. Überall Kisten. Thom, der das gegrillte Fleisch durch-
schneidet, das er mitgebracht hat.

Ist nicht mein Bestes, erklärte er Mummy breit grinsend.
Sie lachte und wies mit dem Kopf in Richtung Herd. Sagte:
Das ist auch ganz und gar nicht mein Bestes.

Ich hoffe, in Washington, D. C., wird meine Tochter mehr
als zwei Gewürze kaufen und im Haus haben, fügte sie
hinzu.

Sie aß den Reis und die Linsen mit den Händen, formte
sie mit den Fingerspitzen zu ordentlichen Kroketten. Tig
wollte es ihr nachtun, mit suboptimaler Technik und ent-
sprechendem Ergebnis.

Machen Sie *Scherze*?, erwiderte Thom, nachdem er sich
den ersten Löffel Rajma in den Mund geschoben hatte. Kommen Sie, Ma'am. Er mimte einen Kuss auf seine Fingerspitzen. Was muss ich tun, um dieses Rezept zu bekommen?
Das soll nicht Ihr Bestes sein?

Meine Mutter lief vor Freude rot an. Mein bestes Gericht
ist tatsächlich kein vegetarisches, erklärte sie schlicht. Du
nimmst dafür Rindfleisch und brätst es in etwas Kokosnussöl an, in einem sehr schmackhaften Masala mit Zwiebeln, Curryblättern und großen Brocken Kokosnuss. Das

Fleisch wird ganz, ganz zart. Dazu serviere ich Okraschoten und meine selbst gemachten Parathas, die ganz blätterig sind, ganz weich vom Ghee. Das ist tatsächlich mein bestes Gericht.

Junge, sagte Thom zu mir, wann fliegen wir nach Indien?!

Komm uns jederzeit besuchen, erwiderte meine Mutter mit einem Lächeln und bewegte den Kopf wie ein Wackeldackel.

Ich ging in die Küche, um für einen Augenblick diesem Fest der Liebe zu entkommen. Als ich mir einen Nachschlag Rajma nahm, kniff Tig mir fröhlich in den Hintern.

Was für ein Charmeur, flüsterte they. Wer hätte gedacht, dass das in ihm steckt?

Ich schüttelte den Kopf und verdrehte die Augen. Aber es ergab Sinn. Der Vater einer Klassenkameradin in Aurora hatte meine Mutter einst als eine kleinere Julia Roberts im Sari beschrieben. Der Junge war also immerhin konsequent. Ich zwinkerte Tig zu. Ich hielt das Glas, aus dem ich getrunken hatte, hoch und zeigte unter dem Ball-Logo auf die Worte: WIDE MOUTH.

Unser Gelächter erfüllte die Küche, Geräuschkonfetti, das um uns herumflatterte und zu Boden sank. Ich hielt mich an der Kücheninsel fest und atmete röchelnd aus. Thom verlangte vergeblich, in unseren Scherz eingeweiht zu werden.

Als ich später spülte und er abtrocknete, sagte er leise: Homie, du musst mir erzählen, was gestern passiert ist, okay? Dass du Tig immer als Erstes einweihst, ist essenzialistische Kacke. Alle Gender lieben Klatschgeschichten. Ich bin verletzt, mein Dude.

Das kann man wohl kaum als *Klatschgeschichte* bezeichnen –

Klar, sicher, duweißtwasichmeine. Also, kommt sie morgen? Seid ihr ... wieder *zusammen*?

Ich hatte im dunklen Theater gesessen und die lebhafte, murmelnde Menge um mich herum gespürt. Ich hielt einen Strauß Blumen in der Hand.

Zuvor hatte ich mir eine Stoffschere geschnappt, war hinunter in Amys Rosenbeet gegangen und hatte gedacht: Was machst du jetzt, Bitch? Manchmal will man das Karma einfach selbst verkörpern. Sich eigenmächtig um die wohlverdiente Strafe kümmern.

Als ich die erste Blume abschnitt, bekam ich ein schlechtes Gewissen, vielleicht war es auch die Gegenwart meiner Mutter, die am Morgen angekommen war und ihren Jetlag ausschlief. Ich wünsche deiner Freundin viel Glück für ihre Vorstellung, hatte sie gesagt, ehe sie die Wange auf die wie zum Gebet gefalteten Hände gelegt hatte. Ich rief bei Belle Fiori an und bat, rasch einen Strauß zusammenzustellen.

Während ich auf den Beginn der Vorstellung wartete, las ich das Programm. Es ging fließend von Hip-Hop zu Ballett zu zeitgenössischem Tanz über. Vic Mensa trifft auf Sharon Van Etten.

Guten Abend, *Ladies and Gentlepeople*, vielen Dank, dass Sie zu unserer Vorstellung erschienen sind. Shaka in einem roten Lamé-Blazer, die Scheinwerfer auf sich gerichtet, sprach die Worte aus, die Marina geschrieben hatte.

Refrain hat eine geteilte Bedeutung. Eine doppelte. *To refrain* bedeutet aufhören, sich von etwas zurückhalten, sich unter Kontrolle halten. Aber ein Refrain weist auch auf eine Wiederholung hin. Der Refrain eines Songs, zu dem man immer wieder zurückkehrt. Woran erinnern wir uns, weil wir immer wieder dahin zurückkehren? Stellen Sie sich eine Ballerina auf dem Schmuckkästchen eines Kindes vor. Die Refrains unseres Lebens sind die Augenblicke, um die wir uns drehen, vielleicht die Augenblicke, die zu früh aufgehört haben, die aufgehört haben, bevor wir bereit dazu waren, und so sind wir erstarrt, drehen Pirouetten in der Zeit, denken ständig an die Möglichkeit, die hätte sein können. Wenn doch nur. Wenn doch nur.

Dunkelheit legte sich über den Saal. Ein Scheinwerfer durchschnitt sie. Tänzer*innen bewegten sich in einem Halbkreis, wellenförmig, sprangen und kreisten durch die Luft wie durch ein Schwimmbecken. Sie teilten sich in Paare auf, hoben einander hoch und bewegten ihre Körper disharmonisch, bis die richtige Musik kam und sie wieder in perfekter Symmetrie zusammenfanden, sich wie ein Spiegelbild bewegten, wie Klone. Mir wurde kalt ums Herz. Ich sah zu.

Als der Applaus abebbte und ich mir die Tränen aus dem Gesicht wischte, wusste ich zum ersten Mal in meinem albernen Leben, was ich tun wollte.

V3

Marina in der Garderobe. Wie sie mich anstarrte. Mein Geist wie der Splitter eines Jolly-Rancher-Bonbons auf einer pink-farbenen Zunge, ein sauber geleckter Metalllöffel. Marina in einem marmorierten Kimono und glänzenden schwarzen Leggings. Ihre Hand bewegte sich an ihr Schlüsselbein und zog in stummer Aufgeregtheit an der dünnen goldenen Kette, die darauf ruhte. Hinter mir hörte ich Lachen und ausgreifende Schritte. Shaka spazierte zur Tür herein.

OH, machte er, verarbeitete meinen Anblick und schaute von mir zu Marina. Oh, okay!, sagte er und schien aus ihrem Gesicht etwas abzulesen, was ich nicht erkennen konnte, wirbelte herum und verschwand.

Hey, sagte ich. Die sind für dich.

Du bist gekommen, sagte Marina und machte keine Anstalten, den Strauß entgegenzunehmen.

Ich hoffe, das ist in Ordnung, erwiderte ich. Hör zu, es ist dein Abend, ihr wollt sicher noch feiern gehen. Ich wollte bloß herkommen und dir die hier geben und dir sagen – ich spürte, wie meine Kehle sich zusammenschnürte –, wie bemerkenswert ich *Refrain* fand. Ich wusste nicht, worum es geht, und eigentlich hatte ich erwartet, dass ich mich ahnungslos und unwohl fühlen würde, also, ich kenne mich mit Tanz ja überhaupt nicht aus –

Ob du es glaubst oder nicht, du hast mir deine Ambivalenz deutlich genug zu spüren gegeben, unterbrach Marina mich in eisigem Tonfall. Deshalb habe ich dich damals – deshalb wollte ich von dir wissen, ob du wirklich kommen würdest.

Ich bin gekommen, sagte ich und senkte leicht den Kopf. Was du da getan hast, war unglaublich. Es war real. Es hat etwas Reales entstehen lassen. Ich weiß auch nicht. Ich wünschte, ich könnte irgendetwas Schlaues darüber sagen.

Sie machte ein Geräusch zwischen einem Schniefen und einem Schnaufen.

Wie läuft's bei dir?, fragte Marina und wanderte mit dem Blick durch ihre Garderobe, während sie sich mit ihrer Goldkette strangulierte.

Ziemlich beschissen, um ehrlich zu sein, antwortete ich und nahm einen langen, tiefen Atemzug. Hör zu, es ist dein Abend. Ihr habt eine Wahnsinns-Show auf die Beine gestellt. Bei der Hälfte der Nummern dachte ich, ich wusste gar nicht, dass Körper zu so etwas überhaupt in der Lage sind. Ich würde mich gern irgendwann mal mit dir unterhalten, wenn du nicht gerade etwas zu feiern hast, aber jetzt solltest du feiern. Ich bin noch zwei Wochen in Milwaukee, vielleicht finden wir –

Zwei Wochen, sagte sie und schien sich mit einem Ruck aus ihrer Starre zu befreien. Du ziehst fort.

Ja, antwortete ich. Na ja, ich ziehe in zwei Tagen aus und lasse meine Sachen transportieren, wollte dann noch eine Weile bei Tig bleiben, bis mein Flug geht.

Also, du ziehst fort aus Milwaukee. Und ich erfahre das jetzt.

Ja, sagte ich. Denkst du, du hast vielleicht irgendwann mal Zeit, um mit mir zu – sprechen?

Marina blinzelte ihre Tränen davon, schob ihren Kiefer nach vorn und zündete sich eine Zigarette an. Sie nahm ein paar tiefe Züge und stieß dann äußerst hitzig aus: Wir können uns jetzt unterhalten, wenn du etwas zu sagen hast, dann sag es jetzt.

Meine Lungen füllten sich mit Luft.

Du bist der Mensch, den ich will, sagte ich leise. Das ist nie anders gewesen. Während unserer gesamten gemeinsamen Zeit war ich in vielerlei Hinsicht ängstlich und habe mich zurückgezogen und versucht, mich abzusichern. Ich bin auf meine eigene Weise eine – verwundete – Person, und aus diesem Grund habe ich einige Dinge getan und viele Dinge nicht getan. Ich bin nicht in der Lage gewesen, ehrlich zu sein, jemanden hereinzulassen, meine wahren Gefühle auszusprechen. Aber jetzt versuche ich es. Du bist der Mensch, den ich will. Ich verstehe es, wenn du mich nicht zurückhaben willst. Aber ich weiß, dass ich es mein ganzes Leben bereuen würde, dir das nicht zu sagen. Du bist das, was ich will. Wenn du mit mir nach D. C. kommen würdest – das würde ich mir mehr wünschen als irgendetwas anderes. Es würde mich glücklich machen.

Marina schwieg einen schrecklich langen Augenblick. Meine Haut juckte vor Angst.

Warum hast du mich über deine Eltern angelogen?, fragte sie, die Augen zwei heiße Schlitze.

Weil ich ein schlechter Mensch und ein Feigling bin.

Sie sagte nichts.

Das ist die kurze Antwort, fuhr ich fort, und die Worte, die meine Freund*innen verwendet hatten, um zu analysieren, was zwischen uns geschehen war, kamen mir in den Sinn und erwiesen sich als nützlich. Ich sagte: Hör zu, bitte, zuerst war es wirklich ein Versehen und ein Missverständnis. Das musst du mir glauben. Später fühlte es sich dann wie eine seltsame Form von Freiheit an – bei dir konnte ich so tun, als würde ich nicht von Eltern und von einer Kultur abstammen, ich weiß auch nicht, die Menschen wie dich und mich ablehnt und fürchtet. Es fühlte sich an, wie eine neue Identität anzunehmen oder mich in zwei kontrollierbare Hälften aufzuteilen. Es fühlte sich an wie ein Schutz. Und ehrlich gesagt habe ich jede frühere Beziehung, in der ich jemals sein durfte, sabotiert, weil es sich sehr ... schwierig, also, gefährlich angefühlt hat ... irgendjemandem dauerhaft, ohne Ablaufdatum, nah zu sein, vertraut zu sein. Es fühlt sich an, als würde ständig ein Wecker klingeln, ein Wecker, den nur ich hören kann. Also könnte man sagen, dass es auch meine bislang kreativste Form von Selbstsabotage war. Es tut mir leid, dass ich diese Entscheidung getroffen habe, dass ich dich angelogen habe. Das werde ich für immer bereuen.

Marina wandte sich von mir ab, legte den Kopf auf dem Schminktisch auf ihre Arme und verharrte mehrere Minuten in dieser Position. Nicht wissend, was ich tun sollte, blieb ich stehen, wo ich war, und wartete.

Tja, also, Annette gibt die Leitung des Brookfield-Studios auf, sagte sie schließlich mit verstopfter Nase. Sie hat mir angeboten, sie zu übernehmen. Der Job bringt siebzigtausend Dollar ein und eine gute Krankenversicherung.

Ich wollte ihr gratulieren. Brachte kein Wort hervor.

Als unnötige Erläuterung fügte Marina hinzu: Ich habe Ja gesagt.

W3

Wir entschieden, nichts zu entscheiden.

Zu »schauen, was passiert«.

Sie würde in Milwaukee bleiben.

Ich würde nach D. C. ziehen.

Ich würde sie besuchen.

Sie mich vielleicht auch.

Nach Vorhaltungen und Wut, Schuldzuweisungen und Entschuldigungen sagten wir beide schließlich, dass wir die Tür zwischen uns noch nicht für immer schließen wollten.

Gegen Ende dieses Gesprächs hatte Shaka ganz vorsichtig geklopft und dann die Tür aufgemacht.

Ich möchte euch gar nicht stören, meine Damen, sagte er. Den Blick nach oben gerichtet, als hätte er uns nackt erwischt. Ich will euch nicht von eurem weiblichen Verarbeitungsprozess abbringen, ich wollte Marina nur Bescheid geben, dass die After-Show-Party bei Malika gleich anfängt und ich mich jetzt auf den Weg mache, falls ich dich mitnehmen soll. Ich will mich gar nicht einmischen –

Shaka, Baby, gibst du mir eine Minute?

Sie wandte sich zu mir um. Atmete tief aus.

Fragte: Magst du mitkommen?

X3

Vor dem Haus, zum Bordstein hin geöffnet, stand der Umzugscontainer. Orangefarbene Abdeckplane und Klettver-
schluss, Metall und Holz, bereit, gefüllt und an eine neue
Küste transportiert zu werden.

Aiyay, er sieht zu klein aus, sagte ich zu Mummy. Vielleicht sollte ich mir in D. C. einfach neue Möbel kaufen.
Oder ich sollte nur die Sachen aus dem Schlafzimmer mitnehmen.

Sei nicht albern, wies meine Mutter mich zurecht. Wozu
Geld verschwenden? Es wird alles hineinpassen. Wo ist
deine starke Freundin?

Das bin dann wohl ich, sagte Tig, die hinter uns auftauchte. They trug zwei Pizzakartons. Diana und ihr Sohn
traten mit mehreren Flaschen Sprudelwasser durch meine
Seitentür. Thom und KJ würden im Laufe des Nachmittags
dazustoßen, falls wir Verstärkung brauchten. Von drüben
bei Wolf Peach drang das Geräusch eines Presslufthammers.
Hier gibt es zwei Jahreszeiten, hatte Thom mir einst erklärt:
Winter und Bauarbeiten.

Überlass das mir, rief Tig über den Lärm hinweg. Ich will
gar nicht darüber nachdenken, wie viele Umzugscontainer
ich schon vollgeladen habe.

Ist das jetzt ein Witz über Lesben oder ein Witz über Armut?, scherzte Diana. Meine Mutter sah sie erschrocken an,
sagte jedoch nichts.

Wir fangen mit den größten Sachen an, schieben sie ganz nach hinten und stapeln sie bis zur Decke, rief Tig. Sie wandte sich an mich. Wo ist dein Bett?

Ich konnte es mir nicht verkneifen, etwa alle zwanzig Minuten einen Blick aus dem Fenster zu werfen. Wir trugen die Federkernmatratze, die Kommode, die Küchenkisten hinunter. Schüttelten die Teppiche aus und rollten sie zusammen. Ein Lied aus Staub. Dianas Kind hustete heftig. Meine Mutter verabreichte ihm einen Löffel voll Honig, tätschelte ihm das krause dunkle Haar und sagte: Lieber Junge, geh draußen spielen. Der Plastikbär voller goldenem Glibber wanderte zurück in die Papiertüte für St. Casimir.

Stöße und dumpfe Schläge. Das Treppenhaus war eng. Wann immer ich nachschaute, war die Straße leer, bis auf den Umzugscontainer und Amys kleinen kastanienbraunen Truck. Es war Zeit für das Sofa, das neu gekaufte Steppsofa, das mehr als eine Monatsmiete gekostet hatte und aus einer Zeit stammte, als ich noch glaubte, die Dinge würden anders laufen. Tig stand im Umzugscontainer und spielte Tetris.

Es ist in Ordnung, wir können es einfach tragen, sagte meine Mutter und gab uns Anweisungen. Wir drehten das Teil um. Wickelten es in Umzugsdecken. Schraubten die Füße ab. Nicht aus dem Rücken heben, sagte Diana und zeigte es uns. Meine Mutter trug vorn, ich in der Mitte, Di hinten.

Als wir im Treppenhaus um die Ecke kamen, ging die Tür zum Keller auf. Der Verlobte stand lächelnd vor uns. Amy musste ihn geschickt haben. Ich starrte auf seine Zähne, die Ärger zu uns hinaufstrahlten wie eine Taschenlampe.

Hi! Ich weiß, dass du umziehst, aber passt auf, dass ihr

keine Möbel fallen lasst oder laut redet, sagte er zu mir. Wir können unsere eigenen Gedanken nicht hören. Wir sind nette Leute, wir haben Verständnis. Wir bitten nur um ein wenig Anstand.

Ich brachte kein Wort hervor. Ich starrte ihn ungläubig an und stützte das Sofa auf meiner Hüfte ab.

Und wo ich dich gerade habe, fuhr er fort, anscheinend ohne meine mittlerweile zitternden Arme wahrzunehmen, ich soll dir von Amy sagen, vergiss nicht, alle Nägel zu entfernen und die Löcher mit Spachtelmasse zu füllen, und schau nach, dass sich nichts mehr in der Dachtraufe befindet. Wir werden bei der Wohnungsabnahme dort nachschauen. Ich glaube, du hattest einige Sachen in die Wände genagelt –

Ich registrierte eine rasche und enorme Zunahme des Gewichts, das ich halten musste, keuchte und taumelte und ließ los, ohne es überhaupt zu merken. Ein *O nein* entwich aus Dianas Mund. Das Sofa krachte hinunter. Der Verlobte sprang gerade noch rechtzeitig aus dem Weg. Sein Schrei flog an mir vorbei.

Ehe ich mich entschuldigen oder auch nur etwas sagen konnte, legte Mummy ihre Hand auf das eingewickelte Sofa, das nun gestrandet war wie ein Wal.

Hallo, sagte meine Mutter ganz ruhig zu dem Mann, der sie bis zu diesem Zeitpunkt kaum angesehen hatte. Ich bin froh, dass Sie nicht verletzt sind. Ich konnte das Sofa einfach nicht mehr halten, während Sie geredet und geredet und *geredet* haben.

Der Mann gab keine Antwort. Das Gesicht ausdruckslos vor Erstaunen, betrachtete er sie. Amys Stimme drang aus ihrer Wohnung, rief seinen Namen wie eine Frage.

Es ist … merkwürdig, Menschen auf eine solche Weise zu belästigen, während sie gerade schwere Möbel tragen und aus einer Wohnung ausziehen, fuhr Mummy fort.

Hören Sie, setzte der Verlobte beschwichtigend an, ich bin ein netter Mensch –

Wir sind hier alle sehr nette Menschen, unterbrach ihn meine Mutter, deutlich machend, dass sie diesem Unsinn ein Ende setzen wollte. Ich schlage Ihnen nun ganz nett vor, dass Sie und Ihre Frau irgendwo anders arbeiten, während wir die Sachen meiner Tochter aus dieser Wohnung räumen, fügte sie hinzu und schien, wie Alice im Kinderbuch, so groß zu werden wie die Treppe selbst und ihr Beutetier mit dem Blick eines Drachens anzustarren, bis es sich umdrehte und zurück in sein Loch huschte.

Y3

Willst du diese Kiste voller Zeug noch haben, Girl?, fragte Diana mich aus dem Badezimmer und schüttelte vor mir einen dunklen Quader mit den Worten NINE WEST auf dem Deckel.

Ich nahm ihr die Schachtel ab und presste sie an meine Brust. Tigs Badekugeln. Ich hatte sie nie verwendet.

Ich finde einen Platz dafür, murmelte ich.

Der hintere Teil des Umzugscontainers füllte sich, nachdem Tig uns aufgetragen hatte, alles vertikal bis zur Decke zu stapeln. Ich klemmte die Badekugelsammlung über eine Plastikbox voller Winterkleidung und kehrte ins Haus zurück.

Die Zukunft ist selbstverständlich nicht zu fassen, das Gegenteil von vorhersagbar. Als ich nach Milwaukee kam, hatte ich mir das Leben eines Nachwuchs-Rockstars in Blazer und Strumpfhosen vorgestellt, mit drei Martinis zum Mittagessen, Steakhäusern und Zigarren und jede Woche einer neuen Frau im Bett. All dies, bis meine Jugend, der mir zugeteilte Zeitraum tolerierter Rebellion, abgelaufen wäre. Stattdessen bekam ich am Ende eine biologische Gefahrenquelle von einer Wohnung, ein kleines Nest aus liebenden Freund*innen, eine lange Warteschlange bei St. Casimir. Nun verließ ich diesen Ort, mein Bankkonto in Trümmern, um zu versuchen, es an einer neuen Küste dieses seltsamen Landes wiedergutzumachen. Ich würde behaupten, dass zweite Chancen etwas sehr Amerikanisches sind, allerdings spricht die Geschichte meines Vaters dagegen.

Was ich sagen will: Sofern ich mir die Zukunft von Tigs Badekugeln überhaupt ausgemalt hatte, so hatte ich mir vorgestellt, wie ich mir in meinem neuen Leben alle paar Monate eine davon gönnte.

Eine Gelegenheit, mich nach einem harten Arbeitstag zu entspannen. Das Geschenk meiner Freundin so lange wie möglich aufbewahrend.

Aber so wird es nicht kommen. Es wird ein sonnendurchfluteter Sommertag in D. C. sein, erfüllt von einer prickelnden Hitze, wenn ich am Ende meiner ersten Arbeitswoche in der neuen Stadt zurückkehre und mir ein Bad einlasse. Da Wasser von den Nebenkosten das Einzige ist, das ich nicht bezahle, fülle ich die Wanne bis oben. Stelle die NINE-WEST-Schachtel auf den Rand des Waschbeckens.

Das Wasser plätschert kühl gegen mein Schlüsselbein. Ich dehne meine Waden, die wund sind von den Absätzen, die ich nach der Arbeit auch in der U-Bahn getragen habe. Neben mir beginnt mein Telefon ohne Unterlass zu klingeln.

Marina.

Peter hat mir einen Brief geschickt. Hat ihn an ihre Wohnung adressiert. Die letzte Anschrift, die ich ihm gegeben hatte. Soll ich ihn aufmachen?, fragt sie. Ich bin kaum in der Lage zu sprechen und würge hervor: *Ja.*

Was ich höre: O mein Gott.

Was ist es?, will ich wissen, habe das Gefühl, wahnsinnig zu werden. Stelle mir eine Klage vor, einen Brief von einem Anwalt. Sag mir, was es ist, was hat er geschickt?

Es ist ein Scheck, antwortet sie.

Ich bringe kein Wort hervor. Ich bin Thoms Rat gefolgt. Habe die E-Mail abgeschickt, ohne irgendetwas zu erwarten. Habe in all den inzwischen vergangenen Wochen keine Rückmeldung erhalten.

Siebzehntausend Dollar, sagt sie zu mir. Du hast dein Geld, was auch immer du ihm geschickt hast, hat funktioniert. Das Arschloch hat nachgegeben.

Als ich den Deckel des Schuhkartons abhebe, lassen die Badekugeln die Luft vor Duft explodieren. Ich kippe sie in die Wanne, die gesamte Schachtel, und die kreideartigen Kugeln wippen harmlos und ruhig im Wasser auf und ab. Sprudeln ganz leicht. Dann verwandeln sie sich. Pastelliger, neonfarbener, in allen Regenbogenfarben schillernder Schaum strömt aus ihnen. Sie tragen alle Namen, die auch irgendwo stehen. Intergalactic. Melusine. Sex Bomb. Twilight. Ungläubig lache und lache und lache ich in die Stille des gekachelten Zimmers, ohne Gedanken oder Sprache zu formen, tauche meinen Kopf unter den schillernden Schaum und komme erst wieder hoch, mein ganzer Körper bedeckt von Glitter und Farbe, als mir die Luft ausgeht.

Z3

Der Umzugscontainer war nahezu voll. Meine Mutter, meine Freund*innen und ich arbeiteten zusammen, um die Überreste meines Aufenthalts in Milwaukee auseinanderzunehmen, und erhoben unsere Stimmen über den Lärm der Baustelle.

Wir wickelten die Bilderrahmen ein. Packten die Tassen ein. Trugen eine Überfülle an Kisten nach unten, während das Geräusch von Klebeband die Luft durchriss. Auf großen Vierecken aus Brawny-Küchenrolle aßen wir Pizza, auf der das Fett der Peperoni auf dem zahnfarbigen Käse leuchtete. Mit wahrhaft übermenschlicher Anstrengung hielt ich Diana davon ab, vor meiner Mutter auch nur eine einzige Kindheitsanekdote zu erzählen.

Zwanghaft schaute ich immer wieder aus dem Fenster. Mein Puls raste. Und dann.

Der kastanienbraune Truck meiner liebenswerten Nachbarin war verschwunden. An seiner Stelle stand nun längs geparkt ein lindgrüner Kia Soul.

Hi, hi, hi! Sie trug einen weißen Jeans-Overall, das Haar ganz oben auf dem Kopf zusammengebunden, begrüßte alle und umarmte meine Mutter mit echter Wärme. Hallo, ich bin Marina!

Mein Mund war so trocken und ölig wie die Pizzaschachteln.

Als sie mir am Ende der After-Show-Party gemeinsam mit einer versöhnlichen Umarmung ihr Kommen angeboten und zugleich meinen Kussversuch abgewehrt hatte, hatte ich nicht Nein sagen können. Als sie mit ausdruckslosem, gelangweiltem und schleppendem Tonfall gesagt hatte: Ist okay für mich, als bloß irgendeine Freundin vorgestellt zu werden, du bist nicht die Erste, mit der ich zusammen bin, die sich vor ihrer Familie nicht geoutet hat, Dude, hatte ich eine heftige, vernichtende Beschämung verspürt. Ich hatte darauf lediglich geantwortet: Okay. Vielen Dank. Das ist sehr freundlich.

Ich freue mich sehr, Sie kennenzulernen, Sie haben so eine lange Reise auf sich genommen, sagte Marina zu meiner Mutter. Lächelnd.

Nichts verratend. Mit schwindelerregender Anmut.

Wobei sind wir gerade?, fragte sie. Diese Kisten mit Kleidung? Würden Sie mir die Tür aufhalten?

Meine Mutter tat es. Wir putzten das Badezimmer. Wischten den Kühlschrank aus. Begannen meinen Schreibtisch auseinanderzubauen.

Mol, diese Papiere kann ich wegwerfen, oder?, hörte ich sie hinter mir.

Mummy mit einem Stapel Papierkram von Peter und dem Kunden in der Hand, gestikulierend in Richtung eines massiven Haufens. Ein paar Tage zuvor hatte ich versucht sie durchzusehen, um zu entscheiden, was ich womöglich noch aufbewahren musste. Steuerformulare und Lohnabrechnungen, Arbeitszeitkonten und White Papers. Eine Million Excel-Ausdrucke. Es hatte sich so überwältigend angefühlt, dass mir der Kopf geschwirrt hatte. Ich hatte es auf- und zur Seite geschoben.

Meine Mutter wurde sauer, dass ich die Papiere noch nicht sortiert und den Schreibtisch noch nicht auseinandergebaut hatte. Wir gifteten einander an. Unsere Worte hingen rauchend in der Luft.

Marina mischte sich ein. Ich übernehme den ersten Durchgang, sagte sie und legte mir eine Hand auf die Schulter, danach kannst du noch einmal drüberschauen. Ich behalte alle Verträge, Arbeitszeitkonten und Steuersachen. Klingt das gut?

Danke, flüsterte ich. Mummy lächelte Marina an, sodass sich Fältchen um ihre Augen bildeten. Als Nächstes beschlossen meine Mutter und Tig, sich um das Problem der Nägel in der Wand zu kümmern.

Wo ist dein Hammer, Mol? Du hast doch einen Werkzeugkoffer?, fragte meine Mutter mich nörglerisch.

Mein Hammer – ich weiß, dass ich einen habe, aber ich habe ihn seit Monaten nicht mehr gesehen. Er ist beim Packen nicht aufgetaucht. Und etwas anderes habe ich eigentlich nicht, abgesehen von diesem Schraubenzieher – ich winkte von dem umgedrehten Walmart-Computertisch aus mit dem Philips.

Yesu, murmelte meine Mutter. Und hast du dieses Füllmaterial?

Nein, ich habe nicht daran gedacht, Spachtelmasse zu besorgen – tut mir leid, Ma –

Bitte führ dein Leben in Washington, D. C., anders, okay?

Auf diese Weise schimpfend, kommandierte meine Mutter Tig dazu ab, sie zum Baumarkt zu fahren. Diana und ihr Sohn entschieden, eine Pause einzulegen. Einen Spaziergang durch die Nachbarschaft zu unternehmen. Ich erstarrte, ehe ich mich daran erinnerte, dass er noch zu jung war, als dass irgendjemand an die Hill-Mailingliste schreiben würde. Bei Nextdoor einen Kommentar hinterlassen oder die Polizei rufen würde. Für den Augenblick war er sicher.

Die Schrauben aus meinem Schreibtisch wanderten in einen wiederverschließbaren Plastikbeutel, den ich mit übertriebener Sorgfalt beschriftete. Im selben Zimmer arbeiteten Marina und ich schweigend Rücken an Rücken.

Das hier ist seltsam, sagte ich schließlich. Es ist so, so seltsam. Euch beide hier zu haben. Es fühlt sich verrückt an. Nach allem, was passiert ist. Ich hoffe – ich hoffe, ich kann irgendwann auch deine Mom kennenlernen.

Marina nickte knapp und mied Blickkontakt. Die verschwenderische Wärme, die eine Tanzdarbietung für sich gewesen war, fiel von ihr ab, nachdem alle anderen fort waren. Ihr Gesichtsausdruck war fest, zu gleichen Teilen kalt und traurig.

Wie fühlst du dich?, fragte ich schüchtern.

Beschissen, sagte sie und arbeitete weiter, den deutlichen Eindruck vermittelnd, kein Gespräch zu wünschen.

Der Lärm der Baustelle wurde hundertmal lauter. Ich band die einzelnen Teile des Schreibtischs zusammen.

Bitte schön, sagte Marina, mich noch immer nicht anblickend, und stellte einen Pappkarton voller verschiedenfarbiger Klarsichtmappen neben sich auf den Fußboden. Darin waren meine Papiere sortiert. Sie streckte sich, wobei ihre Rückenmuskeln sich kräuselten. Ihre Schultern sanken nach vorn. Während ich sie beobachtete, hatte ich das Gefühl, als wäre mein ganzer Körper von Tau bedeckt.

In diesem Augenblick wusste ich, was ich meinen Eltern gestehen würde, noch ehe ich Milwaukee verließ. Die Freiheit, die ich darin gefunden hatte, mein Leben wie ein Atom zu spalten, war eine zerstörerische, und ich wollte sie nicht länger haben. Wilhelm Meister hatte sich nicht mit der Unmöglichkeit einer Rückkehr herumschlagen müssen. Ich wusste nun, dass ich nicht nach einer Phase der Freiheit umkehren und den Beruf, den Kompromiss, den dafür bezahlten Mann annehmen konnte, wie ich es einst geglaubt hatte, als eine fällige Zahlung.

Außerdem entschied ich, Marina in der kurzen Zeit, die uns noch am selben Ort blieb, auf Spaziergängen und bei selbst gekochten Mahlzeiten von den schlichten Tatsachen meines Lebens zu berichten, die nicht das waren, was ich mir ausgesucht hätte, und die dennoch zu mir gehörten und es daher wert waren, sie auch für mich zu beanspruchen. In Socken lief ich über den honigfarbenen Holzfußboden auf mein Mädchen zu.

Hey, flüsterte ich ihr ins Ohr und schlang von hinten die Arme um sie. Danke.

Ich bin so traurig, murmelte sie. Ich werde dich vermissen. Sie war kaum zu verstehen in dem Getöse. Ich hörte ihre Worte als Empfindung und Umriss, wie die Hände von kleinen Kindern, die sich unter einem Bettlaken bewegen.

Ich schloss die Augen. Schwindelig vor Sehnsucht und Angst sagte ich: Ich liebe dich. Ich liebe dich wirklich.

Es war die Wahrheit.

Auf dem Gesicht, das sich nun von mir löste, sich zu mir umdrehte, lagen Überraschung und Ärger und eine aufbrechende Verletzlichkeit.

Verdammt, sagte Marina, und ihr traten Tränen in die Augen. Scheiße. Ihre Nase lief pink an, ihre rauchige Stimme zitterte. Warum sagst du das ausgerechnet *jetzt*? Jetzt, wo alles zu Ende geht.

Ich lehnte mein Gesicht an ihres. Mit der ganzen Inbrunst einer neu Bekehrten sagte ich: Es ist niemals zu spät. Es ist niemals das Ende.

Ein Hauch Minze von ihrem Kaugummi, eine Andeutung von Zigarettenrauch dahinter. Der nasse Muskel ihrer Zunge. Die samtweichen Lippen. Ein Kuss, so umfassend wie ein Raga, so bebend wie eine Sonate. Ich zog an den harten Knochen ihrer Hüften, zog sie näher heran und öffnete flatternd die Augenlider, um kurz ihr Gesicht zu sehen, das leuchtende Gesicht meines Mädchens. Es war fest zusammengekniffen, wie in Ekstase oder Furcht.

Marinas Wangen waren nun von Nässe überzogen. Ihre Lippe zitterte. Ich liebe dich auch, flüsterte sie, die Stimme voller Kummer.

Als wir uns voneinander lösten, sah ich meine Mutter.

Ihr Gesicht war eine Maske des Schocks. Sie stand in dem leer geräumten Wohnzimmer meines Lebens und beobachtete ihr Kind, in der einen Hand Spachtelmasse, in der anderen ein neu gekaufter Hammer.

Ente Sneha, flüsterte sie in unser Schweigen.

Ich trat einen Schritt auf sie zu.

Ma, begann ich, meine Stimme ein leeres Haus, dessen einziges Fundament Schrecken war, ich-ich-ich möchte, dass du weißt, wer ich bin.

Wir

I

Wir entschieden uns für die Uhr. Aber vorher tat ich es. Ich kann es erklären.

Fünf Jahre waren geschmolzen wie Kerzenwachs und hatten uns mit geschmolzen. Es war ein kühler, nach Kirschblüten duftender Morgen in Washington, D. C., als mein Vater mir Fotos der Bäume am Fluss schickte, die über meine silberhaarige Mutter hinauswuchsen. Ein verschlungenes Baumkronendach in Grün und Braun. In dem Schatten, den ich gezüchtet hatte, sah sie wunderschön und ein wenig traurig aus.

Ich trat aus den unterirdischen Tiefen der U-Bahn zurück ans Tageslicht. Ein paar Sekunden blieb ich vor dem Gebäude, in dem ich arbeitete, stehen und fuhr die Fotos mit meinen Fingerspitzen nach, während der Wind mein Haar zerwühlte. Wunderschöne Bilder, schrieb ich zurück. Gehe jetzt ins Büro. Wir sprechen uns bald. Er textete: Gute Reise. Bitte gib uns Bescheid, wenn du gut gelandet bist.

Meine Mutter schrieb: Deinem Freund wünschen wir alles Gute zur Hochzeit.

An meinem Schreibtisch überflog ich die Zeitungsausschnitte, in denen es um Asylsuchende ging, und warf einen Blick auf meinen Besprechungsplan für den Tag. Vorsichtig nippte ich an dem schlammigen Kaffee, der jede Non-Profit-Organisation für Immigration in dieser Stadt betrieb wie ein fossiler Brennstoff. Aus dem Augenwinkel sah ich im Büro-fernseher, wie Trump und seine Frau die Baylor Lady Bears zu Gast hatten. Frauen drängten sich um einen Tisch, der unter Essen von McDonald's, Chick-fil-A und Wendy's ächzte. Ich öffnete meinen persönlichen Gmail-Account. Las noch einmal die letzte Mail von Amit, das Schreiben, das mich ärgerte, seit ich es direkt nach dem Aufwachen gesehen hatte.

In unserem gemeinsamen Leben war nun diese Zeit an-gebrochen: Hochzeitssaison. Ich freute mich für Amit und Emily. Wirklich. Sicher.

Womit ich ein Problem hatte, war ihre eigene Ambivalenz, ihre Überkompensation. Tröpfchenweise erreichten mich Amits Kapriolen und Details. Keine Diamanten, keine Ringe. Die Gartenjurten. Em schneiderte sich das Kleid selbst. Statt Blumen Papierkraniche, die die Brautmenschen falten und zusammenbinden sollten. Die Verwendung des Wortes »Brautmenschen«. Zum Glück war ich nicht gebeten wor-den, bei der Hochzeit eine besondere Rolle zu spielen. Das Beharren darauf, keine Geschenke zu wollen, nur um in den vorangegangenen zwölf Stunden, eine Woche vor der Hoch-zeit, vor den Forderungen empörter Familienältester zu ka-pitulieren und einen Link zu einer Hochzeitsliste herumzu-schicken.

(Nur für die, die uns *unbedingt* etwas mitbringen wollen! Andernfalls ist eure Anwesenheit Geschenk genug!)

Ich nahm einen Schluck und verbrannte mir den Mund. Alberne Leute, so lautete insgeheim mein Urteil über das Ganze. Wenn ihr heiraten wollt, dann heiratet einfach. Ernsthaft, es ist die gewöhnlichste, altertümlichste Angele-genheit, die man sich vorstellen kann. Könnte sogar ganz reizend sein, je nachdem, wie man es angeht. Aber es gibt absolut keinen Anlass, in dieser Sache *exzentrisch* zu sein.

Ich verspürte den vertrauten, leise stechenden Schmerz. Drei Jahre später, und immer noch.

Ich rieb mit der Zunge über die feuchte Innenseite meiner Wange. Druckte einen Kommunikationsplan aus und brachte ihn zu meiner Chefin, die ziemlich nett war, allerdings zur älteren D.-C.-Generation gehörte und manchmal schon von G Suite mattgesetzt wurde. Ich kehrte in meine Bürozelle zurück und rief meinen Chatverlauf mit meinen alten Freund*innen auf. Meinen Freund*innen aus Milwaukee, die Verständnis zeigen würden.

SNEHA:
tja. vielleicht bin ich ein verbitterter single,
wer weiß

THOM:
Mach dir nichts vor, diese extreme San-Francisco-Hochzeit hätte dich genauso genervt,
wenn du und M noch zusammen wärt

TIG:
Hört mal, ich hab eine Frau und zwei Liebhaberinnen und finde trotzdem, A+E haben sie
nicht mehr alle, also

THOM:
Ich glaube, sie versuchen so angestrengt nicht
bürgerlich zu sein, dass die Wirkung am Ende
leider ausgesprochen bürgerlich ist

SNEHA:
Hat »Ich glaube, sie versuchen so angestrengt
nicht bürgerlich zu sein, dass die Wirkung am
Ende leider ausgesprochen bürgerlich ist«
gelikt.

TIG:
Ich bin einfach so froh, dass du dafür zurück
nach MKE kommst. Ist Jahre her, Hoe

THOM:
Zugegebenermaßen war Marx selbst verhei-
ratet. Und ein ziemlicher Romantiker. Seine
Briefe an Jenny sind richtig süß

TIG:
Ich meine, Marx selbst war kein Marxist. So
wie Jesus auch kein Christ war

TIG:
Schenk ihnen einfach nichts, sie haben doch
gesagt, dass das eine Option ist

SNEHA:
nein, ich will ihnen ja was schenken. hoch-
zeitslisten sind bloß so ein irrer amerikanischer brauch. meine eltern hatten nie eine,
sie haben sich einfach damit abgefunden, von
verschiedenen verwandten mehrmals die
gleiche gewürzmühle und die gleiche glasuhr
zu bekommen. was, zur hölle, ist ein avocado-
schneider? ich dreh durch, bitch

Bed Bath & Beyond war erfüllt von strahlendem Licht und
Lotionsdüften. Nichts auf dem Hochzeitstisch kam mir rich-

tig vor. Inspirierte mich. Ich hatte kein großes Verlangen, Amit und Emily einen pastellfarbenen Toaster, roségoldene Untersetzer oder Wasserflaschen mit Kammern für Früchte zu schenken. Ich mäanderte durch die Gänge des Geschäfts und fühlte mich gereizt und selbstgerecht.

Ich erwog, Marina etwas Abfälliges und Lustiges zu schreiben.

Wir kamen gut miteinander aus. Allerdings zog sich durch unsere Zuneigung hartnäckig ein Hauch Förmlichkeit, eine Befangenheit. Ich traute mich nun nicht mehr so oft, ihr meine rauen, gemeinen Seiten zu zeigen. Die großzügige Sneha, die Sneha, die alles stehen und liegen ließ, wenn Marina in einer Krise steckte, die Sneha, die soeben befördert worden war, aber angemessen bescheiden blieb, die Sneha, die viele Freundschaften ohne besonderen Tiefgang führte und niemals einsam wirkte – die zeigte ich Marina, wann immer ich Gelegenheit dazu hatte. Außerdem hatte sie weniger Grund, zynisch über Romantik zu denken, als ich. Für sie gab es jemand Neues.

Wir hatten zwei oftmals glückliche Jahre. Und dann war es vorbei. Die Streitigkeiten hatten zugenommen, verschlimmert durch mein Vermeidungsverhalten und Marinas Trinken. Hinzu kamen die Fernbeziehung und schließlich Marinas Umzug zu mir, der nicht annähernd so sehr half, wie wir es geglaubt hatten. Marina fuhr unter Alkoholeinfluss Auto, ich schluckte meine Wut herunter, sagte: Nein, du kannst mich nicht nach Indien begleiten, es ist einfach zu viel. Es ist keine Kleinigkeit, sich erbittert zu streiten, bis man die Morgensonne auf den Dächern der Reihenhäuser wie auf den Tasten eines Klaviers spielen sehen kann, um danach aufzuwachen und zu sehen, wie die geliebte Person nach einem greift wie ein Kind, das Gesicht heiß und wächsern vom Schlaf. Dann dreht sich einem der Kopf, wenn einem bewusst wird, dass ihre Liebenswürdigkeit weder Reue noch Vergebung, sondern einfach bloß Vergessen ist, ein Blackout. Es tut mir leid, dass ich das gesagt habe, murmelte sie mir zu, ich erinnere mich einfach nicht mehr daran, also weiß ich nicht, was ich deswegen tun soll, es tut mir wirklich leid –

Ich will damit nicht behaupten, dass das, was wir hatten, nicht oft auch wunderschön gewesen wäre. Viel mehr kann ich darüber nicht sagen. Die langen hin- und hergeschickten Briefe, die perfekten Wochenenden, wie Marina Wein einschenkte, während ich nackt am Herd stand und Joan Armatrading lief, die Ausflüge mit dem Auto, das eine Mal, als Marina mich mit einem langen Wochenende in Florida überraschte und ich, als ich in das schlangengrüne Blattwerk blickte und die feuchte Hitze im Gesicht spürte, zu ihr sagte: Oh, Baby, so ist es dort, in dem Ort, aus dem ich stamme.

Ich will damit nicht behaupten, unsere endgültige Trennung wäre, als es so weit war, auch nur annähernd erträglich gewesen. Ein abbruchreifes Gebäude, das endgültig demoliert wurde. Marina gab den Anstoß, sagte, das Gesicht schmerzverzerrt: Ich kann das nicht mehr.

Ich will auch nicht die darauffolgende Periode beschönigen, in der meine Mutter schließlich nach D. C. flog und mich dazu zwang, mich zu waschen, zu essen und jeden Tag zur Arbeit zu gehen.

Ich will hier gar nichts behaupten, außer dass die Zeit eine opiumartige Wirkung hat. Dass wir, nachdem alles vorbei war, Wertschätzung füreinander verspürten, einen widerwilligen Respekt, ein ozeantiefes Verständnis der anderen Person, aber ohne eine gemeinsame Vision eines romantischen Fortbestehens.

Der schlimmste Teil war am Ende nicht gewesen, dass Marina betrunken Auto gefahren war. Dass ihre Augen gelb geworden waren. Die ausgewachsenen Wutausbrüche, die sie am nächsten Morgen wieder vergessen hatte. Am schlimmsten zu ertragen gewesen war das Wissen, auf welche Weise ich dafür verantwortlich war. Denn gute Liebe kann einen Menschen retten. Ihn aus den Wellen herausziehen. Schlechte Liebe ist ein Brandungsrückstrom. Sie kann zum Ertrinken führen.

Du brauchst Hilfe, war eines der letzten Dinge, die ich Marina am Ende entgegenschrie, und diese Worte schlossen die Möglichkeit aus, die bis dahin existiert hatte: dass wir beide einander retten könnten.

Und dann datete Marina die verklemmte Bankangestellte, danach die sadistische Postbeamtin, und schließlich ließ sie sich in die Suchtklinik in Jersey einweisen. Zog später nach Rhode Island mit einer neuen Freundin, einer gertenschlanken Ernährungsberaterin, die meine kärgliche Präsenz im Leben meiner Ex tolerierte, während sie ihre ruhige Abneigung mir gegenüber deutlich machte.

In den ersten beiden Jahren, nachdem es aus war, hatte Marina mich etwa einmal im Monat angerufen, meist in einer akuten Krise. Sie bekam wegen Trunkenheit am Steuer den Führerschein entzogen. Shamar Dance, ihr Nebenprojekt mit Shaka, endete in einem finanziellen Durcheinander. Die rothaarige USPS-Angestellte warf all ihre Schuhe aus einem Fenster im zehnten Stock. Manchmal gab Marina auch Geständnisse ab, meistens, wenn sie getrunken hatte. Ich vermisse dich so sehr. Ich werde nie vergessen, was wir hatten. Du fühlst dich immer noch wie meine Person an, und das macht mich fertig.

Ich ließ alles stehen und liegen, bezahlte für ein Uber, überarbeitete ein Kündigungsschreiben, hörte mir an, was auch immer gesagt werden musste.

Thom fand diese gegenseitige Abhängigkeit ungesund. Es ist schon in Ordnung, sagte Tig sichtlich erschöpft. Ihr seid füreinander so etwas wie emotionale Unterstützungshunde. Emotionale Unterstützungs-Ex-Freundinnen.

Diese Dynamik verblasste mit der Ankunft der Ernährungsberaterin, die zumindest auf ihrem Online-Profil liebenswürdig und nicht vollkommen verhaltensgestört wirkte. Ich war nun in der Chatgruppe für Marinas Abstinenzmedaillen-Meilensteine. Wir telefonierten seltener. Wir liebten einander nach wie vor.

Für mich war die Zukunft noch immer offen. Das war eines der letzten Dinge, die ich in den letzten Minuten, in denen wir offiziell noch zusammen waren, zu ihr sagte, bevor ich so heftig zu weinen anfing, dass ich nicht mehr sprechen konnte. In einer möglichen Welt, in der Marina sober bleiben konnte, keine von uns eine dauerhafte Liebe gefunden hatte und ich bereit war, erneut mein Herz für sie zu öffnen, dachte ich in den Monaten nach unserer Trennung, könnten wir es noch einmal versuchen. Diesmal richtig.

Der Gedanke, dass es nun beinahe drei Jahre her war, ließ mich unangenehm aufschrecken. Ich bog um eine Ecke. Sah die Uhr.

Nicht zu glauben, dachte ich und unterdrückte ein

Lachen. Ich nahm sie in die Hand. Darauf stand Water-
ford Lismore. Ein hübsches rundes Uhrengesicht in einer
Masse aus glitzerndem Bleikristall. In der Form eines Diamanten. Eine Briefbeschwerer-Uhr in der Größe einer un-
reifen Kokosnuss. Sie war klassisch schön, so traditionell
wie die *Mayflower*. Das Gegenteil von Jurten und Brautmenschen.

Das ist unsere letzte, erklärte mir die Verkäuferin. Ein
Ausstellungsstück, deshalb gibt es keinen Verpackungskar-
ton. In Ordnung, sagte ich. Es war wirklich ziemlich kin-
disch von mir, aber ich brachte sie zusammen mit den blöden flauschigen Geschirrtüchern, die tatsächlich auf der
Hochzeitsliste standen, zur Kasse. Nein, wir bieten keine
Geschenkverpackungen an, sagte der Kassierer. Er polsterte
die Uhr mit Zeitungspapier und Klebeband. Sie war schwer
einzuwickeln, ihre Form und Proportionen ergaben keinen
Sinn.

Ich verpasste beinahe das Ende der Rolltreppe, stolperte
und ruderte mit den Armen, wie ein Mann auf einer Bana-
nenschale. Um ein Haar wäre die Uhr frühzeitig kaputtge-
gangen. Auf der U-Bahn-Fahrt nach Hause hielt ich die Lismore auf meiner Handfläche und empfand ihre Schwere als
tröstlich.

Irgendjemand hatte organisiert, dass wir mitten in der
Woche anlässlich des Geburtstags meiner Mitbewohnerin
ausgingen. Wir aßen Fisch-Crudo und tranken orangefarbenen Wein. Neue Bekannte fragten einander: Und was arbeitest du? Ich lehnte das Angebot eines dritten Glases vom
Ehemann meiner Freundin V ab. Ich muss morgen früh zum
Flughafen, sagte ich. Oh, ja, antwortete er. Die Hochzeit
deines Ex.

Nicht der wichtige Ex, sagte V, die sich auf den Platz neben ihm fallen ließ. Der unkomplizierte Ex. Hier, hab dir ein Wasser mitgebracht.

Ich vergesse ständig, fügte sie hinzu, während sie mich mit vor Neugierde leuchtenden Augen musterte, dass du mal in Milwaukee gelebt hast. Dein kleiner Zwischenstopp.

2

Am Flughafen kaufte ich mir ein Würstchen im Brezelteig und lud mein Telefon mit einem ausfransenden weißen Kabel. Während ich auf Teig und Wiener Würstchen herumkaute, wurde mir bewusst, wie aufgeregt ich war. Das erklärte zumindest teilweise meine angegriffenen Nerven. Amit verheiratet zu sehen, zwei meiner liebsten alten Freund*innen wiederzusehen, das Projekt, von dem sie so lange abstrakt gesprochen hatten, in der Realität zu sehen. Doch über dieser gespannten Erwartung lag noch etwas anderes. Etwas wie Furcht.

Als das Flugzeug anrollte, bekam ich eine Textnachricht von meiner nicht ganz so unkomplizierten Ex.

Marina schrieb: hey, bist du beschäftigt? Ich fing an, eine Antwort zu tippen. Wir waren schon so weit abgehoben, dass meine Nachricht nicht mehr verschickt werden konnte. Ein rotes Ausrufezeichen erschien. Ich öffnete Spotify, schaute nach heruntergeladenen Playlists. Während wir in der Luft waren, schickte meine Chefin mir vier E-Mails. Mein Vater ebenfalls. Seine bestanden allerdings aus weitergeleiteten Immobilienangeboten. Das WLAN im Flugzeug war zu schwach, um die Bilder zu laden, sie blieben kastenförmige Umrisse.

Eine Dreizimmerwohnung in Anacostia, eine Einzimmerwohnung in Lanier Heights. Eine Zweizimmerwohnung in Northeast D. C. Mein Vater, der im Laufe der Jahre unter großem Kummer schließlich akzeptiert hatte, dass er eine lesbische Tochter hatte, war seither fest entschlossen, sich auf ihren materiellen Aufstieg in der Welt zu konzentrieren. Über zwei Ozeane hinweg rief er regelmäßig an und fragte mich, wie meine Leistungsbeurteilung gelaufen sei und ob ich eine ordentliche Gehaltserhöhung verhandelt habe. Meine Mutter ließ seinen Sorgen zwar den Vorrang, beschäftigte sich selbst jedoch weiterhin mit den Angelegenheiten meines Herzens. Gibt es jemanden?, fragte sie mich manchmal, gleichzeitig schüchtern und schroff. Nach drei Jahren hatte sie Marina noch immer nicht vergeben, sich von mir getrennt zu haben.

Mein Vater sprach nur selten über solche Dinge, überließ diese Fragen meiner Mutter. Wann planst du, mit deinem Aufbaustudium zu beginnen?, stupste und stichelte er. Bis du dreißig oder einunddreißig bist, solltest du eine kleine Immobilie besitzen, erinnerte er mich wieder und wieder. Nicht sofort, aber in zwei, drei Jahren kannst du dir das leisten. Du musst aggressiv sparen, Snehamol. Du brauchst ein wenig Eigenkapital. Du kannst sie dann immer noch vermieten, wenn es nötig ist. Andernfalls zahlst du immer nur die Hypothek für jemand anderes.

Als ich aus dem Ankunftsbereich trat, warteten auf mich, jeweils in Tarn- und Lederjacke gekleidet, Thom und Tig.

In meiner Brust brach etwas auf und ließ Luft hereinströmen. Mein Lächeln wurde so breit, dass es ein Gesicht entzweireißen könnte. Ich rannte los.

Stark und lachend hob Tig mich empor, küsste mir das Gesicht ab. Ihr Haar war nun länger und an den Schläfen leicht ergraut. They hatte sich ein Nasenpiercing stechen lassen, seit ich them zuletzt gesehen hatte, vor ganzen zwei Jahren, als Tig und Diana zum Demonstrieren nach D. C. gefahren waren. Sie hatten damals auf dem Schlafsofa in meiner WG geschlafen. Die singuläre, zelluläre Intelligenz der Masse. Dianas Sohn hielt ein auf beiden Seiten beschriftetes Pappschild. RICHTIGE MÄNNER RESPEKTIEREN FRAUEN-RECHTE/REVOLUTION ZU LEBZEITEN.

Ich spürte vom Rücksitz des Honda aus, wie Thom mich musterte. Es war dreieinhalb Jahre her, seit wir uns zum letzten Mal persönlich gesehen hatten. Wäre Tig irgendjemand anderes als Tig gewesen, wäre ich zumindest zurückgekehrt, als they Diana heiratete. Aber da they nun einmal hoffnungslos und unveränderlich Tig war, hatte they sich beim Wandern in Utah das Steißbein gebrochen. Tig beschloss, dass they keine Geduld mehr hatte, und heiratete um der Versicherung willen im Standesamt von Salt Lake City. KJ und ihre Mom schalteten sich per FaceTime dazu. Thom und mich und Jervai ließ Tig es in einer Gruppennachricht wissen und saß die ganze Rückfahrt über auf einem aufblasbaren Ring.

Typisch, hatte Thom mir damals separat geschrieben und vier Clown-Emojis hinzugefügt.

Beim Fahren stellte ich mir vor, wie ich wohl durch die Augen meines sanftgesichtigen Freundes aussah, mit seiner Jacke aus dem Laden für Armeeüberschuss und seiner knallorangefarbenen Mütze, die Haut rot und schuppig. Wie die Sneha der Gegenwart auf ihn wirkte.

Dicker, fülliger, stellte er wahrscheinlich fest. Mit einem Selbstbewusstsein sprechend, das er von mir vermutlich nicht gewohnt war. Ein Kurzhaarschnitt, hässlich-cool und teuer. Ich trug einen weichen Wollmantel, der dicker war, als es der für die Jahreszeit unüblich warme Tag verlangte. Meine Schuhe waren zweckmäßig und ergonomisch. Ich lächelte mehr als früher, aber mit geschlossenen Lippen, ohne Zähne.

Er bog auf die Straße ab, deren Namen ich schon so oft gehört hatte.

Es muss noch viel getan werden, sagte Tig im Vorfeld, mit der typischen Bescheidenheit des Mittleren Westens. Dann fügte they hinzu: Aber wo muss es das nicht?

Thom öffnete meine Autotür. Seit Jahren neckten wir ihn wegen dieser Art veralteter Ritterlichkeit, aber es war hoffnungslos.

Mein Kumpel, sagte er. Willkommen im Rion.

3

Ich starrte von der Einfahrt aus hinauf und fragte mich wenig solidarisch und gegen jede Vernunft, ob es von innen wohl grauenhaft aussehen würde. Ein Zwangsversteigerungsnest aus vollgepissten Teppichen, Studierendenmöbeln, Ratten. Denn – dieses *Haus*! So viel größer, als Textnachrichten und Handybilder es je zeigen könnten. Dafür müsste man in D. C. locker Millionen hinblättern. Wie hoch waren eigentlich die Hypothekenkosten im Mittleren Westen?

Über die Monate hatte Thom mich aus der Ferne auf dem Laufenden gehalten über das Projekt, das ich einst in dem staubigen Archiv meines Lebens als das rosarote Haus abgeheftet hatte. Ein fantastischer jugendlicher Traum. Keine Unterhaltung konnte mich darauf vorbereiten, es zu sehen, zwar viel bescheidener, aber Wirklichkeit geworden.

Rion. Noch immer unfertig, ein halbes Jahr nach Abschluss des Kaufvertrags. In Harambee, nicht in Shorewood, was zu einigen verwirrenden Diskussionen über Gentrifizierung geführt hatte, auch wenn niemand von ihnen zu irgendeiner Form von Adel gehörte. Amit hatte sich vor Jahren aus dem Projekt zurückgezogen, hatte zugegeben, dass er niemals dort leben wollte, wünschte ihnen aber, dass ihre Vision Wirklichkeit würde, und drückte ihnen die Daumen. Thom hatte mir erzählt, dass er in den letzten fünf Jahren häufig kurz davor gewesen sei aufzugeben, der Konvention zu folgen, mit seinen Ersparnissen aus der WG aus- und bei irgendeinem linken Babe einzuziehen. Wie bei anderen Dingen auch, war es die Geringschätzung seiner Eltern, die ihn verbissen dabeibleiben ließ, der freudige Mittelfingernervenkitzel, als er ihnen mitteilte, er wolle zusammen mit seinen Schwarzen Freund*innen ein Gemeinschaftshaus erwerben.

(Nun ja, es tut mir leid, dass ihr das so seht. Aber das sind *meine* Werte. Sie müssen euch nicht gefallen.)

Als sie die Immobilie in Harambee besichtigt hatten, war Tig mit starrem Blick umhergelaufen und hatte sichtlich dem großen Traum nachgetrauert. Dieses Haus hatte eine Vinylverkleidung. Nur zwei Badezimmer. Einen Dachboden, in dem Jervai und KJ Waschbären hörten, die wie in einem Zeichentrickfilm quiekend davonrannten. Der obere Balkon wirkte gefährlich, so verfault wie ein gezogener Zahn. Thom hatte Tig zur Seite genommen und pragmatisch auf them eingeredet. Die beiden waren die Hüter*innen des Plans gewesen, hatten die Flamme über all die Jahre am Brennen gehalten.

Du musst langfristig denken, bat er Tig. Das Haus hatte sechs richtige Schlafzimmer und einen Dachboden. Einen Schuppen. Einen Garten, der groß genug war: für Gemüsebeete, einen Whirlpool, verdammt, sogar für ein, zwei Tiny Houses. Es befand sich in Laufnähe zum Riverwest Public House und zum Bremen Café. Das alles für 174.000 Dollar. Weniger als die Anzahlung für die rosarote Villa am See, die vor so langer Zeit Tigs Fantasie beflügelt hatte.

Thom war ein Realist. Er arbeitete auf dem Bau. Jervai war Barkeeperin, Diana nahm Blut ab, Kenny war Softwareentwickler. Tig war Teilzeit-Alphabetisierungslehrerin für Kindergartenkinder mit einem Haufen Alverno-Schulden.

Wir können es beinahe bar bezahlen und den Rest in drei Jahren tilgen, hatte Thom gesagt. Hör auf mich, Homie. Das Haus wird im Wert steigen, und wenn der Tag kommt, können wir es bei Bedarf für seine Traumlage verkaufen. Sieh dir den Platz an. Sieh dir den Preis an. Deine Ersparnisse, Dianas, meine, Kelli Jo soll einen Kredit aufnehmen, und lass uns sehen, wo Jervai und Kenny stehen. Ich wette, wir bekommen es nahezu zusammen.

Tig starrte auf die Vinylverkleidung, den Blick voller Angst und Hoffnung.

Was sagst du?, drängte Thom. Die schiere Größe, argumentierte er. Der Preis war unschlagbar, nachdem Tig ausgeschlossen hatte zu versuchen, etwas Günstiges irgendwo im ländlichen Wisco zu kaufen. (Wir ziehen nicht raus aus der Stadt, White-Flight-Arschloch.) Mehr als genügend Schlafzimmer. Für Gäste oder Kinder. Airbnb-Einnahmen. Was auch immer sie sich gemeinsam wünschten.

Irgendwann lenkte Tig ein. Passte ihre Vision an. Nicht dass Thom keine Zweifel gehabt hätte. Noelle, die Frau, mit der er gerade zusammen war, wirkte recht verlässlich, freundlich, politisch passend. Sie hätte nichts dagegen, in gemeinschaftlichen Wohnraum zu ziehen, aber sie einen Anteil an dem Haus erwerben zu lassen, wäre komplizierter. Womöglich nicht ratsam. Auf Thom wirkte die Zukunft unendlich unsicher. Sich fortpflanzen oder nicht. Sich an diese Frau binden oder nicht, und für wie lange. An der Börse investieren, trotz ihrer Übel. Demokratisch oder Grün oder überhaupt nicht wählen. Manchmal las er Artikel über das Schmelzen des Permafrosts und all die Krankheiten und das Methan, die in die Atmosphäre freigelassen würden, und fragte sich: Werde ich dabei zusehen können, wie die Welt zugrunde geht, und wie will ich leben, wenn es so weit ist?

Also machte er weiter. Drei Dinge hatten ihm dabei den Schlaf geraubt: Papierkram, Entscheidungen, Vertrauen. Der Versuch, einen neuen Weg einzuschlagen in einem Rechts- und Finanzsystem, das auf die alten Wege ausgerichtet war. Die Gründung einer LLC, das Verfassen einer Satzung. Auf Drängen seiner Mutter hatte er einen Gesellschaftsvertrag aufgesetzt, der zu zwei Dritteln aus Streitschlichtung bestand, aus Klauseln für alle Eventualitäten. Tod, Krankheit, Zerwürfnisse, Neuzugänge. Darüber hinaus hielt Antigone dem Rest von ihnen alle möglichen Vorträge über Soziokratie und Konsens und darüber, wie Konflikte am besten beigelegt wurden. Willst du alle anderen verschrecken?, zischte Thom them hinterher an. Tig hatte sogar Handzettel ausgedruckt, Grundgütiger.

Damals rief Thom mich an.

Nachdem wir jahrelang Memes ausgetauscht, uns in Textnachrichten über unser Leben auf dem Laufenden gehalten, einander zum Geburtstag gratuliert und grauenhaft erwachsene Dinge wie »Lass uns mal wieder telefonieren« von uns gegeben hatten.

Ay, mein Dude, hatte er gesagt, als ich vor über einem Jahr ans Telefon ging, wie es aussieht, brauche ich eine professionelle Beraterin.

Ungeachtet meiner Ängste war das Haus innen sauber. Bescheiden, noch im Entstehen begriffen, eingerichtet mit Fundstücken. Dem Holzfußboden hätten Öl und Beize wahrscheinlich gutgetan, die Küchenkacheln wirkten wie hundert Jahre alt. Auf dem Esstisch lagen fünf MacBooks wie Platzdeckchen. Ich lauschte den Geschichten zu den einzelnen Anschaffungen. Die Möbel hatten sie über Craigslist in den Vororten aufgespürt oder bei IKEA in Oak Creek gekauft. Einige dieser Funde waren einfach unfassbar. Ein Spiegelschrank aus den Zwanzigerjahren des letzten Jahrhunderts von Within Reason Resale, ein Zweisitzer-Sofa, das aus einer Badewanne mit Füßen gefertigt war. Alle Wände quollen über vor Kunstwerken, die meisten davon selbst gemacht. Dianas Gemälde, Öl und Acryl auf Leinwand. Eine Wand voller von Tig beschriebener Post-its. Thom und Jervai waren die Pflanzenflüsterer des Hauses, und das Wohnzimmer war ein ausgewachsener Dschungel. Ich lief umher, vor Staunen verstummt.

Ich wollte sagen: Ich bin stolz auf euch, aber dieses Gefühl wirkte zu klein.

Du musst am Verhungern sein, sagte Thom. Wir trugen das Abendessen auf die Veranda. Weiße-Bohnen-Suppe mit Schinken. Ein Salat, der hauptsächlich aus Karotten bestand. Mit Knoblauch eingeriebenes Brot. Wir balancierten die Schüsseln auf den Knien. Ich öffnete die Flasche, die mitzubringen ich nicht vergessen hatte, und schenkte die goldene Flüssigkeit aus.

Auf unser Wiedersehen, sagte Thom.

Auf Rion und was ihr gemeinsam erschaffen habt, lautete mein Gegenangebot, während ich mein Glas zu einer Symphonie des Anstoßens erhob.

Jervai, die eine Art Hausverwalterin zu sein schien, fragte: Wann geht ihr zu diesem Hochzeitsquatsch von eurem Freund, ich will meine Woche planen.

Freitag gibt es ein frühes Willkommensabendbrot für alle, sagte Thom. Am Samstagnachmittag ist dann die Zeremonie, Amit meinte, dass sie lange dauern wird, aber wohl nicht ganz traditionell hinduistisch ist. KJ und Tig haben irgendwas für die Tischrede nach der Zeremonie vorbereitet – Amit und Emily sind ganz verrückt danach, Leute Sachen für sie machen zu lassen. Wir sollen ein Feuerwerk für die Feier mitbringen, klingt nach einem Riesending. Ich glaube, sie haben dreihundert Personen eingeladen oder so.

Diese Hochzeit übertreibt echt total, bemerkte Kenny.

Sie macht genau das, was sie soll, erwiderte Tig und schluckte ihren Whiskey hinunter. Romantische Liebe ist ein kapitalistisches Herrschaftsinstrument. Sie macht den Menschen falsche Hoffnungen auf Selbstverwirklichung, sichert durch die Vererbung von Reichtum die Klassentrennung und lenkt die Energie fort von der Verbesserung der materiellen Bedingungen für die arbeitende Bevölkerung. Im Grunde existiert Liebe, um Heteros teure Fitnesskurse zu verkaufen.

Darauf folgten Gelächter und Stöhnen. Spar dir das für deinen kleinen Insta-Account auf, murmelte KJ neben mir.

Und was ist mit Nicht-Heterosexuellen?, wollte Thom kichernd wissen.

Oh, uns verkauft man Subarus.

Scheiße noch mal, Tig, warf ich genervt ein, du selbst hast ganze drei romantische Partnerinnen. Du bist verheiratet.

Tja, ich habe nie behauptet, ideologisch zu sein.

Als der Abend dem Ende zuging, bot man mir von den beiden freien Schlafzimmern das im Erdgeschoss an. Ein Stockbett. Grauer Teppich. Ein Räucherstäbchen, das in einer Muschel qualmte. Ein kleiner Eukalyptuszweig in einer Vase.

Wenn du mehr Platz willst, kann ich dich auch in das Zimmer im zweiten Stock stecken, bot Diana an, aber ich winkte ab. Das hier ist perfekt, sagte ich und fiel in den allertiefsten Schlaf.

4

Als ich um sechs Uhr am nächsten Morgen frisch aus der Dusche kam, lief ich direkt Antigone in die Arme.

Tigs Bademantel ging auseinander. Ein Aufblitzen einer braunen Brustwarze, Nabel, Fupa. Ich wandte den Blick ab und murmelte eine Entschuldigung. They grinste und machte keine Anstalten, sich zu bedecken. Entspann dich, sagte they. Das WLAN-Passwort hängt an der Kühlschranktür, falls du deine kleinen E-Mails schreiben musst. Sehen wir uns unten?

Ich habe mir den Rest der Woche freigenommen. Okay, du brauchst nicht so überrascht zu schauen.

Und doch bin ich es, erwiderte Tig grinsend. They hielt mich, die für Ostküstenverhältnisse ziemlich durchschnittlich war, für einen hoffnungslosen Workaholic. Eine Sklavin des industriellen Komplexes der Non-Profit-Organisationen, die sich abrackerte in der Hoffnung, eines Tages zu einer Lesbe mit weißem Gartenzaun zu werden. Einer queeren Wohneigentümerin. Diese Ansichten hatte Tig mir bereits schonungslos dargelegt.

Ich zuckte mit den Achseln. Ich bin hier, sagte ich schlicht, buchstäblich nach Jahren. Ich möchte die Zeit mit dir verbringen.

Tig, vom Schlaf zerknittert, den Kopf umwickelt, eine Spuckekruste in ihrem Mundwinkel, lächelte mich von der Schwelle des Badezimmers aus breit an, und in diesem Au-

genblick blühte in meinem Brustkorb eine Liebe mit weiß-
lichen Blüten auf. Meine alte Freundin.

Ich mache uns was zum Frühstück, sagte ich und lief die
unebene Treppe hinunter. Ich nehme mal an, du kannst immer noch nicht kochen.

Mehr als alles andere hatten Tig und ich einander aus der
Ferne beraten. They begleitete mich durch jene Sache, die
in den Jahren seit Marina einer offiziellen Beziehung am
nächsten gekommen war. Beth war ernsthaft und mitfühlend, eine nigerianisch-amerikanische Master-Absolventin,
Tochter von Anwält*innen. Sex mit ihr war eine gesetzte,
robuste Angelegenheit. Wie Gärtnern oder Teig-gehen-Las-
sen.

Und ich wollte zwar nicht zu viel Ehre für mich selbst beanspruchen, aber Tigs bislang erfolgreichstes Projekt, abgesehen von Rion, war meine Idee gewesen.

In den letzten Jahren war Tigs angefangenes Buch, an
dem sie geschrieben hatte, wann immer sie gerade nicht
arbeitete (für die Rechnungen) oder organisierte (für die
Zukunft), nach fünfundachtzig Seiten hartnäckig stecken
geblieben. Alle waren erschrocken, wie traurig es them
machte, Tig selbst am allermeisten. Wenn ich an diese fette
Totgeburt von einem Papierstapel denke, erklärte they
Thom und mir, fühlt es sich an, als würde ich von einem
gottverdammten Auto überfahren.

Ich war diejenige gewesen, die them vorschlug umzu-
schwenken. Ich hatte gesagt: Du willst schreiben, um gelesen werden zu können. Also stell es ins Internet. Nein, nein,
ich meine nicht, dass du es selbst veröffentlichen sollst.
Mach eher einen Instagram-Account dafür, Tig Boo. Teil es
in kleine Häppchen auf. Gestalte die Zitate ästhetisch, lass

sie hübsch aussehen, bring die Zoomer und Zillennials dazu, sie zu teilen. Diana oder ich könnten dir wahrscheinlich dabei helfen, eine grafische Vorlage zu erstellen –

@antigone_spricht hatte mittlerweile 45.200 Follower*innen. Zu Tigs Entzücken hatte they festgestellt, dass Menschen, Tausende Fremde im ganzen Land, hören wollten, was they zu sagen hatte, auf der Suche nach Orientierung, die they ihnen geben konnte.

In der Küche machte ich uns Rühreier aus Eiern mit blassem Eigelb und wärmte Tortillas auf, die ich in einem Küchenschrank versteckt gefunden hatte. Tig zeigte mir die jüngste Grafik, an der sie gerade arbeitete. Ein Hintergrund mit Farbverlauf. Lavendelfarben und orange und blau. Eine fetzige Schrift, die an die Siebziger erinnerte.

Kein Scherz, niemand von denen will uns wissen lassen, dass wir insgeheim längst frei sind. Eure Freiheit existiert bereits, sie liegt beschlagnahmt in einem Safe, und euch wird versprochen, dass ihr sie nach einer Reihe von Mühen und Kompromissen und Ausverkäufen eurer selbst wieder zurückbekommt, und während des Prozesses, in dem ihr versucht, sie euch zu verdienen, wird euer Rücken vom Alter gebeugt, und ihr werdet ängstlich und vergesst, dass ihr jemals etwas anderes angestrebt habt als die Garantie einer individuierten Sicherheit. Dabei ist die Urkunde eurer Freiheit bereits auf euch ausgestellt, und wenn ihr das versteht, könnt ihr sie aus ihrem Gefängnis befreien, was auch immer dazu nötig ist.
Antigone Clay

Tig schlug vor, das Essen zusammenzupacken, den Kaffee in To-go-Becher zu gießen und draußen zu essen. They wünschte sich ein wenig Privatsphäre. Das sagte they mit leiser Stimme. Durch den taufeuchten Morgen fuhren wir ans Flussufer und suchten uns eine Bank.

Die meiste Zeit über muss ich so tun, als würden wir hier gerade irgendeine Utopie aufbauen, sagte they. Aber nicht dir gegenüber.

Wieso?

Tig verzog das Gesicht. Es ist hart, Sneha. Es ist oft richtig hart.

Ich drückte Tigs Hand. Versteh mich nicht falsch, fuhr they fort. Ich bereue es keineswegs. Aber es ist Arbeit. Unsere Leute haben die ganze Welt verdient, sie haben Würde und Erfolg verdient, aber es sind auch nur Leute. Alle in diesem Haus treiben mich zumindest zeitweise in den Wahnsinn. Thom will dieses weiße Mädchen Noelle mit hereinholen, und ich habe kein gutes Gefühl dabei. Kenny führt sich auf wie unser großzügiger Mäzen, weil er ein bisschen Tech-Geld hat. Er meldet Kelli Jo für UX-Bootcamps und so einen Scheiß an, will meine Schwester in seine beschissen rassistische Branche holen. Und Kelli Jo – Tig saugte Luft durch die Zähne ein.

Was?, fragte ich.

Na ja, nichts, was du nicht wüsstest. Sie ist ein Jahr lang clean, dann nimmt sie wieder was. Geht in die Klinik und in die Kirche. Acht Monate clean, dann nimmt sie wieder was. Geht zur Selbsthilfe und noch öfter in die Kirche. Soweit ich es erkennen kann, ist es immer ihr eigenes Geld. In der Sekunde, in der unser Hausgeld dafür draufgeht, ist die Kacke am Dampfen, das schwöre ich dir. Thom hat dir wahrscheinlich ein bisschen was erzählt. Er ist weniger streng, was solche Dummheiten angeht. Ich kann dir nur sagen, dass ich es nicht gern im Haus habe. Und ganz davon abgesehen wollte ich Revolutionärin und Philosophin werden, aber wenn ich nicht aufpasse, ende ich noch als Mutti für alle.

Ich schaufelte etwas weiches Ei mit einer Tortilla auf. Fragte mich, was ich antworten sollte. In meinem Erwachsenenleben hatte ich ein paar Dinge über Sucht verstanden, ein paar Wahrheiten darüber, was es bedeutete, als verwundete Person zu leben, in deren Inneren die Vergangenheit ein Refrain der Krankheit ist, der einen stets zurückruft in den Schatten des Hungers. Aber ich wusste nicht, wie ich dieses Wissen in irgendetwas verwandeln sollte, das für Tig nützlich sein könnte.

Also sagte ich schlicht: Du liebst sie. Trotz allem. Vielleicht wird es sich ändern. Vielleicht wird es das auch nie. Manchmal sind Menschen einfach so, befinden sich in einem niemals abgeschlossenen Zustand der Genesung. Aber du warst die Person, die zu mir gesagt hat, das hier sei eine Verpflichtung und eine Praxis. Ihr gehört zueinander. Möglicherweise wird es niemals einfach sein. Aber wir haben beide bereits erlebt, was die Alternative ist.

Sieh dich an, wie du meine eigenen Worte gegen mich verwendest. Was ist mit dir, Boo? Wie geht's deiner Mom und deinem Pops?

Hmm. Ihr geht's gut, sie arbeitet viel. Papa hat Diabetes, das macht uns traurig. Ich hab dir erzählt, dass er befördert wurde, oder? Das ist immerhin etwas. Endlich können sie sich über Wasser halten. Und wer weiß, was daraus wird, aber bald kann er Berufung gegen sein Einreiseverbot einlegen. Vielleicht kann er mich dann zumindest besuchen kommen, also, sie könnten endlich zusammen herkommen.

Wow. Das wusste ich nicht. Ich sage Inschallah. Wie läuft's beim Dating?

Ich schüttelte den Kopf. Blieb stumm.

Dir muss man echt alles aus der Nase ziehen. Komm schon, Junge. Bist du glücklich?

Diese letzte Frage ist für mich noch nie nützlich gewesen, sagte ich, gegen die greller werdende Sonne blinzelnd.

Wir gingen bei Aldi Vorräte auffüllen und fuhren dann zu jemandem, der auf Craigslist hundert Filzstifte zum Verschenken angeboten hatte. Der Schule, an der Tig unterrichtete, fehlte es stets an Materialien für den Unterricht. They und Diana kauften regelmäßig Papier, Bücher und Schreibwaren aus eigener Tasche. Mit geübtem Geschick hielt ich die Schleusen der Informationen über Tigs verlässlich komplizierte Dynamik mit Diana und Tigs anderen Liebhaberinnen geschlossen. Ich war grundsätzlich der Ansicht, dass Polyamorie ein Riesenspaß für Logistikfetischist*innen zu sein schien.

Lass uns was essen gehen, schlug Tig vor. Colectivo? Packst du das auf die Rückbank?

Auf jeden Fall. Ich lade dich ein.

Nee, Süße, ich habe noch einen Gutschein. So wird Lehrpersonal heutzutage bezahlt. Aber du kannst uns was zum Abendessen kochen. Wir könnten ein paar leckere Meeresfrüchte auf dem MPM besorgen. Eigentlich ist Kelli Jo ja heute dran, sich um das gemeinsame Abendessen zu kümmern, aber ihr könntet euch zusammentun. Irgendwas Schönes vielleicht? Also, ein bisschen edler? Im Rion gab es in letzter Zeit eine Menge grüne Bohnen und Süßkartoffeln. Ich meine, was soll das denn? Wir haben auch Genuss verdient. Wir fordern Brot *und* Rosen.

Antigone spricht, scherzte ich lächelnd. Aus einem Impuls heraus legte ich Tig die Hand an die Wange. They schloss die Augen.

Es ist schön, dass du da bist, Sneha, sagte they. Ich weiß, dass du dein schickes Leben in Washington führst. Und ich bin stolz, dass du Dinge erreichst und erfolgreich bist. Aber komm öfter vorbei. Du kannst jederzeit herkommen.

Ich hatte zuerst an Rotbarsch gedacht, aber heute ist ein besonderer Tag. Was haltet ihr von Hummer für heute Abend?, fragte Tig, als wir die Commerce Street entlangsausten.

Gern, antwortete ich. Ich richte mich ganz nach euch.

Vielleicht nehmen wir einfach Hühnchen, schlug KJ vor. Tig warf ihr einen verächtlichen Blick zu. Wir sind in ungefähr zehn Minuten da. Auf dem Public Market gibt es kein Hühnchen. Du willst schon wieder Hühnchen, Kelli Jo? Nachdem unsere Freundin in ein Flugzeug gestiegen und siebenhundert Meilen bis zu uns geflogen ist? Alles klar! Sag Bescheid, dann drehe ich um.

Nee, ist schon okay, erwiderte KJ eingeschnappt und abwehrend. Hab nur den Eindruck, wir verpulvern das gesamte Haushaltsgeld. An mich gerichtet, erklärte sie: Thom macht immer Stress wegen unseres Monatsbudgets. Aber vielleicht kommt er auch gar nicht, also.

Tig schnaubte. Der Mann hat was davon erzählt, dass er Noelles Fahrrad reparieren muss –

Mmm. Muss wohl eher bei Noelle ein Rohr verlegen –

Wir brachen in Gelächter aus. KJ war nur ganz selten vulgär. Tig fuhr fort: Hört zu, ich bin die sexpositivste Person auf der ganzen Welt, also sage ich das voller Respekt, aber dieses Mädchen ist verdammt schräg drauf. Als sie das letzte Mal bei uns übernachtet hat, habe ich mir unten im Bad die Zähne geputzt, und ihr glaubt nicht, was ich durch die Wand gehört hab. Dagegen wirken Camgirls wie Kindergärtnerinnen.

Mmm, klingt, als hättest du ganz genau zugehört, neckte KJ. Tig langte nach hinten und schlug mit der Hand nach ihr. Ließ den Blick schweifen, als wir die Palmer Street hinunterfuhren.

Yo, sagte they, berührte meinen Arm und wurde langsamer. Schau mal, deine alte Wohnung.

Tig hatte recht. Ein schiefergraues Haus. Amys Veranda. Die Rosenbüsche ohne Blüten.

Ich erschauderte. Ich sah mein vergangenes Selbst, dieses Stöckchen von einem Mädchen, wie es seine Sachen zur Seitentür trug. Sich in die Sonnenstreifen auf dem Holzfußboden legte.

Wohnt deine schreckliche Vermieterin immer noch dort, Boo?, fragte KJ mich vorsichtig.

Hausverwalterin, korrigierte ich sie automatisch. Nein, ich glaube nicht. Sehe ihren Truck nicht.

Heilige Scheiße, entfuhr es Tig, als wir um die Kurve bogen und Amy direkt vor uns auftauchte. Ihr Hund zerrte an seiner Leine und bellte laut.

Ein gedämpfter Aufschrei entwich meiner Kehle. Ich duckte mich unter das Fenster und schirmte mein Gesicht ab. In dem Augenblick davor hatte ich die gesamte Szene erfasst.

Der Hund bellte, und Amy brüllte eine dunkelhäutige Frau in einer gelben Jogginghose an, die zurückbrüllte. Amy wies kreischend mit dem Finger auf sie. Der Fit rollte daran vorbei bis zur nächsten roten Ampel.

Herrje, sagte KJ. Ich setzte mich wieder aufrecht hin und lachte unsicher. Ich schämte mich. Das Blut brannte in meinen Wangen. Ich weiß nicht, was in mich gefahren ist, murmelte ich als Entschuldigung.

Tig drehte sich zu mir um und starrte mich mit verzerrtem Gesicht an.

Manchmal will ich dich einfach nur schütteln, bis deine Zähne klappern, sagte they.

Wie bitte?

Auf nahezu unerträglich herrische Art sagte Tig: Hey, Kelli Jo, setz deine Kopfhörer auf. Es fehlte nur noch, dass sie hinzugefügt hätte: *Das hier ist ein Gespräch unter Erwachsenen.* Fassungslos sah ich, wie KJ sich kleinlaut fügte.

Was, zum Teufel, sagte ich. Du kannst nicht einfach mit mir reden –

Tigs Augäpfel quollen hervor.

Du hast *tatsächlich* hier gelebt, weißt du. Du tust so, als wären die Dinge, die geschehen sind, nicht geschehen, das hast du schon immer getan. Ich wollte dir den Kopf abreißen, als wir bei dir in Washington waren und du dich darüber beschwert hast, wie fett du jetzt bist. Nein, lass mich ausreden. Bitch, du warst, verdammt noch mal, am Verhungern, als du hier gelebt hast. Du hast von Resten und Luft gelebt und bist zur Essensausgabe gegangen, ohne jemandem etwas zu sagen. *Natürlich* hast du hinterher zugenommen. So funktioniert der Körper nun einmal.

Was hat das zu tun mit –

Also, ja, ich weiß nicht, wohin deine Erinnerung in den Urlaub gefahren ist, aber diese Frau hat dich *terrorisiert*. Das ist wirklich geschehen. Natürlich überwältigt es dich, sie zu sehen. Natürlich, verdammt noch mal.

Ich schwieg. Fühlte mich wie ein Fisch außerhalb des Wassers, dem man auf den Kopf geschlagen hatte.

Die müsste man mal ordentlich verprügeln, sagte Tig. Ich brauchte einen Moment, um zu verstehen, dass they von Amy sprach.

Ich lachte bitter. Du klingst wie Thomas, sagte ich. Jahrelang hatte Thom, wann immer er an meine ehemalige Hausverwalterin erinnert wurde, Bemerkungen fallen lassen wie: Ich sollte dieser Frau in den Briefkasten scheißen. Ihr einen Stein durchs Fenster werfen.

Bist du nicht wütend darüber, wie sie dich behandelt hat?, wollte Tig wissen.

Die meiste Zeit versuche ich, nicht daran zu denken, antwortete ich wahrheitsgemäß. Es ist einfach beschissen, sich daran zu erinnern, Tig, mir wird dann jedes Mal irgendwie ganz kalt, und ich schäme mich.

Du schämst dich!, platzte Tig hervor.

Na ja, wie konnte ich mir so eine Behandlung nur gefallen lassen? Meine Stimme war kaum mehr als ein Flüstern. Wie konnte ich das geschehen lassen, wieso bin ich geblieben?

Tig schaute mich ungläubig an. Starrte finster zurück auf die Straße, während ihre Nase rot anlief.

Die Ampel wurde gerade grün, als KJ fragte: Sollen wir umkehren, ich meine, haben wir … Haben wir Zeit?

Hm? Drück dich klar aus, Mädchen, blaffte Tig sie an.

Die ganze Szene hat bei mir einfach ein schlechtes Gefühl hinterlassen. Dieser Hund, Amy ... Ich, ich wollte einfach nur schauen, ob es der Frau gut geht. Ich hab da eine große Ich-rufe-die-Polizei-Energie gespürt –

Ich stimmte ihr zu.

Na schön, na schön, sagte Tig. Der Fit fuhr eine Schlaufe. Mein Magen verkrampfte sich. Als wir den Block wieder erreicht hatten, an dem die Auseinandersetzung stattgefunden hatte, war alles friedlich und leer. Nur die blühenden Bäume nickten mit ihren Blüten, in Erwartung der kommenden Frucht.

KJ fuhr sich nervös mit dem Daumen über den Unterarm, auf den eine Zeile aus mir unbekannten Buchstaben tätowiert war.

Was bedeutet dein Tattoo?, fragte ich sie, sobald wir zu zweit bei St. Paul's in der Schlange standen. Tig fuhr mit dem Wagen Runden, da sie nicht fürs Parken bezahlen wollte. Beim Eintreten verspürte ich einen überraschenden, beinahe körperlichen Erinnerungsschock. Der Geruch von Austern und gemahlenem Kaffee. Pinkfarbenes Salz. Eine kleine Frau mit einem blonden Pferdeschwanz, die in ein Auto stieg. Eine Frau, damals noch eine Fremde.

Oh, ähm, machte KJ, das ist Hebräisch. Anscheinend schüchtern, versuchte sie sich den Ärmel bis übers Handgelenk zu ziehen. Ihre Ellenbeuge war durchlöchert und zerkratzt.

Aber was bedeutet es?, hakte ich nach, nun mit der großen Papiertüte mit vier Hummern im Arm. KJ schien in das Etikett einer Flasche mit Remouladensauce vertieft zu sein. Man konnte die Hitze in ihren Wangen spüren. Auch KJ, dachte ich in diesem Augenblick, hat in den letzten Jahren die Frau verloren, die sie liebte. Sie schien mir die einzige andere Person in meinem Bekanntenkreis zu sein, die ebenfalls nahezu dauerhaft dieses leise Heulen des Schmerzes im Hinterkopf hatte.

Es bedeutet, sagte sie ganz leise: Der Herr erhält alle, die da fallen.

Zurück im Rion, deckten wir den Tisch und schenkten Wein ein. Fürs Abendessen erschien es uns noch zu früh. Wir sprachen über alte Zeiten. Überlegten, wo der Whirlpool und die Sauna hinkommen sollten und wie viel es kosten würde, wenn Thom bis zum Herbst am Ende des Gartens ein Tiny House aufstellen würde. Einige von KJs Freundinnen waren mittlerweile obdachlos und wechselten zwischen Autos und Motels und den Sofas von Bekannten – einer von ihnen könnte man das Häuschen anbieten. Wie sollen wir entscheiden, wem?, fragte Tig, was eine hitzige Diskussion entfachte. Ich war dankbar, als Jervai Skepsis äußerte und sagte: Ich glaube nicht, dass irgendjemand von euch sich damit auseinandersetzt, wie kompliziert es wäre, sich um irgendeine von diesen Personen zu kümmern.

Wir tauchten die Hummer ins Wasser. Dankten ihnen im Voraus dafür, uns Nahrung zu bieten. KJ murmelte: Tut mir leid. Wir schnitten ihre Köpfe zwischen den Augen auf, die zwei glasige dunkle Perlen waren. Entfernten die dunklen, klumpigen Innereien.

Wir schmolzen Butter mit Knoblauchscheiben und stellten einen Schmortopf voll mit Wasser auf den Herd und ließen es kochen. Irgendwann trudelten Thom und Noelle ein. Sie war auf eine zerzauste Weise hübsch, das Haar ein dunkelbraunes Gestrüpp mit frühzeitig ergrauten Strähnen. Sie hatte zwei knusprige selbst gebackene Brote dabei. Irgendjemand holte Gemüsereste mit geräuchertem Truthahn aus dem Kühlschrank.

Aber zuerst, teilte Tig uns mit, sei es Zeit für ein Einweihungsritual des Hauses. Die späte Frühjahrssaat musste ausgesät werden. Auf grauem Eierkarton hatte they Samen von roter Bete, Karotten, Mangold, Kohlrabi, Steckrüben und Pflücksalat ausgelegt. Bevor diese in die Erde wanderten, wurde ich informiert, mussten wir über ihnen unsere Träume aussprechen. Unsere Wünsche – für uns selbst, unsere Liebsten, die Welt – in die Samen sprechen, eine nach dem anderen, während wir auf den rissigen Kacheln der Terrasse hockten.

Um ganz ehrlich zu sein, fand ich solche Dinge unerträglich. Versuchte mich davor zu drücken. Sagte: Yo, ich wohne nicht mal hier. Wurde durch den kollektiven Willen gezwungen.

Ich kauerte mich neben die Samen und verdrehte demonstrativ die Augen.

Was könnte ich mir wünschen? Ich war finanziell abgesichert, beruflich erfolgreich. Da ich minimal umsichtig und genügsam lebte, würde ich wahrscheinlich mit einunddreißig oder zweiunddreißig genügend für eine Anzahlung gespart haben. Ich war versichert und bei guter Gesundheit. Meine Eltern und ich hatten einen liebevollen, wenn auch fragilen Frieden geschlossen, der gelegentlich unterbrochen wurde.

Ich blickte noch einmal auf meine Freund*innen, die mich im Garten umringten. Tig und Diana. Thom und Noelle.

Als meine Beziehung in die Brüche ging, war die Stimmung zu Hause angespannt gewesen. Papa flehte mich an, zumindest in Betracht zu ziehen, mich mit ein paar netten jungen Männern zu verabreden, irgendwelchen indischen Staatsbürgern in Amerika, mit denen er mich bekannt machen konnte. Um wenigstens eine Zweckehe einzugehen.

Madi, sagte meine Mutter mit entsetzlicher Endgültigkeit zu ihm. Madi, es wird nicht so laufen, wie wir es uns erhofft hatten.

Mollé, sagte sie zu mir aus dem körnigen Bildschirm heraus, wir wissen nicht, wie wir uns in dieser Sache verhalten sollen. Aber so viel können wir sagen: Wir möchten nicht, dass du allein endest, ohne jemanden an deiner Seite. Wir würden dich gern in irgendeiner Form angekommen wissen, bevor wir sterben. Wir möchten, dass du einen Menschen hast, der sich um dich kümmert, okay? Denn an irgendeinem Punkt in diesem Leben werden wir alle in die Knie gezwungen. Die Vorstellung, dass niemand für dich da ist, wenn es so weit ist – diese Vorstellung kann mein Herz nicht ertragen. Wir möchten, dass du eine Familie hast, dass du einen anderen Menschen hast.

Daran denke ich nun, während ich auf die dunkle Erde und den Eierkarton starre, die Samen darin so blass wie Maden.

Ich wünsche mir Gesundheit und Sicherheit für alle, die ich liebe, dass mein Vater erfolgreich Berufung gegen sein Einreiseverbot einlegen kann, sobald nächstes Jahr nach seiner Abschiebung mehr als zehn Jahre vergangen sind, und schließlich wünsche ich mir jene Sache, für die meine Eltern jeden Abend beten.

Ich möchte nicht allein sein, murmele ich in die Erde, und meine Haut kribbelt vor Verlangen und Scham.

KJ spricht ein stockendes Tischgebet für uns, und dann essen wir gemeinsam.

5

Das Grundstück des neuen Hauses von Amits Eltern war geöffnet für den Willkommenstee. Ein weißes Zelt, Catering-Personal. Unter einer mit Papierkranichen geschmückten Laube wurde Sitar und Pipa gespielt. Emilys Mutter, anmutig in einem Qipao, nahm ihrem Kind zuliebe den goldverzierten Sari entgegen, den Amits Familie ihr überreichte. Es geschah rein aus Tradition, Em hatte klargestellt, dass they weder Sari noch Salwar Kameez oder Lehenga tragen würde. Dennoch, irgendetwas an diesem von allen beobachteten Tausch ließ Tigs Sticheleien gegen den Hochzeitskapitalismus und meine eigene scharfe Zunge verstummen. Im goldenen Licht liefen Menschen in Cocktailkleidern neben anderen in Jeans umher und tranken aus den dargebotenen Tassen Darjeeling und Pekoe. Emilys Vater – nordisch, etwa zwei Meter zehn mit einem strahlenden Lächeln – hielt eine Rede, die die Gäste abwechselnd in Gelächter ausbrechen und feuchte Augen bekommen ließ.

Ich ging schüchtern auf Amit zu, der entzückt wirkte und vor Freude zu glühen schien. Du hast jedes Glück verdient, setzte ich an, wobei meine Stimme nur minimal zitterte, aber Amit nahm mich in den Arm, zerzauste mir das Haar und bombardierte mich mit überschwänglichen Fragen über mein Leben, war jedoch plötzlich wieder in der Menge verschwunden, ehe ich ihm sinnvoll antworten konnte.

Zurück im Rion schauten wir auf dem auf Craigslist gefundenen Heimprojektor noch einen Film, woraufhin ich mich bettfertig machte. In dem pinkfarben gekachelten Bad mit seinen schwarz verfärbten Fugen putzte ich mir sorgfältig die Zähne. Ich verwendete einen kleinen Messingstab mit einem Gummiknoten, um die Konturen meines Zahnfleischs nachzuzeichnen und seine Rillen zu massieren.

Als ich sechs Monate in D. C. gewohnt und bei der Stiftung gearbeitet hatte, beschloss ich, es sei nun an der Zeit. An der Zeit, wie eine richtige Erwachsene zu leben, meine Zähne untersuchen und professionell reinigen zu lassen und mir gute amerikanische Mittelschichtsgewohnheiten anzueignen. Meine Zähne waren halbwegs weiß und taten nicht weh. Ich sollte besser gehen, bevor ein Problem auftrat. Eine geschwätzige Arbeitskollegin sagte: Oh, du musst zu Dr. K in Dupont gehen. Sehr freundlich und behutsam. Ein Nepalese, und so gut aussehend …

Er war tatsächlich freundlich. Er rieb mir sanft die Schulter, als ich aus purem Schock würgen musste. Zwölf Löcher. Zwei davon groß genug, dass er zwar versuchen würde, sie zu füllen, aber irgendwann eine Wurzelkanalbehandlung notwendig wäre. Was ist ein Wurzelkanal?, fragte ich blinzelnd. Versuchte Eigenanteil und Kosten von zwölf Füllungen auszurechnen. Er hatte gesagt, meine Zahnfleischentzündung sei so weit fortgeschritten, dass bereits ein irreparabler Knochenverlust stattgefunden habe.

Sehen Sie, wie locker dieser hier ist?, fragte er und wackelte an einem Schneidezahn.

Alles nicht so schlimm, war er fortgefahren. Wir können die Parodontitis heilen. Wir geben Ihnen einen neuen Termin für eine professionelle Zahnreinigung, das wird die Entzündung unter Ihrem Zahnfleischrand beseitigen. Den Knochenverlust können wir jedoch nicht wieder rückgängig machen. Sie werden sich für den Rest Ihres Lebens sehr gut um Ihre Zähne und Ihr Zahnfleisch kümmern müssen. Ich fürchte, Sie hatten bereits von Anfang an schlechtere Karten.

Hinterher saß ich auf einer Parkbank in Dupont Circle, während der Schnee um meine Füße herum träge zu Boden fiel. Wäre ich in Milwaukee geblieben und hätte mich mit Jobs ohne Versicherung durchgeschlagen, hätte als Barista gearbeitet oder weiter bei Leon's Cremeeis portioniert, was wäre dann wohl im Laufe der Jahre geschehen? In diesem Augenblick, und wirklich erst da, verstand ich Marinas Entscheidung, die mich zuerst so gewurmt hatte. Dass sie es noch einmal versuchen, aber bleiben und noch nicht gleich umziehen wollte. Bei dem Job und dem Geld und der Krankenversicherung bleiben, um nicht das Bankkonto leer räumen zu müssen und in der Schlange von St. Casimir oder auf der Straße zu landen. In den wenigsten Fällen konnte die Liebe einen ernähren, einem ein Dach über dem Kopf bieten oder einen vor einem irreparablen Knochenverlust bewahren, der irgendwann dazu führen würde, dass einem alle Zähne aus dem Kopf fielen.

Bevor ich mich ins Bett legte, schaute ich auf mein Telefon.

Ein Anruf, vor Stunden während des Abendessens, von Marina. Im ganzen Trubel hatte ich vergessen, dass sie mir geschrieben hatte. Ich versuchte es bei ihr. Nichts. Sorge begann sich wie ein Netz über mich zu legen, fein und funkelnd.

alles in ordnung?, schrieb ich und fügte hinzu: tut mir leid, dass ich deinen anruf verpasst habe, war im flugzeug. bin jetzt erreichbar und morgen auch. außer gegen drei und den abend über. amit heiratet. sehr süß und alles.

Dann, mit einem Anflug von Wärme für die einzige Frau, die ich jemals geliebt hatte, schrieb ich ihr, wie die Rückkehr nach Milwaukee sich angefühlt hatte. Wie es gewesen war, Amit kurz vor seiner Hochzeit zu sehen. Wie wieder hier zu sein, mich schubweise zurück in die Vergangenheit – unsere gemeinsame Vergangenheit – zog und in ein Erstaunen versetzte, das von Schmerz durchdrungen war.

Manchmal stellte ich mir ein anderes Universum vor:

1. Marina und ich sehen uns wieder.
2. Wir sind glücklich, gesund, erfolgreich, geheilt.
3. Und das obwohl wir beide, auf jeweils unterschiedliche Weise, bereits von Anfang an schlechtere Karten gehabt hatten.
4. Das Leben fühlt sich für keine von uns außerhalb unserer Kontrolle an.
5. Marina hat seit Jahren keinen Alkohol angerührt.
6. Ich bin eine liebevolle, freundliche, gute Partnerin.
7. Wir beschließen, es noch einmal zu versuchen, und diesmal funktioniert es.

Doch zumindest für den Augenblick gab es Joanna, die Ernährungsberaterin, und Marina war erst seit vier Monaten trocken, war noch nie über sechs hinausgekommen. Man sollte nicht in Fantasien schwelgen, selbst wenn die einzige Fantasie, die man hat, darin besteht, dass man als ein ganz gewöhnlicher, langweiliger Mensch endet: verheiratet, sicher, liebend, geliebt.

Der Morgen der Hochzeit war sonnig und klar. Allerdings traf das lediglich auf das Wetter außerhalb von Rion zu. Im Inneren brauten sich kleinere Stürme zusammen. KJ bemühte sich, den Reißverschluss ihres Trauzeuginnenkleides zu schließen, um sicherzugehen, dass sie noch hineinpasste. Tig versuchte sie hineinzuquetschen, was zu Gekeife unter den Geschwistern führte. Am Abend zuvor hatten Jervai und Kenny verkündet, einen kleinen Pärchenausflug nach Chicago unternehmen zu wollen, wofür sie eins der beiden Gemeinschaftsautos in Anspruch nahmen, was die Logistik des Wochenendes unendlich verkomplizierte. Bei der Zubereitung eines Smoothies setzte Tig den Deckel nicht richtig auf den gebraucht gekauften Mixer, sodass Bananen- und Erdbeermatsch bis an die Decke spritzte. Ein finster dreinblickender Thom kochte bottichweise Kaffee. Meine Nerven lagen blank. Niemals war mir eine ruhige kleine Wohnung in Lanier Heights verlockender erschienen.

Diana brachte Ordnung in die Dinge. Sie würde KJ fahren, um sich mit dem Rest der Hochzeitsgesellschaft Haar und Make-up machen zu lassen, ihren Sohn bei seinem Dad in West Allis absetzen und danach das Auto zurück zum Rion bringen. Dann war Diana mit einer Freundin verabredet und würde von dort aus direkt zur Hochzeit gebracht werden, bereits angekleidet für den Cocktailempfang, der der Zeremonie vorausging. Thom und Tig und ich, falls ich mitkommen wollte, würden das in Indiana besorgte Feuerwerk aus dem Keller von Thoms Mutter abholen. Daraufhin würden wir zu dritt zu der Hochzeit aufbrechen. Macht euch schon vorher fertig, empfahl uns Diana. Antigone, Baby, ich hab dir dein Zeug aufs Bett gelegt.

Cool, antwortete Tig. Wenn ihr mich vor zwei braucht, ich bin im Arbeitszimmer, ruft einfach. Arbeite am Content.

Kann ich mir bitte ein Bügeleisen leihen?, fragte ich.

Nach einem aus Resten bestehenden Mittagessen zog ich den Tunnelzug meines Unterrocks fest und knöpfte meine Bluse zu. Begann die Meter aus Stoff zu falten, zusammenzulegen und festzustecken.

Rohseide mit Stickereien. Ein dunkler, satter Rosenton. Meine Mutter hatte ihn einst auf Feiern und Hochzeiten getragen. Ich hatte ihn mir als Geschenk zu meinem fünfundzwanzigsten Geburtstag gewünscht. Ich wollte etwas von ihr hier bei mir haben.

Als es leerer war, wirkte das Haus anders. Ruhig, geräumig, so friedlich wie eine Umarmung.

In meinem Zimmer schien keine einzige Steckdose zu funktionieren, und mein Sari ließ das robuste kleine Bügelbrett, das man mir gegeben hatte, winzig wirken. Schließlich breitete ich den Stoff über dem Esstisch aus und fuhr mit dem heißen Eisen über die Bügelfalten. Dabei konnte ich durch ein Fenster Thom im Garten arbeiten sehen. Über die Hochbeete gebeugt. Bauarbeiterdekolleté und Sonnenhut.

Mit meinem abgesteckten Stoff trat ich zu ihm hinaus. Er wirkte kurz angebunden, aber nicht übermäßig.

Hallo, Thomas.

Was geht, mein Dude? Ich bin hier gleich fertig. Pass auf dein Rock-Dings auf. Hab den Boden da gerade erst aufgelockert.

Ich schlenderte über die Gartenplatten und sah einem blauen Vogel dabei zu, wie er auf einem grünen Zweig entlanghüpfte. Begutachtete die Hausverkleidung. Sie war tatsächlich ziemlich hässlich.

Habt ihr irgendwann vor, die Fassade zu streichen?, fragte ich. Thom war neben mich getreten, Schweiß auf der Stirn, nach Hefe und Zwiebeln riechend.

Er sah mich mit zusammengekniffenen Augen unter dem Sonnenhut hervor an. Ja, vielleicht.

Ich hielt meine hibiskusfarbene Seide an die beige Verkleidung. Nun ja, ich denke, etwas wie das hier wäre wunderschön. Und passend. Das echte rosarote Haus.

Thom verzog das Gesicht und griff sich an den unteren Rücken. Ich spürte, dass bei ihm langsam alles versagte, nach und nach. Im Verlauf des letzten Jahres hatte er diese Dinge in seinen Textnachrichten erwähnt: eine gezerrte Kniesehne, eine abgenutzte Bandscheibe. Seine Knie knackten und krachten, wenn er in die Hocke ging. Ich hatte meine Sorgen Tig gegenüber geäußert, als wir gemeinsam bei Aldi waren, und war extrem verärgert gewesen, als aus dem Gespräch nicht mehr entstand als ein @antigone_spricht-Post: DIE AUSWIRKUNGEN DES KAPITALISMUS SIND IN DEN KÖRPER EINGESCHRIEBEN. WESSEN KÖRPER GEDEIHT? WESSEN KÖRPER ZERBRICHT?

Du und deine Ideen von der Zuschauerbank, sagte er. Merke es mir für die Zukunft, Bruh. Wenn du mich jetzt entschuldigst, ich muss duschen. Okay für dich, wenn wir in einer Dreiviertelstunde nach Tosa aufbrechen?

In meinem Schlafzimmer im Erdgeschoss steckte ich den Sari vorsichtig um meinen Körper fest. Ich hängte goldene Creolen an meine Ohrläppchen, ein altes Geschenk von Tig. Verrieb Pomade in meinem kurz geschnittenen Haar.

Ich umrandete meine Augen mit Kajal. Spritzte Limettenparfum in die Luft. Ich packte meine Tasche und schob meine mit Schleifen versehenen Geschenke hinein.

In meinem Zimmer gab es keinen Spiegel, und der in dem Badezimmer mit den rosaroten Kacheln war klein und verschmiert. Also ging ich die Treppe hinauf und raffte dabei den Stoff meines Saris.

Auf dem Treppenabsatz im dritten Stock stand ein Ganzkörperspiegel. Er war verstaubt, und das neonfarbene Preisschild des Trödelladens klebte noch daran. Ich betrachtete mich selbst. Empfand das Bild sowohl als hart erkämpft als auch als akzeptabel.

Und dann, einem Impuls folgend, schob ich die Tür zu dem unbenutzten Zimmer auf.

Goldenes Licht strömte durch die Fensterscheibe. Auf eine weiße Bettdecke. Ein niedriges Bett aus gebleichtem Holz. Betonschalsteine als Beistelltisch. Ein leeres Bücherregal. Aus dem Fenster konnte man in der Ferne Brewers Hill sehen, den daran vorbeifließenden Fluss.

Eine leere Schachtel. Ein Raum voller Licht.

Starrend blieb ich auf der Schwelle stehen. Trat nicht ein.

Was würde mit uns geschehen? Was würde mit mir geschehen?

Ich ging zurück nach unten.

6

Ich glaube nicht, dass wir es jemals bei Amy versucht hätten, wenn die Polizei nicht gewesen wäre.

Tig war unter der Höchstgeschwindigkeit geblieben. Nervös wegen der eingepackten Feuerwerkskörper auf dem Rücksitz. Ich vergesse immer, dass dieser Scheiß nicht legal ist, sagte they. Aber es ist in Ordnung, fügte they beruhigend hinzu. Amit hat eine Erlaubnis.

Zu weit unter der Höchstgeschwindigkeit, wie sich herausstellte. Etwas südlich der Pius XI Highschool auf der Seventy-Sixth, ein paar Straßen vom Brewski's entfernt, Treffpunkt unzähliger vergangener jugendlicher Trinkgelage, wo Thom vor hundert Jahren Isabel zum ersten Mal geküsst hatte, hielten die Cops uns an, weil wir zu langsam fuhren.

Einer war weiß, der andere Schwarz. Als Tig das Fenster herunterkurbelte, erschien eine uralte Angst auf dem Gesicht meiner Freundin.

Wie ist das bloß möglich?, dachte ich. Ich griff nach meinem Telefon. Fing an aufzunehmen. Wandte den Blick nicht von Tig ab. Ich bin hier, versuchte ich telepathisch zu vermitteln.

Die Cops verlangten nach dem Führerschein und dem Fahrzeugschein. Ließen die Fahrzeugnummer durch ihre Datenbank laufen.

Was ist in den Taschen?, wurden wir gefragt. Lange

Sekunden des Schweigens tickten voran. Feuerwerkskörper, antwortete Thom knapp.

Aus dem Wagen, Ma'am, sagte der weiße Polizist.

Zuerst machten sie einen Alkoholtest. Tig sagte nichts, schnaufte lediglich und rang die Hände vor Frust, wofür der Schwarze Polizist sie nach unten drückte. Er presste ihr Gesicht gegen die Rille, wo das Fenster der Fahrerseite auf das Autodach traf. Währenddessen durchsuchte der andere Polizist das Auto nach Drogen. Thom und ich mussten ebenfalls aussteigen.

Alles geschah langsam, methodisch. Das Warten war eine Folter. Die Aufnahme war nun über zwanzig Minuten lang. Mein Telefon informierte mich, dass kein Speicher mehr übrig war. Meine Brust begann zu schmerzen. Ich starrte weiter über das Autodach hinweg Tig in die Augen und versuchte mit jedem Muskel in meinem Gesicht zu signalisieren: Bleib ruhig, sag nichts, geh ihnen nicht in die Falle, ich brauche dich, ich brauche dich am Leben. Sie durchsuchten das Handschuhfach und schauten unter den Sitzen nach. Die Macy's-Tüten wurden auf den Asphalt gestellt. Sie griffen mit behandschuhten Händen hinein.

Diese Sprengkörper sind im Staat Wisconsin verboten, verkündete der weiße Polizist und zeigte auf die vier Kanonenschläge und die Packungen Goldregen.

Die Rauchbomben, Schlangen und Wunderkerzen könnten wir behalten, erklärte man uns.

Wir bringen die zur Hochzeit eines Freundes heute Abend, er hat eine Erlaubnis, beharrte Thom.

Haben Sie die Erlaubnis dabei?

Nein, aber –

Dann macht es keinen Unterschied, Sir.

Der Schwarze Cop stellte den Strafzettel aus, satte neunhundert Dollar, und stellte drei der Tüten in seinen Streifenwagen. In diesem Augenblick meldete Tig sich ganz leise zu Wort.

Ich muss dringend auf Toilette.

Zu dumm, erwiderte der Cop.

Die Suche nach der Wagennummer lief noch.

Fünf weitere Minuten vergingen.

Ich muss *wirklich* dringend, wiederholte Tig. Ich habe es mir lange verkniffen. Ich wollte nichts sagen. Kann ich rüber in die Büsche gehen?

Keine Antwort.

Hey!, entfuhr es Tig, die Stimme beinahe ein Schreien.

Halt deine verdammte Klappe, herrschte der weiße Cop sie an.

Thom und ich starrten einander an. Von meinem Standort aus sah ich, wie sich die Anzeige der Uhr im Auto veränderte, während die Minuten voranschritten. In mir eine pochende Übelkeit.

Bitte, sagte Thom in einem Tonfall perfekter Demut, bitte, Officer. Könnten Sie meine Cousine gehen lassen? They – sie, sie muss wirklich einfach nur auf die Toilette. Sie hat Diabetes.

Noch mehr Schweigen tickte vorüber.

Wir sind gleich fertig. Ich werde Sie hinüberbringen, sagte der Schwarze Cop, scheinbar einlenkend. Halten Sie noch ein wenig länger durch, Miss.

Aber als er Tig vom Wagen wegführen wollte, taumelte sie und stöhnte. Urin verdunkelte den Schritt ihrer Leinenhose und spritzte auf den Kies. Ein Ausruf der Abscheu entlud sich in die Luft.

Auf dem ganzen Weg zurück nach Hause war Tigs Miene versteinert und in sich gekehrt. Haben wir irgendetwas, worauf ich mich setzen kann?, hatte sie mit zusammengebissenen Zähnen gefragt, ohne Thom oder mir in die Augen zu blicken, als wir drei endlich allein waren, um uns aus den Trümmern der vergangenen Stunde zu befreien.

Ich glaube nicht … Thom verstummte, während er den Kofferraum durchsuchte.

Bro, ich will einfach nur keine Pisse auf den Autositz bekommen, blaffte they ihn an.

Mein Herz trommelte vor Hilflosigkeit. Ich griff in meine Tasche. Ein einzelnes nutzloses Taschentuch. Hier, sagte ich und riss das Zeitungspapier von der diamantförmigen Uhr. Strich es auf dem Autositz glatt. Dann gab ich auf und nahm die Geschirrtücher heraus, die ich als Hochzeitsgeschenk gekauft hatte. Legte sie darauf. Hier, setz dich.

Auch noch nachdem Tig geduscht und sich umgezogen hatte, in ein von mir ausgesuchtes kariertes Sakko geschlüpft war, blieb die Stimmung wie bei einer Beerdigung. Die tatsächliche Zeremonie würde in weniger als einer Stunde beginnen. Den ersten, für den Mittleren Westen typisch pünktlich erschienenen Gästen wurden gerade bereits Horsd'œuvres und Cocktails serviert. Wann kommt ihr voraussichtlich an, Babes?, kam mit einem Plingen eine Textnachricht von Diana. Bitte schaut, dass ihr vor der Prozession hier seid.

Thom wollte gerade aus der Auffahrt fahren, als Tig sagte: Ich kann jetzt einfach noch nicht dahin.

Ich kann jetzt noch nicht dahin, wiederholte they. Wir haben noch Zeit, oder?

Ich schätze mal, gerade versammeln sie sich noch alle vor

der Zeremonie, erwiderte Thom. Also, ja, haben wir. Ein klitzekleines bisschen.

Wir fuhren durch Harambee, Riverwest, dann Brewers Hill. Die Luft im Auto war dick vor Ärger.

Hast du eine Videoaufnahme?, fragte Thom mich. Wir könnten es auf @antigone_spricht stellen, wir könnten versuchen –

Ich schüttelte den Kopf. Es war zu lang, sagte ich. Tut mir so leid.

Es zu veröffentlichen, hätte nichts gebracht, sagte Tig leise. Sie haben mir nichts getan, zumindest nach den Maßstäben der meisten Menschen. Es hätten bloß fünfzigtausend Personen dabei zusehen können, wie ich mir in die Hose pinkle. Aufmerksamkeit schaffen ist hier nicht die Lösung.

Mit stockender Stimme fragte ich, ob wir irgendwo eine Art Beschwerde einreichen könnten. Erntete von beiden Seiten Blicke voller ungläubiger Verachtung.

Sie sollen dafür bezahlen! Ich will, dass irgendjemand, einfach nur irgendeins der Arschlöcher, die uns im Laufe der Jahre beschissen haben, verdammt noch mal, dafür bezahlt, spuckte Thom schließlich mit geröteten Wangen in das Schweigen hinein aus. Ich würde am liebsten eine Handgranate durch das Fenster des Polizeireviers von Tosa schleudern, wenn das nicht bedeuten würde, die nächsten zehn Jahre hinter Gittern zu verbringen. Diese Schweine.

Ich weiß, was ich tun werde, sagte Tig ganz ruhig. Fahr langsamer, halt an der Ecke an.

Wir befanden uns auf der Palmer Street, kurz vor der Vine Street. Ich sah die Ecke eines schiefergrauen Hauses. Rosensträucher ohne Rosen.

Als wir vor Amys Haus zum Stehen kamen, schnappte Tig sich die übrig gebliebene Macy's-Tüte. Griff nach der Autotür und drückte das Schloss auf. Ein heißer Blitz des Verstehens durchzuckte mich.

Ich sprang hinaus. Drückte Tig zurück auf den Beifahrersitz.

Fahr, zischte ich Thom an und schnallte mich wieder an. Er gehorchte. Ich griff nach Tigs Schulter, mein Gesicht erfüllt von einem Zorn, wie ihn nur Familie in uns zum Vorschein bringen kann.

Sei nicht so verdammt dumm, fauchte ich. Was denn, wolltest du etwa ein Feuerwerk auf der Veranda dieser Frau losgehen lassen? Die haben eine Überwachungskamera, du blöde Kuh. Denkst du, du würdest nicht erwischt werden? Was, wenn das Haus anfängt zu brennen –

Das will ich ja, genau das war mein Ziel!

Das nennt sich Brandstiftung, du absoluter Vollidiot! Weißt du, wie lange du dafür sitzen würdest? Du darfst einfach nicht dermaßen impulsiv sein!

Tig kniff die Augen zusammen.

Ich bin es einfach nur so leid, sagte they, mit leiser, zitternder Stimme, wie sie alle, all die bösen Chefinnen, all die Vermieter, all die Kapitalistinnen, all die Cops damit durchkommen. Ich will, dass nur einmal irgendjemand nicht damit durchkommt. Das ist Amy. Sie hat dich terrorisiert, als du so jung und verletzlich warst. Sie wollte dafür sorgen, dass du auf der Straße landest. Ich möchte einfach nur, dass sie, dass irgendjemand von diesen Leuten weiß, dass manche Schuld auch noch Jahre später fällig werden kann.

Ich will ihr Haus nicht abbrennen, flüsterte Tig. Ich will nur, dass sie, und sei es nur für eine Minute, auch einmal erfährt, was es heißt, Angst zu haben.

Das Summen des Motors. Im Rückspiegel konnte ich sehen, dass Thoms Augen feucht waren, und ich verstand nicht, warum.

Ich starrte Tig an. Mein Liebling. Meine alte Freundin. Die mich immer wieder gerettet hatte. Für welche Ungerechtigkeit, die them widerfuhr, würde ich nicht jemanden bluten lassen? Die Jahre schoben sich ineinander. Tig, mutig an Amys Tür klopfend, nachdem diese mich so schlecht behandelt hatte. Ich, die in ein Wäldchen aus jungen Manjadi-Bäumen hinaufblickte, die aus meinen Samen gewachsen waren. Ich, die diese Worte in Tigs unregelmäßiger Handschrift in einem Notizbuch mit schwarzem Ledereinband las: *Wir erschaffen unser eigenes Leben, indem wir ein kleines Ja zu einer kleinen Sache nach der anderen sagen. Auf diese Weise erschaffen wir die Welt.*

Als ich noch sehr jung war, hatte niemand mir gesagt, dass Gehorsam, das ängstliche Befolgen aller Regeln und das Anstreben jeglicher Form von Sicherheit einen nicht retten würde. Als ich aufwuchs, hatte niemand mir gesagt, dass Freund*innen manchmal zur eigenen Familie dazustoßen und Fürsorge, Ärger, Loyalität, eine geteilte Geschichte und liebevolle Verachtung zu einer gemäßigten Liebe verschmelzen lassen, so glänzend und immerwährend wie Stahl.

In Ordnung, sagte ich in das stille Auto hinein. Die beiden schauten mich an.

Ich legte Thom die Hand auf den Arm.

Fahr zurück, sagte ich zu ihm. Nimm die Commerce und mach einen U-Turn.

Er tat es. Ich beugte mich vor, griff nach oben und öffnete das Schiebedach des Fit.

Irgendwo in meinem Inneren kribbelte ein juristischer Instinkt, eine Stimme, die die Verteidigung spielen wollte und anmerkte, dass diese Art von Person lediglich eine Schachfigur im großen Ganzen und letztlich nicht verantwortlich für all das war, was schiefgelaufen war. Aber Peter oder Stacy oder das riesige flackernde Netzwerk aus Finanzen und Kapital, das die Not gewöhnlicher Menschen ausnutzt, diese Zielobjekte waren zu geschützt und diffus, als dass irgendjemand viel gegen sie ausrichten könnte. In diesem Augenblick, in einem Aussetzen der Prinzipien, an die ich mich den größten Teil meines Lebens gehalten hatte, begnügte ich mich mit dem mittleren Management.

Gib Gas, wies ich Thom an, als wir in meine alte Straße einbogen. Ich verdrehte meinen Körper zwischen den Autositzen, schob meinen Kopf durch das Dach und bekam den Wind ins Gesicht. Kühl, belebend und mit großer Geschwindigkeit.

Tig tat, was ich them auftrug. Reichte mir die Lismore.

Mit aller Kraft, die ich aufbringen konnte, schleuderte ich die Uhr durch Amys Fenster.

Das Bleikristall glitzerte in der tief stehenden Sonne.

Amy stieß einen langen, spitzen, panischen Schrei aus, der das Geräusch von zerberstendem Glas übertönte.

7

Wir kamen wenige Minuten vor Beginn der Zeremonie an. Setzten uns auf weiße Klappstühle, über die goldener Tüll drapiert war, während das Adrenalin uns noch durchströmte. Unsere Füße standen auf frisch gemähtem Gras. Diana half Tig, die Krawatte zurechtzurücken, und formte mit den Lippen die Worte: Was ist passiert? Neben mir verschränkten Noelle und Thom die Finger und blickten nach vorn in dieselbe Richtung.

Mein Puls raste noch immer, in meinem Geist wiederholte sich das Klirren einer zersplitternden Fensterscheibe. Als ich mich zurück in den Wagen fallen ließ, während wir an meinem alten Zuhause vorbeirasten, hatte ich ein wackliges Hochgefühl verspürt. Freude, durchzogen von Scham.

Aber wenn mich das Leben im Nervenzentrum der amerikanischen Politik eines gelehrt hatte, dann war es, dass es naiv war, so zu tun, als hätten wir keine Feinde. Unsere Feindinnen haben uns ausgewählt, haben uns von Anfang an ihren Stempel aufgedrückt. Haben für ihr eigenes Gedeihen auf nichts anderes gesetzt als ihre fortwährende Macht. Die Wahrheit ist nun einmal, dass Menschen irgendwann ein Zielobjekt finden, um das Leid zurückzuzahlen, das ihnen angetan wurde. Dass diese Zielobjekte so oft unscharf sind, darüber wird hinweggegangen, es wird als Teil dessen akzeptiert, wie die Dinge nun einmal sind.

Es war an der Zeit.

Wir lächelten breit, als KJ schüchtern durch den Mittelgang nach vorn schritt, die Arme bedeckt mit Mehndi.

Ems beste Freundin lief neben Amit nach vorn zum Mandap. Hob eine Geige an ihr Kinn. Ein langer schmerzerfüllter, wunderschöner Klangausbruch.

Und dann erschien Em.

They wurde von Mutter und Vater geführt. Das Haar bis auf die Kopfhaut abrasiert. Eine glitzernde, facettierte Schönheit, beinahe schmerzhaft anzusehen. Die Aunties in der Menge in Schock, Entzücken und moderaten Aufruhr versetzend, trug they am Ende doch noch etwas Indisches.

Em hatte sich einen eigenen Sherwani genäht. Er war erstaunlich gut gemacht. Ganz klare, maskuline Linien, ein üppiger, schillernder Stoff, irgendetwas zwischen Grün und Blau. Sie ging aufrecht darin, freudestrahlend und ungemein stolz.

Ems Mutter trat nach vorn unter den Mandap. Am Ende ihrer Rede las diese chinesisch-amerikanische Frau mit den Vogelknochen den Schluss von Richter Kennedys Begründung in *Obergefell* vor:

Keine Verbindung ist tiefgründiger als die Ehe, da sie die höchsten Ideale von Liebe, Treue, Hingabe, Opfer und Familie verkörpert. Indem zwei Menschen eine eheliche Gemeinschaft eingehen, werden sie zu etwas Größerem, als sie es zuvor gewesen sind … Die Ehe verkörpert eine Liebe, die sogar bis über den Tod hinaus Bestand haben mag.

Ich weiß noch, wo wir waren, als die Nachricht verkündet wurde. Der Freudenschrei, von dem mein Trommelfell beinahe geplatzt wäre. Marina, die ihre Arme um mich schlang. Wie wir von der Menge auf der G Street verschluckt wurden. Das Weiße Haus in den Farben des Regenbogens. Fremde Menschen jeden Alters umarmten einander, jubelten, weinten.

Ein dünner, mit Glitzer bespritzter weißer junger Mann reichte mir eine Sonnenblume. Goldenes Gelb mit einem dunklen Kern in der Größe eines Kinderschädels. Ich dachte: Die Welt, die wir kannten, ist schon immer halb schrecklich gewesen, da sie von den Mächtigen für die Mächtigen gemacht wurde. Wir brachten nun gerade eine andere Welt hervor. Ihre Geburt würde nicht einfach sein, denn das war keine Geburt.

Ich hatte mich zurückgelehnt in die Arme meiner Geliebten und stieß dabei gegen zwei ältere Männer of Color, die mich anstrahlten. Marinas Augen funkelnd. Ihre lange Nase rot vor Tränen. Ich werde dich immer lieben, hatte sie zu mir gesagt.

Die Gebete begannen. Amit band Em ein Mangal Sutra um den Hals. They tat dasselbe bei ihm.

Während des Sprechgesangs der Priester*innen wurden Amit und Em in Kreisen um das kleine Feuer geführt.

Am Ende ihrer letzten Umdrehung waren sie verheiratet.

Amit beugte sich vor, um sich mit Kränzen aus Ringelblumen und Jasmin behängen zu lassen. Seine Wangen waren tränennass.

Beim Zusehen spürte ich ein Glück, das gänzlich von Schmerz getränkt war, ein Gefühl, abgenagt bis auf den Knochen und auf dem Boden zurückgelassen, wo man darüber stolperte.

Ich werde dich immer lieben. Eine Liebe, die Bestand haben mag.

Aber du hast mich verlassen, dachte ich mit einem stechenden Kummer, als Amit Em küsste, lang und langsam, Ems Gesicht in beiden Händen haltend. Ich war zu verschlossen für dich, zu zurückhaltend, zu kaputt. Du hast mich verlassen, und jetzt bin ich allein. Und du bist es nicht.

Die Menge jubelte. Wir sahen zu, wie die frisch Vermählten im goldenen Licht einen Gang aus gemähtem Gras hinunter trippelten.

Ein Arm griff um mich und zog mich an sich. Thom.

Alles in Ordnung?, fragte er.

Ich blickte zu ihm auf, Tränen an meinen Wimpern. In einer seltenen Ehrlichkeit schüttelte ich den Kopf.

Sneha, sagte er.

Ich zuckte mit den Achseln.

Hier bei uns ist immer Platz für dich, mein Dude, sagte er mir ins Ohr, damit ich es unter den Freudenschreien der Hochzeitsgäste hören konnte. In seiner Stimme lag eine ruppige Zärtlichkeit. Wann immer du so weit bist. Du kannst jederzeit zurückkommen. Du kannst deine Eltern mitbringen. Wir hätten sie gern bei uns. Hier gibt es einen Platz für dich.

Ich presste die Zähne aufeinander, biss mir auf die Innenseite der Wangen, um nicht loszuheulen. Ich versuchte zu lächeln. Erwiderte seine Umarmung.

Tig, KJ und Diana boten gemeinsam mit den Brautmenschen Gläser mit Orangensaft und Sekt, Yuzu-Limonade und Lassi an. Die Fotografin knipste Bilder von den frisch Vermählten, der Hochzeitsgesellschaft. Der Empfang würde bald beginnen. Ein üppiges Festmahl, Tanzen unter den Eichen, das Feuerwerk am Seeufer.

Wir aßen herumgereichte Horsd'œuvres. Begrüßten die Menschen um uns herum. Lächelten für Fotos.

Noelle und Diana waren schockiert, als sie erfuhren, wie wir von der Polizei angehalten worden waren. Die Frauen drückten ihre Geliebten eng an sich.

Wir nahmen gemeinsam Platz, um das Hochzeitsmahl zu verspeisen.

Hinterher stand ich allein an der offenen Bar und beobachtete, wie Em auf der Tanzfläche schillernd und selbstbewusst auf Amit zuschritt und ihm die Hand reichte.

Als ich mitten auf der Feier eine Textnachricht von Marina bekam, förmlich und sich entschuldigend – nein, liebes, amüsier dich, wir können später die woche sprechen, ich habe bloß ein paar schlechte neuigkeiten und ein paar gute neuigkeiten, aber es eilt nicht –, ging ich hinauf ins Gästeschlafzimmer und von dort in das in weißem Marmor gehaltene Badezimmer mit seinen Aesop-Seifen, schloss die Tür und rief sie zurück.

Die Worte tanzen in mir, unausgesprochen, chaotisch, neben einem neuen Verlangen, mein so lange vertretenes Ultimatum bezüglich ihrer Nüchternheit aufzugeben. Der Gedanke aus meinem Gespräch mit Tig strömt zurück – Liebe als Verpflichtung, als Praxis, ein niemals abgeschlossener Zustand der Genesung. Es muss etwas zu bedeuten haben, dass ich nach drei Jahren noch immer an sie denke. Wenn wir tatsächlich füreinander geschaffen sind, dann sollten wir einfach zusammen sein, denke ich, während ich auf das Klingelzeichen des Telefons starre. Dann könnten wir Hand in Hand durch diese brutale Welt gehen.

Sie geht ran.

Mein Schatz, sagt sie. Es ist so schön, deine Stimme zu hören.

Als Marina mir von den Symptomen, der Reihe von Untersuchungen und den Ergebnissen berichtet, bleibe ich ruhig. Leberzirrhose, sagt sie, und ihre Stimme bricht kurz, ehe sie wieder ausgeglichen wird und einen beruhigenden Tonfall annimmt. Als wäre ich diejenige, die getröstet werden müsste. Sie berichtet mir von den Statistiken, von den steigenden Zahlen noch junger Frauen, von ihrem Vertrauen in ihre Ärztinnen und Ärzte. Und nach all den Jahren schwebt das Gesicht meines Onkels vor meinem inneren Auge.

Sie sagt, ihre Erkrankung sei noch nicht furchtbar weit fortgeschritten. Die Spezialist*innen haben ihr eine Chance von 80 Prozent gegeben. Mehr, wenn sie nie wieder trinkt.

Chance auf Genesung, versuche ich klarzustellen.

Oh. Ähm, nun ja. Auf Überleben. Aber ernsthaft, Babe, das ist ziemlich hoch. Es sieht wirklich nicht schlecht aus.

Ein metallischer Geschmack flutet meinen Mund. Ich möchte etwas einwerfen, jegliche erdenkliche Unterstützung anbieten, Geld für die Krankenhausrechnungen, falls sie etwas braucht. Aber das ist nicht der Grund oder nicht der einzige Grund für ihren Anruf.

Darüber hinaus wollte ich dir erzählen – weil du meine liebe Freundin bist und ich es nicht richtig fand, dass du es auf Social Media erfährst –, also. Ich habe auch gute Neuigkeiten.

Okay?

Joanna hat mir einen Antrag gemacht.

Ich berühre die weißen Kacheln der Badezimmerwand. Schließe die Augen.

Marina redet weiter, einen Hauch Furcht in der Stimme. Ich habe Ja gesagt, erklärt sie. Wir sind so glücklich. Ich weiß, dass du dich für mich freuen wirst.

Irgendwo in meinem Inneren beginnt ein Planet auseinanderzubrechen, seine Anziehungskraft löst sich mit einem Beben auf. Wie wundervoll, bringe ich mit letzter Kraft über die zitternden Lippen. Herzlichen Glückwunsch.

Ich füge hinzu: Glückwunsch auch an sie. Natürlich freue ich mich für dich, Liebste. Du hast jedes Glück verdient.

Ich fühle mich so gesegnet, Babe, sagt sie fröhlich. Ich werde so sehr geliebt und unterstützt, von dir und anderen, und weißt du, im Grunde bin ich an einem Punkt angelangt, an dem ich auf eine höhere Macht vertraue. Ich werde sober bleiben, koste es, was es wolle, und ich habe vor, ein langes und glückliches Leben zu führen. Keine Leberzirrhose ist je auf diese taffe Bitch aus Jerz getroffen, alles klar? Ich werde die Krankheit besiegen, und dann konzentriere ich mich auf die Hochzeitsvorbereitungen!

Irgendwie gelingt es mir, die richtigen Dinge zu erwidern.

Ja, stimmt sie zu, mit der warmen, rauchigen Stimme, die mir so vertraut ist, ich weiß, ich schaffe das. Ich werde die Krankheit besiegen.

Das wirst du, bekräftige ich. Absolut! Das wirst du!

Nach dem Telefonat lasse ich mich auf den Fußboden sinken. Die Kachel neben der Toilette ist kalt an meinem Gesicht. Es riecht sehr sauber, nach einem milden Desinfektionsmittel. Draußen höre ich das gedämpfte Knallen und Knistern des Feuerwerks. Einsamkeit überflutet mich. Berauschend, alchemistisch. Lange Zeit bleibe ich dort liegen, während mir ein erschreckend körperlicher Schmerz die Brust zerreißt.

Schließlich greife ich nach meinem Telefon und tippe eine Nachricht.

Ich weiß, dass Tig in diesem Augenblick dabei hilft, die Rauchbomben zu zünden. Der dichte, trübe Rauch riecht nach Schwefel und Tomaten. Da ist Tig, lachend, mit der fröhlichen Menge um them herum. Da ist Tig, in der Dunkelheit kauernd, Zündschnüre anzündend und in Deckung rennend. Tig, junge*r angehende*r Revolutionär*in, den Kindern zeigend, wie man mit den in Schießpulver getauchten Stöcken umgeht, wie man Feuer und kontrollierte Explosion handhabt.

Thom ist es, der meine Nachricht sieht, die Treppe heraufkommt, in den Zimmern nachschaut und schließlich eintritt. Der meinen Namen ruft.

Hey, komm schon. Aufstehen, mein Junge. Komm schon, ich helfe dir hoch.

Mir laufen keine Tränen. Ich bin stumm. Ich möchte verschwinden. Nicht mehr sein. Er hebt mich vom kalten gefliesten Fußboden, und ich höre seine Knie knacken und seinen Atem vor Schmerz durch seine Nasenlöcher schießen. Er trägt mich zum Bett und legt mich ganz vorsichtig darauf ab. Die Arme um mich geschlungen, hält er mich fest.

Hey, sagt Thom, mit unbeschreiblicher Sanftheit.

Er spricht meinen Namen aus, die Stimme voller Dornen. Er sagt: Es tut mir so leid.

Irgendwo von einem entfernten Planeten aus kann ich die Worte, die er murmelt, wieder mit einer Bedeutung verknüpfen. Du hast immer mich, Sneha. Du wirst immer uns haben.

In diesem Augenblick sehe ich es vor mir aufflackern wie ein Versprechen: das leere Zimmer, erfüllt von Licht.

Es ist meine Tragödie und mein großes Glück, Empfängerin dieser Verbundenheit zu sein, unter ihrer erdrückenden Wärme und Schwere am Leben gehalten zu werden, sie so großzügig geschenkt zu bekommen, so viel mehr, als ich jemals verdient habe.

Die Welt ist tausendmal untergegangen, und in jedem neuen Buch von ihr wurde mein Name gerufen.

Dank

Dieses Buch ist so vielen zu tief empfundenem Dank verpflichtet.

Meinen Eltern, dafür dass sie mich in Häusern großgezogen haben, in denen Bücher wertgeschätzt wurden, für das Beispiel ihres Muts und ihrer Hingabe, für die Opfer, die sie gebracht haben, und für ihre tiefe Liebe.

Bill, Lebensretter und Engel; und allen anderen bei Clegg Agency.

Lindsey Schwoeri, für alles. Ich bin so dankbar. Dem herausragenden Team bei Viking, unter anderem, aber nicht ausschließlich Allie Merola, Andrea Schulz, Brian Tart, Lindsay Prevette, Mary Stone, Molly Fessenden, Sara DeLozier, Sara Leonard, Kate Stark, Jason Ramirez, Elizabeth Yaffe, Chelsea Cohen, Lucia Bernard, Claire Vaccaro und Bridget Gilleran.

Der Whited Foundation, dem Asian American Writers' Workshop, Millay Arts und am maßgeblichsten der Arbeitslosenunterstützung durch den CARES Act, die das Schreiben dieses Buches materiell ermöglicht hat.

Meinen Lehrer*innen im Laufe der Jahre. Ayana Mathis, Margot Livesy, Amber Dermont, Jess Walter, Ethan Canin, Sean Bishop, Ron Wallace, Emily Ruskovich, Amy Quan Barry und Lan Samantha Chang. Lauren Groff für diesen unvergesslichen Schreibworkshop und jede Freundlichkeit danach. Deb, Jan, Sasha und Connie. Michael Fultz, Joshua

Calhoun und Christopher Lee für ihr Mitgefühl. Gina Enk und Steven Buenning (möge er in Frieden ruhen) – für Zuspruch, Weltklassebildung, Fürsorge und einfach dafür, das verängstigte neue Kind wahrzunehmen.

Jenen, die dieses Manuskript in seiner Jugendphase gelesen haben, darunter DA Ruiz, Breanne Pemberton, Melissa Anderson, Lauren Peterson, James Frankie Thomas, Anna Lucia Feldmann und Philip Ortiz. Tiefe Dankbarkeit gebührt C Pam Zhang, Dawnie Walton, Steph Karp, Sanjena Sathian, Anna Polonyi und Susan Choi für ihre Fürsorge und Unterstützung.

Meinen Freund*innen von Sunrise und Bed-Stuy Strong, die mir unzählige Male den Wert von muskulösem Optimismus gezeigt haben. Jackson, Hanna, Chris, Alyssa, Hadass, Derek, Nia, Sky und all den anderen BSS-Organisator*innen, die noch mehr taten, während ich mir die Zeit nahm, dies zu schreiben.

Lucy von Jamaica Kincaid, *Open City* von Teju Cole, *Here We Are* von Aarti Shahani und *Der Gott der kleinen Dinge* von Arundhati Roy.

Noah Whitford, Alexandra Savilo, Katie Fischer, Meghna Rao, Praveen Fernandes, Chris Xu und Hanna King. Ich schätze mich so glücklich, euch zu haben.

Nate Sullivan, dafür, dass er an mich glaubte, bevor ich selbst es tat, dass er mich im Studium zwischen Arbeit und Seminaren ins D-Tea schleifte, damit ich schrieb, dass er meine Entwürfe im Verlauf der Jahre sorgfältig las und für seine großzügige Güte. Jose Cornejo, der mir sagte, ich solle nach draußen gehen, der mir sagte, ich solle das alte Projekt beiseitelegen und es mit einem neuen versuchen, der mir sagte, dass es da jemanden gebe, den ich unbedingt kennenlernen sollte. Shireen, bester Hypeman, moralische Unterstützung, witziger Typ, geliebte Schwester.

Phil, genial und fürsorglich und liebenswürdig, der mich ermutigt hat, die Risiken auf mich zu nehmen, um meinen Traum zu verwirklichen. Der in den dunkelsten Stunden für mich da war. Der mich daran erinnert: Im Zweifel geh aufs Ganze – hundert Flyer, immer. Ohne dich wäre dieses Buch nicht lebendig geworden.

am ende der welt bist hoffentlich du, meine welt.

– Danez Smith, *acknowledgements*

Quellen